平凹的短小说

贾平凹 著

湖南文艺出版社
HUNAN LITERATURE AND ART PUBLISHING HOUSE

博集天卷
CS-BOOKY

上篇　草芥：人之利

富贵荣华，草芥尘埃。

中篇 逛山：兽之欲

人过的日子，必是一日遇佛，一日成魔。

下篇

孤独者：神之义

真正的孤独者不言孤独。

上篇，

草芥：人之利

富贵荣华，草芥尘埃。

倒流河

有一条倒流河，河北是两个镇，河南是三个镇。河北、河南的要往来了，没有桥，只有老笨的一条船，那就得去搭船，搭吧。于是，来人在渡口喊：船过来哟——老笨。

老笨就放下水烟锅，使劲地摇橹，力气已经不够了。但河面上空横拉着一道铁丝，船绳套在上边，船不至于被水刮走。

搭船的人往船上来，老笨认得邻村的顺顺，顺顺头上新别了一个发卡，绿莹莹的，像落上去的蜻蜓。

大家开始取笑老笨的牙：门牙没了，嘴角两边的牙便显得特别长，那是要长出象牙？又戏谑说：人清闲了坐在炕桌前才吸水烟锅的，你拿到船上用，是长年在水上的缘故呢，还是扎个势，要显摆？老笨咴咴地笑，却说：你们在河南好好地两条腿走路，咋就去河北趴下四条腿？老笨还会挖苦人，大家扑过去扯他的嘴，船就晃荡不已，在河面上打旋儿。

天上满是些疙瘩子云，船到了对岸，老笨又吸起水烟锅了，一边轻吹细捻，听烟锅子里的咕噜声响，一边望着下了船的人爬到了塄畔。塄畔上一簇一簇的白花。其实那不是花，是干枯了一冬的野棉蒿裂出的绒絮。河南的樱桃树已经开花了，而河北，绒絮还在风里扯着。

河北那是产煤的地方，到处都是些小煤窑。夜里如果有了流星，朝着流星坠落的方向去寻陨石，那峁呀梁呀下面会发现一个洞，洞斜着就钻进去了。这些洞差不多靠近某一个村庄，三里路或者五里路，路都是黑的。长长的白天里，驴无声地驮着煤筐走，偶尔开过的卡车和拖拉机留下了车辙，很深又很硬，驴在辙里拐了蹄，便被赶驴人日娘捣老子地骂。

骂声让石峁梁上的人听到了，那也是个赶驴的，不免相互喊话，话却在半空里就乱了，嗡嗡一团，只好你招招手，我也招招手。

沟岔底的那个洞，和别的洞不一样，洞旁边搭了个棚，还种了一窝南瓜。因为有了一场好雨水，藤蔓叶大如头，竟爬上了棚顶。下面坐着一伙媳妇，她们是来送饭的，等候得久了，就数起黄灿灿的南瓜花，说哪朵是实花，花下已经有了小瓜胚子，而哪朵没结瓜，是朵谎花。顺顺当下就不数了，坐到一边去，把包着饭罐的帕帕解开了，又包上，再要解开时结紧得怎么也解不开，脸色难看。别的人赶紧使眼色，不说谎花了，说罐子，说：咋还不出来，罐子都凉了。

罐子都是一样，罐子里的饭却不同。有的是红豆米饭，炒了土豆丝或炖了萝卜；有的是油泼的捞面；有的是四个杠头馍，全掰开了，夹了辣子酱豆和葱，还有一疙瘩蒜，说：我那人饭量大。立本年前就害上了胃疼，顺顺给他摊了煎饼，为了软和，煎时在面糊里多加了西葫芦丝，饼子都煎得不囫囵。她羞于给别人看，把罐子抱在怀里了，暖着热气。

一阵响动，洞口里就扔出了个安全帽来，接着爬出来一个人，再接着五个六个都爬出来了。这些男人看着各自的媳妇便笑，但媳妇们看着他们都是一样黑衣服黑脸，一时倒认不清。顺顺是第一个抱着饭罐跑过来的，立本的眼白多，现在更白了，比别的人都白。立本伸手就抓煎饼，煎饼上留下黑指印，顺顺说：急死你！扯了片南瓜叶子让先擦手。

吃过了饭，媳妇们就走了，男人横七竖八地躺下晒太阳，吸纸烟，开始说自己媳妇。一个说：我呀，晚上回去，她就把长面捞到碗里了。一个说：我回去先上炕，她再忙，擦擦手也就来了。立本说：哼。哼了几下，心里想：那算个屁！我一进门，顺顺一手端了饭，一手提裤子，问先吃呀还是……他就闭上眼，眯瞪了。旁边人说：你哼啥哩？立本，立本！立本已经睡着了。怎么叫立本都不醒，掏出一枚硬币轻轻放到他手里，手却立即攥紧了，气得大家都笑，骂：瞧这货，这货！

但洞口经常也有哭声。不定在什么时候，洞里爬出的人双肩上套了绳索，人爬出来了，再把绳索往出拉，就拉出个铁皮斗子，斗子里不是煤块，是一个血肉模糊的人。洞口就呼天抢地，一片哭声。

棚边的南瓜藤蔓干枯后，露出一堆一堆纸钱灰，有的纸钱没烧尽，风吹着总往人身上沾。沾在立本的裤腿上了，立本就要呸口唾沫，说：我和你没吵过架，也没欠钱，别寻我！

四里外的村口一直有家小卖部，挖煤的常在那里买酒喝。村里人把挖煤的叫煤黑子，煤黑子买了酒多半要先赊账，店掌柜就在墙上写了人名和钱数。有些账还在，人却在事故中没了，权当给烧了纸吧，墙上就在那个人名上画个叉。不久，都在传说：一个月黑风高的夜里，有三个人敲小卖部的门，要买烟酒和方便面。掌柜见是煤黑子，说：不赊账啊？三人说：给现吧！天明后掌柜点钱，发现都是些阴票子。

从此，煤黑子的媳妇们都在租住的村屋里贴菩萨像，天天给菩萨上香。顺顺在立本上窑上时，往怀里放一个桃木节，或者一个小纸包，包着朱砂。立本爱显摆，有一回在洞里掏出纸包给别人看，里边却不是朱砂了，是一张棉布片，上面有血。大家当然知道那是什么血，取笑了一番。立本回来给顺顺发脾气，顺顺才说是村里来了个阴阳师，告诉她经血最能辟邪，立本火降下来，但碗已经拿起来要摔了，就拣了个破碗摔碎。

这个窑的煤黑子有县东的人也有县西的人，而大多是河南、河北的。河南来的八个人，不到六年，死了五个，一个断腿，还有一个躺在炕上能出气，叫不应，活成了植物。而立本活着，立本给人夸自己的那个地方长着一颗痣，旁人说：还不是顺顺给你的平安！立本也觉得顺顺好，回来把顺顺抱在怀里亲，还亲了她的肚子。

4

顺顺明白立本的意思，夜里老实得像个猫儿，任着折腾。事毕了，她要给立本去倒温水洗，立本说：不敢让流了！给了个枕头垫在屁股下，顺顺就把头吊在炕沿下。

顺顺已经给将来的孩子起了个名字叫安然。但又过了一年，顺顺还是没怀上。

那时候，煤的市场不景气，小煤窑的煤里矸石又多，更是卖着艰难。矿主就鼓励人去推销，推销出一吨可以提百分之五的成。顺顺给立本说：你的胃病好多了，我给咱跑生意去，两个人赚着总比一个人赚着多，攒够盖新房的钱，明年就该回去了。立本说：那我咋吃饭呀？顺顺说：搭老魏的伙。老魏的媳妇也是送饭的，顺顺出一份钱，老魏同意，老魏的媳妇也同意。

顺顺先回到河南。别人家的稻子都扬花了，她家的稻田遭了虫害，稻叶子一疙瘩一疙瘩锈着色，忙着三天两夜挑料虫。从田这头到田那头走一趟，料虫能挑少半筐，倒在坑里用木杵砸，而腿上却爬了蚂蟥。蚂蟥往肉里钻，捏不出来，血就顺腿流。过路人说：拍，一拍它才肯出来！拍了三下，蚂蟥掉下来了，那人说：看把庄稼做成啥了！顺顺觉得下煤窑没挣下钱，庄稼也荒了，让人笑话，就发誓要好好推销煤。

县城里各个单位都有着锅炉，一到冬天居民家里又烧炉子取暖，顺顺就挨家挨户给人说好话。头一两个月自己单独骑自行车，早去晚归，后来叫上立本的一个老叔一块去。老叔胖，坐在自行车后座上，顺顺便骑得一身的水，还和人撞过三次，把老叔跌下来，断了一颗牙。顺顺承诺将来要给老叔补个金牙，每次到了县城东门外，老叔跑北城片，顺顺就跑南城片，在一棵柳树后把旧袄脱下，换上一件红底碎花衫子。她喜欢这件衫子，换上了要对着城河水照几回。

在单位里和人家谈价钱，往往谈到最后了，人家就提出要回扣。回扣有五百元的，也有一千元的，顺顺老是心疼，后来灵醒了，再不给现金，运去十吨煤，打的条子上却写上十三吨。但是，卸煤时，烧锅炉的要让她请吃饭，饭就不请了，把饭钱给塞兜，还搭一包纸烟，她帮着一块卸。烧锅炉的时不时拿眼光在顺顺身上蹭，说：听说在窑里挖一年煤要尿三年的黑水？顺顺说：你唾唾沫，唾沫也是黑的嘛。两人都笑，说咱们这是干啥哩，老鸦还嫌猪黑？

推销得好，顺顺五天或七天了到窑上领推销款，晚上就不走，要尽女人的责任，但立本总是下了班就去喝酒。等到醉得摇摇晃晃回来了，立本很张狂，把一沓子钱往顺顺面前一甩，说：给！妈的×。顺顺笑着，也从怀里掏出钱来，她的钱沓子比立本的钱沓子厚。

撑船的老笨入秋后就一直喊脊背疼，喜欢搭船的人拿鞋底给他拍。去看医生，医生说是受了潮，要求每天去镇卫生院刮一次痧。儿子用自行车带他去了一次，说：不就是用牛骨板在身上刮嘛，你把钱给我，我夜夜给你刮。老笨哼了哼，赶紧把帽子按了按，帽壳里有着一百元的票子。

三十年前，老笨刚开始撑船，河里涨水，一条鲇鱼跳到船上，捉住了提回家，老婆正好给他生下个儿子，他就给儿子起名鱼，宋鱼。这宋鱼长大了，去城里干过传销，传销被政府取缔了才回村种庄稼，庄稼种得不好，却染上了赌博。曾经钻进苞谷地里和人掷色子，掷了三天三夜，胡子长出一指长，从此就留个小胡子。

老笨说：你三更半夜不沾家，你给我刮？

宋鱼听了爹的话，故意把自行车往一个小石头上骑，差点把老笨颠下去。骑到一个小商店门口了，却进去买了个木挠挠。木挠挠是专门搔痒的，河南人都叫它是：孝顺。宋鱼说：我不沾家，它就替我嘛。

老笨说：儿呀，你这么浪荡着咋行？你也去河北下下窑嘛。

宋鱼说：我去下窑？当兵的是死了没埋的人，挖煤的是埋了没死的人！

后来宋鱼赌得大了，面前放一袋子钱，和人坐在公路边上猜车号的尾数是单还是双，谁猜对了就把钱袋子提走。宋鱼输过，也赢过，幸运的是多赢了几次，就买了辆摩托，整天放着响屁地跑，还在后座上驮了女孩子，女孩子的裙子经风一吹，腿像两个白萝卜。

县城里常有人开了车来游玩的，要看倒流河的水是怎么倒流的，还要看河南的老房子。别的地方建房三十年木头就坏了，土墙也坍了，河南的房子砖砌皮，里边的土芯也是浸了米浆捶打的，百十年的民居在，而且明代的龙王庙在，清代的魁星阁在，还有一个木刻砖雕的老戏楼子。这天，就有个人停了车，端了照相机四处拍，拍到一座房子，这房子虽也砖砌皮，却椽头腐了，檐角垮了，屋顶上苫了塑料布，拿石头压着还呼啦呼啦响。对着门楼拍那匾额上"积善流光"四个字，门道里卧了一条狗，龇了龇牙，没有叫。又转到房的山墙后，那里搭了一间土屋，里边站着一头牛。牛体瘦毛红，脚下垫的土和草料被粪尿搅和成了稀泥，苍蝇乱飞，臭气烘烘。拍照的说：这牛若是人变的，那人是囚徒。宋鱼就跑过来，喊：哎，干啥的，干啥？

这房子并不是老笨的家，但宋鱼就是不让拍。照相的不拍了，却对着牛圈门口的一块石头说：这石头是老石头。宋鱼说：二百年的捶布石！照相的喜欢捶布石平整光滑，更感叹它挨了多少棒槌击打，就说：把这石头给我吧。宋鱼却要钱，要了一百元，他吭哧吭哧把石头抱上了汽车，狗却汪汪地叫。照相的说：这钱应该给这家主人吧？宋鱼说：走你的，狗说不了人话！

煤还是卖不动，而窑上事又不断，许多煤窑就关停了，或者廉价转售。从河北回河南的人多起来，或一脸灰黑，背着被褥卷儿，或拖家带口的，男人在前边走，媳妇拉着孩子老撵不上。老笨很忙，夜里还得撑一次船。空中的月亮一团明光，船撑到河南岸了，最后下船的是个年轻女子，怀里抱了个婴儿。老笨知道在河北挖煤挣不下钱了，但却躲过了计划生育，说：这世道呀，娃都生娃了。年轻女子不爱听，回过头说：不生娃生老汉呀？饧得老笨半天缓不过气来。

立本没有回河南，却谋划着和另一个人要把沟岔底的小煤窑买下来。两人回到河南来筹款，顺顺在新草帽上搓麻什给他们吃。顺顺的指头嫩嘟嘟的，搓出的麻什像猫耳朵，那人说：手真好！顺顺侧过头了，无声地笑。那人出了厨房，在院子里给立本说：你娶了个好媳妇！顺顺想听自己的男人怎么说，立本却只嘿嘿了一下。

立本把购窑的事说给顺顺，顺顺吓了一跳，不敢同意，立本就反复给她讲，现在的煤窑设备不行，又没有木支护，所以老出事故。矿主只会骂人，不善经营，煤就卖不出去。趁着眼下煤价落到了底，咱买了肯定是好事，一时煤卖不动，总有能卖动的时候呀。如果咱命好，那挖的就不是煤，是金，日进斗金。顺顺说：那咱命就能好？立本说：我那个地方长着痣啊！顺顺想了想，说：我依你吧。就同意了。

决定了买煤窑，那人出五十万，立本也要出五十万，而立本总共积攒了十万，还准备要翻修老屋的。立本去贷款，信用社不给贷，顺顺说：我给你过三十六吧。

三十六是男人生命中最重要的岁数，河南的乡俗就是摆宴席，亲朋众友来相贺。立本的生日原本在腊月，顺顺却给他提前过，为的是能收一笔礼，还可以向亲戚们借钱。但是，席桌上顺顺说了借钱的事，立本却站了起来，说：这不是借钱，是让大家入股哩，有十万的人十万，没十万的五万八万也行，我给经营着，明年就给你们分红。立本还介绍了这个煤窑的情况，也讲了它的光明前景，拍着腔子说要让大家的钱鸡生蛋，蛋生鸡，不停地生下去。亲戚们被他煽呼起来了，顺顺的二舅当下拿出五万，说他要买水泥铺院子呀，不铺了。二舅一带头，大姨父应允了五万，二姨父应允了五万，大伯五万，二伯四万，三伯三万，姑姑六万，大舅四万，三舅四万，三个侄子各五万，五个舅表姑表各四万，六个侄女和外甥女各三万。顺顺娘有个干姨妹，其儿子和女婿来了，心也热了，说：让我们也沾个光吗？立本说：你们也是亲戚嘛，行呀。那两人各应承了两万。

三天后，所有的钱都拿到手了，九十八万。顺顺又卖了要翻修老屋的一副大梁担，还有她的一双银镯子，共两万整数。账一笔一笔写好，

8

账本装在一个盒子里，顺顺抱着盒子要放到屋梁上去，一只老鼠在看她，又担心老鼠会咬盒子，便把盒子用铁丝吊在梁上，铁丝上还加个旧电灯罩。天开始下雨，雨也关心着，敲得屋外树叶子响。顺顺给立本说：这不老鼠爬不下来了！

有了自己的小煤窑，立本很辛苦，扩拓了坑道，加固了木支护，又新招了一批煤黑子，忙得小便都尿不净，裤裆里老是湿的。顺顺让老叔继续推销，自己也在窑上忙活。她办了一个大灶，媳妇们都不各自送饭了，省了的人手都运煤装车。她不愿意窑后的坡上只是野棉蒿，从河南挖了一桃树栽在那里，时常提了水去浇，希望能活。

桃树真的活了，可顺顺一年下来，人瘦了一圈，再穿那件红底碎花衫，又宽又长，衣不附体，风一吹，大家都说：你要上天呀！

夜里回到出租屋，立本当然还要做那事，顺顺心里不要，把身子给他，但黑暗里睁大了眼，要听着远处有没有狗咬，炕台上的电话会不会突然响起，提心吊胆着窑上出事。

月底发工资，还放一天假，煤黑子们都去喝酒了，顺顺领着一伙媳妇去坡上拾地软，嚷嚷着回去包饺子捏馄饨。等着大家都下坡了，顺顺坐在那里看桃树，几日不来，春便老了，桃花落了一地。

不觉得就春节了，回到河南，立本说：初五把亲戚都召来吃顿饭吧。所有出过钱的亲戚都来了，门门声声叫着立本是老板，盼望老板分红呀。饭菜吃了一半，立本给各位敬酒，却说这一年窑上的煤依然卖不动，还伤了三个人，虽生命都保住，可住院和补偿就花去了二十三万，总之，是赔了。大家面面相觑，就往顺顺脸上瞅，顺顺脸也茫然。立本又说了：做生意就是有风险嘛，既然赔了，如果各位还要把这个窑维持住，等待以后的大分红，那就需要各家再缴三万。三舅说：赔得血本都没了，还敢再缴！立本说：都是亲戚嘛，不愿意我也不强迫，那就不缴了，也就没股了。

顺顺不知道该说些什么，但她得依着立本。亲戚们七嘴八舌议论了半天，都是不再缴钱了，怨恨自己当初发财心切，不该听立本的话，他只是个煤黑子，哪里是当老板的料呢？饭没吃毕，屁股一拧都出门走了。

顺顺的娘家人再不和顺顺往来，顺顺的眼泪流到了正月十五。

正月十六，村长得了孙子要过满月，宋鱼张罗着通知来客。十五的晌午他就站在村前公路上，见人便说：村长给孙子过满月呀，让请你哩！被挡住的人说：哦，那就去随礼嘛。也有不说去也不说不去的，却问：把你积极的，是不是村长让你承包修水渠上的那个涵洞呀？宋鱼说：我不赚那小钱。那人说：那你给人家的孙子出过力？宋鱼说：他那儿媳妇……我口没那么粗吧？嘻嘻地笑。

宋鱼骑了摩托再往另一个路口去，路上就有人和牛挡了路，中间是一个老汉，两边各一头孺牛，悠闲缓慢地走。宋鱼鸣喇叭，那老汉没反应，左边的牛却立刻走向了右边，宋鱼骑过去了骂：你不如个牛，牛都知道靠右行哩！顺顺刚好过来，说：他是个聋子，你骂他哩？宋鱼见是顺顺，也通知了顺顺，说：你一定得去的。顺顺说：那为啥哩？我和他不是本家子。宋鱼说：他是村长呀，你和立本树梢子在河北，树根子在河南呀！顺顺回来给立本说去呀不去，立本不去，说：礼钱咱能赚回来？顺顺明白立本在吃醋，把头低了没再多说。但第二天，她还是一个人带了礼去了村长家，把人家的小孙子抱着喜欢了半天。

村里过红白事，是乡里乡亲维持关系的平台，都去帮忙呀，上礼呀，即使有小怨小仇的也去示个好，隔隙也可修复。而这天村人去了多半，仍有小半没来，村长脸上挂不住，问宋鱼：你咋通知的？宋鱼说：我再去喊。

宋鱼又站在门外十字路口喊人，有几户来了却来的不是大人，是孩子，还有来的人把礼钱一上又顺门要走了。宋鱼说：走呀？走的人说：礼上了。宋鱼说：那得吃饭哩！走的人说：为啥不吃，叫他想去！

入了夏，河南的树荫把村都罩了，夜夜蝉声嘶叫，蛙声如雷。河北的峁梁上草长不到半尺高，牛虻却多得像苍蝇，撵着人隔衣服蜇。

窑上的生意不好也不差，收入盘点后，合伙人提出再买一个窑，立本又和顺顺商量，顺顺这回是坚决反对，因为不可能再筹到钱了。立本说：咱卖老屋房，把房卖了。立本是入赘到顺顺家的，顺顺说了狠话：那是我爹我娘给我留的，你别打它主意！结果合伙人拿了他的红，又抽走了当初买窑的一半钱，自己单独去干了。

大部分的钱都被抽走，煤黑子的工资发不了，原本关系还和和气气的，这下子红脖子涨脸，闹僵了，有人竟把三十个安全帽偷走了。顺顺得知那人是邻村的，并且回了河南，就也撵了去要。那人说：这不是偷，是顶账的。顺顺说：兄弟，我用别的给你顶账，你把帽子还我，下窑没帽子你这不是卡我脖子吗？带那人到了老屋，指着那个五格子板柜，让抬走了。板柜一抬走，顺顺趴在地上给她爹她娘磕头，爹娘下世早，只有照片挂在墙上，她就呜呜地哭。

把安全帽装了两麻袋，一袋先背着走一段路，放下来，又反身去背另一个麻袋，黑水汗流地背到老笨的船上了，头上的发卡不知道遗在了哪里，头发扑撒了半脸。老笨说：哎哟，现在兴减肥哩，顺顺你减得有效果。顺顺说：你是说我黑瘦得没人样了？她不敢坐到船头去，害怕水里照出影子。

仅仅是过了四个月，谁也没想到，窑上的煤突然卖得快了，而且价格越来越高，已经用不着去推销了，拉煤车在每一个窑前都排队，还是现金交易，来人提着一口袋一口袋的钱。

立本觉得奇怪，顺顺更是要呆了，晚上关了门，两个人在炕上数钱，手指头把嘴里的唾沫都蘸干了，还没数完。顺顺说：这不是在梦里吧？立本说：我拧拧你的脸。拧了一把，拧得重，顺顺疼得哎哟了一声，立本就扑过去压她，顺顺要把钱收拾了再说，他说就在钱上，钱欺负了他半辈子，他也该给钱点颜色。那几天顺顺还真来了那个，好多钱就成了红钱。

河北的羊多，镇街上有几家水盆羊肉店，立本一定要带着顺顺去吃一顿。路上顺顺说有人看他们的眼神邪邪的，是不是要打劫？立本说：走你的路，越紧张贼越看出咱有钱了。顺顺又操心家里的钱全放在炕洞里安全吗，立本不理她了，解开外套扣子，说：咋这阵热的！顺顺想笑，但她没笑，心里说：钱烧的来呗。

进了一家店，要的是包间，包间里没窗子，灯不甚亮，屋顶棚还黑乎乎的。立本喊：来个妇女！店主跑来了，很疑惑，立本说：端盘子的女服务员呢，把灯泡换个瓦数大的嘛！店主说：应该是叫小姐。吃了一半，立本在汤里发现了一只苍蝇，责问小姐汤里怎么能有苍蝇，小姐说：整天杀羊哩还能没苍蝇？顺顺这才发现灯泡吊绳上爬满了苍蝇，而顶棚上也是苍蝇爬得多了才黑的。

这顿饭没有吃好，但是包间是木板隔的，隔板那边的包间里也有人吃饭，在说着国家改革的事。他们说南方改革的力度大呀，一个镇的财政收入抵过了西北地区一个县的财政收入。还说，现在中央政府的经济政策向西北倾斜了，给的大型基础建设项目多了几倍，一起上马，咱这里要振兴呀。顺顺不懂得振兴，却明白振兴了才使窑上的煤卖得快嘛。

立本突然大骂以前的合伙人。

顺顺说：煤能卖了，可惜他走了。

立本说：他舅在县上是干部，他肯定是早知道国家的政策了才闹着要分手的。你知道不，他新买了三个窑。

立本开始恨顺顺当时不让再买窑，顺顺也后悔，可谁能长前后眼呢？庆幸的是毕竟还有着这个窑，够了，这就够了嘛。立本说：够啥呀，风来了就要多扬几木锨啊！他警告着顺顺：以后有决策的事，要听我的！

于是，立本谋划着再买几个窑，可跑了几个地方，窑都涨了价，是以前的五倍，而且第一次去问一个窑五百万，过了几天，又成了八百万。等到下了决心再去买吧，已经是一千二百万了。立本当然掏不起这么多钱，回来就喝酒，发酒疯，顺顺劝他，他踢凳子，把凳子腿都踢断了。

顺顺说：你疯啦？

立本说：煤疯啦，河北疯啦！

河南的人又多往河北跑，跑得像一窝蜂。老笨撑船的次数比往常多了五趟，就让宋鱼在岸边搭了个茅屋，把被褥拿来，也支了锅灶，基本上就不回家了。宋鱼十天半月来送一次米面和蔬菜。但来一次，老笨的钱就少了些，他不清楚儿子怎么就知道他把钱一卷儿一卷儿塞在那些破鞋窠里，鞋又是藏在床角的麦草里。他和儿子嚷，宋鱼说：你要那么多钱干啥，我是你儿哩，你不给你儿花？

老笨夜里躺在茅屋，水鸟在河滩的芦苇丛里一声声叫，他想：家里那院房子保不定什么时候就让儿子卖了，自己会不会最后就死在这茅屋呢？睡不着，起来又坐在门口吸水烟锅，成群的萤火虫在面前飞，像是星星从空里掉下来了，明的明，灭的灭。

到了六月二十四日，是荷花生日。河南的三个镇都有水田，每个村前又都有荷塘，六月二十四日就要给荷花过生日，企盼着荷花长得好了也就是水稻也收成好。老笨回了一趟家，拿了一把香在塘边刚点燃，村长就急急忙忙来喊他快去渡口：来了大领导要过河呀。

过河的有十几个人，大多穿着褂子，五个人却西服领带地穿戴整齐。老笨拉住村长问：那是多大的领导？村长说：是市长和县长，你把船撑稳些。老笨说：穿得恁厚的？知道西服领带的就是官服，觉得那些煤黑子搭船时也有穿过西服的，但没有领带，还穿着旧布鞋，怪不得那么不好看。

船到了河心，市长对县长说：这河上得修座大桥呀。县长说：我们已经规划了。老笨听了，想：呀，修了大桥，我这船就撑不成了。迟疑了一下，船就顺水往下漂，赶紧摇了几下橹。却又想，这么大的河面怎么修桥？县长或许说说就是了，前几年县上办葡萄酒厂让河南人大种葡萄，把种葡萄能增加收入的话说得天花乱坠，可葡萄种了，收葡萄时却没钱，农民把葡萄一架子车一架子车倒在县政府门口，来年全把葡萄

13

园铲了。难道为了方便运煤，县上就给这里修大桥？咋会呢？不会。

船靠到河北，领导们上了岸，岸崖上有几辆小车在迎候，还整齐站了一排人。县长给市长介绍着这位是某某老板，那位是某某老板，都是煤老板。老笨远远地看到煤老板里有着立本，而顺顺却和一伙人走下了岸崖上船，他们要回河南去。

顺顺给老笨说：船年头久了，该换换新的了。

老笨说：再耐活几年吧。

顺顺也是回家来要给荷花过生日的，虽然有钱了，再不指靠家里的庄稼，但顺顺坚持要给荷花过生日。还有一桩心事，惦记着院子里那棵石榴树开花了没，石榴多籽，她也要拜拜，希望自己今年怀上孕。

傍晚里，河南人家家做了麦仁粥，端了饭把粥一疙瘩一疙瘩放在塘靠边的荷叶上，就眼望着这儿的一朵朵荷花开了，那儿的一朵朵荷花也开了。宋鱼在家里把粥盛在碗里，说：我先吃一口。院门外就进来了讨债人。宋鱼顺梯子到院墙头要逃，来人把梯子扳倒，宋鱼跌下来，说：不就是一万元吗，我给你取。进了堂屋，出来时手里却拿了一把刀，当着讨债人就在自己腿上开了一个大口子。讨债人说：我不吃这个！宋鱼说：我不是自残赖账，你权当我是个女的，我开个肉缝给你。那人扇了他一个耳光，又扇了个耳光，宋鱼眼前满是星星，看讨债人也是两个三个，待看清只是一个人了，他躁了，拿刀朝前一戳。

讨债人没有死，他就坐了两年牢。

两年牢出来，村里人少了许多，他更找不下个媳妇，连妇女也都往河北去了。他才知道河北现在富得流油哩，一个窑的价钱是两千万三千万，而立本也拥有了四个窑，是河南三个镇里最有钱的人。

三个镇的小学都找过立本赞助，立本先是给了一个小学十万元，又给了另一个小学十五万，剩下的那个小学去说如果能给二十万，小学就以他的名字命名，立本就给了二十万。校长领了一百多学生抬了个大匾过了河送到窑上。窑上已经有了大楼，立本的办公室很豪华，还供着一尊铜铸的关公像，说关公义气，是个财神。大匾往墙上挂时，却掉下来拦腰断了，顺顺觉得这是立本承受不了这样的大匾，给立本说：你不识几个大字，咋能把名字做校名？立本才改了主意。

宋鱼给村长鼓动，立本钱这么多了，他应该给村里硬化道路呀，若能给十七八万，咱两个负责修，每人还不落三四万？村长却有他的想法：何不以村的名义去贷款，也买一个窑来？两人先去河北打探，一个窑已涨到三千五百万，买不起了，再去见立本，立本却迟迟不肯见。村长气得骂，宋鱼说：咱是向人家要钱呀，还怕伤脸？他找到顺顺，让顺顺通融。顺顺劝立本，说：村里人不敢得罪，尤其是村长。立本才同意村长和宋鱼到他办公室。

立本坐在沙发上，没给村长和宋鱼让座，也没给递纸烟，刚说起硬化村道的事，立本就开始打电话了。一个电话是让财务室催督市某某部门把两千万快打过来呀，另一个电话却是询问县长的秘书，县长来检查工作是后天上午还是下午，是爱吃烤全羊呢还是喜欢狗肉，冬天里吃狗肉喝烧酒最好。电话打完了，立本说：不就是硬化个路吗？从抽屉里拿出了二十万。又让宋鱼回河南到三个镇里去看有没有百年的桂花树，有了，想办法买来他要栽到公司大楼的门口，钱的事回来了报账。宋鱼应承了，却问：你还是四个窑吗？立本说：卖了两个。宋鱼说：一个卖三千五，你命里有钱，钱就引钱呷！立本说：屁！人家买过去又一转手，卖到四千万了。村长和宋鱼则暗自后悔逮不住机会，活该看着别人吃肉自己只能舀一勺油腥汤喝喝罢了。

硬化了村道，宋鱼净落了三万，又买了两棵大桂花树，一棵一万元，给立本说一棵是两万，再落了两万。拿这些钱就在镇街上办了个商店，进的都是高档货，一般人买不起，专门供应从河北过来的老板买。

立本就来买过几次，每一次都是山参呀鹿茸呀，或是名酒名烟和普洱茶，那时都兴着喝普洱茶，装满了车的后厢，开到县城去。

有一次，立本又来了，他算计着要当人大代表或政协委员，问宋鱼能不能弄到钱钱肉？钱钱肉就是驴鞭，烹制好了吃时要切成片片，样子像铜钱。宋鱼说：这难呀，再难我给你弄去！宋鱼去了河南再往东五十里的凤阳镇，那里能做钱钱肉。他买了大叫驴，还亲眼看着把活驴杀了取鞭，弄了五根，他想县上是四套领导班子，每个班子的一把手一根，得给自己留一根吧。

立本来取货，宋鱼吹嘘这是大叫驴的，而别人买的都是病驴死了才割的，他这是割了才杀驴，一根一万五千元。把驴鞭摆出来，四根上都贴了纸条，上面写着书记的，县长的，主任的，主席的，还有一根写着：我。立本说：我是谁？宋鱼说：我给我留的。立本说：你吃啥哩！顺手也拿走了。

立本当上了县政协委员，经常要去县上开会，好多人都帮着他打扮形象，立本也慢慢会讲究了，名牌西服，名牌皮鞋和皮带，后来又戴上了外国进口的名表。当然也给顺顺买了几箱子时兴衣服，顺顺开始穿着不自在，出了门手不知道在哪儿放。立本说要给顺顺买高跟鞋，顺顺说：这我不穿，那么细的跟，咋走路呀，咋干活呀？但立本还是买了回来，不止一双，是五双，逼着让她穿。

立本给顺顺讲了一件事，说他认识的一个煤老板，钱都几个亿了，就是穿戴上不讲究。北京一个歌星在市里演出，有人给拉皮条，肯出一万元就能和人家共度一夜。这老板提了钱去宾馆敲门，歌星开了门，一见是个农民嘛，衣服扑稀拉沓的，嫌脏，把钱袋子扔出来就关了。

立本说这故事的时候，耻笑那个老板给企业家把人丢了，顺顺心里想：如果那歌星不嫌呢……就把事情做了？

顺顺穿了高跟鞋，身子总挺不直，屁股就奓拉着，头一天脚就磨烂了，一回家脱下，指着骂：鞋，鞋，你害我！但她还得穿，给立本穿，就买了一盒创可贴装在了兜里。

立本做那事时，开始有了各种姿势，这让顺顺感到不适应，她说：你折腾啥呀？老催快点。立本就不做了，坐到桌前去喝酒，还摔烟灰缸。

顺顺又觉得欠了立本的，主动说：那你来吧。立本却自己不行了，顺顺说：这不怪我。立本嫌她不吱声，像个死人，说：你要叫床哩，你一叫床我就很厉害。顺顺便低声叫：床呀，床呀！立本打了顺顺一拳头，穿衣出门走了。

这是立本第一次打顺顺，顺顺觉得委屈，决心要和立本闹一场。可立本一走五天没回来，整得顺顺没脾气了，又自己寻自己的不是：是我不好，没给他生个一男半女的，又没能满足他。她到公司去找立本，立本当着众人没有给她脸色看，却说下午要去市里办事，打发她回家。这一走，竟然走了一个月。

宋鱼的商店赚了钱，几次拿了点心给他爹，还带来三只鸡，杀了让爹熬汤喝。老笨说：买这么多东西干啥？宋鱼说：花你的，有的是钱。给爹又掏出一条纸烟，把老笨的水烟锅丢到河里去了。害得老笨又下河捞了半天，才把水烟锅捞回来。

老笨对儿子说：有钱了你就攒着，你要攒不住，拿来交给我攒，攒够了娶个媳妇。为娶媳妇，老笨急，宋鱼不急，父子俩捣了几次嘴。

村长的兄弟在镇政府工作，胖得腆个大肚子，老笨对宋鱼说：人家和你同岁，娃都上小学了。宋鱼：生娃还不容易？老笨撇了撇嘴，又说：三十多岁的人了，连个肚子都没鼓起来，看人家多富态！宋鱼说：有本事的搞大别人的肚子，没本事的才把自己的肚子搞大。老笨就气得不和儿子说了。

从此宋鱼又不好好经营商店，往河北跑，而且每次都领着三四个年轻女子。老笨每次载儿子和年轻女子过河，他都兴奋，橹摇得特别欢。他觉得儿子是生心了，认识了这么多年轻女子，是不是和其中一个谈恋爱呢？便暗暗打量这些年轻女子，给儿子悄悄说那个穿红衣服的看着身体蛮好的，千万不要那个长腿细腰的，腿长腰细了不好生娃。宋鱼说：去去去！宋鱼把几个年轻女子领去河北了，几天后又带回来，再过几天重新带了几个还去河北。

又是一个清明，顺顺早早几天就催立本回河南给亡去的老人祭坟，立本也就和顺顺回了一趟村子。他们带了香烛烧纸、水果和酒，跪在坟前祭奠，阴票子印得像真的人民币，但面额都是亿元、十亿元的。顺顺说：这么大的数怎么花呀，我爹上集吃碗凉粉得有个零钱。还是掏出一百元的人民币在那些烧纸上一正一反地拍打了一遍。纸烧了起来，立本说：爹呀，娘呀，我现在是政协委员了！政协委员的势儿有多大，给你们说你们也听不懂，就是当年西镇的许县长！

许县长是民国的一个副县长，顺顺也听她爹在生前说过这人，是河南三个镇出的最大的官，那时穿着四个兜的中山装，戴着礼帽，胳膊上迟早都挂个文明杖。

立本的话让司机听到了，很快在河南、河北传开，也传到了县城。再开政协会，政协主席见了立本，说：你怎么拿敌伪县长比政协委员？脸色很严肃。立本慌了，赶忙解释，说：主席，这话你都听到了？那是哄鬼哩，哄鬼哩嘛！主席扑哧笑了，事情才安然过去。

宋鱼已经是立本公司的人了，专门负责采买礼品，比如衣服呀，烟酒呀，手表玉器，甚至家具，不一定是最好的，但一定是时兴的、最贵的，采买了又要亲自送到该送的人家去。在县委县政府的家属院里，宋鱼从来没有送礼送错过门，也从来没有给张三送时让李四看见。立本对宋鱼很信任，后来出门，一般就让他在身后跟着。宋鱼的眼色又活，立本要上电梯了，他肯定先小跑去摁键；立本进了厕所，他肯定在厕所门口拿着手纸；立本招待客人去歌舞厅娱乐，他会在门口组织一拨一拨坐台的女子进去陪酒。立本差不多离不开宋鱼了，一有事，就习惯地扭头看，宋鱼就说：我在这儿。

这一年春节，顺顺和立本都没有回河南，而河南的风俗是年三十夜里要在屋门上挂红灯，还要去祖坟上挂红灯，以彰显这家有人，鬼也不是绝死鬼。立本就支派了宋鱼去。宋鱼把最大最亮的灯笼在顺顺家的大门上挂了，也在顺顺家的祖坟上挂了，才去河边的茅屋看他爹。老笨在喝买来的苞谷酒，他陪着喝，自己醉得吐了，老笨给他擦洗了半夜。

回到河北，宋鱼给立本建议：得修修老屋了，虽然人不在那里住了，但老屋修得高大堂皇了摆在那里，也是光前裕后的象征，事业干得这么大了不在村里显耀，那如锦衣夜行。立本同意了，就委派他去监修老屋。

宋鱼给立本和顺顺说：我会把老屋修得像个祠堂。

宋鱼到河上游的山里买了上等的木料，运不下来，就放在河里吆排，吆到村前的河滩捞取，结果吆失了三根檩木。买了砖请泥水匠先磨砖，要求每人一天只磨十块，必须棱齐面平。然后各类工匠都到齐了，给准备吃的喝的，仅辣子面就买了两斗。

老屋热热闹闹修着的时候，县委书记也交给了立本一个特殊任务。县上的领导差不多有十年了没有被提拔高升的，请了阴阳师察看县城的形胜，说不该在修高速路时把城南的山梁挖开一个豁口，要补换风水，就得在豁口旁建一个寺或一个塔。县委书记当然不能建寺筑塔，就让立本盖一座楼，要盖得像市里的钟楼，县上可以拨一块位置好的地让立本便宜购买。

宋鱼得到消息，心里酸得怨立本这么大的事没告诉他，也没让他去负责工程，便喝了闷酒。

闷酒是在村长家喝的，喝高了才到修老屋的现场去，风一吹，脚下发软，倒在院里的石榴树下，树枝把脸剐破了，气得起来让人拿刀砍了树。那个中午，新的房子立木上梁，苫板已经铺了，坨泥苫瓦进行了一半，宋鱼却说柱子下的顶石雕刻得不好，大发脾气，要求换掉。换柱石得把柱子用杠子撬起来，可四根杠子把柱子撬起来了，抱着柱子脚的人原本有经验，以前也做过房子调整的事，可偏偏这回他在抱着的时候咳嗽了一下，身子打个闪，柱脚就斜了，听到屋梁上嘎巴嘎巴响。有人忙喊，快跑！撬柱子的人就往外跑，而屋顶即刻塌下来，把抱柱脚的人压死在下边。

一出事，宋鱼酒醒了，也害怕了，决定得跑了，就说：我给老板打个电话。拿了手机放在耳朵上，一边走一边回头，走到村口撒脚就跑了。

老笨是在立本和顺顺从河北回来坐船时才知道修房出了人命，要跟着一块去现场。立本说：你去干啥，让人知道宋鱼那瞎货是你养的？立本和顺顺走后，老笨心慌意乱，头晕得差点栽到河里。

下午，船不撑了，老笨还是去了顺顺家。立本在处理后事，顺顺坐在院子里哭，立本不让哭，给了被压死的那匠人家五十万，让入土为安，却继续要匠人们盖新房，不但要盖，还要盖得更好。老笨跟前跑后给立本赔情道歉，顺顺说：这与你没关系的。老笨说：儿是我的儿呀！自己打自己的脸，然后去搬砖搬瓦，黑水汗流得谁也挡不住。

顺顺没有很快回河北，她怕出这事故招村里人耻笑，特意要多待些日子，拉扯拉扯和四邻友舍的关系。她没再穿那些鲜亮衣服，更是脱了高跟鞋，没事了就和村人拉家常。四天后，一户人家给儿子结婚，又恰逢镇街逢集，她去集市上给匠人们买了烟酒，又买了些水果糖回来给孩子们散发。水果糖散发完了，才拍打着衣服要去结婚的那家坐席吃宴，村长的兄弟媳妇就拉了孩子到院里，说：快叫你富婶，你富婶给你糖呀！孩子就叫着：婶，富婶。顺顺没了糖，尴尬得脸都红了。那媳妇还在说：你富婶当年搞推销时，我给你富婶揉过腰，你富婶还能不给你糖？顺顺在口袋里掏出一百元钱，塞给了孩子。

结婚的那家见了顺顺，拉着让坐上席，顺顺不，一头钻到厨房帮着洗菜淘米，端了一盆泔水倒到猪槽去，上房台阶上有礼桌，好多人去上了礼。村长说：顺顺给上过礼了？顺顺说：还没哩。提着盆子去上了五百元。记礼单的说：呀呀，五百元！旁边有人说：人家五百元算个啥！顺顺又回到厨房，村长进来了，黑脸训她：你再有钱你不能害大家嘛！顺顺说：咋啦？村长说：你又不是没在村里生活过，村人行礼都是五十元，你一下子来个五百元，别人还活不活？顺顺没和村长争辩，但吃饭时喉咙噎得难受，吃了半碗就回了家。

立本还是爱喝酒，却好像不胜了酒力，喝到半斤就喝多了，常常被人三更半夜地背着回来。顺顺总是埋怨送的人，埋怨得多了，立本再喝醉，送的人把立本背到门外了，使劲敲一阵门，人就跑了。立本酒醒后，嫌顺顺埋怨送他的人，影响了他的声誉，说：我要应酬能不喝酒？我的事你不要管！顺顺和立本吵了一顿，顺顺没有赢，她想要控制住立本，立本却拿住她，酒照旧喝，一喝多了就不再回家来睡。

之后，凡是夜里立本没回来，那必定又喝多了。时间一长，顺顺想，我怎么成了个闲人了，老窝在家里？她去了几次公司，立本不让她干活，说老板的夫人了，再干活就丢身份。顺顺想想也是，又回到家里闲着，把头发烫卷了又拉直，拉直了又烫卷，也往脸上抹各种润肤油。一天公司销售主任的老婆来家串门，说用黄瓜切了片往脸上敷能防皱纹，顺顺当下就切了黄瓜，两人睡在床上，贴了一脸的黄瓜片。两人说了一阵话，那老婆突然说：老板还是不回来睡？顺顺说：他事情多呀。心里却想，她怎么知道立本不回来睡？那老婆说：他不回来，你能睡得住，不想那事呀？顺顺说：这么大年纪了还想那事，从来都没想要过。那老婆说：男人和女人不一样。顺顺想，她怎么说这话，是立本在外头胡来哩？但嘴上却说：胡来就胡来吧，那就把咱轻省了。说完还呵呵呵地笑。

顺顺明显地觉得自己年龄大了，头上有了白毛，腰上的赘肉也长出来了。夜里当然是睡不踏实，坐起来要吸几根纸烟，然后睡下了却一觉又能睡四五个钟头。她要求立本把存折都交给她管，她说：我只管存折！心里想，管好存折就管好这个家了。

河北的镇街是三天一集，集市上有个妇女在卖一窝狗娃，一只白毛黑蹄的见了顺顺就叫，声音细得像猫儿似的，顺顺觉得可爱就买了。妇女见顺顺还买了许多东西，打发自己的女儿把狗给她送去。那女儿水灵灵的，漂亮，顺顺就和那女儿说了一路的话，知道名字叫苗苗，说：我喜欢你，给你改个名吧，叫安然。到家后还留安然吃了一顿饭。

以后的日子，狗长得很快，顺顺也是三天两头就给安然打电话，安然便跑来陪她说话，一块吃饭，走时还要给送条丝巾呀或者一双皮鞋。

安然要叫顺顺是婶，顺顺说：叫姐。

立本回来过一次，也见了安然，说：河北还有这么漂亮的人？要让安然到公司去上班，顺顺不愿意，要安然就跟着她，说：你真喜欢她了，就给她每月发一份工资。

终于有一夜，门外的狗叫，顺顺一听脚步声，知道是立本回来了，急得要去开门，把拖鞋穿成了对脚，开了门才发现衣服也披反了。立本又是喝多了，但这回身后没人，顺顺说：咋没人送你？立本说：啊！吐了她一怀。顺顺说：怎么能没人送呢，真是的！扶立本进屋到床上，要给立本脱衣服，立本却怎么都不让脱，躺在那里就睡着了。这半夜，顺顺被酒气熏着，被鼾声聒着，她有些兴奋，人回来了还是好，两个人睡觉总比一个人睡着好。她睡一会儿要起来掭掭立本身上的被子，又要去盛开水给立本喝，端着开水一边吹着一边看了窗外。天上正是天狗吃月亮，月亮只剩下半个细牙儿，特别白，特别亮，像是银打的簪子。

河北的矿区现在成了一个新的镇，四面八方的人全来讨生活，求发财。立本从镇街上走过，许多人都问候他，尤其河南来的人更希望能在他的公司寻个活干。立本不愿意河南人到他公司来，因为他们知道他的根根底底，又担心他们来了难管理，要干就去挖煤吧。但河南人不想挖煤，也不死心，就让媳妇们去缠立本，立本出现总是被媳妇们围上纠缠，镇上人就说：瞧这个煤老板是唐僧吗，惹得白骨精多！

立本虽然注意着体形，但毕竟还是胖了，当陪着县工业局的领导检查工作了，领导也是个胖子，两个人都凸个肚。领导问立本：你站直看得见小弟弟吗？立本说：两年了没看见过。领导说：要减肥哩，下决心得减肥了。往窑上去，沿途的电线杆上都贴着治性病的野广告，领导问：你没性病吧？立本说：我怎么害性病？领导说：当老板的能不害性病？你也让领导害害病嘛，害性病不是你们的专利啊！两人哈哈大笑。

宋鱼在外跑了两年，混得不好，打听到修房死人的事早已了结，就又跑回河南。他没脸再去见立本和顺顺，却又阴谋着怎样还能在立本的身上再挣到钱，后来真找了个智障的流浪汉，让另外两个同伙带着去立本的煤窑挖煤，挖了半个月，寻机把流浪汉从一处煤层面推进一个坑里，又弄坏几根木支护，让煤块掉下去压死。窑里死了人，立本就慌了，害怕县上安检局要追究责任，影响他的政协委员，于是严格封锁消息，想偷偷联系死者家属，以私了完事。宋鱼立即又派一个同伙冒充了流浪汉的本家哥去立本的公司谈判，要求赔偿一百万。立本不同意给一百万，给了七十万。

顺顺的老叔得知亡者运回河南后是宋鱼把尸首在山坡上挖了个坑埋的，把话说给了立本，立本明白了是宋鱼搞的鬼，气得破口大骂，发誓要报复，要报警。顺顺知道后，到公司去看立本，说：看你交的啥人嘛！数说了一顿，和立本商量对策，一夜愁得头发全白了。天明时，顺顺给立本煮了一碗荷包蛋，说：吃饱了，脑子就清白了。她的主意是不要报复，也不要报警，以免事情弄大了拔出萝卜带出泥，说：咱扑索扑索心口，咽了这亏。

立本听了顺顺的话，却窝了一口气，不久就病了。

为了让立本散心，顺顺要立本跟她去矿区西北的月亮岭上采野菊。月亮岭上的野菊全开了花，一朵花小是小，并不起眼，可一面坡上小花一朵挨着一朵密密实实铺开来，却金光耀眼，极其壮阔。立本采着采着，觉得后背疼，以为是岔了气，也没在意。回来把野菊泡水喝，喝了拉肚子，吃止泻药都不行，就去了医院治。住了三天医院，腹泻停了，顺顺说那就势把后背疼也检查一下吧。这一检查，医生说拍出的片子上在乳房部位有块阴影，怀疑是癌，乳腺癌。立本当时就躁了，说：我怎么能患癌，一个大男人的患什么乳腺癌？

在省城的大医院经过确诊，立本确实患的是乳腺癌，很快就做了手术。手术是傍晚开始做的，顺顺在手术室外的椅子上坐不住，跑到楼下的花园里哭，哭到天黑。那一夜天阴着，没一颗星，顺顺合着掌说：要是能出来个星星，他的病就能好的。仰头在天上寻，寻了半个小时还是没有星星。她得去手术室门口了，但仍不死心，一边往楼门道走还仰头往天上看，就在进楼门道时终于看到了小小的一颗，啊地叫了一声，手术室在十楼，她一口气就跑了上去。

做完了手术，立本能说话了，第一句话就问医生：我还能活多久？医生说：你这是早期，而且这种病多半是能康复的。立本说：那我就是那多半！顺顺也高兴立本有这种信念，说：你当然会好的，你不是那地方长着痣吗？立本竟然还让顺顺拿了镜子来，躺在那里照了看，说：我死不了，县上的那座楼就继续盖。你去省城买一套商品房吧，要精装过的，出了院我就住下来做化疗。这事一定不能给任何人说，消息封牢焊死最少三个月，三个月我就回去了！

顺顺就在省城买了房，出院后在新房里伺候立本。伺候了半月，立本就让顺顺回河北料理公司的一摊子事，顺顺不愿意回去，立本让她必须回去，顺顺就雇了保姆，让司机也留下，她回到了河北。

顺顺突然坐镇公司，公司里的人都莫名其妙，顺顺解释是老板出国了，去考察了。她去了窑上三次，去了销售部一次，去了财务室一次，还去了县上盖楼的施工现场一次。检查工作严肃认真，一丝不苟，检查完了却宣布发补贴发奖金，数额是立本在时的三倍。她觉得人赚钱不能太多，钱太多了就反过来伤人。

顺顺忙过了公司的事，回到家里就指教安然，安然也知道了立本的病，问顺顺几时去省城。顺顺说：我不去了，这得你去。她就每天晚上给安然讲立本爱吃什么，爱穿什么，是什么性格和脾气，手把手教安然做饭、炒菜、熬汤，如何叠衣服，如何布置房间，还有怎么站、怎么坐、怎么笑。有一天说到洗澡，顺顺就说：哦，他背上以前受过伤，搓澡的时候不敢太用劲。还有，他睡觉打呼噜，别让他窝住了头。安然说：咋给我说这些？顺顺说：这有啥哩，你应该知道。

两个月后，顺顺让司机回来，把安然送去了省城。走的时候，给安然理了刘海，说：你真漂亮！车一走，两股子眼泪却流下来。

立本在城里住着，三个月并没有回来，五个月也没有回来，但他几乎三天就能接到顺顺的一次电话，先是询问身体怎样，又询问安然表现怎样，末了汇报公司的情况。立本知道了煤又卖不动了，是越来越卖不动，曾经拉煤车排得像长龙一样的，如今一天来不了三辆。

立本在电话里问：那是怎么回事？

顺顺说：不知道呀！

立本又问：是不是管理上出了问题？

顺顺说：别的公司都这样呀！

立本看报纸字老认不全，让安然给他念，报上不断地写着美国金融危机、欧洲金融危机，全球的经济都在衰退，也影响到了中国。他去医院化疗时遇着一个年轻女子陪她母亲也化疗，交谈起来，那女子是台湾在大陆一家公司的白领。他说：现在真是经济衰退吗？那女子说：别的行业我不知道，我们公司是专卖高级酱油的，但我知道我们今年的销售量只有往年的三分之一。

顺顺在月底的一次电话里告诉立本：有十多个公司的窑已经关停，是不是咱们的窑也关停了，或者先关停一个，因为卖出去一吨就亏本一吨，既然亏本就不卖了，既然不卖了就不挖了。

立本却在电话里说：不能关停！我不是病也一天天康复吗，我不是有那个痣吗？挖，继续挖！

两个窑就继续生产，煤堆了那么大的一堆，又是一堆。公司的钱没有进的，只是每日投入，所有的钱都变成了煤，堆得沟岔里到处都是煤。

去年旱了一秋，开过年到了初夏，雨却下了三场，最大的一场连下了三天四夜。沟岔里的煤被雨一层层地冲刷，高高的丘堆变成平的，又变成了槽渠。顺顺打着车去看了，她骂着天，骂着骂着却笑了，说：这也好，好了，立本的病总该康复了。就想到了河南的老屋。

倒流河上的船还在撑，船千疮百孔了。过河的人说：老笨呀，你真要换换船了。老笨说：是该换换了。过河的人说：那怎么不换呢？

老笨说：政府说修桥呀修桥呀，这几年了也没见修起来，我能换得起吗？

过河的依然很多，是河南的去河北的少，河北的回河南的多。

三天四夜的雨后，河里更涨了水，波涛满河满船，船不能撑了，河北岸崖上还聚了好多人，他们要回河南，大声叫喊：船过来哟——老笨！看着船停在那里，船上没有了老笨。

老笨也没有在茅屋，茅屋三个月前就拆了，他在村里的老屋睡着，做了个梦，梦见拾到了一大筐的鸡蛋。

阿吉

阿吉原名叫阿鸡，从城里打工回来后村人才知道他已经改名了。

城里人将妓女称作鸡，这使初次进城的阿鸡很没体面，虽掏了五元钱在环南十字路口的卦摊上求了个"吉"字，但字改音未改，仍被人瞧不起，只能在建筑工地上当和灰的小工。工人们一边劳作一边要说些荤段子，阿吉呆听着就捉了锨把不动，老总便骂阿吉懒，不出四个月，结算了三百元，让他走人。

阿吉在城里浪逛了一天，无事可做，将一泡屎拉在草帽里，把草帽又摔在一堵砌了瓷片的墙上，离城回家。

回家要坐一天的火车，三百元钱藏在鞋垫下，不敢随便买吃喝。同椅上和对面椅上是三男两女，衣着鲜亮，又啃着烧鸡，阿吉就很孤独，把鞋脱了，抱起双膝在座位上做瞌睡状，心里在骂："好东西都叫狗吃了！好女人都叫狗 × 了！"骂着骂着，心理平衡下来，真的便瞌睡了。一觉醒来，刚好车快到站，赶忙要穿鞋往车门口去，却怎么也找不着自己的鞋了。

"鞋呢，我的鞋呢？"椅下满是皮鞋，阿吉急出一头水。

旁边人问："你是什么鞋？"阿吉说："条绒面，布底子。"那人说："就是那双破鞋呀？臭死人了，早从窗口扔出去了！"阿吉质问："谁扔的？"拳头便提了起来。但阿吉很快就松开了手，因为他面前站起了三个男人，又粗又高，拿眼睛盯住他。阿吉说："扔了……就扔了。"人站在车外了，却对着车窗破口大骂："扔我鞋的，我 × 你妈！"骂一句，跳一下；再跳一下，站台上一块玻璃碴子扎了脚，扎出血来。

阿吉并不可惜那双鞋，鞋确实是破鞋了，他也是可以打赤脚从小站上走十里路回村的，但阿吉遗憾的是鞋垫子下藏着钱，硬咯铮铮的三百元钱。

阿吉赤了脚到小站东边的席棚里去找阿狗。阿狗是阿吉的同胞哥哥，父母死的时候，阿狗待阿吉还好，发誓说他卖豆腐也要供弟弟念完高中念大学，可阿狗一娶了婆姨就听婆姨话了，分家过活，搬到小站卖豆腐了。阿吉也瞧不起阿狗，进城时跑过豆腐棚就恼得去打招呼。现在，他只好向哥哥借钱了。阿狗听阿吉说了恓惶，扇了他一个耳光，却把五十元钱捏一疙瘩塞给他，低声说："别让你嫂子看见。"

阿吉说："我会还你的！"

原来阿吉要买双板儿鞋的，想了想，一怒买了双人造革皮鞋，二十元。又三元钱买了一副墨镜。镜一戴上，眼前蓝哇哇的，感觉换了个人似的。

阿吉回到村里，天已麻麻黑，老远看见巷口村长家的窗口亮了灯，灯光映在山墙外的碾盘上，阿米和小安蹴在碾盘上赌"红桃四"。阿吉咳嗽了一声，端端走过去。阿米哈地咋呼了一下，说："是鸡哥回来了?！"

阿吉说："从城里回来了！"

阿米抬起身要摘墨镜看看，阿吉喊了一声："臭手！"阿米就不敢动了。

小安说："我手才臭哩，叫他赢了十元了！"

阿米说："这靠智力哩，又不是抢的。"

阿吉说："你以为你是谁，看我收拾你！"

阿米是村里的上门女婿，阿吉进城前眼里就没有他。婚后的第二天，牡丹引着新夫阿米来给本家子各户认门磕头。到了阿吉家，阿吉问："贵姓？"阿米说："免贵，姓米。"阿吉就笑了。阿米说："大哥的大名？"阿吉说："说了嫌你怕怕哩！"阿米说："莫非大哥叫老虎？"阿吉说："老虎倒不是，叫鸡，往后你不要惹了我！"从此阿米果然害怕阿吉。阿吉去城里打工的时候，阿米就求过能不能跟着一块去，阿吉没有理他。

一张牌一块钱，三个人赌了几个来回，阿吉果然赢。阿米嚷着再来，阿吉说："行么，我也不嫌钱多了扎手。"却一定要验资。小安是没钱了，只好袖了手在旁当牌警。阿吉和阿米两个人一来二去继续赌，阿吉把赢来的输了，又把身上的二十七元钱输掉了，一摔牌，说："权当我耍了个歌厅的小姐！"

小安说："鸡哥在城里耍过歌厅的小姐?！"

阿吉说："城里讲究夜生活嘛！"

阿米死死捏着一把钱，看着阿吉走了，一张张清点，却突然想："阿鸡他是骂我哩嘛！"恰好队长的公鸡天黑了从大场上回院中的架上，阿米一脚踢去，骂道："黄鼠狼拉了你去！"往常，骂黄鼠狼阿吉是不会饶的，但现在阿吉竟不理，这使阿米有些纳闷，看着那一溜皮鞋脚印，甚至有点失意。

阿米说："阿鸡怎么不理会？"

小安说："阿鸡见过大世面了。"

阿吉走得很远了，站住，回过头来，而且是把墨镜推架在了脑门上，说："阿米，我告诉你，我不是鸡狗的鸡，我是吉，上边一个士下边一个口的吉！"

阿鸡改名为阿吉了，这消息很快就在村里传开来，能改了名字，肯定是在城里做了大事。园园甚至听到议论，说是阿吉在一家公司里当了什么主管，皮鞋西服那是上班的工作服，一月发一次，常陪客户去歌舞厅，耍的是白脸长身的小姐，还泡过俄罗斯来的妞儿，园园就惊慌了。

因为阿吉以前曾要和园园谈恋爱，园园拒绝了他，说："你能给我盖一院像拴子家的两层水泥板楼房，我就嫁你！"拴子的舅舅在县公路局当局长，拴子的爹能长年在公路工地上包活干，是村里最富的人家。阿吉哪有和拴子家的比头，打死他也盖不了那样的房子！阿吉进城也是受了园园的打击而走的，那时阿吉说："我在城里不干出个名堂就不回来！"如今阿吉回来了，一定是会羞辱她的。

园园就去找拴子，拴子和他爹正从害了肾病的刘干事家出来往回走，园园立在树后叫了一声"拴子"，自己脸都红了。园园是和拴子在他家的磨坊里亲过嘴的，说话已经不心跳，但园园怯拴子的爹。拴子的爹眉眼威严，却是开通人，说了一句"你们说话"，自己先回去了。拴子见爹一走，急猴猴就扑过来拉园园的手，园园说："大白天的，把手收了。你知道阿鸡回来了吗？"拴子说："知道。"园园说："你知道他改了名吗？"拴子说："城里的王八大三辈啦？何况他还不是城里人！"园园说："听说他在城里耍大啦，交识的都是些有头有脸的，装了一口袋名片哩！"拴子说："别听胡说！"心里却吃了一紧：现在的世事说不得，什么情况也会发生，难道阿鸡还真脱胎换骨了？就拿眼睛盯着园园："他又骚扰你了？"园园说："这倒没。你说他这回来要干啥呀？"拴子说："管他干啥呀，咱俩的事我爹催着待客的，你定个日子吧。"

园园很快定了日子，毛看待了十桌客。按风俗是要订婚的，但订婚分两道手续，得毛看一次，男方的父母要给女方钱财首饰，再得正看一次，男方的父母还得给女方钱财首饰，方可领取结婚证，商定结婚日期。园园和拴子毛看待客的那个上午，阿吉和小安，还有小安的相好豆花，去逛镇街。小安年纪轻轻的就有了相好，阿吉气有些不顺，好的是豆花腿短屁股下坠，阿吉便让他带着豆花。豆花是石头的侄女，进乡政府院子去询问修水渠经不经过她家坟地的事，小安便问阿吉："你觉得好不好？"

阿吉说："鞋好。"

小安说："鞋是我买的，脚胖了些，看不见鞋沿了。"

阿吉说："你倒舍得！"

小安说："咱想讨个婆姨么。"

阿吉哼哼地笑，问小安："婆姨是什么？"小安说："婆姨就是婆姨呀。"阿吉说："你也学过拼音的，你念，慢点拼拼。"小安念："婆——姨——×！"又叫道："原来婆姨是指那个呀，你怎么知道的?!"其实阿吉也是听城里人说的，城里人曾经听阿吉口里婆姨长婆姨短的，就嘲笑乡下人把女人不当人。

但现在阿吉却嘲笑小安了，为讨个"婆姨"就买那么好的一双鞋。阿吉再问小安："你知道日子是什么意思？"小安说："这我知道，油盐柴米醋吧。"

"你什么也不懂！"阿吉说，"你没进过城！"

小安完全是低了一辈了，他歪着头看阿吉的脸，问日子到底是什么，阿吉的脸定得平平的，什么却不说了。豆花从乡政府出来，脸色灰了一层，小安问："怎么啦？"豆花说水渠已定了线，是要经过她家坟地，去年才给爷爷造了新墓，又得迁移的。阿吉说："迁移的事有你爹和你叔哩，用得了你犯愁，你操心个草帽是正事，大热天的，人都晒成红薯啦。"豆花说："小安不给买么。"小安翻着口袋，口袋底都翻出来了，说："哪儿有钱？"街上的人窝里有人戴了个新草帽，阿吉说："豆花你要不要那个草帽？"豆花说："要哩么。"阿吉说："你有一条绳带没，有绳带了这草帽就归你。"

豆花把一条绳带了阿吉，阿吉将绳带从头顶系到脖子上，还打了个结儿，就走近那个戴草帽的人。他是站在了那人的左边，右手极快地揭了草帽戴到自己头上，那人头扭向左边张望，喊："谁抢帽子？我的帽子?!"阿吉在右边拍拍那人肩："嫂子，这街上贼多哩，戴帽子你要系帽带么，你瞧我，有帽带谁抢得去？"

阿吉戴着草帽踅过来，把草帽戴在了豆花的头上，豆花眼里都放了光。

阿吉一得意就想尿尿，他去街边的公共厕所里尿得老高，但阿吉听到了两个人说话，话说得像五雷轰顶。两个人是蹲在坑边边拉屎边议论拴子家的事，一个说有钱的人都长得好，一个说那不见得，东洼村的得胜该有钱吧，脸窄得像刮刀。一个说得胜不行，他儿子拴子也不行，可拴子生下娃娃了你瞧吧，那园园就人样稀么。一个说拴子真的能娶了园园？一个说今日毛看哩你不知道，得胜昨天在银匠铺里取了戒指哩。阿吉不等尿完就提裤子，裤裆里湿了一片。他没有再去理会小安和豆花，小跑进村要查个究竟。村里果然有许多人都往拴子家走，阿吉当下拐脚回到自己家，哐啷把门关了。

阿米也是去拴子家吃席的，走到半路，牡丹让阿米回去拿个空桶，说是拴子家今日待客，肯定剩菜剩饭多，到时候盛在桶里提回来喂猪。阿米就返回去拿桶，跑过阿吉的后窗，听见屋里有吵架声，吓了一跳，放下空桶站上去从窗缝往里看，看见阿吉一个人在屋里走来走过去，大声地说："嗐——把我气死啦！嗐——我 × 你妈！"

阿米同情起阿吉了，他在拴子家坐了一会儿，想，这时候安慰阿吉，阿吉就不会再欺负他阿米了，便推托家里有急事，向拴子告辞。拴子大方，说那让牡丹带些饭菜给你捎回去。阿米便来敲阿吉门，什么话都不提了，只邀请到他家吃饭去。阿吉在阿米面前是不倒威的，他把皮鞋穿上了，又穿上了那一件很短的西服，戴上墨镜，说："请我去你家呀，没有肉我不去给你充脸哩！"

牡丹从拴子家带回来的是一盆米饭和一碟红烧肉，阿吉吃毕，问："有没有牙签？"阿米说："牙签？"阿吉说："瞧你，你家哪儿会有牙签。在城里用牙签惯了，吃完饭不剔剔牙就像每天不洗脸一样难受！"牡丹看着阿吉上嘴角粘着的一颗米，她不敢说阿吉你擦擦嘴，便夸奖道："吉哥不显老，嘴上不长胡子。"阿吉抹抹嘴，笑笑："是不？"米粒掉下来。牡丹说："吉哥在城里是个主管了？"阿吉说："你看我像不像？"牡丹说："我早就说了，吉哥大鼻子，不是乡里能待住的人，果然是了！东洼村最俊的女子数园园，可惜园园眼里没水，鲜花插到拴子的牛粪上了！"阿米知道底细，立即用眼睛瞪牡丹。阿吉却嘎嘎大笑："你说园园是鲜花呀?！"牡丹说："园园不是鲜花谁还是鲜花啊?"阿吉说："你没进过城，我怎么给你说呢? 我告诉你，即使是我一辈子在村里，我也不会娶园园，她是个白虎哩！"这下阿米和阿米的婆姨都吃惊了："白虎? 我的天！"

女人若是白虎便命硬，嫁谁克谁。阿米千叮咛万叮咛婆姨不敢把这话扬出去，可牡丹哪里能憋得住一个屁，先给隔壁的石头爹说了，石头爹又告诉了阿财的婆姨，不几天村里人都知道园园是个白虎。园园人称小观音的，毛看的时候虽然得胜一再挡客，村里仍是十分之七的人家去行情恭贺，猛一下形象坏了，好像兴善庙里的佛像在"文革"中被人砸了头，庙从此成了生产队的仓库，什么东西都可以扔在里面。大家对得胜家的敬畏没有了，也避着园园和拴子，拴子已经感觉到有些不对劲，但他弄不清是什么原因。

一日，小安和拴子去镇街，拴子给小安买了一碗凉粉吃，小安受感动。两人小便的时候，小安往拴子腿根看，说："拴子你是不是青龙?"拴子说："不是青龙怎么啦?"小安："不是青龙压不住白虎。"如此这般那般说了一通。拴子说："她是白虎?"拴子的衬衣都汗湿了，当晚约了园园到村后的废砖瓦窑上。拴子和园园亲了嘴，拴子的手就往园园的裤带下钻。园园坚决不愿意，说不到洞房花烛夜，是绝不会干那事的，拴子梗着脖子不言传，两人挽缠了半天，园园只允许手伸进去摸摸，拴子摸了，倒在地上狂笑。园园说："瞧你这瓜样！"拴子才把小安的话说了一遍。园园当下打了拴子一个耳光，说："别人这么坏我名声，你竟然信了来验证我?！"转身跑走，拴子叫也叫不回。

这一恼，园园数天不理拴子，拴子去她家，门都是哐地关了，门外的狗还在喊："汪！"拴子就把这事告诉了爹，得胜勃然大怒，他不允许阿吉来诋毁，就召集了曾在公路上包过活的一帮熟人要教训阿吉。

镇上的灌溉大渠开始栽桩画线，阿吉去现场看了看，正逢着邻村有人给孩子过满月，阿吉也去了，问："是男娃女娃？"主人说："生得不好，女娃。"阿吉说："不就是长大了嫁给皇帝吗?!"主人高兴了这一句话，也拉他去吃席。阿吉吃得肚子多大，往回走时弯不下腰，路过一片芦苇地，墨镜掉在地上，醉眼蒙眬的，又折不下身。芦苇里出来三个人，一女两男。他说："嫂子，帮我拾拾镜。"女的说："你眼睛瞎了？"阿吉看了一眼，女的也是大肚子。阿吉说："嗯，嫂子也去吃席了？"两个男的便扑过来一顿打。阿吉说："我没看清她是孕妇么，我就该打？"两个男的并不说话，又一顿打。

"我是阿吉！"阿吉赶忙说。

一个拳头戳过来，阿吉只觉得砰的一声，人就倒在地上，赶忙用手护头，人就像西瓜一样滚过来滚过去。滚到了芦苇丛里，两个男人解他的裤子，阿吉立即叫道："不要不要！"害怕被割了尘根。但阿吉的裤子被拉开了，手脚同时也被压住。他看见一个人拿了剪刀，说："就这么一点点呀！"阿吉就昏过去了。不知过了多久，阿吉醒来了，满天星斗，芦苇地里一片蛐蛐叫。"我还没有死？"阿吉想，赶忙用手摸下身，那尘根还在，却没有了毛。爬起来唾了一口："呸，是瞎子还讲究杀人哩，剪×把×毛剪走了！"四下里瞧瞧无人，一瘸一跛回了村。

二道巷拐弯处是刘干事家，刘干事家的屋檐下燃着一堆火，火旁几个人在杀黄鼠狼。刘干事的肾病已经很严重了，中医和西医没办法，家人开始缝制寿衣。来修水渠的技术员提供了一偏方：喝黄鼠狼血，喝过十只黄鼠狼的血就会好。刘干事的婆姨哭着说，死马当着活马治吧。可黄鼠狼许多年不见踪影，托人去南山总算捡了一只装在铁笼里提来，却没人敢杀，正急着，阿米的婆姨看见有人从巷道走过，就喊："那是谁？"阿吉听见了，说："是我！"

"是吉哥？"阿米的婆姨喜欢了，"吉哥是男人，让吉哥杀！"

几个人去拉阿吉，阿吉不知道是干什么，后来听说杀黄鼠狼给刘干事治病，挣脱了众人，说："谁的忙不帮，刘干事的忙得帮哩。"把西服领子提了提，强忍了右腿的疼痛，走过去。一看，铁笼口被口袋套住，黄鼠狼就在口袋里乱蹿，口袋就这儿一个包，那儿一个疙瘩，阿吉就不敢下手了，说："把口袋剪个小洞，只让头出来么。"小洞剪开了，一只黄脑袋钻出来，几乎整个身子也要钻出去，阿米的婆姨赶紧压住口袋，说："吉哥，快拿剪子剪！"阿吉剪了一下脖子，没剪开，手一抖，黄鼠狼把剪刀咬住了，阿吉就跳开去，说："使不得，我是鸡，黄鼠狼要吃鸡的！"

阿米婆姨说："你不是士字头口字底的吉吗？"

阿吉说："你知道士字是什么意思，士不杀生的。"

石头的媳妇也在场，说："让我来！"胖身子拧过去，抓起口袋扭了一匝，黄鼠狼一动不动了，然后拿剪刀剪黄鼠狼脖子，血就流下来，而同时有屁发响，熏得众人都背过头。石头的媳妇一丢剪刀，将血手往阿吉的腮帮抹，说："你不如个娘儿们！"却大叫："你留胡子啦？"

众人看去，阿吉是留了胡子，一撮小八字胡。

阿吉用手摸摸，果然唇上有胡子，他也不知道这是怎么回事，却说："少见多怪，城里的人越年轻越要留胡子哩！"

阿吉回了家自个纳闷怎么就长了胡子，照照镜，揪了揪，发现是用胶水粘就的，忽地醒悟了，就吐了一口，还恶心，把坐席吃的酒肉全吐了出来。

阿吉一口气咽不下去，找村长告状。

村长说："你怎么知道是拴子家找人打了你？"

阿吉说："我说了园园是白虎。"

村长说："你怎么知道园园是白虎？"

阿吉说："她应该是白虎。"

村长说："那你就应该挨打。"

告状自然是不了了之，但阿吉丢了面子，几天闷在家里不出。后来坐到村长家山墙外的旧碾盘上，招呼人来玩"红桃四"。阿米路过，阿米说他到地上摘茄子呀。叫小安，小安让他上茅房，进了茅房却翻过茅房矮墙跑了。阿吉坐在碾盘上，看见巷子东口走过一只狗，巷子西口也走过来一只狗，两只狗在巷子中间同时发现了一根骨头，就咬着抢骨头。阿吉便过去用脚踢狗，把骨头捡起来扔到村长家的房上。村长的婆姨一直在窗里看阿吉动静，说话了："阿吉，你真缺德，一块骨头也不让狗啃？"

阿吉说："干骨头有啥啃的？！"

村长的婆姨说："狗就图个肉味嘛。"又说："阿吉，你那胡子呢？"

阿吉抬了身就走，巷口里两个人吵吵闹闹地过来，一个说："你把爹叫爹哩，我把爹就不叫爹？一个萝卜你两头切，这天下还有理没？！"一个说："什么理，给了你就是理？咱寻村长么！"阿吉见是石头和石头的哥，就又坐在了碾盘上，而村长的婆姨呼地关了窗。石头和石头哥便敲村长家的院门，敲了一阵敲不开，拳头砸得门扇咚咚响。村长的婆姨在院里说："是土匪打劫呀！"石头说："我们找村长断个理，婶子。"村长的婆姨还是不开门，院墙上撂出一句话："村长不在！"石头说："村长几时回来？"村长的婆姨说："村长就是回来，他也断不了你们家窝事！"

石头和石头的哥见敲不开门，靠着院墙闷了一会儿。阿吉拿石子在碾盘上敲，石头的哥说："你烦不烦？！"石头就对阿吉说："阿吉你是从城里回来的，你来评评这是个什么理！"石头的哥说："让阿吉评就让阿吉评！"

阿吉来了精神头，说："等等。"阿吉把墨镜取下来，收了镜腿装在上衣口袋里，说："谁先说，啥事么，说截快些。"石头就先说，说得满口白沫，石头的哥又说，也说得满口白沫。阿吉终于听明白了，原来是石头的娘死得早，埋在老坟里，剩下一个爹八十多了，兄弟俩分家时讲好爹轮流着在儿子家吃饭，而爹将来死了，石头的哥管待造坟制棺，石头管待埋葬时的待客吃喝。石头的哥前年春上就选了新墓址，这新墓就得迁移。当然，迁移新墓乡政府给迁移费的，迁移费石头的哥拿了石头没意见，可新坟四周栽了二十棵小柏树，乡政府一棵树赔十元钱，二十棵树赔了二百元，石头便提出二百元一人该分一半，石头的哥死活不愿意，两人吵闹了两天吵闹不清。阿吉说："就为这事？"

石头的哥说："墓是我造的，树是我栽的，为啥要给他分一半？"

石头说："你要这么说，爹死了待客的事我就不管了！"

阿吉还是问："就为这事？"

石头和石头的哥："就为这事。"

阿吉说："这是打的事么，吵个熊哩？！"

村长家的院门哐啷打开了，门口站着的是村长，村长竟一直就在他家里，黑着脸说："阿吉你真个是躁嘴，你就这样评理哩？打起来你还要不要安定团结啦？！"

阿吉瓷在那里，说："你安定团结哩，你还不就是个倚老卖老的专制呀！"

村长说："该专制就专制哩！"把石头和石头的哥拉进院去，回过头还说："你往一边冷着去！"

阿吉灰不塌塌回坐在自己家里，拿瓢在水瓮里舀水喝，喝得牙根疼，喝得肚子和心都凉了。他突然觉得在村里难待下去了，可不在村里待又能到哪儿去呢？阿吉实在不愿意再往城里去打工。蹴在地上，用柴棍在地上画，画着画着，画出阿吉两个字，猛地想到吉字上半部是士，自己也多少有文化的，下半部是口，莫非该要我做口力工作者？阿吉这么想去，精神振作了，重新穿好了西服和皮鞋就出门，走到门外又回来，从柜盖上拿了墨镜戴上。

阿吉去的是镇街上的龟兹班。龟兹班班主一脸麻子，先是在县剧团唱黑头，剧团没了演出，工资发不开，他就拢了一帮人吹龟兹，逢着谁家婚嫁，给老人祝寿，为孩子过满月，或者死了人葬埋和过三年忌日，被请去吹吹唱唱，赚三二百元，吃三顿饭，末了还能带一条烟一瓶酒的。

麻子的龟兹班在这一带还挺红火。阿吉去麻子家,麻子正在他家山墙边的茅房里蹲坑。茅房的挡墙低,头能露出来,阿吉一进院,麻子就看见了,麻子没有理。阿吉却瞧着麻子在对他笑哩。

"麻哥——"阿吉把墨镜摘下来。

麻子的脸还在笑着,一颗颗麻子红纠纠的。

"麻哥——!"阿吉回笑了一下。

一阵扑里扑通响,麻子的脸不笑了,阿吉才明白麻子刚才不是对他笑,是努了力拉屎哩。麻子说:"你是不是阿吉?谁又死了?"

阿吉说:"人倒没死的,我想跟着你哩。"

麻子说:"你会干啥?"

阿吉说:"我能唱。我唱一版《张连卖布》。"将一口稠痰唾给脚下的鸡,唱了起来,鸡立即跑远了。

麻子说:"好了,你甭唱了,该做啥就做啥去!"

阿吉一时眼前乌黑,想起了城里工地上老总的训斥,再勉强说了一句:"我……我还会说段子。"

麻子说:"你说说我听。"

阿吉想了想,说道:"说的是两头牛,一头公牛一头母牛,犁完地后没有回村,在村外河边吃草哩。吃着吃着,公牛说回吧,母牛说你要回你回,我还要再吃哩,公牛就蹶子一炝一炝回村了。但公牛很快便从村里跑出来了,一边跑一边喘着气,牛鼻子都歪了。母牛问:咋啦咋啦?公牛说:县上来了几个干部,嚷着要吃牛鞭呀!母牛:噢,那与我无关,你就在这儿躲着,我回呀。母牛回去了,母牛很快也从村里跑了出来。公牛问:你怎么就也出来啦?母牛说:干部说了,吃了牛鞭今晚吹牛 × 呀!"

麻子用粪铲将坑槽里的屎往下捅,忍不住扑哧笑了,拿着粪铲在矮墙上磕,说:"你狗日的阿吉,嘴比这屎还臭!"

阿吉从此留在龟兹班。龟兹班始终是坐在过事人家的院子里,面前蹳着茶壶,耳朵上别着烟,敲板鼓的敲板鼓,拉二胡的拉二胡,麻子和一个女的脖子上暴了青筋地唱。吹唱之后，轮到阿吉说段子，以麻子的想法，要用白粉给阿吉按个白眼圈，阿吉坚决反对，他就戴墨镜。阿吉的本事是嘴皮子利，说得别人笑了他不笑。豆花来听了一场，豆花就佩服得不得了，说："吉哥，你真行，你也给小安教教呗。"阿吉说："小安那猪嘴！"小安的嘴唇是厚，豆花就丧气了，豆花说："那我拜你为师。"

阿吉领着豆花去镇街的饭馆里吃麻辣粉，一个盆里你夹一筷子，我夹一筷子，吃着吃着，一条长粉一人吸了一头，像两只鸡争吃着一条蚯蚓。豆花一松口，阿吉把整条粉吸进了肚。他看着笑得整个下巴呼噜呼噜抖肥肉的豆花，说："再有场合了，你把园园也叫上。"

豆花立刻不笑了，说："你请我吃饭，原来是要我叫园园啊?！"

豆花赌了气离开饭桌，阿吉再喊也不回头。

阿吉到底没有在场合上碰见园园，阿吉肚子里的段子也差不多掏空了，重复老一套，听者就生了腻歪，常常一开口，说上三句，有人就跟着一块往下说。阿吉急了，说："我这段子可是从城里听来的！"主人说："我这钱也不是我家印的！"主人不高兴，麻子自然分给阿吉的钱少，赚来的烟，别人可以分得一盒，麻子也只给他几支。

麻子说："阿吉，屁放三遍都没了，你得说些大伙爱听的么。"

阿吉说："我又不是每个人肚里的蛔虫，我咋知道爱听啥？"

麻了说："农民么，你说联合国的事鬼听呀，你不会编些东家长西家短的事？"

阿吉开了窍，编造起本乡的趣闻逸事，这阿吉是在行的，比如谁家的公公天一黑就给儿媳拿了尿盆呀，谁家的婆姨把丈夫打得钻在炕洞呀，谁家的两个儿子都是结巴，两个结巴吵架，一个比一个如何地能换气呀。阿吉成了长舌男，逮住个影就编造得云山雾罩，听的人蛮起哄，阿吉的嘴成了名嘴。

阿吉终于发现了自己的天才，每说过一个段子，就被自己感动得热泪盈眶。正流泪着，被作践了的人骂阿吉："阿吉阿吉你嘴里就吐不出个象牙来?!"阿吉还未回应,听众就说:"这你就气量小了,说笑说笑就是说一说笑一笑嘛!"有众人叫彩,阿吉就轻狂了,越发要哗众取宠。往后的场合上,有的事说上,没有的事也捏上,肆无忌惮,凡是编造了谁的段子,犯不上法也出不了人命,但尿泡打人不疼,臊气重哩,每次场合前,就有人来求阿吉,你今日把某某给咱糟蹋一下。或许,有人就提前打招呼:"阿吉,你今日可别作践我啊。"阿吉说:"这我考虑考虑,你去买一包烟吧。"

没有了场子,阿吉在家里用锅煤子涂鞋帮,人造革皮鞋磨出了一片白,思谋着是不是去买一双真皮子的,就听到巷口有人吵架。一个说:"你没文化,这事我不和你说了!"一个说:"你有文化,不就是个民办教师么,你给学生教课,你说光,光,光明的明……"一个说:"你污蔑!"一个说:"我污蔑?阿吉当着那么多人都说了,我污蔑?!"阿吉就得意了,喝酒,把酒瓶子提着蹲在院的碌碡上喝。阿米提了粪笼从村外回来,阿吉就说:"阿米拾粪起得早?"

阿米说:"石头他爹那老家伙没瞌睡,他拾过一遍了,你说说,墓都给他造了两回了,咋还不死嘛!"

阿吉说:"你要当皇帝哩,当了皇帝天下的粪都归你拾!"

阿吉把酒往嘴里灌,灌过了从口袋掏钱数,一张,一张,对着天空辨真假。

阿米说:"哇,这么多钱?"

阿吉说:"常言说,钱难挣屎难吃,屎真的难吃,钱倒好挣的。"

阿米说:"吉哥的日子和拴子家一样了!"

阿吉说:"甭提他!"

阿米说:"我有气哩么,都在一个地里,都是农民,他日子恁好过,我日子恁难过?!"

阿吉说:"你恨他哩?"

阿米说:"我咬牙哩!"果然嘴里响,吐出一颗蚀了一半的黑牙。

阿吉拉阿米坐在了碌碡上，把酒给他喝，阿米一口气灌下二指深，顿时耳朵都红了。阿吉说："慢慢喝，这半瓶你拿上，让小安也喝几口了，都归你。你晚上和小安来我家说说话。"阿米喜欢地走了，继续喝酒，一条巷没走完，把酒全喝光了。

晚上，阿米和小安就来了。小安一进门便骂得胜，说他去向得胜借钱，得胜有的是钱却不借给他。阿吉说："他不借你钱，让他留着买药吃么。"小安说："他吃人参哩，身体壮得很！"阿吉就关了门，叽叽咕咕地给阿米和小安出主意，末了说："这话就烂在咱肚子里了，小安你要漏了风，我和阿米就一口咬定是你干的，阿米你要漏了风，我和小安就指证你，指证你懂吗？"阿米说："不懂。"阿吉说："就是吃不了兜着走，你是上门女婿，你该知道轻重！"一条烟拆开，一人给摞了一包。

自后的日子里，阿米见了得胜，说："叔，你咋啦，脸色这不好？"得胜说："胡说了，拉条牛看你扳得倒还是我扳得倒？"小安见到得胜了，说："叔哎，要那么多钱干啥呀？"得胜说："咋啦？"小安说："你也买些好东西吃么，瞧瘦成啥了！"得胜说："我是瘦人，肚子里吃头牛也不胖。"得胜回到家就照镜子，纳闷怎么几个人说我瘦了，气色不好？又过了几天，阿米碰上得胜说："得胜叔你越来越瘦了，你得去医院看看，到了这个岁数突然消瘦有问题了。"得胜握握手腕，也似乎觉得有些瘦，回来窝在家里休息了几天。得胜是闲不住的人，休息了几天，就觉得身上不自在，吃饭也觉得不香。小安在镇街上当着很多人的面还是说得胜气色不好，而且问周围的人是不是气色不好，众人也说有一些，得胜心里就有了慌。如此阿米、小安逢人就说得胜有了病，许多人倒跑来问候，得胜嘴里说没事没事，却背了负担，饭量越来越少，两腿也沉起来，终于去找镇街上的跛子医生抓了七服中药。

拴子家门外的巷子十字口开始每日倒一摊药渣。阿吉约了阿米到镇街的酒馆去喝酒，两人坐在条凳上，说起得胜婆姨近日脸上的愁苦相，高兴得呱呱大笑，笑了，就比着努屁。阿米先努响了一个，阿吉就努了连声响，阿米再努，没有成功，阿吉憋了一口气，一抬屁股又是一个，虽然嘶哑，却使酒馆的掌柜都听到了。掌柜说："阿吉，啥事这么高兴，捂了嘴用尻子笑哩！"

阿吉说："笑掌柜要给我们免这一壶酒钱哩！"

掌柜说："我这小生意可免不起的。"

阿米说："要是乡长来你免不免？"

掌柜说："阿米，我晓得你，你是上门女婿，你可不是乡长！"

阿米登时蔫了，阿吉说："阿米是试试你德行哩，你以为我们掏不起一块来酒钱吗？"从口袋里掏出一张钱往桌上拍，拍出来却是五角钱，再掏，是五十元，拉了阿米顺门便走："多余的，不用找啦！"

阿吉和阿米到了街上，坐在一家屋檐下的台阶上了，阿米还在说："那一壶酒十元钱，两碟小菜六元钱，你就给他五十元？"阿吉说："你为啥穷，你眼窝子浅嘛！"阿米不言语了，手伸进怀里搓垢甲，搓一个泥球出来，说："吉哥有钱么，有一句话我想给你说的。"阿吉说："啥事？"却大声叫道："老侯哎！"

邻村的老侯披着一件裌子，从斜对面的裁缝铺出来，抬头看了，骂道："阿吉，你狗日进城前叫我侯叔哩，从城里回来了叫我老侯，赶明日发财了就该叫我侯老屄了？！"

阿吉就嘿嘿地笑，走出去。他喝了酒，鼻子里就流清涕，捏了一把趁机在拍打老侯的后背时抹了上去，说："咱这乡上，我最服气的还不就是你？！听说你当了工头了，县医院门前的那一条下水道是你修的？几时也让我给你帮个下手么！"

老侯说："我可不敢请你！给我当下手？干不了一个月真说不定谁成谁的下手！"撇开阿吉，径自走了。

阿吉尴尬地回坐到台阶上来，呸了一口，说："他还真以为我去给他当下手啊？！"仄过头问阿米："你刚才要给我说啥话？"阿米说："姓侯的就靠胡煽乱吹着办事哩，修了个下水道，整天吹嘘他认识县上这个头头那个脑脑，你现在要给他说帮买个原子弹吧，他也会说没问题，我给你去挑一个没把儿的！"阿吉说："我问你要给我说啥话的？"阿米说："你能不能给麻子说说，让我也去龟兹班吧。"阿吉扳过阿米的脸，看了一会儿，说："你瞧着我潇洒啦？"阿米说："牡丹老唠叨我挣不来钱么。"阿吉掏出一支烟叼在嘴上，阿米立即用打火机给点着了，阿吉就眯着眼看街上行人，说："看见那并排的一男一女吗，你给我说说，他们是什么关系，是夫妻，还是情人，还是男的拐来谁家的婆姨？你说说，你能不能编一个段子？"

阿米说："这我咋知道人家是干啥的？"

阿吉说："是吃哪碗饭的料就吃哪碗饭吧，你好好把地种好，早上起早些多拾些粪……"

阿吉突然间不说了，因为阿吉看见了园园从街东头走了过来，手里提着一大袋中草药包，阿吉就站了起来，软软地叫："喂！"园园瞥了一眼，立即斜侧了身，假装在看对面街房的门面，腿换得很快地走过去了。阿米说："园园走路水上漂一样，把人看得骨头都酥了。"

阿吉重新坐下来，一口一口吐烟圈，说："阿米，哥在城里耍过小姐，你信不信？"阿米说："信的。"阿吉说："你想不想听哥咋耍来？"阿米说："咋耍来？"阿吉拉了阿米就走，园园远远地在前边走，阿吉和阿米慢慢地在后边走，阿吉没有再说他是如何耍小姐的。走出镇街，走过了一片苞谷地，远处的园园回头看了一下，阿吉拉了阿米躲身到一棵树后，园园钻进苞谷地里不见了。

阿米说："你是要看园园哩？"

阿吉说："是不是去尿了？"

约莫过了五分钟，苞谷地里又走出了园园，还是回头看看，然后提着草药包顺着小路走，拐了一个弯，消失了。阿吉和阿米便走过来，阿吉竟也钻进了苞谷地，阿米一时纳闷，哎哎地叫阿吉。阿吉不理，只管往苞谷地里走。阿吉也已经猜出园园钻进苞谷地一定是尿了一泡，果然在一个地塄和一个地塄的中间处有了一处湿，阿吉就端详着那片湿，看着像一块地图。像哪一个国家的地图他没看出来，却猛地听到，左边地塄上有人急促地跑开，踏倒了一溜苞谷秆。阿吉大声问："谁？"那人也不管，还是跑。阿吉斜插着过去，跌了一跤还未爬起来的是小安。

阿吉揪着小安的耳朵从苞谷地里出来了。

小安说："我不是故意的，我在地塄上扳甜秆吃，是园园在地塄下尿哩，她碰到我眼里了么。"

阿吉说："你看见什么啦？"

小安说："我看见她的脑壳。"

阿吉说："胡说，往下说！"

小安说："看见脖子。"

阿吉说："胡说，往下说！"

小安说："看见了腰杆。"

阿吉说："胡说，往下说！"

小安说："看见了大腿。"

阿吉说："胡说，往上说！"

小安说："我看见毛啦。"

阿吉扇了小安一个嘴巴，骂道："把你眼窝咋不瞎了哩！"拉了阿米就走，小安再叫"吉哥吉哥"，阿吉就是不理。

阿吉恼得不理小安，阿吉并不担心小安会把他们密谋的事漏出风去，反倒是小安惶惶不可终日了。第三天，小安硬让阿米作陪来见阿吉，说："吉哥，我想来想去，我没有啥错么，就是看见园园光着尻子尿尿，园园又不是吉哥的婆姨，我咋就错了！"阿吉说："你还没错?!"小安说："好，好，就算我错了，吉哥没看到我看到了，我赔个罪，我还要给吉哥说一件大喜事哩！"阿米说："小安真有个大喜事哩，你笑笑，让小安给你说。"阿吉皮笑肉不笑了一下。小安告诉道："得胜原本是承包了水渠二里长的一段工程，这一病，眼看着修不成了，许多人就吵闹着

44

寻乡政府要重新承包，争得最厉害的就是邻村那个姓侯的，听说乡政府也动了心，要再研究哩。"

阿米说："得胜这一下亏得多了！这不是喜事？"

阿吉说："这倒还是个喜事。我阿吉命硬着哩，谁要和我作对，没有不栽了的！"

阿吉这一夜没有睡着，他冲动起了一个念头：既然得胜承包不了水渠工程，别的人要重新承包，我阿吉也可以去重新承包嘛！阿吉就盘算着若要自己包了，工程三个月即可完成，工程若是一里十万元，二里就二十万，三分之一买钢筋、水泥和石料，三分之一付做工的钱，三分之一就全是赢了的利！阿吉想着想着却叹气了，乡政府肯让我承包吗？承包了能招来做工的吗？阿米是跟着干的，小安也可以，石头和石头的哥肯不肯呢……阿吉不去想了，天也就亮了。

天亮起来，阿吉便去找老侯。阿吉去找老侯是要探探承包的事，而老侯却刚刚从乡政府大院回来，粗着声给几个人说："论能力，县城的下水道我是干过的，我修不了一条水渠？论担保，我一院子房，青堂瓦舍的，还不够抵押？况且我有电视机，我还有存款哩，谁比得了我？可乡长就会说要研究要研究，还有啥研究的，他要研究给他的熟人啊?！"阿吉一听，扭头就走，心里说："毕了毕了，我拿啥担保呀？"走到村口，却收住脚又往老侯家去，一进门喊："侯叔！"

老侯说："又叫侯叔了？肯定有求我的事了！"

阿吉说："求着给你送钱哩！"

老侯说："你要送钱，钱也是被药水煮了的！"

阿吉说："你是不是想承包水渠工程？"老侯说："想哩。"阿吉说："是不是还没有承包上？"老侯说："是没有。"阿吉说："这事你包在我身上好了，明人不做暗事，我要给你争取到了承包，你得给我二千元。"老侯说："行么，再给你添二百！"阿吉当下就趴在柜盖上写了约定书，说："口说无凭，咱以城里的行规办。"自个咬破中指按了一个指印，让老侯蘸了他的血也按了一个指印。

现在，倒轮到阿吉来求小安了，小安把刘干事叫姑父，刘干事是可以给乡长写推荐老侯的条子的，但小安在家里坐着，阿吉喊了三声，小安都没理。阿吉说："啥，我来了你不拿烟倒茶，连理都不理了？"小安让了座，说他生豆花的气哩，豆花刚才还在这儿，他要亲嘴哩，豆花不让亲，他把嘴洗了还是不让亲，说嫌他黑，人长得黑那是能洗白的吗？阿吉说："她是老鸦笑猪黑哩！你给哥说，你把她放展过没有？"小安说："没有，要亲个嘴把脸都抓烂了。"小安的鼻子上果然有道指甲印。阿吉说："没出息！你得硬下手哩！"小安叫苦没个环境，豆花家他不敢去，他家里又有个老娘，总不能把豆花往苞谷地里拉吧！阿吉说："哥给你寻地方，你就在哥屋里！"小安简直不敢相信，眼睛珠子都要掉下来了。阿吉说："这你得办件事哩。"将想法道出，小安当下出门就要去找姑夫，却又回来，说："豆花不去你家怎么办？"阿吉说："你就说我叫她哩。"

小安真的去了刘干事家，央求姑夫给乡长写个推荐老侯承包的条子，刘干事的婆姨就骂小安："你姑夫病成这样子了还写什么条子？姓侯的承包不承包与你有屁干系?！"再骂，小安就是纠缠，刘干事趴在炕沿上把条子写了。

小安把推荐条交给了阿吉，就去找豆花，豆花一个人先去了阿吉家，豆花说："你叫我来的？你眼里只有个园园，叫我来干啥？"阿吉说："你往我眼里看，看到底里边是谁？"豆花竟真凑近来，看见了阿吉的眼球里有一个小人儿，是她豆花，就哧哧地笑。阿吉顺手把那个胖奶子握了一下。豆花一对小拳便在阿吉的胸上打："吉哥你坏！吉哥你坏！"院门外一声干咳，小安进来了，小安脸红彤彤的，才喝了酒。豆花登时安稳了，噘嘴坐到一边，阿吉就把一筐陈年老苞谷棒子拿出来，说："小安来了更好，你们给我帮着剥剥苞谷颗儿，我出去割些豆腐，今日就在我这儿吃饭啊！"一出院门，却喊小安，让小安把院门关了，隔了门缝说:"成不成是你的事。你记着,你得把被褥揭了,若在被褥上留下不干净东西,我可饶不了你!"

阿吉把小安和豆花关在了自己的家里,心里总不是个滋味,见着了阿米,要阿米跟他一块去乡政府找乡长。两人走着走着,阿吉就低声嘟囔道:"有贼心时候没贼胆,有贼胆的时候没贼钱,贼心贼钱是有了,贼却不行了。"阿米说:"你贼不行了?"阿吉说:"你贼才不行了!"

走到乡政府,乡政府的大门口拥了许多人,吵吵嚷嚷地要往里进,而大门口站着三个派出所的警察,黑着脸说县上来了领导了,谁也不能去干扰,把人往散着赶。阿米腿有些发软。

阿米说:"咱回吧。"

阿吉说:"我在城里看电影从来没买票哩!"

阿吉就把西服的扣子系上,墨镜也戴上了,端端地朝着大门口走,竟一直走了进去,然后站在那里还给阿米招手:"进来呀,从这边走,从这边走!"

阿米脸色煞白,走进大院子颜色还未变过来。阿米说:"怪了,他们怎么就不挡你?"阿吉说:"这得有气质!"阿米说:"啥叫气质?"阿吉说:"说句你能懂的话,老虎天生下是吃肉哩,老鼠就只会溜墙根。"阿米说:"来了县上领导,乡长还会不会见咱们?"阿吉说:"有县上领导,咱还见他乡长干啥?!"阿米就跟着阿吉走。

走过院子,拐一个墙角,是后院招待楼门口,还往里走,有人很快跑过来挡住了门。阿吉不认识这人,说要找县上领导。当然阿吉、阿米这回不得进去了。阿米说:"这是阿吉!"那人说:"什么阿鸡阿狗的,领导正吃饭哩,要告状明日寻你们乡长好了!"阿吉说:"我不是鸡,是士字头口字底的吉,我哪里是告状了,要告状我能进了大院吗?"一吵嚷,乡长出来了。乡长头梳得油光光的,正和县长领导碰杯照相着,见着是阿吉,定着脸问阿吉怎么进来的。

阿吉眨巴眨巴眼,说:"乡上招呼领导哩,需要不需要龟兹班来热闹热闹？"

乡长说："这是啥场合，用得着你吹龟兹？"

阿吉便把干事伯的推荐条子交给乡长。乡长看了看，说："他病成那样子，还操心这事?!"收了条子，转身就走。阿吉赶紧说："乡长乡长！"乡长已经站到饭厅门口了，说："事情我知道了，回去好好伺候老刘，好吃的就让他吃，好喝的就让他喝，就说有空了我去看他！"阿吉却大了声说："我想和领导照个相哩，行不行？"

声音响亮，饭厅的领导就听见了，问乡长谁要和他照相呢。乡长说："决定修水渠，群众高兴得不得了，自发成立了自乐班，每天晚上唱戏哩。现在知道您来了，派两个代表想和你合张影的。"领导说"好么好么"，阿吉和阿米就赶紧进了饭厅。

领导原来是个白胖子，这让阿吉和阿米肃然起敬。拍照的时候，阿米的头发乱，在手里唾着唾沫往头上抹，脸上的肉是硬的，摄影师叫他笑，他紧张得不会笑了。阿吉说："领导，咱农民要给你们修庙哩，这水渠可修好啦！"

白胖子说："干部就是为群众办事么！修渠是大家的事，大家都来关心和支持，这水渠就能修得快，修得好！"

阿吉说："就是就是，得胜他病了，可不敢让他的病延误了工程。"

白胖子就问乡长："得胜是谁？"

乡长说："得胜是工程承包的人，现在突然病了，我们正考虑让别的人重新承包哩。"

白胖子说："那就得抓紧物色人，可不得误了工期！"

乡长说："这不会的，误了工期你把我这乡长撤了去！"就推了阿吉、阿米出去。阿吉说："那我们走了呀！"眼瞧着饭厅的门就关了。

阿吉一出了乡政府大院，直脚往老侯家去，阿米也要去，阿吉拒绝了，说："你回去，回去了不要洗手，让牡丹也瞧瞧，你阿米也是和县上领导握了手的！"阿吉到老侯家，端了桌上的茶壶就喝。老侯说："阿吉，你怕是走错了门了吧，这可不是你家！"阿吉慢条斯理地说了他怎样托干事伯给乡长写了条，又如何见到县上领导直接反映了得胜有病而工程要让你老侯承包，再是乡长说了什么话，表了什么态，末了说："你老侯这茶喝得喝不得？"

老侯说："我现在又不是你侯叔了？"

阿吉说："你现在的任务一是这两天直接去找乡长去落实，二嘛，给我付二千二百元吧。"

老侯揭了炕席，炕席下压着一沓钱，但老侯只数了一千元给阿吉。阿吉脸长起来。老侯说："你就靠两片嘴皮子挣这么多钱呀？即使现在事情十有八成，那也只能付给你一半呀！"

阿吉说："八成比五成多三成。"

老侯说："八成可能事不成，这和五成有啥区别？"

阿吉说："那二百呢？"

老侯从炕席下又拿了一百元给了阿吉，说："阿吉你心沉得很。"阿吉走出门，吐了一口："这侯老尻！"

三天后，老侯如愿揽成了水渠工程，喜欢得念了佛，借着他生日过寿要待客庆贺，就请龟兹班去热闹。阿吉曾鼓动着麻子不要去给侯家凑兴，但麻子说，姓侯的给的钱多，又说，姓侯的承包水渠工程，势头压过了得胜了，这号人不要得罪。阿吉也只好跟了去。

龟兹班在老侯的院子里吹吹唱唱后，阿吉就开始卖嘴了。众人说："阿吉，今日咬谁呀？"

阿吉说："逮住谁咬谁！"

众人说："老侯绊了跤拾了个金疙瘩，咬老侯！"

阿吉说："我是咬哩，可我有个原则，以势欺人的我咬，村盖子我咬，别人不敢咬的我咬，别人咬不动的我咬，你说不能咬的我偏咬！"

众人说："阿吉倒成了纪检委的人了?!"

阿吉说："你以为我只为混个小钱来的？要挣钱我进城去了，我又不是没挣过大钱！"

众人就嚷嚷得胜是没人咬也咬不动的人，你把得胜外派外派。阿吉说："得胜叔现在病了，水渠工程也干不了，外派他我心里不忍，但得胜叔前日请了南山的大夫，大夫让他每日喝钱哩。"

麻子拿敲板鼓的棍敲了一下阿吉的头，说："你说着说着就胡扯了，有喝钱的药方？"

阿吉说："我听说了我也不信。昨日早起，我去看我得胜叔，我没敢进去看，站在窗外看的，我那婶子真的是把一沓一百元的票子剪成碎末儿，冲了水让我得胜叔喝。得胜叔喝不下去，我婶子放了些红糖，他就喝了。喝毕了，我婶子问，还吃啥呀不？得胜叔摇了摇头。我婶子又问，还喝啥呀不？得胜叔摇了摇头。我婶子再问，还干呀不？得胜叔说话了，得胜叔说的话是：那你活活把我放上去啊……"

众人哄然大笑。老侯骂道："你狗日的缺德！"却把一瓶酒塞在了阿吉的怀里。

阿吉在老侯家外派得胜，当然有人就传到东洼村。阿吉问过阿米："拴子家什么反应？"阿米说："倒能沉住气，没动静。"阿吉说："他害怕了！"

阿吉认为拴子一家害怕了，就想为啥害怕了，一定是有更大的见不得人的事，比如，他得胜为什么就长年在公路上包活干，他给县上领导行了多少贿？这回承包水渠工程为什么又首先他能承包？他和乡长有没有猫腻的事？阿吉想着想着，感到他若真能弄点情况来捅出去，他阿吉就会被乡人捧为打虎的武松了，到时候得胜的势一倒，园园就不一定还会嫁了拴子。阿吉一高兴，在院子里唱龟兹班里麻子曾唱过的一段戏：

眼看着他起高楼，

眼看着宾客宴，

眼看着楼坍了。

阿米和阿米的婆姨经过院外，阿米喊："吉哥，你段子说得好，你唱戏聒人哩！"

阿吉在院内说："你懂得屁！"

阿米和阿米的婆姨要走过了，阿吉却说："阿米，你进来，咱俩到刘伯家去落实个事！"

阿米说："哪个刘伯？"

阿吉说："还有哪个刘伯，在乡政府当干事的刘伯！"

阿米和阿米的婆姨进了院子，阿米说："刘伯家我昨儿去过，喝了七只黄鼠狼的血了，病还不回头，我看人快要毕了。今日石头的哥给他爹新墓拱好了，你去不去行情？"

阿吉说："麻子没有通知去给热闹么。"

阿米说："石头的哥舍得花钱请龟兹班？咱一个村的，再不亲，你也该去去。"

阿吉该去的。阿吉说："我拿啥礼呀？"仰起头看屋檐下一串晾着的辣子，要过去取，却一拍手说："人去了就给他壮了脸了，拿什么东西。我烦就烦咱这里提酒呀送糖的，一瓶酒一包糖又能值几个钱！"

到了石头的哥家，人来得不多，坐了三席客，席上没见石头。阿吉一见石头的爹，老人是坐在他的那副已经做好了十年的棺材上，阿吉说："老伯，你有了新房子，恭喜恭喜！"老人说："阿吉，你几时还进城呀，听石头说你在城里坐大啦？"阿吉说："那有啥哩，几时我把你老领到城里也去看看。"老人说："我不中了，都八十有六了。"阿吉说："你还能活哩，你给咱往一百上活！"老人说："活得丢人了，再活就丧德了。"

饭菜很简单，吃饭的时候，小安嘟囔没有鱼也没有鸡，石头的哥这么啬皮，到时候老伯倒了头，看谁还来帮着抬棺材呀。他说："反正我不会来啦！"石头的婶子听见了，脸不好看，舀了一勺肉片扣在小安的碗里，说："兄弟，别人我不管，你得吃好！"小安端了碗就蹴到阿吉身边，讨好地说："吉哥，这几天你见到园园了没？"

阿吉说："吃你的肉，我见她干啥？"

小安说："我看见她在镇街上买红裤带哩，买了两条，说是今年她晦运哩，要给她和拴子系红裤带避邪呀。"

阿吉说："是不是，怕快要系白腰带了吧。"

阿米也凑过来问："吉哥你是说得胜要死呀？我可没想让人家死……不会闹出大事吧？"

阿吉说："出啥事？话就多得很！"

阿米受了噎，瓷在那里。正好石头的爹叫阿米给他舀一碗汤来，阿米把汤端给老人，问了一句："今日石头呢，他没来？"

石头的哥听见了，没好气地说："我爹就我一个儿！"

阿米的婆姨就用手拧阿米的腿，低声说："你不会说话别说话！"一时众人寂静下来，只有很响的吃饭声、咳嗽声和擤鼻声。阿米的婆姨便说："吉哥，你到处都在说段子哩，今日你也不来几句？老伯有了新房是喜事，又不是到了刘伯家看病人哩。"

阿吉就把一片肥肉未嚼碎咽下了肚，说："那我给老伯热闹几句，说啥呀，原本我要去看咱干事伯的，得知老伯新房盖好了，就又赶了过来，那我说说干事伯的事吧。前年秋天，县长到咱乡政府来检查工作，乡政府当然就做了一桌饭菜招待县长。咱干事伯是负责伙食的，饭菜好后他就端上来，端上来时大拇指伸在菜汤里。乡长就说，你瞧你那指头。干事伯说，指头咋啦？乡长说，指头都伸在汤里了！干事伯说，我这指头风湿，伸到汤里暖和么。乡长说，你咋不伸到尻子里去呢？干事伯说，端饭前我就在尻子里伸着呀！"

阿米噗地把满口的饭菜喷出来，喷了对面人一身，有肉，有米，还有一片菠菜。大家就笑。阿吉说："阿米，你也文明些，你瞧瞧喷在你婆姨身上的肉，你吃肉要嚼烂么！"

石头的爹却指着阿吉说："你看看你，耳朵上不也挂了根粉条！"

阿吉一摸，在耳朵上真的就也挂了根粉条。

阿吉作践刘干事的段子,有人就传给了刘干事。刘干事已经喝了五只黄鼠狼的血,又托人逮来了第六只,杀了正喝血哩,听了传过来的话,说:"他阿吉谁都糟蹋!"一口气憋住,没返上来,倒在炕沿上翻白眼死了。

刘干事死了是命到头上该死,虽然死时是听了传过来的话才死的,但不能说是阿吉气死的。阿吉坦坦荡荡没有内疚,刘干事的家里人也没怪罪。尸首在家停放了三天,第三天下葬,村人从坟上回来,刘家照规矩招待吃饭,堂屋里、院子里都摆了席。

龟兹班是一早就来了,起灵时是吹唱了《诸葛亮吊孝》,也吹唱了《血染的风采》,阿吉没有卖嘴说段子。阿吉随着送葬人往坟上去的路上看见了拴子和园园,故意咳嗽着,但园园没有正眼看他。现在吃开饭了,阿吉心情还是不好,只闷了头扒饭,一只鸡就盯着他,掉一个米粒,鸡吃一颗,他不吃了,鸡却跳起来啄他腮帮上的一颗米,把脸啄破了。阿吉一下子躁起来,放下碗把鸡扑住就拔毛。刘干事的婆姨说:"阿吉阿吉,我那鸡是下蛋的鸡!"

阿吉下不了台,呼哧呼哧出粗气。小安就打圆场:"吉哥,轮到你的节目了吧!"

阿吉说:"我说啥呀,刘伯不是旁人,他一死我心里难受得很,我不说了吧。"

梨子树底下坐了几个人,冒了一声:"恐怕怕刘伯的鬼哩!"

阿吉明白这话指的是什么,憋着的火就攻上了心,说:"我怕啥鬼哩,我阿吉这张嘴天王老子都钝不了的!"

小安说:"吉哥你说,说个带彩儿的!"

阿吉说:"我不说带彩儿的,今儿谁说风凉话我就说谁,刚才是拴子撂凉话了吧,拴子在学校的时候,有一天……"

拴子放下碗站起来,唾了一口,往院外走。走到院门口了,又给园园招手,园园帮着刘家人洗碗,起身也跟着走了。

阿吉说:"走了?这让我很遗憾,走啥哩,阿吉是老虎吃了你?走了我就不说了？我还要说，有一天……"

堂屋台阶上一张凳子倒了，发出很大响声，从凳子上立起来的是阿财，他把阿吉的话打断了。阿财是乡小学民办教师，穿着四个兜儿的中山服，口袋里插了钢笔。阿财说："阿吉，我整日在学校忙着，可你进了一回城回来，干了些啥事我也听说了，你也太过分了吧？谁你也作践糟蹋，你要真有能耐，你批评腐败么，你说你敢吗？老是你那一套，我也就小看你了！"

阿财的话说得很慢，但阿财把阿吉镇住了，阿吉立在那里没再能说下去，脸一阵红，一阵又白了。麻子敲了碗说："都吃饭都吃饭！"阿吉的脸色缓过来了，擦了一把鼻涕，抹在了身边的桌腿上，说："阿财老师身上插钢笔哩，是知识分子，知识分子我是尊重的。阿财老师说我不敢说腐败的事，我不敢吗？我敢！阿财老师的嘴哄娃娃哩，阿吉的嘴从来没有不正义的，今日我就说一个段子，阿财老师你听着！"

阿财说："你说吧！"

阿吉说："这个段子有一个背景，就是咱们乡里修水渠，原本是五里长的水渠，但乡政府上报的材料是十里水渠，县上拨款当然要拨十里水渠的款。那么，多拨的款到哪儿去了？前五天，县上来了一个领导，来了后就住在乡政府的接待楼上，请注意，故事就从楼上发生了……"

满院的人都不吃饭了，拿耳朵听，却听到堂屋里有人喊："阿吉！"

声音尖亮，是乡长的声，乡长在群众会上总是讲话，声音是大家熟悉的，阿吉下意识应了一句："嗯。"便说："乡长没走？"

乡长是代表了乡政府也来给刘干事送葬的，但乡长来时在灵桌上上了香，奠了酒，没有去坟上，原本告辞了要回去，刘家的亲戚却硬留下让吃饭，就一直待在堂屋吃烟喝茶，饭时也便坐了上席。这些，阿吉不知道，阿吉听见乡长叫他，不能不去，阿吉就到堂屋，一条腿在堂屋门槛里，一条腿在堂屋门槛外。阿米看见阿吉的皮鞋后跟一边磨损得已经很厉害了。

乡长指着阿吉说："你在说啥哩？"

阿吉说："我还以为你走了。"

乡长说："我不在你就可以信口雌黄？你有事实根据吗？你有证据吗？"

阿吉赶忙笑，说："乡长你也信我说的是真的吗？"

乡长说："你红口白牙地当众造谣，我不信别人信不信？你如此造谣诽谤，我得告你！"

阿吉脸一下子绿了，当下就扇自己嘴，墨镜掉下来打碎了。阿吉说："乡长，我不是诽谤你呢，你问问大伙，我在背地里常说乡长是好人，就是有一天乡长你坐监狱了，别人躲着你，我阿吉能去给你送饭的……"

乡长更火了，说："这么说，我真贪污水渠款了？我告诉你，你要送饭，我不会给你这个机会的，我永远坐不了牢！"

院子里当下混了，一部分人顺门就走，一部分人进了堂屋去拉劝。阿米也往堂屋钻，阿米的婆姨拽了他的耳朵拉回来。堂屋里，麻子扶住了乡长，让乡长坐椅子，说："阿吉的嘴上贴过×毛，是躁嘴，狗咬了人，人犯得着去咬狗吗？"乡长方坐下来，一拍桌子，桌子上的酒杯全跳起来。

乡长到底没有告阿吉，使阿吉躲过了一难。但乡长把麻子叫去，指示麻子开销阿吉，若阿吉还在龟兹班胡说八道，破坏社会安定，那么龟兹班就要负法律责任了。麻子当天便把阿吉除了名。

阿吉没事干了，地里的草长得比庄稼高，他是个懒身子，不去料理，嘴还是能说，但说了话没人接茬。阿吉就在自己家里骂乡长，骂阿财，骂拴子和园园，骂："'文化大革命'，我×你妈！"

阿米从院外经过，立住脚听了听，说："吉哥，你骂错了！"

阿吉开了院门，让阿米进来，说："我就骂啦！"

阿米说："'文化大革命'惹了你了？咱那时还穿开裆裤哩。"

阿吉说："我骂它怎么就不再来啦?！"

阿米听不懂阿吉的话，阿米有阿米的心思，他想着能几时进城打工去，说："吉哥，咱俩一样，在村里混笨了，你要进城了，给我说一声。"

阿吉说："我和你咋能是一样？你是上门女婿！"

阿米低了头就走，阿吉却说："我到十里外的火车小站上找阿狗呀，阿米你愿意不愿意跟我一块去？"阿米说："卖豆腐呀？"阿吉骂："你就只会出瞎力，我告诉你，这世上是出力的不挣钱，挣钱的不出力！"阿米点点头，说："去哩。"

阿吉说："那好，我带着你，你把你家里的莲花白给我装一口袋，不给带点东西去，我那嫂子脸比尻子还难看哩！"

阿吉在火车站东边的席棚里，他对来收管理费的人说他名字叫鸡，左边一个又，右边一个鸟的鸡。

真品

世上再没有比西安更古意的城市了。那里遗迹多，文物多，老街坊多。连寺庙也多呀，熙熙攘攘的街市上，你常会看到那些穿了黄袍的或木棍束了头发的和尚道士，就感觉他们是远昔的人，历史一下子与你拉近。可是，在很窄很窄的小巷里你往一家饭馆里走，粗糙的木桌边就坐着个老头寂然地喝酒，吃一碗羊肉泡馍，你可能轻视他，却保不准这正是某个大学的教授，或者是饱知天文地理的易学大师。西安这地方，实在是难于理喻，如同进了佛殿，你可以张望，但不容嚣张。我和我的老板为着淘寻古字画来到西安的那天，从河西走廊沙漠上刮起的沙尘正弥罩了古城，虽然太阳还悬挂在空中，却已失去了颜色，在城楼的沉沉钟声里渐渐残淡如纸。我们去的是碑林博物馆。碑林博物馆在海内外闻名，竟原来是一片灰砖灰瓦的老建筑，朴素着，也萧然着。而围绕着博物馆四周的一棵一棵合抱粗的古树古松间，则搭就了一排排店铺，色彩斑斓。这些店铺都清一色地经营着字画。据说这里在以前买卖得非常好，曾经有那么多日本的、新加坡的游客如蜂如蚁，每一天里销量超过了二百幅，但现在却冷清了，因为大量的赝品败坏了声誉。我们在店铺巷里走过的时候，巷外的马路上正停着一辆旅游车，举着三角小旗子的旅行社导游员每每往外跑，他可能再难以让游客在这里购物，没有得到店铺的提成，也懒得停下脚来与女店主打情骂俏了。那些鲜艳的女人叫不住导游员，便都笑脸向我们招呼："哈罗，哈罗！"

我的老板鼻子大，又是自来卷儿头发，鬼晓得怎么就认他是外国人。我的老板说："请说中国话。"

"你不是外国的？"她们说，"自己人好说呀，进来看呀，看上什么都给你便宜啦！"

我们当然不敢再理，身后飘来的就是一句："傻×！"

"西安人怎么这样？"我的老板气愤了。

"打着亲骂着爱么，"我嘿嘿笑起来，"你听，你听……"

我让我的老板听的是歌声："走头的骡子哟三盏灯，戴上了铃子哇哇的声。白脖子狗朝南咬，赶牲灵的人儿过来了。你是我的哥哥你招一招手，你不是我的哥哥哟你走你的路！"这是陕西有名的民歌，在西安，尤其在沙尘笼罩的天气里，听起来是别一番的滋味。

"你听得懂歌词吗？"我说，"这是给你唱情歌了。"

我的老板驻脚细听的时候，歌声戛然却止了，回头四顾，店铺里的条凳上三个女人凑了一堆说趣话，一个人笑得从条凳上跌下来，而拴在门槛上的一只狗，埋头啃一根骨头，吞进去，吐出来，再吞进去，再吐出来。歌声是从哪儿传来的呢？不远处的槐树下，那个老头已经蹴了许久，现在用手在剔牙缝。可能是风沙钻进了口里，一只手在牙缝里剔，一只手却在怀里掏东西，一时掏不出来，站起身了，穿着的是一件袍子，长过了膝盖。

"俺，"我的老板给我说，"那是个道士。"

"哪是道士？"我说，"那蓝衫是菜场的工作服。"

蓝衫人终于掏出来了，是个破旧的小录放机。录放机可能卡了盒带，他摇着，又"啪啪"拍打了几下。

"原来是录放的，"我有点丧气，"亏了这么好的情歌！"

"情歌？"蓝衫人并不看我们，只是继续摆弄他的录放机，"这是窑姐儿拉客哩。"

我愣住了。多少年来，北京的舞台上总保留着这首民歌，所有的人都以为是爱的缠绵而感动着，原来竟是路边野店的妓女们拉客情景的小曲！想了想，蓝衫人说得有道理，我们"噢噢"着，虽有一种被戏谑的难堪，却对这个枯瘦而邋遢的蓝衫人感兴趣了。

我们向他走近，并掏出了一支纸烟递他，他的录放机突然又出声了，几乎是撕帛碎瓶般的一阵激越的鼓点，夹杂着声嘶力竭的呐喊。"这是'安塞腰鼓舞曲'么，"我挥了一下拳头，"多激越的旋律！"

"是吗，你们喜欢穷人的艺术？"

"穷人的艺术？"

"听口音是打北边的首都来的？"

"是从北京来的。"

"噢。"

蓝衫人将我递过的纸烟接住了，没有吸，却夹在树的枝丫上，目光仰视了树梢。树梢上正栖了一只鸟，鸟叫了一声："呀。"

"老先生是……"

"鄙吝一销，白云亦可赠客；渣滓尽化，明月自来照人。"

我和我的老板面面相觑，我们知道我们又遇上了一个高深莫测的人，谁知道他是个什么角色呢？但蓝衫人似乎并没有要与我们交谈的意思，他重新蹲下去，靠住了树，眼睛已经微微闭上了。录放机里开始飘出另一种乐曲，似乎是《春江花月夜》，但又不似，蓝衫人摇头晃脑了起来。我们不敢造次，迟疑了一会儿，便往店铺门口的摊子上翻动那些各种各样的碑拓。

店铺里的女人立即迎上来，叫我们是老总。

"我们不是老总。这都是在哪儿拓的？"

"靠山吃山，靠水吃水，守着个碑林，你想想老总！"

59

"不是说那些碑子都罩了玻璃不准拓了吗？"

"正是不准再拓了以前拓的才珍贵啊！"

"这一幅欧阳询《皇甫诞碑》多少钱？"

"今日天气不好，图个吉祥便宜给你了，一万二。"

"给个实价吧，我们要买就买得多哩。"

店铺外一声冷笑。这冷笑我和我的老板听见了，店铺的女主人也听见了，她脸上有了明显的愠怒，顺手将柜台上的一杯残茶泼出去。我的老板悄悄扯了一下我的衣襟，我扭过头看见了冷笑正是槐树下蓝衫人的鼻子里哼出来的。蓝衫人似乎压根儿就没有看着我们在挑选碑拓，也没有看着我们扭头正在看他。残茶的水点溅到了他的蓝衫上，他动也不动，又连续地哼着鼻子。我知道，他并不是患有鼻炎，连续地哼鼻子是为了掩饰那一声冷笑。

"这该不是假的吧？"

"你说对了，别的店铺是翻刻木板拓下的，只有我们店卖的是真拓。"

女店主越是这般说，我们越不敢买她的货了。离开摊子，一辆卖镜糕的三轮车就咿呀咿呀推过来，小贩脸上没表情，只盯着我们，吆喝："镜——儿——糕！"西安的小吃品类繁多，但镜糕第一回见，瞧了瞧，觉得不卫生，却对挂在三轮车扶手上的小木牌上的字感兴趣了。

"认识么，这是于右任题的字哩！"

确实是于氏书体。多么大的一个书法家曾经给这么个小吃题过字？我们潜意识地扭过头，要看看槐树下的蓝衫人，但蓝衫人却不见了。天更加昏黄，而且开始起风，不远处的马路上行人都裹了纱巾，或竖了衣领侧着身子跑，博物馆高大的制着泡钉的大门敞开，守门人猫了腰大声地吐唾沫，几只麻雀才乱了羽毛站在门墩上，却又在风里线球一般地滚下来。我们购了票步入博物馆，大院里空旷静寂，间或有人从一处八角亭后走出来，又踅进另一处有檐角的屋后，传出空洞的脚步声。任何旅游参观点都是人满为患，如此的清静太合我们的心意了，便先一步一停地欣赏了长廊两边摆列的石羊、石狮、石麒麟和刻着山水人物的石礅、石条，以及造型千奇百怪的拴马桩，最后在庞大的展室里脖子扭酸地观看那些石碑。西安的碑林博物馆确实是中国汉文字书法艺术的宝库，你简直无法想象会有这么多石碑，往日里看到的那么多书法精粹册上的作品原来实物竟都在这里！站在唐代怀素的那块《圣母帖》字碑前，我们的脚步是钉住了，张开嘴，却呆得说不出话来。这位出家为僧的狂人，我们已经无法得知他生前嗜酒成病、不拘细行的形状，而他的草书熔汉代的张芝、晋代的"二王"和唐代的张旭于一炉，用笔瘦、肥、圆、方，得意肆恣，挥洒天成。字碑果然是玻璃罩封的，且碑下有铁制的护栏，不允靠近，亦不可拍照，我便一边伸长了脖子死盯着每一行、每一字，一边下意识地用手在腹衣上临摹。我的老板说："真是'癫张醉素'！"我却疑惑：癫狂之人方能写草书呢，还是写草书容易使人癫狂？

我的疑问，我不能回答，我的老板也不能回答。寂静的大殿中嗡嗡空响，却听一个低沉的声音在说："这是赝品。"

"赝品？这怎么可能?!"我脱口就问，问过了却不知那声音来自何方，我们进来时并没有别的游客，也没有解说员跟随呀！殿的飞檐翘角上，风铃在响着。难道是误听了风声吗？弯下腰从那一面面字碑排列的甬道望去，看风刮得是否又厉害了，那殿外的竹丛在忽聚忽散，台阶上坐着的竟是那个蓝衫人！

我顿时有些悚然了。

在西安，我已经遇到了好几宗离奇的事情，以至于看到城门楼下那尊石狮子是成了精的，巷道里偶尔看到的弯脖子老树是成了精的，街市上忙忙的人群里也怀疑是混迹了神祇和妖怪。试想想，这个蓝衫人是做什么的？他怎么再二再三地突然就出现在我们身边？

"博物馆里也有赝品?!"我怯怯地看着他。

蓝衫人又没说话了，他始终要和我们陌生着，如撵一只兔子，撵着撵着它跑远了，待你不追了，它又停下来回头看你，你要再撵它又跑得

61

没踪没影。蓝衫人呆若木石，竹在他的面前变幻着风的形态，当枝叶铺伏在地上的时候，我看到的是无数个颠三倒四的"个"字。

我的老板似乎已经消失了对他的敬畏，凑近我耳语道："瞧见了吗，他一脸麻子。"

"这和麻子有什么关系？"

"俗语说十个麻子九个害。"

"他怎么注意着咱们？不怕贼偷，就怕贼惦记！"

"国家级的博物馆里怎么能有赝品，他或许是高人，也或许压根儿就是个疯子！"

我们窃窃地笑。正笑着，一只苍蝇就落在我老板的额头上，老板挥了一下手，苍蝇起飞了，再落在头发上，头发是梳得油光的那种，苍蝇一时站不稳往下滑，滑溜到大鼻梁上又站住了。"讨厌！"老板叫起来，"这么高级的博物馆有苍蝇？西安什么都好，就是环境卫生差！"

"那是活文物。"蓝衫人又在冷冷地说了。

我们没有理他。

"它是从唐朝飞来的。"蓝衫人还在自言自语。

我们差不多认定这是个疯子了，起码是西安城里的一个尖酸的闲人。参观完了所有的字碑，出展厅的大殿时偏不从后门走，又绕着到前门离开。

晚上，我们是住宿在大雁塔旁的唐华宾馆里。这是一座堂皇富丽的仿唐建筑，又具备了全西安市最豪华的现代设备，沙尘使我们满头满脖都肮脏了，就冲了个热水澡。可刚刚从浴室出来，突然有人咚咚敲房间门，进来一个光头矮子，问我们要不要购买名贵字画。不速之客当然引起我们的警惕，比如，他怎么知道我们要买字画，又怎么就寻到了唐华宾馆。矮子说："我给老郜跑腿的。"我们问："老郜是谁？"矮子说："在碑林博物馆你们不是已经熟悉了吗？"我说："是那个瘦瘦的，麻脸，穿了件蓝布长衫的？"矮子说："就是的。"我和老板都惊讶起来，他是个什么角儿，竟把我们一切都把握了？！便一把抓住矮子，要问个明白。

矮子说："老郜说你们会扣下我的，果然你们就扣我了！"从怀里掏出个字条要我看。字条上写着："置珠于粪土，此妄人举，不足较。若本是瓦砾，谁肯珍藏？"口气蛮自信。我们就让矮子坐下，询问郜蓝衫的情况，矮子便张狂起来，要讨水喝，又吸上烟，说老郜是满人的皇族哩，如果现在还是清朝，要见老郜就难啦。现在是混背了，落架的凤凰不如鸡么，身上穿的那件长衫还是他送的。"可是，"矮子揩了一下鼻涕，顺手抹在椅子腿上，"谁要把老郜当作个穷人那谁就错了！"我说："谁也没把老郜当穷人，老郜家里一疙瘩金子哩。"矮子说："一疙瘩金子值几个钱？老郜家传的有一幅《圣母帖》真迹！你们知道不知道怀素，是怀素写的《圣母帖》？"我说："老郜把碑林博物馆里的石碑撤回他家了？"矮子说："那是宋代刻的，刻石和真迹差别就大啦！"

我的老板哈哈大笑起来，说："你的意思是要出手那件真迹了？"

矮子说："老郜让我过来问问你们。"

西安之行，我们原只指望能够买一批有价值的书画，没料到竟碰上了稀世之宝！我有些不敢相信，反复问这是真的吗。矮子指天发咒说有一句谎言他便是猪、是狗，是猪狗屁下的臭屎。我便让矮子先到走廊去，问我的老板："怎么样？"我的老板说："你想这有可能吗？"我说："那就让他走吧。"我的老板却说："有好戏为啥不看，反正是没事，瞧瞧西安的风土人情呀！"我的老板说得是，人都有当看客的禀性，如果街头上有行刑的场面，肯定要去看那人头被砍下来的情景的，郜蓝衫给我们行骗，我们就给他恶作剧，他就是再上个美人计，我们也将计就计。我们把矮子叫进房间，要他立即给郜蓝衫打电话，说当晚看货。

两个小时后，矮子带我们坐出租车在城中绕来绕去，我们差不多都转糊涂了，最后在一座公园的湖边，见到了郜蓝衫。他似乎在那里等了很久，身边的石头上还放着那个录放机，站起来和我们握手，人显得比白天更瘦，好像你不敢再靠近，否则会被那骨头撞疼。他的脸上是有麻子，在路灯的照射下愈加坑凹明显，如暴雨后的沙滩。他说他姓郗，不肯说出名字，却一一要我们道出姓名和地址，并且看了名片，又要看身份证。我们有些不悦，他说："实在对不起，我还没问问你们公司规模如何，实力如何。"就盯着我们，目光锐得像锥子。

我的老板在这时候也开始拿起他的架子了，他把眼镜卸下来，擦了擦，又戴上，只低声说："你是助理，你给郗先生介绍吧。"就掏出一包软装的中华牌香烟撕开，自个吸着烟卷儿。我才说了两句，突然有了哗哗哗哗的响声，郗蓝衫立即示意我们停下，扭头向周围巡视，湖边草坪中的一丛树下，有男女在相拥着。郗蓝衫说："咱们到前边那块石头上谈吧。"

重新换了地点，我悄声对我的老板说："看样子不像骗子。"我的老板说："现在的妓女没有不像清纯的。"我详细地介绍我们公司的情况，郗蓝衫很认真地听着，就问起我们画廊有没有扬州八怪的作品，郑板桥的四尺长条墨竹能卖多少钱，金农的四尺整幅书法又卖多少钱，还有张大千的、石鲁的，甚至还问到了牛兆濂。

"牛兆濂？"我回答不上来。

"你不知道牛兆濂？"他说。

"你说的是你们西安的那个牛才子呀？"我的老板一直闷着头听我们对话，见我回答不上来，就插嘴了，"牛才子薛文豪，但他的书法一般，前年我们收购过一张，那不值钱，二千六百元。"

郗蓝衫慢慢地笑了，伸出手来，说："你给我一根烟吧。"

我的老板把一根纸烟递给他，他在鼻子前闻了闻，却别在了矮子的耳根上，说："同志，咱们有缘分了呢。"

"是有缘分，"我的老板也来了热情，"搞收藏我是信缘分的，珍贵的藏品都是由着命运的，《圣母帖》或许是我在等它，或许是它在等我。"

"不，"郗蓝衫说，"任何藏品不是我们在收藏它，而是它在收藏我们。"

这话说得真好，凭这一句话，我断定了郗蓝衫不是一个骗子，他没有诓我们，他手中的《圣母帖》八成是真品。我赶紧就去湖里洗手，湖边的一块石头踩翻了，差点把我掉到水里，洗了手过来说要看真迹。但是，郗蓝衫从怀里掏出来的却是个硬纸夹，夹子里三张剪贴的已经焦黄的报纸。三张报纸的内容一样，不长不短的一篇报道，标题：西安惊现《圣母帖》真迹。

"这可是官方的报纸，你们得信着！"郗蓝衫说。

"就这报纸？"

"你们得先信我呀！"

"我们已经信你了呀！"

"你们读读报道吧。"

我和我的老板凑近路灯分别读了一遍，报道中详尽地介绍了《圣母帖》真迹的尺寸和碑林博物馆宋刻字碑的同异处，但报道中没有写真迹保存人的姓名。

"郗先生，"我的老板说，"怎么证明真迹在你手里呢？"

"问得好，"郗蓝衫说，"我怎么能在这地方拿出真迹呢？若你们真心要买，咱们重约时间地点吧，真迹在市银行保险柜存放着。"

这一次见面就这么遗憾地结束了，但我们留下了手机号码，约定三天后郗蓝衫安排好地点了随时通知。我们请郗蓝衫去宾馆喝茶，他推辞了，矮子要跟他一块走，他偏让留下，矮子有点不愿意，他示了个眼神，自个就先走了，一边走一边扭头四顾着，然后便消失在夜幕中。我笑着说："郗先生怕我们跟踪他呀。"矮子怔了一下，慌忙说："这，这……不是的，他急着回去是他弟弟今日得了孙孙，他得过去看看。你猜，是男娃还是女娃？"我说："男娃？"矮子说："不对！"我说："女娃。"矮子说："呀，你真行，只猜了两下就猜准了！"

沙尘暴终于是停止了，第三天的早晨下了一场小雨，雨都是黄的，街上的行人全穿了雨衣或撑着伞，而所有的车辆被黄泥雨涂成了迷彩。

雨一停，每家洗车房门前都排着等待清洗的车辆，司机们三三两两站在那里骂天，抱怨着西安之所以做过十三朝国都而后来衰败至今，都是这风沙所害，要不，秦腔就该是普通话了。又恨着往往把车清洗了，隔二日三日又得下雨，雨是黄汤，又得来洗。西安做什么生意都难，唯独羊肉泡馍和洗车房把钱赚海啦。我们耐心地等待着郗蓝衫的通知，但哭笑不得的是，约定的地点竟是城东南角一条巷头的公共厕所门口。我和我的老板在那里等了许久，未见到郗蓝衫出现，连矮子也没个踪影。我安排了我的老板先到附近的夜市上吃饭，西安的小吃在国内有名，小吃又都集中在夜市上，我们吃过一碗鸡蛋醪糟，觉得肚子难受，就进了厕所蹲坑。厕所里光线幽暗，臭气烘烘，我听见紧挨的隔档里有人在大声努劲，似乎不是在出恭，而是有物堵于肛门，憋得命悬一线。如此哼哼哈哈了半天，安静下来，却见一只手伸出隔档，企图去捡坑台前一张什么人已经用过的脏纸，而有趣的是恰恰一股阴风从厕所门口刮进来，竟将那张脏纸卷起，飘然落入另一个坑去，隔档里沉沉地发了一声恨。这实在是一场巧得不能巧的风的恶作剧，偏偏让我瞧着，差点笑出来，便将一张手纸递过隔档，说：“用这个吧。”那边的人说声“谢谢”，站起来了，我看见他竟是郗蓝衫！郗蓝衫也同时看见了是我，很窘地立即缩回身子咳嗽，然后提了裤子出了隔档，将那张手纸又回给了我，说：“是你呀！是你给我的纸吗？我不用纸的，我用钱揩了！”他走出厕所，一边走一边说：“你瞧这墙上，这便是屋漏痕，黄宾虹的线条就这般画。”我没有去端详厕所墙上的脏迹，只疑惑：他真的是用钱揩过了吗？或许碍于面子压根儿就没有揩！在厕所门口，他又恢复了他的怪异，大声放着录放机中的歌曲，在音乐声中，告诉我巷子尽头的三十五号是他的朋友家，他已经把真迹从银行保险柜取来放在那儿，让我和我的老板过会儿来，说完扭头便走，那录放机中开始唱：“你要拉我的手，我就要亲你的口，拉手手，亲口口，咱们黑圪崂里走。”声越来越小。

　　我和我的老板拐弯抹角地在巷子里寻到了三十五号，门是破旧的木门，上面用墨写了：院中有狗，小心咬你。我忙捡了一块石头在手，可一进院就爬梯子，并不见狗，刚刚扔了石头，还说："是空城计么！"一只狗呼地向楼梯冲来，吓得我的老板险些跌倒。我急喊："郤先生！郤先生！"狗却停在楼梯上的平台上，原来一条铁绳拴着它，再扑不过来，就汪汪锐叫。是矮子先跑出来，唬住了狗，招呼我们进屋。我们还是不敢动步，一定要矮子将狗用双腿夹了，才迅速地跑进平台上的一间屋去。屋小得可怜，除了一张桌子上乱七八糟堆满了杂物外，几乎就是那张床了。我的老板不知道该往哪儿坐，我把床上的没有叠起的脏被子往床根拥了拥，要让我的老板坐在床头，没想褥子下压着一张百元的钞票，矮子赶忙拿了，塞给了郤蓝衫。

"我那里宽敞，"郤蓝衫说，"可这里安全啊！我这兄弟光棍一条，以替人讨债为业的，别瞧他个头小，好勇斗狠，比这狗要凶的！"

"能看出来。"我说，"你需要一个保镖！"

郤蓝衫干笑了一下，就对矮子说："一回生二回熟，都是朋友了，你给我和两个朋友留影做个纪念吧。"

我明白郤蓝衫的意思，就说："好么，好么。"让矮子拿了相机给我们拍照，我的老板偏又将汗手在墙上按了一下，又在一块破了半边的镜子上按了一下，说："我再给你留个手印！"

郤蓝衫有些不好意思了，说："你这同志有趣，我就爱和有趣的人交朋友。看货，看货！"

郤蓝衫就拍打了几下床铺，将一个报纸卷儿展开，里边是一个塑料卷儿，又展开，是一个布卷儿。布卷儿虽旧，却是湘绣，一下一下再展开了，露出画轴，郤蓝衫才从怀里取出一副白线手套，戴上了，说："你把纸烟掐了。"我把纸烟丢在地上，用脚踩灭。他说："把放大镜拿来。"矮子说："放哪儿？"他说："枕头底下。"矮子翻开枕头，果然下边一个硬盒，盒中取出一面镜子，但枕头上的尘土扬起来，一股呛味直钻鼻子，我就咳嗽，走到平台上要吐痰。我的老板也咳嗽，跟出来擤鼻涕，悄声说："这里就是姓郗的家。"还要再说，矮子就出来了，我们遂返回屋，矮子也跟进来。郗蓝衫说："你们可以俯着身看，但不得用手摸，汗手。"慢慢将画轴展开。

这确实让我们大开眼界，整幅作品是横的，几乎和床一样长短。在展开的过程中你似乎能感觉到祥云绕绕，有一股神气扑面而来，再仔细看去，婉丽处如飞鸟出林，惊蛇入草，劲健处奔马走虺，骤雨旋风。我周身颤抖，且有热流迅速从丹田涌起，通向脑顶和四肢，回头看我的老板，他只是眯着眼，呆若木鸡。我说："好啊！宝气逼人！"我的老板怔了一下，俯身再看，手却在我腿上掐了一下。我晓得我的老板城府深，不再叫好，拿放大镜又细照了一遍。

"怎么样？"郗蓝衫说，"要看货，这就是一眼货，比碑林博物馆的字碑气韵强了数倍吧？"

"这……怎么这般干净的？"我说，看着郗蓝衫的脸。郗蓝衫脸上的麻子是黑麻子，好像没有洗过。

"算你看出门道了。"郗蓝衫说，"你瞧我像个乡下来城里打工的吧，可我世世代代都是城里人！真的往往看上去像假的，假的倒像真的。西装革履的显得气派，可一身行头能值几个钱呢，一万元穿得什么都有了！"

郗蓝衫缓缓地将《圣母帖》卷起来，一层一层包裹，矮子帮着往盒子里装，一失手，掉在地上。他哎哟叫，忙捡起来，轻轻地拍着，说："摔疼你了，摔病你了。"然后说他得和矮子连夜将《圣母帖》送回银行保险柜去，如果愿意购买，改日再选个时间面议。

《圣母帖》肯定是真品，这已毋庸置疑，我的老板极尽和蔼，一定要请郗蓝衫和矮子去夜市上吃饭，郗蓝衫却表现得很不情愿，我的老板就说在吃饭时可以先议一议价钱，如果双方觉得合适，我们就要筹款了，至于安全么，四个人一块走，会万无一失的。郗蓝衫沉吟了一下，就从桌上取了一把菜刀让矮子揣在怀里，个自又将一个小瓶装在口袋里。我说："不用带酒，夜市上都能买到。"郗蓝衫说："这是硫酸，谁要敢抢《圣母帖》，我就喷他的眼睛！"他说得狠，大家都没有言传，他又将裹着真品的纸卷儿装进一个帆布口袋，口袋里又放了六七根竹笛，然后斜挂在肩上，四人方下得楼来。

"郗先生是个卖笛子的人了，"为了缓和气氛，我笑着说，"你这口袋，扔在街上也没人捡的。"

"狐狸有好皮毛才遭猎杀哩。"郗蓝衫也笑了，却对矮子说，"你急什么呀，让客人先下楼么。"

他让矮子断后，防备的还是我们，我们就知趣地先下楼。我的老板说："郗先生这么大年纪了住得这么高，越往后就越不方便啊！"

"是吗？"郗蓝衫说，"能走动的时候住高住低都能走，等走不动了，住在一楼你还是走不动。你说什么？这房子可不是我的。"他转过头向矮子，"你在这儿住几年了？"

矮子怔了怔，赶忙说："五年吧。"

郗蓝衫说："你想不想换个地方？"

矮子说："谁不想？"

郗蓝衫说："那就包在我身上啦！"到了夜市，拣墙角的一张桌子，我故意让郗蓝衫坐在里边，并让矮子挨着他，我和我的老板坐在对面。夜市上十分热闹，那些卖饸饹的，煎饼的，粉蒸肉的，凉皮的，蜓面的，灯火通明，热气腾腾，人声嘈杂。我们先是感叹着西安的小吃这么丰富，又疑惑西安竟没有自己的大菜系，郗蓝衫就开口了，说："你知道西安是几代首都？"我说："十三。"郗蓝衫说："你想想，十三朝的皇帝在这儿，各省市为了争宠，都要把他们的饭食贡献来，久而久之就形成菜系了。西安是一张大餐桌，它只摆贡献来的美味佳肴，知道了吧？"我说："知道了。"郗蓝衫更得意了，说："那我再告诉你，西安将来还是要做首都的，历史上有王气的地方只有三处，南京、北京和西安，在南京建都是短命王朝，在北京则容易腐败，只有在西安建都的都会强盛啊！"我说："这可能。"郗蓝衫说："你笑什么？"我说："我想，西安建都了，我们公司就可以搬过来了，一想到这儿，我就笑了。"郗蓝衫看着我，半天不言语，突然说："我对你这个人有个评价，一个字，只一个字……"我说："是骂我了吧？"郗蓝衫还举着一个指头："一个字：不错！"我的老板就大笑起来，一边让端饭的往上摆八宝稀饭，一边说再谈正经事吧，让郗蓝衫报个《圣母帖》的价格。郗蓝衫就一脸严肃了，只咬定一个底价，不再松口，几乎将八宝稀饭吃完，又吃了几十串烤羊肉串，讨价还价总算有了个结果。郗蓝衫就环顾四周，低声说："你们是识货人，我也就委屈了。就你给的这个价，有人也出过，还外加一套红木家具，我是没松口的。项羽在乌江岸上，和刘邦的两个将军碰上了，原本是能搏杀一场的，但他说：我成全二位将军立功了，把这颗头献给你吧，就拔剑自刎……"郗蓝衫竟说起楚汉之争的故事来，我还未醒过神来，听他再说下去，他却垂了头，一颗眼泪吧嗒溅在桌面上。他的突然落泪，遂使我感动起来，却不知说什么话好，他终于一抹眼睛，说："活该《圣母帖》与我的缘分尽了……不说了，喝茶，再来一壶龙井吧！"

我赶忙让饭摊上的人上茶，一边起来用指头将郗蓝衫面前桌面上的泪水擦去，一边说："这么大的数目，我们得让公司电汇，三天后怎么样？"

"不急，十天八天也不急的，你们再考虑考虑，即便不愿意了，那也没什么。"郗蓝衫说，让矮子寻张纸，"你把电话留给他们，他们考虑妥了来个电话就是。"

矮子一直伸着脑袋看对面街上的一座高楼，有无数的亮的方块，郗蓝衫的话他没有听见，郗蓝衫又说了一句。

"你卖啥眼哩？"

"我数楼层的。"

"你想住几层，将来给你弄上。"

"我可不要三室两厅的，我一个人，我才懒得打扫卫生哩！"

"老婆难道不是你找的，没出息！像这个模样的怎么样？"

一个穿旗袍的高挑的女人从桌前走过，矮子低声说："我有个瘸子烂眼的就行啦。"

"要娶就娶个时髦的！"

郗蓝衫一脸的麻子都涨红了，我看着他的脸，想到了猴的屁股，也笑起来。

"这有啥笑的，是瞧着我的麻子吧？"

"郗先生小时候出过麻疹？"

"不是，西安的风沙大呀。"

这一回，四个人全都笑了，惹得周围饭桌上的人就朝我们看，而路边柳树下的两男一女指指点点了一番，竟落座在我们旁边的桌上。郗蓝衫突然不笑了，紧了紧身上的口袋，悄声说："这些人是冲我来的！"

我抬头看看来人，说："哪里会，就算他们不怀好意，咱这么多人的……"

郗蓝衫镇静下来了，却说："谁来我都不怕的，公安局里有我的熟人。"掏出一张名片让我看。"我一打电话他立马就来的。"我没有看那名片。

但是，郗蓝衫却并没有再坐下去，匆匆离开了夜市，而且他让矮子厮跟着，扯不让我们送他。

在自后的三天里，我和我的老板带着郗蓝衫给我们的那些报纸，专门去找了西安字画界鉴定的权威，权威也已知道《圣母帖》真迹问世的事，并应允在购买时可当场鉴定，以免发生调包。就这样，我们筹齐了款额便给矮子拨电话，但矮子的电话却怎么也拨不通，便再一次去了那条有着公共厕所的小巷去找。

我的老板是个有心的人，他要给郗蓝衫带一份礼品，以示我们的诚意，因为他怀疑郗蓝衫反悔了。在买礼品时我们费了思忖，先是要给他买些腊汁羊肉，后又准备买一件西服，结果还是买了个收录机觉得得体。我们穿过了纬十街，才到了城墙外丁字路口，听见有很大的吵骂声，接着就一阵哐里哗啦的锐响。扭头看时，路斜对面的一家饭馆里，三四个穿着保安服的人在殴打一个人，被殴打者还在强辩，便被提了胳膊腿一下子扔了出来，骂道："没有钱你吃球饭？你吃了饭不给钱?！"

"我有钱的！你以为我没钱吗？"被殴打者往起爬，没爬起来，头就努力地往上撅，像是个出头龟，口里的血沫使牙齿也看不见，"我有钱的，我的钱能砸死你！"

保安又跑出来，用脚踩下了他的头，说："你有钱？你掏么，一碗面三块钱你掏出来呀！掏呀！"

"我有……"

"你有你娘的×！"

头被保安再一次踩下去，踩下去头又往起撅。保安就在他怀里掏，他捂着怀，蓝衫就嘶啦撕开，掏出来的是一个破旧的录放机，保安将录放机摔在了地上。

我突然看清这是郗蓝衫啊，忙呼啸着跑过去，将保安推开。扶郗蓝衫时，他的手里握着那个公安局熟人的名片，要我打电话："我明白他们为什么打我了，他们要谋财害命……"

我说："你是欠人家一碗面钱吗？"

他说："他们是冲着《圣母帖》的！"

我说："他们认识你？"

他说："不认识，可保准是他们认识我了。我知道谋算我的人多，贼可以防，防不住的是贼惦记呀！"

我的老板也从马路那边过来，我们把他扶起来，他的口鼻血沫模糊，而且额角也有个口子，用手捂了，血水从指缝往出流。我问他家住在哪儿，可以送他回去，或者直接去医院。郗蓝衫已经站起来了，梗着脖子骂已退去的保安："你瞧着吧，我会收购你们店的，收购了还让你们当保安，你们给我当狗！"骂着骂着，却突然甩开了我，盯着我不言传。

我说："你怎么啦，感觉头晕吗？"

"你们为什么这么关心我？"

我说："你是被打晕了吗，认不得我们了吗？"

他说："我怎的认不得？把你们烧成灰我也能认得的！可……这么大个西安城，为什么巧不巧就遇上你们在这儿？"

郗蓝衫极快地往后一跳，指着我说："你们和这些保安在演双簧！你们是来救我吗，不，不是的，是要寻着我家，或者要把我绑架到别的地方！"

我和我的老板哭笑不得。我还要去扶他，他双手沾着血挥舞着，我的老板让我不要扶了，别让他的血沾在身上，别人还以为是我们殴打了他。我的老板说："你不就是有《圣母帖》吗，我们正是筹齐了款要寻你交易的，偏巧在这儿遇上，如果有不良企图，那次看到真迹时就下手了，是我们打不过你和你的那朋友呢，还是怕你小瓶里装的自来水？"

"你知道那是水？你知道了当时为啥不挑明？你这么鬼的，你越发有大企图的，你只是瞅机会，是不是？"气得我的老板再不理他。

我瞧见郗蓝衫往前走了几步就摔倒在地上，便又去扶他去医院。他趴在地上，怎么也不肯起来了。"我朋友不在场，我是不跟你们走的。"

我和我的老板只好离开。当天晚上、第二天和第三天，我们一直给矮子拨电话，仍是拨不通，第四天终于拨通了，让他赶快找到郗蓝衫，还未告诉说郗蓝衫被人殴打了，矮子却开口便说："生意做不成了，他死了！"

他死了？郗蓝衫死了！问郗蓝衫怎么就死了，矮子说是被一家饭店的保安打伤后，就趴在饭店外的马路边，保安以为仅仅是打了一顿不会出事的，可两个小时后，他还趴在马路边，保安觉得不对劲，出来看时，他因失血过多已昏了过去，急忙往医院送，还未到医院就断气了。

"那，《圣母帖》呢？"

"谁知道藏在哪儿。"

"真可怜，他把《圣母帖》丢了。"

"是《圣母帖》把他丢了，先生。"

猎人

　　戚子绍在礼拜五的下午去秦岭打猎时要带上一个叫夏清的女子，王老板问是不是情人。戚子绍说才认识的，应该是熟人，女熟人。王老板就认为打猎带女人不好，又累又不安全，而且三天里住宿也不方便。戚子绍噎了一句："你舍不得花钱了?!"王老板便不再嘟囔，将车开到A路B楼外的花坛边按喇叭，一长一短地按得生响。楼道里跑出来的却是两个女人，打头的是个胖子，四肢短短的，跑起来像是鸭子。戚子绍迎着阳光，把眉头皱成一疙瘩，等胖子跑过来了，一边替夏清拿了大包小包，一边却对着胖子笑。

　　"怎么个给你拨电话也联系不上！我还担心你不能去呢！"戚子绍说。

　　"怕不是吧。"胖子做着鬼脸。胖子做鬼脸的时候很性感。"认识了夏清就不想见我了？这我知道。可我和夏清是笼沿连着笼襻儿，不拆伴的！"

　　夏清站在车尾，抿着嘴笑，戚子绍又一次笑了。

　　"我怀疑你俩是同性恋！"

　　"或许是吧！"

王老板已经把车门打开，胖子的一只腿伸进去，又取出来，哇地叫了一下，瞧见了装在里边的长舌帽、爬山鞋、军用水壶、雨伞、毛毯、一袋子矿泉水和三支长长短短的猎枪。说："戚处长，你还真的是个猎人了！"

"干啥就要像啥么！"戚子绍在后车厢帮夏清将一个大旅行袋放好，里面是一顶军用的野营帐篷。戚子绍低声说："是你通知了她？"夏清说："你打电话过来时她就在旁边，我不能瞒了她。"戚子绍说："傻女子！"夏清说："我是傻。"蓝底碎白花的裙子在阳光里一抖，戚子绍觉得满地都是坠落的花瓣了。胖子在问王老板："这是你的三菱吉普？多有个性的车，我就喜欢红颜色的！"王老板说："是小了点，但爬山功能好。"戚子绍关了后车厢盖，悄悄说："他是我的客户。"揩了夏清手背上的一点土。夏清忙把手塞进了口袋，戚子绍却冲胖子说："车不错吧，老王可是个大老板喽！"胖子说："你尽结识大老板！"戚子绍说："也结识美女哇！"走到前面，为胖子拉开车门，很绅士地说："请！"胖子却说："是要我坐在前边，你们坐后边呀？我也偏坐在后边！"把吃的喝的用的东西，往前边座位上堆，堆成一个小山。

"不愿意我坐后边？"胖子让戚子绍坐在后座位的中间了，自己挤进前座。戚子绍说："这盼不得么，东宫西宫，我过的是皇帝生活么！"故意摇晃着身子，将手在胖子的膝盖上拍了一下，便问："最近做啥哩？"胖子说："啥也没做，只做爱。"四个人都噗地笑了。戚子绍说："这话说得好！王老板，你瞧我这女熟人有意思吧？"胖子说："我可告诉你，下次再出来玩不首先通知我，我会生气的。你要待我好些，我可以继续给你批发美人，我是胖了点，我的女朋友却没有不漂亮的！"

戚子绍确实是先认识了胖子，然后通过胖子认识了夏清的。那日他在一个朋友家搓麻将，麻将桌上有胖子，她是一家公司的职员，询问他们银行能不能采用她经销的UPS不间断电源器，这是微机上使用的配件，一旦使用上了就能长期使用。"这有什么问题呀，"戚子绍是当场拍了腔子，"用谁的配件都是用，辞掉别的供货用你们的就是了！"但过后他却没有动静。有一天胖子又来了，领着的是夏清，夏清是一个瘦高瘦高的女子，戚子绍就有些拘谨。戚子绍是见着了漂亮的女人就拘谨的。"你是上海来的？"他舌头硬硬地说了普通话。女人说："鄂不是。"一听把我念成鄂，戚子绍才知道夏清是本城人，他就说西安还能有这么漂亮的女人呀，而且气质好。那天戚子绍说了许多话，都很幽默，简直是妙语连珠，胖子说："你爱上她了？"他说："哪里？"胖子说："这你瞒不了我的感觉，瞧你想象力多好！"第二天戚子绍就约了夏清去茶楼吃茶，夏清应约而来，来的还有胖子。戚子绍是有了许多话想要给夏清说，但胖子老在旁边，她们总是一块来一块去，戚子绍没有了机会，但戚子绍还是帮忙推销了。

秦岭在城南五十里外，车行驶了半小时，进了沣峪口，路就在峡谷的半崖上蜿蜒盘旋，每每车在拐弯处就倾斜，坐在座位中间的戚子绍就一会儿靠在胖子的身上，一会儿挤着了夏清，夏清被挤得嗷嗷地叫。戚子绍说："这是身子要倒的，与道德品质无关啊！"头与头要挨上的时候，戚子绍瞧着夏清的眼睛说："贴这么长的睫毛。"夏清说不是贴的，戚子绍用手去拔了一下，果然不是贴的，就感叹什么叫天生丽质。王老板故意把车开得很猛，三个人就颠得像在舞蹈，戚子绍就势用双臂搂住夏清和胖子，却叮咛王老板把反光镜拧上去，专心开车。王老板真的把反光镜拧了上去，声明他不会看的，他什么都没看见，就听着他们在后边说女人的高跟鞋和香水。戚子绍的观点是高跟鞋是世界上最伟大的一项发明，但香水却破坏了女人特有的体味。这话惹得胖子坚决反对，因为她今天没有穿高跟鞋而喷洒了浓烈的香水。夏清立即将双腿收缩在身下，戚子绍也就说了一句胖子的丝袜好，丝袜是女人的第二层皮肤。胖子说："只许看不许摸！你们常进山打猎吗？"戚子绍说："当然喽，差不多每礼拜都来！"胖子说："有钱有权的人真会生活！政府不是禁止民间有枪吗，你长长短短三支枪？"戚子绍说："这没办许可证呀！你需要办不？我可以帮你办一张。"王老板说："这可是真的，在西安市里戚处长没有什么事情他搞不定的！"夏清说："这我信的，你就是要颗原子弹，戚处长就说你要圆头的还是方头的？"车突然一个急刹，胖子和夏清从座位上滚下去，而戚子绍一个前倾头撞在了前边的椅背上，哎哟叫了一声。一辆车从拐弯的对面擦身而过，在后面发出了剧烈的机器响。戚子绍脸露愠怒，遂之解嘲说："王老板你是牺牲我呀?！瞧见了吗，刚才那辆车上坐着一位少妇！"

"你眼睛那么尖的？"胖子重新坐好，但她的丝袜被座位上的硬垫角剐破了。

"这就是猎人的眼睛！"戚子绍说，"看女人瞥一眼就知道什么模样了！那少妇倒有些姿色。"

三个人扭过头了，看见那辆车在后边二十米远停住，先是司机下来查看轮胎，接着是一个女人也下来，腰身很好，但脸是刀把脸。两个女人同时地"噢"了一声，汽车也已转过了弯道。

"戚处长是这样个欣赏水平呀?！"

戚子绍似乎也不好意思了，从前边的座位上拿起了一支枪，向窗外做着瞄准的姿态。

"我是侧面看她的，"戚子绍说，"侧面看想犯罪，正面看了想自卫。"

"我现在也不能不怀疑你的枪法了。"胖子说。

"可以说，来秦岭打猎的没有谁能和我比枪法的！"戚子绍说，"我曾经一枪打下两只鸟的！"

"是两只鸟，"王老板做证，"鸟落了一树，一枪放上去，掉下来了一只，过一会儿，又掉下来了一只。"

"第二只是吓昏了的吧。"夏清说。

"不打鸟而让鸟掉下来才是高手！"戚子绍说。

两个女人却听不懂这样的话，相视着咯咯地笑。

"你瞧着吧，这次打猎我不往崖鸡子身上打一枪，却要猎到十只八条的！"

两个女人还是在笑。

戚子绍就给女人讲他和王老板上次猎崖鸡子的经历，如何潜伏在一个土沟里，看着对面崖畔上落着一群崖鸡子，咚地朝天放一枪，崖鸡子就扑棱棱地起飞了，飞过沟就落在这畔上，咚地朝天又是一枪，崖鸡子又飞落到那边崖畔上。"崖鸡子是没脑子的，就像是夏清。"戚子绍趁机敲了一下夏清的鼻子，夏清回击了，捏了戚子绍的鼻子。戚子绍的鼻子被捏得发红，他继续说，他和王老板不停地朝天放枪，崖鸡子就不停地飞来又飞过去，崖鸡子就累死了，接二连三地从空中像石头一样掉下来。

"哦。"两个女人终于相信戚子绍是个猎人，一个真正的猎人了。车愈往秦岭的深处去，景色愈好，山有开有合，云忽聚忽散，两个女人兴奋不已，后悔着从来没有进过深山，这般好的去处，住十天八天也不想回城了。戚子绍说那就不回去了，咱们就住在山里，到时候咱们六个人……胖子说："四个人怎么成了六个人？"戚子绍说："那还有孩子呀！"胖子说："想了个美！"车从一个隧道里穿过去，一阵黑暗，隧洞外是一个小的山村。

山村河的这边有几户人家，河的那有几户人家。河这边的人家除了路边高高地架着皮管子接引了山泉里的水，为过往车辆冲洗外，又都开着饭馆，洞开的土窗外挂着酱黑色的腊肉、干蕨菜和酱条穿成的卤汁豆腐干，卖饭的男人或女人就蹴在门口的石头上。刚才车到的时候，一个肥胖的女人从厕所里出来，站在公路中间，一边系裤带一边乍了一下腿，车就地停了。肥胖女人趴住车窗往里一看，就乐了。

"是戚处长呀，不挡车你还不停哩？又来打崖鸡子啊！"

"打崖鸡子！"

"守着凤凰还要崖鸡子呀?"

"凤凰只能看不能吃么!是漂亮吧?"

"漂亮得像是狐狸变的。"

夏清低声说了句:"你是猪托生的!"下了车和胖子看这看那,看啥都稀奇。戚子绍觉得很得意,提醒着山里路不平,走路脚要抬高点,继续和肥胖女人搭讪:"近来打猎的多不多?"

"来得少了。你不知道吧,山顶上有了狗熊啦!都怕啦!"

"狗熊有啥怕的,以前又不是没出现过狗熊!"

"这狗熊可是成了精了!上一个月来了个打猎的,也是开着辆小车来的,遇着了狗熊,狗熊一巴掌把半个屁股挖去了,人昏迷不醒地抬下来,醒来说狗熊会说人话哩!"

"人会学着野物的声叫,哪里会有野物学人的话?"

"人都能学着野物的声叫,野物又怎么不能说人的话?"

"他一定是没打败狗熊,脸面上不能下来,胡诌哩。"

"反正是风声传得紧,来打猎的人少了。"

"那你就看着我怎么收拾这狗熊了!"

夏清和胖子听到他们说狗熊,已围过来听,听得面色都苍白了,待到戚子绍说他能收拾狗熊,就问:"你打过狗熊?"戚子绍说:"当然打过狗熊的,不管是什么厉害的野物,你只要摸清它的习性,没有猎不了的。狗熊么,也是个笨,它只会直线扑,你就只拐着弯和它斗。如果你碰到了一群狗熊,那你就更好打了,你只需藏在一个方向它们开枪,一枪或许撂倒一只,另一只便顺着子弹也冲过来,你姿势不动地一个一个打。再如果你能引诱着一只向你扑来,一闪身让它扑下崖畔,后边的也就一条线地扑下崖畔,你可以直接到崖畔下收获罢了!"两个女人眼里闪动了惊异的光,说道:"这太精彩,太刺激了,咱们不打那些崖鸡子了,一定要到山顶去猎狗熊!"

王老板用油布一直在擦拭着车身,他不愿意把车继续往山顶的路上开。

"怎么能不去呢？"戚子绍说，"咱们不是打过熊吗？"

王老板含糊地点着头，说要去的话只能是他和戚子绍去，两个女人就留在这儿。这儿有吃有住的，又好玩，若去山顶遇见狗熊了，是该打狗熊呀还是顾及她们呀？

"咱是老猎手，还保护不了两个女人吗？"

两个女人欢喜跳跃，说："要去么，我们一定要去么！"

车重新发动起来，向深山钻去。两个小时后，路拐着之字形向秦岭的主峰爬，两边都是大的松树，路面上不时地出现了松鼠，但都是影子般地穿过公路。两个女人又是大呼小叫，要汽车能停下来，王老板没有听使唤，用力扳动着方向盘，因为弯道很大而路面又窄。突然间汽车油门加大，人似乎都飘起来，车的前面一只野兔在拼命地跑，嘎的一声刹住了，戚子绍首先下去，从路上捡起了一条兔子的尾巴，兔子则泥浆般贴在地上。

到了道班，天就黄昏了。山顶道班是全程公路上最小的一个道班，只是一幢三间木屋，两个上了岁数的养路工。两个女人麻雀一般地喳喳乱叫，说这里是童话的世界，就在松树林子里捡蘑菇，采繁星般的小花。夏清说："我相信这里有各种各样的动物的，动物都会说着人的话！"胖子噎道："你相信你也会长翅膀的！"两个女人闹起了小小的别扭。

可能是养路工寂寞得太久了，他们应允了客人就歇在这里，又提供吃的和喝的，但言语不多，尤其两个城市的女人向他们问这样那样的时候，显得手脚无措。木屋里的两个小房间，原本两个养路工分住着，现在腾出一间来睡胖子和夏清，而在路的北边撑了军用帐篷，只有戚子绍和王老板去睡了。夏清对睡帐篷感兴趣，但帐篷里毕竟潮湿，保不住夜里又有什么野物闯进来，胖子便把木屋里的旧的被褥抱出来，替换了带来的毛毯。"如果被褥上有虱子，"她说，"让吸有钱有权人的血去！"

戚子绍换上了一身的猎装，在林子里踱过来踱过去，感觉非常地好，后来采着了一朵红色的七瓣花回到木屋。夏清已烧了一盆水洗脸洗手，戚子绍将花插在她头上了，说："让我也洗洗。"手伸进盆了，在水里抓住了一双嫩手。夏清往出抽，抽不动，拿眼睛看了一下帐篷边的胖子，不动了，手觉得越来越小。

"要是只来你一个人多好。"

"这不可能。"

"为什么？"

"第一次见你的时候，她并不想让我见你的，后来想了想，才领我上去……"

"你要是没上来，我也不用她的配件了。"

"……"

"她真会利用你！"

"她也保护我。"

"傻姑娘！"

"……她也漂亮哩。"

"是吗？我没感觉。"

帐篷边胖子在嘎嘎地笑，王老板在系帐篷门口的绳子时说了什么趣话，胖子拿拳头捶王老板的背，嚷叫："你坏，你坏！"夏清再次要把手抽出来，戚子绍低下头去，迅速地吻了一下那根中指，夏清就鹿一样地跑去了，叫喊着："打牌，打牌呀！"

帐篷里的光线已经幽暗，四个人并没有玩"升级"，戚子绍要教给大家一种扑克算命法。他光是默想了一个念头算了一次，情绪颇高，胖子问："你算的是什么？"他笑而不答。胖子说："你不说我也知道，是谋算着夏清吧。"戚子绍说："即便爱夏清，那也是我的权利，这没什么错呀！"夏清已经脖脸彤红，把扑克拨乱，说："都胡说，胡说！"

戚子绍趁机张狂了，当场挑明他就爱上了夏清，爱上了夏清但能不能离掉现在的老婆，会不会最后娶了夏清，这得看天意了。就以某种牌代表能结婚，以某种牌代表不能结婚，重新洗牌起牌，大家都屏了气息看翻牌的结果，竟然是代表能结婚的牌首先翻了出来。戚子绍就说："夏清，你也是亲眼看了，你要等着我！"夏清一时无语，眼睛扑忽扑忽地闪。

胖子说："夏清真老实，你以为他说的真话？"戚子绍说："信不了我也该信牌呀！"王老板就让给他的房地产生意算一下，算出来的结果也是好的，王老板就说："既然做房地产能成功，你得支持我了。"戚子绍没有回应，却问："你觉得夏清怎么样？"王老板说："好么。"戚子绍问："怎么个好？"王老板说："五官好，身架子也好。"戚子绍说："夏清有综合之美！"胖子说："呀呀，世上还有什么好词？可别忘了，这么好的人是谁给你介绍的。"戚子绍说："这一句话你说得好，得感谢你，晚饭咱要喝酒，炒熊掌吃！"

戚子绍从帐篷里出来，似乎觉得夏清差不多已经是他的人，哼着小调往木屋去，一进门就喊："晚饭吃什么呀？"

木屋里烟雾腾腾，锅灶边只看到养路工汗油闪亮的脑袋，他还把面条往开水锅里煮。

"没有炒熊掌吗？"戚子绍说。

"哪儿会有熊掌。"养路工说。

"别的野味呢，譬如黄羊、果子狸、崖鸡子？"

"用菌子做了汤。"

"只有菌子？"

这使戚子绍很丧气。胖子说："瞧，他的话落实不了吧？"拉了夏清到房间里去了。戚子绍听见夏清在房间里还说了一句"我就要吃熊掌么！"，故意提高了声音和养路工说话："听说山上又有了狗熊呀？"

"是有吧。"养路工说。

"怎么不打了狗熊吃呢？"

"我们都在这山上。"

"你们？你是指你和狗熊吗？"

"是吧。"

戚子绍进了房间，说两个养路工是素食主义者，他们常年待在山上认那些野物都是同类了。"我现在明白了，"他说，"山下边嚷道狗熊成精了，会说人话，一定是他们传出来的，为的是不让别人捕猎。你们没注意他们的模样也差不多要像狗熊了，腰粗屁股圆的，行动迟缓，还不停地吭哧吭哧着。"

戚子绍说没有道理，夏清却仍在说："我偏要你给我熊掌吃！"

"我会的，小姐！"

"戚处长，这可是你说的，"胖子说，"吃不到熊掌我们就不走啦！"

吃过面条，两个女人就在房间的炕上歇下了，她们光着脚，披散了头发，脱去了外套，紧窄的内衣使身体该瘦的地方都瘦下去，该胖的地方都胖起来。戚子绍和王老板在房里赞美了一通女人形体的艺术，对面房间里的养路工就起了鼾声。屋外十分地安静，偶尔有车辆呼啸地从公路上驶下山去，而后听到的就是松塔落地的声音。说好的今晚上都不要睡，直聊到天亮，两个女人却很快就显出倦容。慵懒的姿态是特别惹人爱怜的，戚子绍满嘴的口水，言语开始放荡，王老板就说他是困了，打了哈欠去了帐篷。王老板一走，两个女人就并排靠在炕头上和戚子绍说话，越说身子越往下溜，后来就躺下去，而且胖子的眼睛也合上了。戚子绍真想胖子是睡着了，他就敢去和夏清接近一番，但胖子偏是躺在炕的边上，让夏清躺在靠墙的里边，又不知道胖子是真的睡着了还是假睡，他不敢造次。

"养路工在山上待久了，真的能和野物和平共处吗？"夏清说，"那么，山上所有的野物都能认识他们了？"

"动物都是有灵性的。"

屋外有什么鸟在叫，一声长一声短，长长短短的。

"听见了吗，鸟在说话了！"

"你能听懂它们的话？"

"我是猎人呀！"

"这鸟在说什么？"

"一个说：你在哪儿？一个说：在你心里。一个说：干啥哩？一个说：想你哩！"

夏清挤了一下眉眼，她知道戚子绍在给她骚情，戚子绍却走过来，一下子捏住了她伸在炕边的脚，她吓了一跳，用手指指胖子。胖子睁开眼来，说："你去睡吧，我可困得不行了！"

"那你怎么就不睡着呢?！"戚子绍说了一句，离开了房间，胖子猴一样跳下炕就把房间门关了。戚子绍听见了快速的关门声，心里有些不悦，站在门外发现山顶上的夜黑，黑得伸手不见五指。这时候，公路上有一辆车驶过，他往路边闪了闪，但车依然挂了他的衣服，他就跌倒了。车剧烈地刹住，司机从车窗探出头来，看见他已经爬了起来，问："没事吧？"戚子绍勃然大怒："你是怎么开车的？你要把我轧死了，我再和你小子说！"但车却忽地开走了。王老板闻声从帐篷里出来，瞧着真的没事，就说："真把你轧死了你怎么和人家说?！"戚子绍气咻咻又骂了 句，自己也笑了。

第二天早上，四个人又坐在车里往山上行驶了一段路，戚子绍和王老板就拿了枪往树林子深处走。胖子和夏清不愿意留在车里，也要厮跟着，和王老板吵了一架，戚子绍没了办法，就叮咛王老板要寸步不离她们。他们走过了一面斜坡，草丛里就发现了熊粪，胖子不相信是熊的粪，戚子绍便用树棍拨着粪讲解，扭头见王老板和夏清还在后边，就趁势抱了一下胖子的腰。胖子说："你不爱我，你爱夏清的。"戚子绍说："也爱的。"胖子说："我这腰粗，你抱不住的。"戚子绍用力抱了一下，放下了，说："你要不是我乡党的老婆我肯定就把你……"戚子绍知道自己在应付，但胖子也是女人，需要安慰的，果然瞧见胖子高兴了，在说："我其实不是胖，是丰满哩。"

夏清去了坡下的崖坎后小解，三个人坐在坡上等了一会儿，夏清还是没有上来，却有了一声尖叫。戚子绍立即让王老板拉了胖子往坡上去，自个就跑下崖坎。原来是夏清也发现一堆熊粪，而且熊粪是湿的。戚子绍就又喊王老板快把两个女人送回到车上，不管发生了什么事情都不要开车门下来。夏清才一走，他就提枪继续往坡上走，走了一里，果然就看见了一只狗熊，狗熊正蜷成一团在蒿草丛里睡觉哩。

"叭！"戚子绍瞄准着放了一枪。

狗熊翻了一个滚，滚出了草丛，窝在一块长满了苔藓的石头后。

戚子绍兴奋地跑过去，他没有想到今天打猎是这么顺当和容易，在他动手去提狗熊的后腿要把它翻过来的时候，他想到这只狗熊的掌真大，是让养路工来烹饪呢，还是拿到山下那个小饭馆去爆炒？"不，养路工是反对吃荤的。"他自言自语道，"让肥胖女人做，要做得没一点腥味。"但是，戚子绍刚刚提住狗熊的后腿，狗熊却忽地站了起来，黑乎乎的一座小山一样。他被压住了，那只熊掌就踩在他的胸口，他有些喘不过气来。

"你想死还是想活？"

戚子绍听见了一个人声，扭头看看周围，周围并没有人，声音是从狗熊的口里发出的。狗熊真的会说人话呀，戚子绍眼前一阵漆黑，他知道他是遇见了那只传说中的成了精的狗熊。

"想活。"他说，他还能说什么呢？

"想活？那让我把你干一下。"

戚子绍脑子还没有转过弯来，他已经被狗熊提起来翻了个身，而且裤子就被抓了下来。他感到了屁眼非常地痛。然后，眼看着狗熊顺着一行白桦树一步步走远了。

戚子绍狼狈地返回来，他的衣衫肮脏不堪，屁股撅着，一跛一跛的。

大家忙问怎么着，是碰着狗熊了吗，戚子绍说他和狗熊突然遭遇了，他打了一枪，把狗熊的前腿打折了，他去追时狗熊却一抱头从荆棘丛里往沟下滚，他也滚，滚在半坡被树杈挡住了，只好回来。

他们回到道班的木屋里吃饭，王老板和两个女人为戚子绍敬酒，虽然没有猎到狗熊，但他们已为他的不凡的身手而佩服了。戚子绍是喝了很多酒，心里郁闷，脑袋就晕晕乎乎，说要睡觉就睡下了。一觉醒来，又是个黄昏，但这个黄昏比不得昨天的黄昏，月亮早早地就挂在西边山峰上。戚子绍听见王老板和两个女人在房间的土炕上打扑克，他就提了枪往山上去了。

越往山上去，越是风清月明，露水已经潮上来，渐渐湿了裤腿。戚子绍在林子里的一块草坪上长长吁了一口闷气，看见了狗熊在一口山泉边喝水，忙呸了一口，呸出了半截咬断的牙齿，同时开了一枪。狗熊在枪响中一只脚栽倒在了泉里，接着脑袋也栽倒在了泉里，不一会儿整个熊都栽倒在了泉里，水哗啦地扑溅出泉沿。戚子绍跑近去，才想着要怎样才能把死了的狗熊从泉里弄出来，狗熊忽地又从泉里腾跃而起将他压在熊掌下了。

"你是想死还是想活？"狗熊又在说人话。

"想活。"他说。

"那让我再把你干一次。"

戚子绍自个翻了个身，把裤子拉下来。他听见了水声，屁眼更是钻心地痛。

戚子绍是踉踉跄跄地赶回来，王老板和两个女人还在木屋土炕上打扑克。他们不知道戚子绍又出去打猎了，也没有听到枪声，当戚子绍进了木屋，他们嘲笑着戚子绍一醉竟能醉大半天，睡起来还是形容憔悴，衣衫不整！戚子绍只好笑笑，说他也要打牌的。

"你走路怎么啦！"夏清说，"匡着腿？"

"上了火，痔疮犯了。"

"烂尻子！"

两个女人哈哈笑起来，她们开始用一种暗语对话，音调极轻极快，戚子绍觉得是外语，听起来嗡嗡一团。

"请说汉语！"戚子绍有些难堪，他听不懂她们的对话，但他猜想一定是在说着他的坏话了。

"我们说的是重叠音。"夏清说。两个女人又对话了一番，戚子绍听出是把每个字音重复一次，但因为说得轻而快，他只能听出前边一句，后边的又不知说什么了，而夏清的脸顿时绯红。

"你们再这样说话，我得抽你们舌头了！"

"他俩合伙欺负我！"夏清说。

"是王老板喜欢上你的搭档了？"

"是喜欢上了，戚处长，"胖子说，"但你一定不会吃醋的，因为我们决定要牺牲夏清了！"

说罢，王老板竟揽了胖子的腰走出了木屋。

"哎哎，"戚子绍故意地叫着，却把木屋的房间门掩了，笑笑说，"再不牺牲，贷款和推销的事恐怕就吹了。"回过头来，夏清却端端直直坐在炕上。戚子绍去摸了一下她的脚，她的脚缩了，又去拉她胳膊，她往炕角退，说："他们要牺牲我，我却不愿意哩。你坐好，咱们说说话不行吗？"

但戚子绍一时没话可说。

"说狗熊的事吧。"夏清说。

"那就说狗熊吧。"戚子绍说，"狗熊是世上最丑的野物，也是最坏的野物，我和它不共戴天，我一定要把它打死，我一定能把它打死！"

"戚处长，你怎么啦？"

"你应该叫我戚哥！"

"戚哥，你怎么突然恨起狗熊啦？"

戚子绍"哦"了一声，恢复了平和，说："我是有过猎狗熊的经历的。那一年我们猎狗熊，我是没经验的，放了一枪，它竟顺着枪子朝我扑来。狗熊的掌只要抓一下你，就会抓下你一个膀子的。旁边人就喊快趴下装死！我告诉你，狗熊是不吃尸体的，但它不知道人会装死。我就趴下装死了。狗熊过来拨我的腿，我不动。狗熊又过来拨我的头，我还是不动。狗熊就把鼻子凑近我的鼻子试，还有没有气，我闭住了气，仍是不动。我是猎人，我斗不过狗熊吗?!狗熊真以为我就是尸体了，就坐在那里发呆。我开始摸枪，拉动了枪栓，但拉动枪栓要出响声的，我必须在它扭头过来的瞬间一枪打死它，要不然狗熊即使不挖我，它一屁股坐我身上我也会被压死的。狗熊果然扭过了头，瞧我还活着，就张开了嘴要来咬我，我的枪响了，这一枪就打进它的嘴里，把它打死了。你不信？你到我家去，我家地上铺着一张熊皮，那就是我打死的狗熊的皮。"

"我信的，戚哥！"夏清说。

"好了，我可以把那张熊皮送你了！"

夏清简直视戚子绍是英雄了，她的身子放松开来，一双脚从屁股下伸开来，直直地搁在炕上。戚子绍口里又汪出了水，但他的手没有敢过去。"我真的送给你！"他再一次说。

突然有了一声奇怪的嚎叫，在寂静的夜里十分响亮，似乎山林里有了回音，加长了音节和嗡声，传递着·种神秘的恐惧。两个人立即停止了说话，戚子绍侧耳又听了一下，叫道："狗熊来了！"脸色寡白，遂之彤红，像喝过了酒，一下子跳起来就要往外走。夏清也跳下炕，炕下边却一时寻不着鞋，而在帐篷里的王老板和胖子已经跑了过来，他们拿了枪，惊慌地说狗熊就在附近。

"来了好！"戚子绍极快地把子弹装上膛，说，"我须报仇不可，这回我再不打死它，我就再不来打猎了！"从屋里跑了出去。

两个女人也要去，王老板这回发怒了，哐当把门拉闭，又在门闩上插上了木棍，提枪去撵戚子绍。夏清隔着门缝喊："我真的要吃上熊掌

89

了！"戚子绍是听到了夏清的喊声，他朝林子的深处跑，他的屁股还火烧火燎地痛，仍疯了一般地跑。山坡上没有狗熊，草坪上也没有狗熊。戚子绍又跑到山泉边，狗熊还是没有。王老板是一直追着他的，但王老板没能追上，他自叹不如，就坐下来等待枪响而辨别戚子绍的方位。

戚子绍像一只没头的苍蝇，四处乱撞，越是寻不着狗熊越是复仇的火焰汹汹，又翻过一个崖嘴，终于发现了一个黑影在前边移动，他知道那是狗熊了。但这一次戚子绍发誓要打死狗熊，又吸取了前两次的教训，他爬上了崖嘴。在崖嘴，他瞧见了月光下的一块平台石上，狗熊在那里蹭身子，就静静地瞄准着放了一枪。

"叭！"

这一枪是百分之百地打中了，狗熊是从平台石上跌了下去。戚子绍并没有立即下了崖嘴，他又瞄准了跌下去的狗熊放了一枪，狗熊就动也不动了。

"我要打烂你的×！"戚子绍骂着从崖嘴下去，站在了狗熊的面前，狗熊是四脚朝天地躺着，他踢了一下，已经不会动了。他端起了枪瞄准狗熊后腿中间的部位准备打三枪，不，打四枪，打它个稀巴烂！

但是，这一次仍和上两次的情况一样，当戚子绍刚刚把四颗子弹装进了膛，狗熊却一下子扑上来抱了他在地上了，这次狗熊不是一只掌压着他，而是两只掌压着了他。

"你是想死还是想活？"

戚子绍是彻底地绝望了。他想起了夏清，不能给她吃熊掌，也不能送给她一张熊皮了。狗熊张合着满是牙齿的大嘴，锋利的掌爪搭在他的脖颈上。月亮下他瞧见爪甲闪闪发着白光，戚子绍没有再说"想活"，其实他哪里不想能活下去，也没有主动去拉脱裤子，他知道狗熊即使不是侮辱了他，也不会再让他活着离开了。

"随便吧，"他说，"要干要吃你随便吧，我只是想问你一句：你到底是狗熊还是魔鬼，这么厉害?！"

"你问我？"狗熊说，"我正想问你呢，你到底是猎人还是卖屁股的?！"

这个时候，趴在木屋窗口上的胖子和夏清听见了连续的两声枪响，欢叫如雀，急切地盼望戚子绍回来，她们可以吃到稀罕的熊掌了。

2001.10.24　下午写毕

中篇，

逛山：兽之欲

人 过 的 日 子 ， 必 是 一 日 遇 佛 ， 一 日 成 魔 。

美穴地

柳子言给姚家踏坟地是苟百都的一顿烂酒后的多嘴惹下的。苟百都使威风，呼啦着漂白褂子，一进门鞋就踢脱了仰在躺椅上说："柳哥，你来钱主了，北宽坪的掌柜请你哩！"柳子言说："他咋知道我，八十里的路我不去。"苟百都一边拔根胸毛吹着一边嘿嘿地笑了："掌柜不晓得你，苟百都却知道你呢。我带了一头驴子一条绳，你先生是坐驴子还是背绳呀？"驴子在门前土场上烟遮雾罩地打滚，苟百都一扬手，腰间的一盘麻绳嗖地上了梁，再扯下来，陈年尘灰黑雪似的落了柳子言一头。

柳子言就这么跟着苟百都走了。

穿过房廊，金链锁梅的格窗内，四个长袍马褂在八仙桌上坐喝，他们斜睨着柳子言，便把一口浓痰从窗格中飞弹出来了。柳子言耸耸肩上的褡裢，将鞋壳里垫脚的沙石倒掉，笑笑地，看鸡啄下浓痰微醉起来，趔趔趄趄绞着碎步。四月的太阳普照。苟百都已经进里屋去禀告了许多时间还不出来。空中飘落下一根羽毛，是鹰的羽毛，要飘到面前了却倏忽翻了墙去。廊头的一只狗随之大吠了。柳子言打也不是，不打也不是，里屋门里便有一声叫道："让我瞧瞧，来的又是哪一路先生?！"声音细脆尖锐。柳子言想，老树一样的财东还有这嫩骨朵儿女儿？遂一朵粉云飘至台阶，天陡然也粉亮了。眉目未待看清，锥锥之声又起："光脸犊子！你真能踏了风水？"酒桌上的长袍短褂立时噤了拳令，重又乜视了柳子言，说句"该是庙会上唱情歌的阿哥吧！"哄然爆笑。柳子言脸涨红了。柳子言的脸不是为谑笑而红，倒是被这女人震住，女人的目光罩住他如突然从天而降在面前的太阳，乍长乍短的光芒蜇得难以睁眼，一时自惭形秽站不稳了。掌柜在内室喊："让先生进来！"狗还在叫，柳子言走不过去，苟百都再唬也唬不住，女人说："虎儿！"腿一叉已将恶物夹在腿缝中，柳子言同时感觉到了后脖子有一点凉凉的东西，摸下来是一片嚼湿了的瓜子皮，女人很狐媚地丢过来了一个笑眼。

掌柜在烟灯下问候柳子言，说："百都夸你大本事，姚某就把你请到了，姚家上下都是善人，踏出吉地有重谢，踏不出吉地也有小谢。"话说得妥帖温暖，柳子言就谦虚着晚辈没本事，但会尽力而为，"有多大的虮子出多大的虱吧"。掌柜也笑了，要苟百都陪先生到后厅单独吃酒去，柳子言身不胜酒，摆手谢免，掌柜就欠起身把烟灯推过来，柳子言也是不抽。风吹动了门帘，琉璃脆儿的帘钩叮叮当当作响，帘下出现了一只穿着窄窄弓弓白鞋的小脚。柳子言知道掌柜的女人站在了那里，他准备着女人要来了，但那鞋尖蠕动了几下却始终没有走进。苟百都后来就领着柳子言从后门出来往坡根去。

柳子言转遍了后坡寻找龙居，几次觉得后脖子似乎还在发痒，痴一会儿呆，随之拿手拧脸，骂一句"荒唐"，小跑着上坎下涧把自己弄得气喘吁吁起来。苟百都一边提鞋跟一边骂："你是鬼抬轿了?! 你不抽烟，你也该讨个泡儿给我呀！你算 × 男人，驴子都在后腿根别个烟具，你倒不会抽烟?!"柳子言坐在了一个土峁下，说："太阳还没落，你去接掌柜来，吉穴就在这儿了！"西边山一片红霞，掌柜来了。柳子言放着罗盘定位，遥指山峁远处河之对岸有一平梁为案，案左一峰如帽，案右一山若笔，案前相对两个石质圆峁一可作鼓一可作钗，此是喜庆出官之象。再观穴居靠后的坡峁，一起一伏大倾小跃活动摆摺屈曲悠扬势如浪涌，好个真龙形势！且四围八方龙奴从之，后者有送有托有乐，前者有朝有应有对，环抱过前有缠，奔走相揖有迎，方圆数百里地还未见过此穴这等威风！浸淫到地理学问中的柳子言此一刻得意忘形，口若悬河，脚尖画出穴位四角让下木楔。北角第一楔却打不下去，刨开土看，土下竟有一楔，又下南角楔，南角土下又是木楔。四角如是。掌柜哈哈大笑了："柳先生真是好身手，不瞒你说，我已请四位高手七天踏出此穴，请你来就是再投合投合的，这里果然是吉穴了！"柳子言却一下子坐在地上，后怕得一身冷汗都湿漉漉了。

夜里，苟百都在厢房里给柳子言铺床展被，柳子言骂："苟百都，贼，你好赖认识我的，怎不透风是要我来投穴，你成心要捣我一碗饭吗？！"苟百都说："柳哥你可别没良心，这不是更显摆了你的本事吗？——好，算我瞒了你，我请你客！"便一掌推开后窗，推出了一个黑乎乎世界来，顿时有猫在叫春。有一盏灯幽幽地由小渐大了，幽幽着："回来哟，回来哟……"柳子言便听着苟百都对着那里问话："喂，谁个？""我。他苟叔呀！"

"西门家的！这般黑了，你是来踏掌柜的溜子吗？""爷！话可不敢这么说，孩子烧得火炭样地烫，我来叫魂呀！""掌柜今日踏坟地，你家不送礼吗？""哎哟，真是不知道呀，我明日灌二升小米过来哩。""有心就是。我给掌柜圆场，小米就留给孩子吃吧，你过会儿捉只鸡来应付一下作罢。""实在谢你了，他苟叔！""不谢。我在这儿等着，来了敲窗子！"苟百都收回头往墙角架柴火了，火燃起来，窗子果然被敲响，苟百都扑拉拉丢回一只鸡来连嚷柳子言好口福，是个母鸡哩！合窗时却又探头出去，问西门家的："你手里还拿着什么？"西门家的回说："这鸡近日怪势，白天不下蛋偏在晚上下，刚才路上就把一颗屙下来了。"苟百都便变了脸，说："鸡已经是掌柜家的了，你怎敢就拿掌柜的鸡蛋？递过来！"递过来就在窗台上磕了，一口吸干。

鸡并没有杀脖开膛、活活拔毛，屁眼上捅过铁条就架烤到火上了。苟百都一边说鸡还叫唤着什么呀，一边抓了盐往流油的鸡身上撒，嚷着“好香，好香”！后来就撕下一条腿给柳子言。突然门哐啷推开，风把墙窝子的灯扑灭：“好呀，百都，又杀谁家的狗偷吃?！”柳子言立即听出是谁来了，吓得一口吐了鸡肉，退身到柴火黑影处。

苟百都嘿嘿笑着：“四姨太，我知道你会闻香来的。一条腿正给你留着，牙签也给你预备了的！”

黑影里的柳子言终于看清了火光涂镀了的女人的俏样，但他吃惊的是这女人竟不是掌柜女儿！“四姨太？”有这么年轻的四姨太吗？

四姨太伸手去接苟百都递过来的鸡肉时，发现了柳子言，女人的眉尖一挑，遂平静了脸道：“哟，先生也偷吃嘴儿！偷吃香吗？”柳子言好窘，女人偏死眼看他。“北宽坪的女人都是单眼皮，柳先生倒是双眼皮！先生吃肉，也不让让我吗？”

柳子言便说：“四姨太你吃！”

“好，我吃你的肉！”女人把柳子言的鸡腿接过咬一口，嘴唇撮撮地翘开。柳子言说：“太烫的。”女人说：“我怕揩了口红哩。口红还在吗？”嘴更撮起来，红圆如樱桃。

这一宵，柳子言没有睡好。一贯沉静安稳的先生感觉到了浑身燥热，翻来覆去睡不着。唠唠叨叨的苟百都由鸡肉叙谈起他的食史，吃过了除弹灰掸子外的长毛的飞禽，也吃过了除凳子外的生腿的走兽。“你吃过吗？”他没有吃过，睁眼看着又点亮的一盏燃着独股灯芯的矮灯檠，柳子言的心如同墙壁上的灯影一样晃乱了迷离的图景。如果在往常的柳子言，白日在驴背上颠簸八十里，又在北宽坪的后坡跑动一个后晌所构成的疲倦，一挨上枕头就睡着要如死去，不想现在却回想起了八岁的孤儿跟随师父在玄武山上学艺的情形，想起了这么多年每日为人踏看风水的生涯，不该走的路也走了，不应见的人也见了，人生真是说不来地奇妙。便是今日的事情，当初怎么被苟百都知道了自己，要挟而来，竟认识了北宽坪财名远播的掌柜和他的四姨太，一个怎样艳丽的美妇啊。

一提起美艳的四姨太，柳子言耳膜里，就消灭不了女人尖尖锥锥的调笑，只有小孩子才会有的放肆出现在大户人家少妇之口中，别有了一种的大方，甚至是浪荡，以至使少年热情的柳子言就如在一块林中新垦的沃土上，蓦地撞着了一只可人的小兽。为了他，女人在台阶上把狗扼伏胯下，身子在那一刻向一旁倾去，支撑了重量的一条腿紧绷若弓，动作是多么地优美。为了保持身子的平衡，另一条腿款款从膝盖处向后微屈着；胳膊凌空下垂的姿势，把一领缀满了红的小朵梅花的白绸旗袍恰恰裹紧了臀部，隐隐约约窥得小腿以下一溜乳白的肌肤；且一侧着地将鞋半卸落了，露出了似乎无力而实则用劲的后脚。是的，这样素洁的肥而不胖的一只美脚，曾经又在门帘下露出一点鞋尖，柳子言能想象出那平绣了一朵桃花的几乎要鲜活起来的鞋壳里，一节节细嫩的五根指头和玉片一样的趾甲了。

对于柳子言，这无疑是一种不可思议的奇迹，他从未见过一个鹤首鸡皮的老头娶得如此鲜嫩的年少妇人，且又是他第一回一见而心跳不已。后脖子又酥的一下痒了，一片被女人香唾嚼湿的瓜子皮永远使那一块皮肉知觉活跃，这时候的柳子言不免又想起了初黑天时一句男人倒长双眼皮的赞语。这样的话，柳子言可以在每一处地方差不多听到，皆觉无聊之风，过耳即消；唯这一次经这女人说过了，那一时手脚无措，鼻尖上都沁出汗来。现在回想，那是多么憨傻的一副村相啊！也是确确实实的事，以自己英俊的面孔，高出一般内行人的堪舆本事，蛮能得到一位人物整齐的妻子长相厮伴。但走南过北的柳子言至今一把锁封了家门，日日背着装罗盘的褡裢流浪了。如果从小就窝在家里种地牧牛什么也没见过，独身也就安心独身，而如今经见了万千世事，又偏偏目睹了一个枯老头的妙龄姨太，柳子言恨起这巧讨饭一般的风水家技艺，而苍苍茫茫地一声浩叹了。

噗的一口吹灭灯盏，柳子言不忍在若即若离的灯芯光焰中浸淫往事，坠入幽深的黑暗。但院中的狗还在咬，遂听见一声"虎儿"，接着有一串细微的金属丁零的音响，柳子言不觉屏息而静，双眉上的额心像要生出一只眼来也似透视了院中的一切。女人已经是换了一件圆领的晚服短衫吧，那短衫使女人别有了一种与白日不同的柔媚，情致婉转，将粉颈根两块突凸的锁骨微微暴露。女性的美艳皆如四姨太这一类，该肥的胸部和臀部浑圆，该瘦的后脊和两肋则包骨不枯。她牵着狗的铁绳走过，铁绳使她柔不胜力，牵住一头其余软软拖地，一径经过了公公病瘫卧床的窗下，经过了吃斋的婆婆诵着祷告之声的经房，然后就息睡到掌柜的床上去吗？真的，一双退了脚去的红尖白鞋，在床下是怎样的一对停泊了的小小船舟，送去了一枝带露淋淋的花朵长偎于一根已朽腐的枯木边了。

这般想着的柳子言陡然睁圆了眼睛，脱口在黑暗中说："苟百都，你家的四姨太好风流！"

"世上的好女人都叫狗 × 了！"苟百都全然未睡，似乎正为一种事情所愤怒着，"你也想着四姨太呀？！"

一句话破坏了所有的美妙遐想，柳子言后悔着叫起这粗俗丑恶的下人。苟百都却连连砸着火镰，要点灯，火石爆溅着细碎的光花，在反复明灭的灿烂里，柳子言看见了掀被而坐的赤条条的苟百都，他把头别转了。苟百都说："把纸煤递我，纸煤在你床头墙窝里！"柳子言没有去摸纸煤，说声"给！"，将一团火绳扔过去却故意失手把灯檠哐啷打翻了。苟百都骂了一句，摔了火镰，却说起掌柜的怎样地不行，吃人参鹿茸也不行，四姨太就不止一次地在那松皮脸上抓下血印，养了"虎儿"对她亲热。"柳哥，你信不信？"柳子言不作声。"反正我是信的！"苟百都咽了一口唾沫，"咱行的，可咱不如一条狗吗？！"

柳子言不愿再听下去，发出了悠长的鼾声。苟百都说："不说了不说了，柳哥，你是踏坟地的，坟地真能起了作用吗？"

柳子言说："不起作用，掌柜的能请这么多人来？"

苟百都说："四个先生踏的穴，你一来踏的还是那个，这么说姚家的坟地是最好的了？"

"最好。"

"还有好的吗？"

"有是有，北宽坪怕也没有再胜过的了。"

"妈的，那他姚家世世代代要做财东，要睡好女人了?!"

天明，柳子言起得早，站在院子里仰头看一棵枣树。四月里的叶芽长得好快，生着刺的，硬着折弯的枝柯，把天空毛茸茸地割裂开了。四姨太抱着两床绿被往廊前的绳上晾，轻轻就咳嗽一下，柳子言一转头，绿被与绿被之间恰恰地露一副白脸正笑着看他，这景象在柳子言的感觉中妙不可言，想到了荷塘里的出水芙蓉，发呆了。女人说："先生起早呀！"柳子言便说："四姨太也起得早！"女人从被子下钻过来，抱怨着掌柜微明送那些风水老先生，随路又要去前村的铺子里收取些银圆，害得她没瞌睡了。"先生看枣树看了那么久，枣树上有花吗？"女人已经站在柳子言的身边了，并没有看枣树，却看柳子言的脸。柳子言慌了，竭力饰其中机，不敢苟笑，说："瞧，枣树上有一颗枣哩！"枣树梢是有一颗去年的陈枣，虽有些瘪，却经了一冬一春的霜露，更深红可爱，女人也就瞧见了。

"我要那颗枣哩！"女人突然说。

柳子言摇了一下树，天乱了，枣没有落下来。

"我要哩！你给我摘下来嘛！"女人仍在说。

面对着同龄的已经�’了嘴撒娇的四姨太，柳子言也忘记了被雇请来的手艺人的身份，忽地鼓足了勇气，一跃身抓住了树枝，一只手扯着一只手竭力去摘干枣，将一颗在满掌扎着硬刺的手心中的枣伸到女人面前。女人却没有去取，喜欢地说："你真老实！"喘笑着竟往厅房去了。

一时间，柳子言窘起来，女人已上了台阶，回身向他招手："傻猫，你不来挑挑刺吗？"脖脸仍窘烧不退。遂走到厅房，却不见了女人，用牙咬着拔掌上的刺，无法拔净，女人却又在东边的小房里轻唤："进来呀！"柳子言再走过去，一挑帘子，房内的窗布并没拉开，光线暗淡，幽香浮动，女人竟已侧卧于床上，靠的是一垒两个菱叶花边的丝绵枕头，身子细软起伏，拥上去的月白色旗袍下露着修长如锥的两条白腿。柳子言的胸中立时有一只小鹿在撞了，欲往出退。女人说："不挑刺了吗？""我已经拔出了。""是吗？"女人翻身下来，拉柳子言于床沿坐了，"先生不用我的针了，我可得求先生事哩。你识得阴阳，一定会医道的，你凭凭脉，这夜里总是睡不稳呀！"一只手就伸来平平停放在柳子言的膝上了。柳子言何尝识得病理，听了女人的话，不知怎么的，竟也伸出三枚指头扼按了女人的玉腕。是的，女人的脉在泪泪跳着；柳子言的三枚指头跳得更厉害，如此近地靠着女人且扼按了人家的手！柳子言如果真会凭脉，脉象里的强弱沉浮能告知女人夜里睡不稳，害的是和自己昨夜一样的心思吗？是一样的心思了，该要说出些什么样的话语，透出心迹呢？但是，但是，或许这女人真的有病，是诚恳在请教着一个医家郎中呢？柳子言后悔了不懂假懂，他的手现在是再也取不下来，一瞑目，深自痛恨起来了。为什么有了这样的对于四姨太不经的妄念呢？自己对医药常理一窍不通，却要将一夜的痴恋发展到这步举动来作伪行骗，这不是很可卑的吗？紧张得出了热汗又自悔的柳子言这么想，又对自己的检点发生了疑问。看见了一个美妇人而生爱恋，这爱恋又是他第一次萌发，这当然算不得什么可卑，如果见了美艳的女人冷若冰霜心如死灰，柳子言就不是今日的风水先生，而是一截木头、一块石头了。既然女人的玉腕已在怀中扼按，不识凭脉也得像模像样地凭一次脉了。柳子言终于心静下来，感觉到了女人的脉正和自己的脉同一节奏地跳跃。为了庄重起见，他侧勾了脑袋，但控制住的思维在不久就又恍惚出游，头虽没抬，却知道女人一眼一眼地瞧着他，而窗布关不住的一格细缝里透进了一道耀眼的阳光，使万千的微物一齐在其中活活飞动，同时衬映出了女人脸上的一层茸茸细毛所虚化的灵晕般的轮廓。这时候，一只小鼠从房角的什么地方溜出来，做了一个静伏欲扑的姿势，遂钻过门槛不见了。柳子言不知怎么说出了一句："有猫吗？"

"毛？"女人轻轻地惊了一下，明显地平放在那里凭脉的手在骤然间发胀了。柳子言抬起头来，看见女人一脸羞红地说："不多……稀稀几根。"

柳子言立即明白了女人的误会，暗暗叫苦了。怎么能提问这些无聊的话呢？凭着感觉，女人是喜欢了自己，起码可以说并不讨厌，方在没人干扰的空房里能让他凭脉，一旦认定了淫邪而反目，岂不同这可爱的女人连话也说不成了吗？柳子言赶忙解释："我，我……"女人却在羞红脸面的瞬间被另一种东西所刺激，被凭脉的手捏成了一个小小的软拳捶在他的肩上，喘笑道："你这是什么先生？你这是什么先生？"拢在头上还未完全梳理好的一堆乌发就扑撒而下，摩抚了柳子言的额角和一只眼，以至在一副软体失却了平衡倒过来的时候，柳子言一揽胳膊，女人已在怀里了。

突如其来的变化，不期然而然，柳子言如梦中从高崖上纵身跳下，巨大的轰鸣使心脏倏忽停息了。他疑惑着这不是现实，又一次注视了在怀中已微闭了眼皮而嘴唇颤动的女人，头脑里极快地闪过这女人怎么就委身于我的问题。是真的钟情了我，还是个淫荡的雌儿，或者更有什么阴谋而陷害我？如果在怀里的不是掌柜的女人，是普通人家的待嫁的姑娘，这一切顺理成章的事情就会有了。但自己一个被姚家雇请来的贫贱之人怎么能干这种越礼违常的事体呢？正如荀百都所说，这是个饿慌了的娘儿们，这一刻里淫情激荡。为了满足自身而要他充当一个工具，作用如同一条狗吗？坦白的仍是纯洁童子身的柳子言这么一思索，笨拙得竟不知如何来处理这个女人。再一次看女人，女人眼睛睁开了，燃烧着火一样的光芒，樱红的口里皓齿微开，柳子言的血又重新涌脸，将刚刚闪现出的思索又都粉碎了。他把女人再次搂紧，潜意识里似乎明白面对着的将是一盏醇酒，但醇酒的泛着嫣红颜色的美艳，使他只感到心身大渴。柳子言把四姨太放倒在了床上，解开旗袍，看见女人白腴的肚皮上裹着一件艳红的裹兜。"不要看，你不要看！"柳子言手足慌乱，满头大汗……终没有成功，他便很快一脸羞红地跑出门了。

出山的太阳已经灿灿地照着了半个房廊，院中枣树上落下一只翘尾的喜鹊在欢快地叫。小房里的四姨太在砸摔着茶碗，踢倒了凳子，随之一疙瘩东西从窗子里甩出，哭声就起了。柳子言看见了那是女人的红裹兜，兜带全然撕断。

贼一样回到厢房的柳子言，心仍跳个不住。他怨恨着自己的无能，原来是这样一个泪蜡头的男人吗？他想，虽然并没有从肉体上接触女人的经验，但自己并非无能呀，为什么那一时竟会心狂力弱呢？柳子言回想着刚才的场面，便听到了狗咬，去村前河里挑水的苟百都在房廊口喊："四姨太，你拦拦你的狗呀！"他就为刚才的事件怕起来，庆幸没有成功而避了被人撞见的危险。到了这时，柳子言又怀疑了女人大白天主动于他是不是故意让人家发觉而加害他，最起码要使他免去踏看坟地的报酬吧。或许女人在淫心激荡后而未有满足，恼羞成怒，待掌柜回来又是怎样地指控着他强行奸淫的罪恶呢？

挨到了苟百都叫他说掌柜召见，柳子言站在掌柜的面前坐也不敢坐。

"坐呀。"掌柜说，"你给我踏了吉地，我说过要谢你的，这些银圆够吗？"这时候，柳子言看见了八仙桌上齐齐摆了五个银圆柱儿，森森放着毫光。

柳子言心放下来。他看着掌柜核桃一样的脸，脸上读不出什么阴谋和奸诈，便知道四姨太并没有告发他。他说："我不收你的钱，能帮掌柜出些力我就满意了。"掌柜说："那怎么行？总得补补我的心意呀。那么，你看着我家的东西，看上了什么你拿一件吧！"

柳子言的意识立即又到了四姨太的身上，连遗憾着自己的失败，却同时为自己被艳丽的女人钟情感到得意和幸福。那场面的每一个细节皆一齐在甜蜜的浸泡下重新浮现，将会变成一袋永远嚼不尽的干粮而让柳子言于一生的长途上享用了。这么想着，不禁心里又隐隐地发痛，一个身缠万贯的财东的女人爱上了自己，一个家穷人微的风水先生，在背后是多么放纵着痴恋，却在她的赐予面前阴暗地审视着她的不是，这不是很耻辱的事吗，很下作的事吗？唉！讲究什么走州过县地经见了世面，讲究什么饱肚子的地理学问，屁！忧虑、怀疑、胆怯、恐惧，再也无法弥补地辜负掉怎样的一个清新早晨啊！柳子言歪头斜视了一下旁边的小房，门帘依然垂着，那女人并没有出来。"即使她出来送我，我还有什么脸面再见她呢？"柳子言盯起阳光流溢的厅外院子，院子里的捶布石下软着一疙瘩红，是女人发泄恼恨扔掉的裹兜。他终于说了："掌柜是大财东，能到你家，我也想沾沾姚门的福气，如果掌柜应允，院子里的那块红布能送我，我好包包罗盘呢。"

　　掌柜在吉地上拱好双合大墓的第七天，久病卧床的姚家老爷子归天了，灵柩下埋在了墓之左宅。三年里，姚家的光景果然红盛，铺子扩充了五处，生意兴隆，洛河上的商船从南阳贩什么赚什么，北宽坪的四条大沟田畦连庄，逃荒而来的下河人几乎全是姚家的贱户。逾过八年，姚母谢世，姚家又是一片孝白。双合大墓将要完全地隆顶了。

　　苟百都仍在姚家跑腿，仍是夜里不在房中放尿桶，数次起来去茅房要经过掌柜的窗下听动静，回来睡不着了，就上下翻饼似的胡折腾。姚母去世，依然要披麻戴孝的苟百都却不能守坐灵前草铺，也不可拿了烟茶躬身门首迎来送往各路来客，他是粗笨小工班头，恶声败气地着人垒灶生火，担水淘米，剥葱砸蒜。在龟兹乐人哀天怨地的唢呐声中，苟百都听出了别一种味道，为自己的命运悲伤了。他注意了站在厅台阶上看着出出进进接献祭品的四姨太，这娘儿们穿了孝愈加俏艳，他突然冒出一个念头：怎么死的不是姚掌柜呢？现在，苟百都被掌柜支派了去坟地开启窠口，苟百都实在是累得散了架，但他又不能不去，背了镢头出门。

经过四姨太身边，故意将唾沫涂在眼上，却要说："四姨太，你别太伤心，身子骨要紧哩！"

四姨太说："呸！苟百都，你是嫌我不哭吗？"

苟百都说："我哪里敢说四姨太？其实老太太过世，这是白喜事。再说，老爷子住了吉穴使姚家这多年暴了富。老太太再去吉穴，将来姚家的子子孙孙都要做了官哩！"

四姨太说："你个屁眼嘴，尽是喷粪，又在取笑我养不出个儿吗？我养不出个儿来，你不是也没儿吗？要不，你儿还得服侍我的儿哩！"

苟百都噎得说不出话来，在坟地启寐口越启越气，骂姚掌柜，骂四姨太，后来骂到柳子言把吉穴踏给了姚家，又骂自己喝了酒提荐了柳子言好心没落下好报。整整半个早晨和一个晌午，一个人将双合墓的宅右门的寐口启开了，苟百都索性发了恨："姚家发财，还不是靠这好穴位吗？你掌柜有吃有穿，老得咳嗽弹出屁来，却占个好娘儿们，还想世世代代床上都有好×！"一镢头竟捣向了严封着的左宅门墙，咔啦啦一阵响声，门墙倒坍，一股透骨的森气当即将他推倒，且看见那气出墓化为白色，先是指头粗的一柱直蹿上去，再是于半空中起了蘑菇状，渐渐一切皆无。苟百都死胆大，站在那里捋捋头发又走进去。那一口棺木尚完好无缺，蜘蛛则在其上结满了网，若莲花状，也有官帽状，官帽只是少了 个帽翅罢了。苟百都听人讲过，棺木上有蜘蛛或蚂蚁结网绣堆便是居了好穴，网结成什么，蚂蚁堆成什么，此家后辈就出什么业绩人物。而苟百都此时骇怕了，他明白了他是在出散了姚家的脉气，坏了姚家世世代代作威作福的风水，禁不住手摸了一下脖子，恍惚间看见了有一日自己的头颅要被掌柜砍掉的场面。但苟百都随之却嘎嘎狂笑了："姚掌柜，姚老儿，苟百都不给你做奴了，我帮你家选的穴，我也可坏你家的风水的！"

姚家明显地开始衰败，先是东乡的染坊被土匪抢窃，再是西沟挂面店的账房被绑票，接着洛河上的商船竟停泊在回水湾不明不白起了火，一船的丝帛、大麻、土漆焚为灰烬。掌柜怨恨是这里坟地散了脉气所致，一提起苟百都便黑血翻滚，提刀将八仙桌的每一个角都劈了。但逃得无踪无影的苟百都再没在北宽坪露面，只是高薪请了会"鬼八卦"的术士画符念咒，弄瞎了远在深山的苟百都的老娘一只眼睛。

约莫三年，正是稻子扬花时节，掌柜在为其母举办了最后一服孝忌日的当晚，与四姨太吵了嘴，闷在床上抽烟土，村人急急跑来说是在村前的稻菽地堰头见着苟百都了。苟百都一身黑柞蚕丝的软绸，金镶门牙，背着一杆乌亮的铁枪。问："苟百都，你回来了，这么多年你到哪儿去了？"苟百都把枪栓拉得咔啷响。问话人立即脸黄了："噢，老苟当逛山了?！"苟百都说："你应该叫我苟队长，唐司令封我队长了！"唐司令就是唐井，威了名的北山白石寨大土匪。问话人赶忙说："苟队长呀，怎不进村去，哪家拿不出酒也还有一碗鸡蛋煎水呀！"苟百都说："我等个人。"问："等谁呀？"苟百都躁了，骂："你多嘴多舌要尝子弹吗？没你的事，避！"掌柜听了来人的述说，跳起来把刀握在手里了，又放下，一头的汗水就出来了。掌柜明白了铺子遭抢、商船被焚的原因，也明白了当了土匪的苟百都在村口要等的是谁了，立时脸色黑灰，拉了四姨太就走。四姨太说："我就不走，苟百都当年什么嘴脸，不信他要打我！"掌柜翻后窗到后坡的涝池里，连身蹾在水里，露出的头上顶个葫芦瓢。直到苟百都在天黑下来骂句"让狗日的多活几天"后走了，来人方把掌柜水淋淋背回来。

又是一夜，人已经睡了，北宽坪一庄狗咬。村口瞭哨的回报着苟百都又来了，是四个人四杆枪。掌柜又要逃，大门外咚地响了一枪，苟百都已经坐在门外场畔的石滚子碾盘上。不能再逃的掌柜心倒坦然起来，换了一身新衣作寿衣，提上灯笼出来说："哪一竿子兄弟啊？哎哟，是百都贤弟！多年了，让哥哥好想死你了，你怎的走时不告哥哥一声就走了？今日是来看哥哥了！"

苟百都说："听说北宽坪来了几个毛贼，唐司令要我们来拿剿，毛贼没害扰掌柜吧？"

掌柜说:"有苟队长护着这一带,毛毛贼还不吓得钻到地缝去!来来来,把兄弟们都让进屋来,今日正好进了几板烟土好过瘾!"

苟百都领人进了屋,还是把鞋脱了仰在躺椅上,急去抽那烟土,一抬眼,却愣住了。四姨太从帘内出来正倚着门框,一腿斜立,一腿交叉过来脚尖着地,独自冷笑,噗地就吐出一片嚼碎的瓜子皮。苟百都说:"四姨太还是没老样!我记得今日该是老太太的三年忌日,四姨太怎没穿了更显得俏样的孝服呀?"四姨太说:"百都好记性,知道老太太今日过三年?!"掌柜忙责斥女人没礼节,应给苟队长烧颗烟泡才是。四姨太仍是嚼着瓜子,款款地走近烟灯旁,苟百都便伸手于灯影处拧女人的腿,女人一趔身子将点心盘子撞跌,油炸的面叶撒了一地。苟百都忙要去捡,四姨太说:"沾土了,让狗吃吧!"一迭声地唤起狗来。苟百都在女人面前失了体面,脸色就黑了,说:"这虎儿还听四姨太话么!"顺手抓过枪把狗打得脑门碎了。枪一响,满厅药烟,姚家上下人都失声慌叫,掌柜笑道:"打得好,咱们口福都来了!今晚吃狗肉喝烧酒,这狗皮你百都贤弟就拿去做了褥子吧!"

苟百都却懒懒地说:"今日不拿,你让人熟了,改日送到白石寨就是。"

熟好的狗皮送去,苟百都捎回的口信是:苟百都再不要掌柜的一分一文,只想和姚家认个亲哩,如果把四姨太嫁给他,掌柜也永远是苟百都的仁哥哥。

十天后,得了红帖的苟百都真的骑了一匹披着彩带的黑马去到姚家。苟百都就把四姨太抱上马背,自己也骑上去,回头对掌柜拱拳道:"仁哥哥留步吧!"四姨太却说:"老当家的,我要走了,夫妻一场,你不再来给我整整头吗?"掌柜突然老泪纵横,过来要抱了四姨太痛哭,女人却一口啐在他脸上骂道:"呸!老龟头,你就这么让姚家的一个跑腿的抢了老婆吗?!"掌柜昏厥在台阶上。

一匹油光闪亮的乌马像黑色闪电一般地驶过了北宽坪,晨霭浮动,

107

河蛙乱鸣，丑陋而彪悍的苟百都在这个美丽的早上并没有奔上白石寨，他为巨大的快乐所激荡，纵马在河川道的石板路上无目的地疾驰。直待到火红的太阳一跃跳出山巅，马已经通体淌汗，他才揽了缰绳，往五十里外的老家而去。身子发热，那一顶黑绒红顶的礼帽不知滚落在了哪一丛草中，敞开褂子，风摆旗般地啪啪直响，而锃亮的长枪斜背身上，枪带已紧勒进一疙瘩一疙瘩隆起的胸肌里。浑身被汗浸得热腾腾酸臭的汉子，一手牵着缰绳，一手死死地搂着面前的女人，女人像被蛇缠住了一样无法动弹，先是不停地惊叫，再后便被颠簸和胳膊的缠裹所要窒息，迷迷晕晕，只剩下一丝幽幽喘吟。

"四姨太，"他说，"不！不不！你终于是归了我的娘儿们，你是我的老婆！你哭吧，闹吧，踢我的肚子，咬我的胳膊吧，我就喜欢你这个烈性子雌儿！你唾那老家伙一口实在解气！你这么闹着也实在解气！你知道吗，在我给姚家当使唤的年里，我每夜叫着你名字入睡，可你宁去抚摸狗也不肯伸给我一个指头，现在你却是我的老婆了！"

女人从昏迷中知觉过来，她的后脖子被苟百都的嘴吻咬着，涎水湿漉漉顺脖流向后背，那一只蒲扇般粗糙的手扼着她的左乳，且有两个指头在掐着乳头。她知道她现在是一只小羊完全被噙在了一只恶狼的口中。在姚家十多年里，不能说没有吃好和穿好，但她厌恶着干瘦无力连胡子都不扎人的掌柜，她因此而使尽了执拗性子，摔碟打碗，耍泼叫喊，想象着她能在一种强有力的压迫下驯服和酥软。如今这土匪苟百都给了她这种强力，她却是这么恐惧和悲伤！往昔受她戏弄的人，面孔丑陋，形体肮脏，那么再往后，也就在今日的晚上竟要爬上自己的身上吗？她后悔在掌柜极度痛苦地决定后她竟如释重负又怀有一种幸灾乐祸的心情所发出的笑声，也后悔今天早上没有悄然遁逃或撞柱而死反倒顺从地被苟百都抢上马背！女人在这时，感觉却回到了姚家，可怜起那个瘦弱的财东姚掌柜了，遂一口咬住了扼着她左乳的那只手，血从嘴角流下来。苟百都一松手，她迅疾地扭转身，啪，啪，啪，将耳光扇在了那一张毛孔里溢着油汗的丑脸上，骂："你是什么猪狗，你能娶我吗？你这洗不白的黑炭！你尿尿都是黑水！"

苟百都被这突兀的打击震住了，一时出现了在姚家跑腿时的下贱呆相。刹那间，这土匪丢开了马缰绳，一手按住了女人的下巴颏儿，一个勾拳向她的腹部打去。这一拳打得太重了，女人呀地在马背上平倒了上半身，呼叫着，喊骂着，四肢乱踢乱蹬，苟百都按着，看见勾拳打下去时指上的戒指同时划破了肚皮，一注奇艳无比的血，蚯蚓一般沿着玉洁的腹肌往下流，这景象更大刺激他的兴奋了，浑身肌肉颤抖着，嘿嘿大笑。像在案板上扼住一只美丽的野鹿，一刀刀割破脖子而欣赏四条细腿的挥舞；如逮住了老鼠浇上了油点着放开，看着在尖厉的叫声中一朵焰火飘动。苟百都就这么慢动作地扯开了女人的裤带，剥开了女人的衣裤，将身子压下去。

马还在跑着，受惊似的几乎要掠地而飞。犬牙相错的山峰在跳跃中纷纷倒后，成群的蚂蚱于马蹄下飞溅，在枪托上留一个绿印而瞬息不见。苟百都张大了嘴发出怪叫，在女人的身上终于结束了自己一段漫长的历史，女人肚皮上的血也同时沾上他的胸毛，干痂成一片，揩也揩不掉。受到了从所未有的震撼的女人，如风中的柳树曾经左倒右伏，但就在几乎一时要摧折了去之际，又从风中直立而起，在无数的反复冲击中失去了知觉……她终于在马放慢了步伐悠悠而行的时候，一句话也说不出来，作为一个女人，毕竟是一个女人，再也没有了在姚家的掌柜面前的泼悍和任性，她说："你真是个土匪！让我到河边去，我要洗洗。"

苟百都停住了马，放她而下，苟百都俨然已成为一个伟丈夫，并不防备她逃走，懒懒地看着头上的太阳闪耀光刺，看着女人走到河边双手掬水，再让水从指缝漏下，银亮亮如撒珍珠。水里落着女人的影子，她撩水洗起下身，像要把一切都洗掉去。

这时候，河对岸的一条小沟里，山路上正踽踽地走下来一个人。路细乱如绳。女人看了一眼，提了裤子又垂头洗脸，觉得那人是牵着绳从沟堎下来的，或是绳拉他而来的。但那人在河边站定了，惊疑地"哦"了一声，随之叫道："四姨太！"

从水面上传过来的叫声并不高，且颤颤地如水溅湿了发潮发沉，女人却倏忽间蜂螫一般地冷丁了。多熟悉的声音，又多陌生的声音，多少多少年里只有在睡梦里听到了醒来却茫然四顾而慢慢麻木淡忘以至重重遗失得没了踪迹的声音；如远山里吹来了一缕微风，如大海的深处泛上了一颗泡沫，她的一根神经骤然生痛了。她再一次看着那人时，马背上的苟百都已经认了出来，张狂喊道："柳先生！咋就这儿碰着柳子言你狗×的哥了！"

柳子言在喊声中看到了马背上背了长枪的苟百都，他要从河水面上跑过来的腿僵硬了，木桩似的戳在沙里。"是苟百都呀，听说你当粮子逛山了，是唐井的队长了，果然是！你这是往哪儿去呀？"

苟百都说："柳子言，我告知你，我今日娶了老婆了，你该是第一个恭贺我的人！"

"娶了老婆？"柳子言看着苟百都在太阳下咧着金牙的嘴，他想戏谑了，"娶的是哪一位，能压山寨吗？"

"你瞧瞧，你叫过她四姨太的！"苟百都说。

女人已经立直身，隔河望着柳子言。望着依旧是长袍短褂背着褡裢的柳子言，他虽没了往昔的年轻，但英俊依然！女人张开了嘴，感觉到一颗心跳到喉咙了，嗫嚏嗫却并没有吐出来。她注视柳子言听到苟百都娶了她的话后的表情，果然笑容陡然硬在脸上，喑哑了似的长久地没有说话，脚下的松沙在陷落，水汪上来湿了鞋面裤管，人明明显显地矮去了一截。"柳先生！"她叫了一声。但她的耳朵并没有听到她的声音；柳子言也没听到，却怔怔地瞧她一眼，那是多么悲惨的一眼啊！

"娶了四姨太？"柳子言面对着苟百都，声音已变调了，"你是枪打了姚掌柜?！"

苟百都却说："娶亲是吉利事，怎么能杀人呢，好女人就不兴咱×吗？"

柳子言勾了头就走，却忍不住还看一下河这边的女人，踉跄而去，石头就无数次地将他绊倒，绊倒了爬起来还是走。

艳阳下女人身子摇晃着返回来，说："走吧。"牵着苟百都的手上了马背。苟百都笑骂一句"呆先生"，一松缰绳，撮嘴吹着口哨，马噔噔地跑起碎步，伴响起风前的鸟叫，流水的鸣溅，再一揽胳膊重新要箍了女人的腰。女人突然锐声说："我要柳先生！"

苟百都勒了马："你要柳子言？"

女人反转了身来再说一句："要柳子言！"更直直看着苟百都，随之噘了小嘴，将两道尖眉也翘挑了。粗悍的土匪在暂短的疑惑中为女人的变化无常的脾性开心了，这是真正成为自己老婆后的一种要强吧，在姚掌柜面前的那种四姨太式的泼劲重演，是女人终于从哭闹而转为顺悦的标志吧？苟百都喜欢女人像烈马般的暴躁而在降伏过程中得到快愉，同时也喜欢在降伏之后看马时不时抖抖臀部，耸耸耳朵，或者毫无缘由地喷一个响鼻。"你要柳先生，看上他那小白脸吗？"他也来了调侃。

女人说："柳先生是咱见到的第一个熟人，他没有祝福咱们一句话，你就让他走了？"

苟百都觉得妇人言之有理，扭转马头，柳子言已经离他们很远了，便举枪在空中叭地放了一枪。枪声很脆，震动着河谷，踉踉跄跄的柳子言在突儿中惊跌在地。枪声震掉了崖头的松石哗哗啦啦掉下来的时候，也震掉了一时涌在心头的懵懂，顿时清醒于往事的追忆中。多多少少的岁月，他离开了姚家，再没有遇见过像四姨太美艳又钟情于他的女人，谁能在踏过了风水之后还器重一个贫贱的风水先生呢？没有的。愈是为自己的命运悲哀，愈是为失掉了四姨太的情爱而痛惜。一件记载着女人的懊恼和怨恨的红绸裹兜，便一直被视为定情物贴身穿在自己的童子体上，他细细感受着红裹兜的柔软，体会着红裹兜穿在女人身上时的情景，就不免有一阵幸福的眩晕。他曾经数次徒步赶到北宽坪来，希望能见到一次四姨太，如果四姨太提着瓦罐在泉边汲水，他会将她从泉台上抱起而不管瓦罐摔成七片还是八片；如果在山坡上见到捡菌子的四姨太，他会将她放平于蒿草之中，并使蒿草千百次晃动不已。柳子言的暗恋放诞了奇异的光彩，一看见了北宽坪后的山崾上的那个古战场残留的石堡，就心身皆进入恍惚之境，觉得曾经是有一个夜晚，月色清丽，空气甜润，他们携手登上石堡，一任小小的窗洞里呜呜长鸣，也一任露水湿了他们的睫毛也打湿了鞋袜和裤腰，静静地躺过了千年百年……但是，每一次山下村庄的鸡犬之声破碎了他的幻想，远远看见了姚家炊烟直上的屋宅，他却不敢再走下去，落泪独坐，几次已疑心自己是风化成一块石头了。

　　这日葫芦峪有人家请去踏坟地，葫芦峪可以从另一条沟直达，脚仍是不自觉地拐进北宽坪的山路，他愿意多绕道数十里看看心爱的女人居住的地方，谁知现在女人竟一河之隔，活生生的，就站在他的面前！

　　令柳子言悲惨的是女人竟不再是姚家的四姨太，她成了逛山土匪的老婆！在柳子言的意识深层，他爱着这女人，但这女人真正要成为自己的老婆长年相厮，那纯是远山头上的一朵云，登上山头云则又远，他们的缘分恐怕只是一种偶然的相遇相爱。因此，在痴恋转为暗恋的漫长日月中，柳子言不管怎样跋涉到北宽坪的山上希望去见到四姨太，到最后都将是一种单相思。唉，自己就是这般的薄命，只能在盐一样的生活中把她的身影腌咸了，风干了，在孤独寂寞中下酒吧。问题就在于，女人是姚财东的姨太也好，是另一个什么管家的娘子也好，他柳子言有什么办法呢？可现在女人成了黑皮臭肉的苟百都的老婆，却实在无法接受！粮子，逛山，土匪，就全凭那一杆能喝血吃肉的长枪吗？当苟百都向他炫耀，一脸的恶肉刷漆似的油亮，他恨不能一个石头砸过去，砸出五颜六色的脑浆来，但面对着高头大马和乌黑的枪管他惧怕了。柳子言的泪水倒流肚里，为女人伤心了，为孱弱的自己伤心了！他不愿多停留，在丑陋的苟百都面前的无能比那一次面对着女人的无能更使他羞辱，再不要让钟情过他的女人看见他了！

　　一声枪响，使他跌倒了，蓦然间他估摸这一枪是苟百都打向他的。

女人现在既已做了苟百都的老婆，瞧着自己无能的样子是不是感到可怜可笑，不经意中会把过去发生的事情失口泄露于她的匪夫吧？土匪毕竟不是守财的姚掌柜，一定不允许一个风水先生曾对他的老婆做过的事体。

马踢腾着沙石过来了，苟百都在喊："你站住，站住！"柳子言猛然之间翻身而跑。苟百都愈加怒了，开始叫骂，马匹一个飞跃，几乎是掠过柳子言的头顶落在他的面前。柳子言准备死去。

"苟百都，你要打死我吗？"他说。

"你跑什么？"苟百都说，"我的老婆要给你说话！"

柳子言吃惊了，他看着女人，女人从马上跳下来向他走来。女人站在两丈外的一株细柳下，一头乱发飘拂，蓬蓬勃勃如燃烧的黑色火焰。

"你没给我说一句话，你就走了？"她说。

"恭喜你。"他说。

"你再说一遍！"

"你要做压寨夫人了，我恭喜你。"

女人嘎嘎地怪笑着，靠在了细柳上，细柳负重不了，剧烈地摇晃了。

柳子言掉头又要离去。

"你就这么走吗？"女人突然地厉声嘶叫，手抓住了细柳上的一枝，竟将枝条扳下来，凶得像恶煞一样扭曲了五官，"你就会走吗？你一辈子就会乌龟王八一样地走吗?！"

当女人发疯地扑上来，柳子言不知所措地呆住了，倏忽间柳枝劈头盖脑抽下来，啪啪啪声响一片，柳叶碎纸似的满空皆是。柳子言没有动。他知道今日是丢命了，与其死在苟百都的枪下，还不如被心爱的女人活活打死！他感觉到的并不是疼痛，女人手中的也不是柳条，是锋利无比的刀，在一阵迅雷不及掩耳的砍杀下，他似乎还完完整整，瞬间则一条胳膊掉下去，另一条胳膊也掉下去，接着是头、颈、腰、腿，一截一截散乱了。女人喘着粗气无休无止地挥动枝条，留给了柳子言满脸的血痕，一截截柳枝随着一缕缕头发飞落在水面，终于只剩下一尺余长了，仍不解恨，哗啦一声撕裂了他的褂子，赤身上露出了那红绸裹兜，女人呆住了，软在地上，号啕起来。

遍身是伤的柳子言在女人倒在沙窝，泪水和鼻涕一齐进出之际，蓦然明白了一个女人的心。女人竟还在爱着他！感激之情油然生出，珍视着从自己脸上流下来的血滴在河滩的石头上溅印出的奇丽的桃花。他要弯身扶起哭倒在面前的女人了。苟百都却以为柳子言欲反击自己的老婆，在马背上吼道："柳子言，你敢动我老婆一个指头，我一枪敲了你的脑壳！"柳子言高傲地抬起头，说："我哪能打了她？苟百都，我现在正式恭贺你！"

苟百都笑了："你早这么说就好了！你现在可以走了。"但柳子言没有走。女人说："我不让他走！"苟百都说："柳子言，你听见了吗，她不让你走，你就给她下跪再道个万福吧！"女人说："我要让他和咱们一块走！"苟百都疑惑了，眉头随之绾上疙瘩。女人说："柳先生能踏坟地，怎不让他同咱们一块回家去踏个坟地，你还指望我将来的儿子像你一样半辈子给姚家跑腿吗？"苟百都哈哈大笑起来："说得好，说得好！柳先生，苟某人就请你为苟家踏吉地了。姚家有钱，能赏你一桌面银圆，苟某人有的是枪，会抢一个女人给你的！"

三个人结伴而行了。

先是苟百都和女人同骑一匹马，马后步行的是柳子言。小桥流水，古木，巉崖，女人不停地遗落了手帕要柳子言捡了给她，或是瞧见一树桃花，硬要柳子言去折了她嗅。行过三里，马背上的女人便叫嚷马背上颠簸，一身的骨头都要散架了，苟百都便命令柳子言背着她："你不悦意吗？不悦意也得背！"柳子言巴不得这一声唤，在女人双手搂了他的脖子，树叶一般飘上背来时，立即感到了绵软的肉身热乎乎的，如冬日穿了皮袄。哎呀，女人的香口吹动了一丝暖气悠悠在后脑勺了，女人耳后别的一撮柔发扑扇了前来摩抚着他的额角了，柳子言重新温习了久久之前的那一幕的情景。他不知觉自己载负了重量行走，而是被一朵彩云系着在空中浮飞。当半跪在背上后来又换了姿势的女人将两腿分叉地垂在了两边，柳子言紧紧反搂着一双胳膊，眼睛就看见了两只素洁的肥而不胖的红鞋小脚，呼吸紧促，噎咽唾沫。扬扬得意的苟百都在马背上又吹起口哨。柳子言终是腾出手来把那脚捏住了，捏了又捏，揣了又揣，乐得女人说一句："生了胆了！"苟百都看时，女人用手指着山崖上一只在最陡峭处啃草的羊，而同时另一只手轻抠起柳子言的后心了。

到了过风岔，苟百都的家就在岔垴。三间石板和茅草搭就的屋里独住着瞎了一只眼的老娘。山婆子见儿子冷不防地带回一个美妇人，喜得没牙的嘴窝回去，脸全然是一颗大核桃了，举灯将女人从头照到脚，悄声对儿子说这婆娘是从哪儿拾掇来的，屁股好肥，是坐胎的坯子，只是奶太端乍，将来生了娃娃恐怕缺了奶水子吃。天一黑，柳子言被安置到屋旁的旧羊棚里歇息，女人才过来看他，苟百都便也过来扔给了一个缝了筒儿装塞着禾草的老羊皮，说"你要孤单，搂了它睡吧"，一弯腰将女人横着抱到草房东间土炕去了。

幸福了一路如今又被抛进冰窖和油锅受水火煎熬的柳子言，掩了柴扉，静听着山里的鸟叫。鸟叫使夜更空。石磴上插着的松油节焰不旺，直冒起一股黑烟，柳子言想，躺卧在深山破败寂冷的旧羊棚里，自己背了来的女人却在了一墙之隔的炕上，这是与那个女人算什么一种孽障啊。而苟百都呢，一个黑皮土匪，今夜里却搂了爱自己的恁个美艳的妇人在自己的旁边，这真是天下最残酷不过的事情。这样想着的柳子言，随手咚的一声，抛过裆裤将那个松油节打灭去了。

石板房里，传来了苟百都熊一般的喘息声，间或有女人的一声"啊"叫。睡在房西边炕上的山婆子开始用旱烟锅子敲着柜盖了，问："百都，你怎么啦？你们打架了吗？"苟百都回话了："娘，睡你的！你老糊涂了？！"后来，一切安静，老鼠在拼命地咬噬什么。柳子言听见石板房门在吱扭拉响，女人嚷着拉肚子，经过了旧羊棚，就蹲在棚门外的不远处。隔着柴扉的缝，柳子言看不清她的眉脸，一个黑影站起又返回房中去了。

一次如此，二次又如此，柳子言知道了女人的用意。她并没有闹什么肚子，她冒着寒冷为的是经过一次旧草棚来看看他！柳子言的眼泪潸然而下，他把柴扉打开，他要等待女人再一次来解手；但女人重新蹲在了旧羊棚门外，他才要小声轻唤，野兽一般的苟百都却赤条条地跑出来把她抱了回去。

翌日，同样是瘦削了许多的三个人在门前的涧溪里洗脸，柳子言在默默地看着女人，女人也在默默地看着他，飞鸟依人，情致婉转，两人眼睛皆潮红了。早饭是一堆柴火里煨了洋芋和在吊罐里煮了鸡蛋。苟百都只给柳子言一颗鸡蛋吃，便爬上屋前槐树去割蜂箱中的蜜蘸着鸡蛋喂妇人。女人说："我是孩子吗？你把你鼻涕擦擦！"苟百都的一珠清涕挂在鼻尖，欲坠不坠，擦掉了却抹在了屋柱上。女人一推碗，说："柳先生，你吃我这些剩食吧，我恶心得要吐了！"柳子言端过碗，碗里卧着囫囵的五颗荷包蛋，心里就千呼万唤起女人的贤惠。

柳子言有心给出土匪的苟家踏一个败穴，咒念他上山滚山下河溺河砍了刀的打了枪的染病死的没个好落脚，而苟百都毕竟在姚家时跟随诸多风水先生踏过坟，柳子言骗不过他。"你要好好踏！"苟百都警告说，"听说吉穴，夜里插一根竹竿，天明就能生出芽的，我就要生芽的穴！"柳子言踏看了，苟百都真的就插了竹竿，明天也真的有芽生出。苟百都喜欢了，提出一定要亲自送他走二十里山路回去。柳子言又得和女人分别了。女人说："柳先生，你现在该记住我家的地方了，路过可要来坐呀！"

苟百都说："是的，苟某人爱朋友。"女人送着他们下山，突然流下泪来，说："山里风寒，小心肚子着凉呀！"柳子言按按肚子，感觉到了那肚皮上的裹兜。苟百都就笑了："瞧，一时也离不得我了！柳先生，你不知道，有娘儿们和没娘儿们真不一样哩！"

苟百都真的把柳子言送出了二十里，到了一座山弯处，正是前不着村后不靠庄，苟百都拱了手寒暄柳子言是苟家的恩人，永远不会忘了。柳子言喉咙里咕拥着一个谢，爬上山坡去，差不多是上了坡顶，苟百都掏了一颗子弹丸儿，鞋底上蹭了又蹭，还涂了唾沫，一枪把柳子言打得从坡的那边滚下去了，说："苟百都有了美穴，苟百都就不能让你再给谁家踏了好地来压我！"

已经是一年后的又一个初夏，苟百都便不再是昔日的苟百都，黄昏里蹴在前厅后院的新宅前，举枪瞄一棵山杏树上的青果子打，打下一颗就让妇人吃一颗，得意扬扬又说起柳子言踏的坟地好。可不是吗，自滚了坡的老娘白绫裹着葬在吉穴，他不是顺顺当当就逃离了白石寨，树了竿子坐山头？他唐井是司令，咱也是司令嘛！做了司令就有人买司令的账，这不就一院子的青堂瓦舍么，不就有大块的肉，大碗的酒，苎麻土布，丝绸绫罗，连尿盆不也是青花细瓷么？妇人在姚家那么多年，生养出个猪来吗？没有，现凸了肚皮，一心只想吃个酸杏。这狗×的柳子言真是好本事！

女人听厌了苟百都的夸，扭头起身回屋坐了。她不能提柳子言，柳子言就是一枚青杏果，一提起心里便要汪酸水。柳子言为苟家踏了好风水，柳子言却怎地再不照面过风岔！不爱着的人，狼一样地龇牙咧嘴敢下手，爱着的人却是羊羔似的软，红颜女人的命就是这等薄了？！

哀怨苦命的女人，只有独坐在后窗前凝视林中月下的青山，青山是那么照人地明艳却不飞扬妖冶，白杨林子是那么庄严又几多了超逸，但青山与杨林的静而美、美而幽、幽而哀的神意实在不容把握。这样的月夜里，是决不要听到枪声的，白石寨的土匪一来，枪支并不比唐井多的苟百都就要着人背她先去山峰顶上的石洞里避藏了。石洞里凿有厅间、卧间和粮食水房，洞外的光壁上石窝中装了木橛架了木板，人过板抽。唐井的子弹爆豆般地在洞口外的石崖上留一层麻点。这样的月夜里，也是不要狗吠的，一条狗吠起，数百个吠声若雷。苟百都的喽啰回山了，鼓囊囊的包袱摊在桌上，黄的铜钱，白的银圆，叮叮当当抓着往筐里丢，同时在另一处的幽室中就有了一个呻吟的被绑了票的人。这样的月夜里也是不要酒的，喝得每一个毛孔都散着酒气的苟百都就又要得意于他的艳福，想象着皇帝老儿该怎么淫乐。今夜的月下，就只让女人静静地临窗坐吧，恨一声柳子言你哄了我，骗了我。一架蓬蔓开了耀眼的葫芦花就是不见结葫芦！但终在一个月夜，女人看到了窗外不远的涧沟畔上的一株钻天的白杨，白杨通身生成的疤痕是多么活活的人眼哪。这眼是双眼皮的，这眼就是柳子言的眼，原来柳子言竟天天看着她！女人从此天天开了窗户，一掰眼就看着他的眼睛在看她。但是看着她的只是眼睛还是眼睛，柳子言，你到哪儿去了，真的再也不来了吗？婆婆的泪水溢满了女人的脸面，女人最终把双手抚在了突出的肚腹上，将一颗慈善的心开始渐渐移到了未出世的儿子身上，说："你将来要当官的，真的，娘信着柳先生的本事，你也要信哩！当了官你就要天南海北地寻了他回来！"

柳子言其实并没有死。

一颗子弹打了来，那涂了唾沫的炸子儿当即炸断了一条腿在坡顶，而柳子言血糊糊滚落到坡那边的一蓬刺梅架里了。一位砍樵的山民背回了他，他央求着说他可以禳治这一家祖坟使主人从此家境滋润而收留他养伤，便开始了整整半年的卧床未起的生涯。半年里，北瓜瓢子敷好了断腿的伤口，是单足独立，再也不能爬高下低地跑动了。被抬回到老家去拄了拐杖学行走，一次次摔倒在地，磕掉了两枚门牙，终于能蹒跚移步了，就常倚残缺的石砌院墙看远山如眉，听近水呜咽，想起那一个自己答应过要去见的女人。但他独足去不了过风岔，他没有枪，他对付不了土匪苟百都。

夏日正热，于堂前的蒲团上坐了燃香敬神，祈祷着思念中的女人能大吉大安的柳子言，听到了一阵异样的脚步声，回过头来，一副滑竿抬进门，下来的竟是仍没有老死的姚掌柜。掌柜一脸老年斑，给柳子言拱拳了，说找了先生数年，一会儿听说先生遭苟百都给害了，一会儿听说先生还活着，他无论如何要亲自来看看，果然先生还这么年轻这么英俊，竟好好的嘛！柳子言无声笑了笑就站起来，一条腿没有了，惊得掌柜忙扶住他，日娘捣老子地骂那土匪苟百都："苟百都害了你害了我，他是咱俩不共戴天的贼啊！"柳子言又一次被掌柜请去北宽坪重新踏风水了。但他不是骑的驴子，而是坐在背篓里雇人背着去的。

旧地重游，柳子言坐在了女人曾经赐给他情爱的那个小房里失声痛哭，掌柜问他伤了什么心。他说想起了四姨太，还是这间房，还是这把椅子，却再见不到四姨太了！掌柜遂也老泪流出，劝慰柳先生不要为她难受，说四姨太好是好，再也寻不到她这般俏眉眼的娘儿们了，可毕竟现在是土匪的婆子，他掌柜也不为她哭坏身子了。柳子言说："你知道她的近况吗？"掌柜说："我只说她被抢了过去不是拿剪子捅那土匪，也得触柱死去，她竟旺旺活着！听人说她出门，后边有两个护兵跟随，真真正正是土匪婆了！"柳子言心里愤愤起来：一个家有万贯的财东，一个不该娶少妇偏娶了少妇的老头，你拱手把四姨太献给了土匪，却要怨怪四姨太没有在新婚的夜里触柱死亡，得一个贞节的名号！这也算一个与四姨太十余年的丈夫，算北宽坪地方的绅士？对着并不慈善的掌柜，柳子言收回了对他遭到苟百都迫害的同情，也全然坦然了多少年里总有的一丝对他不起的心思。厌恶起掌柜的柳子言这么骂一个男人的歹毒，却也从掌柜身上看见自己的丑恶，骂起自己不也恰恰和这枯老头一样没有保护了那个女人吗？女人原本不爱掌柜，况且掌柜人也老了，而自己呢？柳子言扭头看窗外，窗外的枣树还在，他不禁戚戚感叹："今年枣树上没干枣了。"

"枣树上哪儿还有干枣呢？"掌柜干笑了一下，忽问起一个问题来，"柳先生，听说苟百都也占了一处吉地？"

柳子言说："那也算一块吉地吧。"

掌柜说："那他还有大气数吗？你知道吗，为了占那吉地，他是将他娘掀进沟里跌死，对外说是失了足……哼，一个瞎眼山婆子能守得住?！"

柳子言说："甭提土匪那一宗了，柳子言会给你再踏出一块好穴位，迁埋骨殖的。"

掌柜连声就呼着丫头，催问酒温好了没有，又说柳先生这次来不必着急踏看，先喝三天的醉酒，姚家大院中的这些使唤丫头喜欢上哪一个了就只管招叫了去侍候你。

柳子言也真的这一顿酒吃醉了。

就在柳子言醉吐了一定要掌柜来打扫那秽物的时候，一个爆炸的消息传到了北宽坪，说是苟百都被龙抓了！掌柜一把搂住了也被惊得酒醒的柳子言长一声笑，短一声哭，夸讲着天神之公道，也夸讲土匪早不死迟不死偏在柳子言要重踏坟地迁葬父母骨殖的今日而死，这定是将要踏出美穴的预先兆应了。两个人已经听报信人说过一遍苟百都被龙抓的经过，却仍要那人再说一遍又说一遍，确确实实地核证了这一切皆是事实。威风着方圆百里的苟百都是在前三天下山到黑龙口坪坝里的一家财东炕上抽烟土，已经抽过三个时辰仍不过瘾，他眉飞色舞地给财东和另几个土匪讲他的英武。说唐井派人来杀他，此人枪法好，刀法也好，却不知他苟百都是怎么个人物竟使唐井也奈何不得！那人来了，他枪也不带刀也不挎，端了火盆在门口吸旱烟哩。来人问："谁是苟司令？"他说了："我就是苟百都，伙计，来吸一锅子吧！"来人说："嗬，原来是黑皮八斗瓮！"他说："是长得差些。"还是低头吸他的烟。烟灭了，用手在火盆里捏一颗红炭按在烟锅上，来人眼就看直了。点燃了烟叶取下火炭，火炭没放在盆里却放在了膝盖上，膝盖上的肉就滋滋响，再说一句："这烟叶真香，你真不吸吗？"来人就跪倒在地了，说："苟司令你是条汉子！要么你砍了我的头，要么我跟你吃粮！"那一把短刀就摔在他面前了。在座的财东说："司令就这么收了来人了？"苟百都说："屁！当粮子逛山不敢杀人我要他干啥？"拾起来人的刀在眼前看锋刃，说句好刀口哩，忽的一下砍下来人的头。头因为掉得太快，那眉眼还是笑笑的，便差人直送白石寨去了！在座的皆土色了脸面，苟百都就哈哈大笑，笑未毕，屋外忽然天变，一朵云停在屋当顶，接着嘎啷啷一个炸雷一道电光打开窗子冲进来，众人全都震昏了。待眼目睁开，屋里一切完好，唯独不见了苟百都，急奔出门，空中咚地掉下个黑炭来，苟百都烧焦成二尺长。掌柜又是一串大笑，突然说："可惜了，可惜了！"报信人说："掌柜说土匪死得可惜？"掌柜说："听说他有两颗金牙，花了大钱镶的那金牙就烧化了！"报信人说："哪里就烧化了，他的喽啰敲了金牙才用白布裹苟百都。正为了这事，他们不敢回去见那四姨太，不不，见那匪婆子，才一哄都散了，苟百都的尸首还是那家财东埋了的。"掌柜说："你说得对，是四姨太，今日晚上我就要去过风岔接回那娘儿们，回来了你还叫她四姨太！"

姚掌柜匆匆去张罗接四姨太的事宜了，留在了厢房里的柳子言却仍为突如其来的喜讯震得说不出话来。四姨太，那心爱的美妇人竟然还能再次一见吗？他不能不感慨这是怎样的一种缘分啊！当掌柜领了一班人灯笼火把了去过风岔，柳子言的死而复生般的惊喜却遂被另一层为自己和那女人的悲哀代替了，一个逃离了老朽去当了三年的压寨夫人的四姨太，到头来又回到朽而又朽的老头的炕上，那女人就是因为长得太美么？每一次像猎物一样被狼叼来叼去，又每一次偏让柳子言遇着。暂短的相会，留下的竟是长长久久的悲伤和凄凉，这是对那可怜女人的残忍呢，还是对为此而残废了的柳了言的残忍？！那么，自己对一个可望而不可即的女人的爱恋是一种自寻的罪过了，就不要再把这种罪过同时带给那个女人吧。这么想着了一夜，发起了高烧的柳子言终于决定在四姨太被接回时绝不去见她，眼不见心则不乱，让她度过她后半世的清静岁月吧。

天稍稍发亮，柳子言收拾了褡裢，扶杖而走了，但门前的土场上一副滑竿急急抬了过来，他看见了坐在滑竿上面色黑灰眉眼扭曲的掌柜，却没见到四姨太。他拱手搭问："四姨太呢？"掌柜却并没有回答他，昨晚那飞扬的神气没有了一点痕迹。"四姨太没有接回来吗？"他又问了一句。掌柜哼了一声，显得那么地不耐烦，却恶狠狠对放下了滑竿要散出的随从说："把吃的东西送去，好好看管。今日大门关了，后门掩了，外边人一个不准进来，家里人一个不许出去！"便跟踉跄跄进了大厅去自个卧屋了。柳子言是不能私走了，看着立即有人抱了被褥提了饭盒出去，大门砰砰下了横杠，不知究竟出了什么事情。姚家的丫头和跑腿的在没人处交头接耳，一有人又噤声散开，柳子言不能询问任何人。他默默地回坐到厢房去，寻思四姨太一定没有接回来，或许四姨太已经死了，或许四姨太已逃离了过风岔。厢房的门口远远正对着院角的茅房，短墙头上的一蓬豆荚蔓窸窸窣窣响后，一个人头冒出来，柳子言知道这是姚家大太太在那里解手用豆荚叶揩了屁股了。但大太太却在短墙头上向他招手。

"来呀，柳先生！"她又一次招他，"你不想听听稀罕吗？"

柳子言走近去，蠢笨得如捣米桶一般的肥婆子走出了茅房短墙，一边系裤带一边说："你知道小骚货的事吗？"

"四姨太？"柳子言忙问，"她到底怎么啦？"

婆子说："哼，老鬼总忘不了吃嫩苜蓿，只说小骚货的×叫土匪×了，心还在他身上，没想土匪死了骚货还不回来！"

"不回来了。"柳子言说，"她到底是不肯回来的了。"

"不回来老鬼行吗，她有一副嫩脸么！老鬼真不嫌她脏，她是给土匪怀了个崽儿，肚子都那么大了，喝苦楝子水怕也坠不下来了！"

柳子言惊呆了："四姨太有了孩子？！"

婆子说："老鬼一看就上了气！要当场把土匪崽儿踢落下来，又怕丢了骚货的小命儿。可那匪婆子竟也往涧里跳，被人拉住，头上已破了一个洞。老鬼气得骂：'你那时怎不就跳了崖，我还给你立个节妇牌呢！我现在来接你，你倒寻死觅活？！'就把骚货用滑竿抬回来了，真该让她死去才好！"

柳子言忙问："怎不见抬了回来？"

婆子说："抬回姚家让生下那个土匪种吗？姚家是什么人，不要说招外人笑话，这邪祟气要坏姚家的宅舍呢？你瞧瞧，关在那个石堡里，让生下匪崽儿了，还要放三天的炮竹，艾水洗了身子，方能倒骑了驴子回姚家的门！"

肥婆子说着捂了嘴嘎嘎直笑，柳子言的脑子里已一片混乱，他望着院外山坡顶上的古堡，泪水拂面。那一座古战场残留的石堡，数年前他默默地从远处观望，想象了一个月夜他怎样地能和四姨太幽会其中；数年后的今日，四姨太竟真的被幽闭在那里了。石堡上到底是如何地败旧，荒草横长，野鸽遗矢，孤零零的一个美艳女人就在那里生养胎儿再将胎儿亲手处死吗？柳子言不知了肥婆子何时离去，他双手抠动着墙皮一步一跳地不能在厢房门口安静，指甲就全抠裂了，墙面上抹出了一条一条血道。突然单足跳跃竟走到厅房台阶下，他改变了主意，要看看四姨太，甚至拿定主意请求在姚家长期住下，他要永远能见着那个女人，也要让那女人永远能见到他！他跳跃到台阶下再要跳上台阶，他摔倒了，碰掉了一颗门牙，对着听见响声出来的掌柜说："你怎么能将四姨太关在石堡呢？你不能这样待她！"

掌柜疑惑地看着他，说："柳先生，我是器重你的，你不要管我家私事。"

"不！"柳子言再一次从地上跳起，单脚竟如锥一样直立着，说，"掌柜，这是你家的事，我本是不能管的，可你是请我来为姚家踏吉地的，你是知道的，积德为求地之本，知积德善人未有不得吉地的。苟百都为何死于非命？他行恶多端，吉地也成了弃地啊！"

掌柜说："我何尝不正是这样做呢，那娘儿们怀的是土匪的种，我让她出血流污地在姚家生养，岂不辱没了姚氏祖宗？我要不是待她好，我早在过风岔一刀挑开她的肚皮了！柳先生是手艺人，怕是昨日的醉酒还没完全醒的吧？来人，扶柳先生回屋去，熬了莲子汤好好服侍先生吧！"

几个跑腿的男人几乎是抬着柳子言到厢房去了。

　　躺倒在厢房土炕上的柳子言，现在只能是无声地抽泣，为了将来还是掌柜的四姨太的女人，他的求情遭到了掌柜的拒绝和厌烦，他的那点勇敢可怜地毫无作用可起。漫长的一天里，他恨着自己不是个土匪，若是有土匪的蛮力和枪杆，他也不至于这般容忍了掌柜这老狗。到了这时，反倒那苟百都真是个汉子，可惜了苟百都的死去，女人宁愿跟着土匪也比来姚家要好了。这一天终于将尽，四山严合，逼出了黑暗下来，月亮也随之出现，多清丽的月夜呀，原本是浪漫的人儿飞身于山峁，依山上下曲折的石堡栈道，让月光浸着雪净的衾绸，让月光逼着玲珑的眉宇，有了如丝的幽梦，有了如水的思愁，有彻悟有祈祷有万千神话……而现在的女人于石堡中哭淌了多少泪水？柳子言担心着女人经受不了生下骨血让人活活弄死的折磨而要死去的。是的，她要死去的，任何一个最坚强的女人都会在灰了心的绝望中死去！一时间，柳子言紧张得一身汗都出来了，他似乎就看见了女人披头散发地在那里吼叫，风却灌住了她的口，谁也听不到她的呐喊。她开始痴痴地盯着石壁看那一群快活的蚂蚁了。她是那蚂蚁就好了。上苍啊，怎么让这女人来世时托生一只自由自在的蚂蚁呢？石堡的门洞外，女人能看到月下起伏的万山壑岭么，能看到浮云浸拥的栈道石廊么？不不，石壁如塔压着她，如笼囚着她，她从门洞看到的是一堆堆磷火。对了，柳子言想起了发生在这山头的一个古远的传说，说是一位英武的将军驰骋鏖战了一生却终在最后被敌军包围在了这座石堡中。同样是一个美丽的月夜，石堡的内外躺满了部下的尸体，只剩下了将军的妻子和一个忠诚的卫士。将军看着满山围拢上来的敌军，他血刃了自己心爱的年轻的妻子，他不忍心妻子落入敌军手中受辱，抱着她还微笑的头颅而哈哈大笑，对着吓呆了的卫士说："好了，我英雄的一生要结束了，现在，我要成全你。他们以三百两白银悬赏我的头，你就提了我的头去见他们吧，我忠诚的卫士！"说完，风吹动着他的长发，星月照耀着他的铠甲，一只手抓着头发，一手扬刀就抹掉了自己的头，竟然那只手把抹掉的头颅捏着而身子不倒。这古远的传说这么清晰地在柳子言脑海中浮现，他想，四姨太一定在这个时候听见了一片鬼的嚎叫，看见了那英雄的将军和将军的妻子，她在哀叹了："谁是我的英雄呢？英雄将军保不了妻子的活着，却保护了妻子的死去，这妻子也是幸福的。我一个容貌美丽的女人，因美丽而为臭男人们活着，如今要死在一个可爱的人的刀下也不成啊！"柳子言愈这么想，愈坠进了不可自拔的境界里去，过去的一幕幕的无能、软弱、忍耐全然激发了一个男人的所有勇敢，咬牙切齿道："我是你的英雄，是的，我是你的英雄！"

英雄了的柳子言在夜静人睡之时，拨开了姚家的大门，拄杖往山上去了。

崎岖的山路上，柳子言摔倒了一次又一次，他开始往山头爬。他的衣服全破了。一条唯一的腿和两条胳膊血肉模糊。他预想着爬到古堡怎样地打开石堡洞门的栅栏，怎样地呼叫着四姨太的名字而与她相见。他要告诉她不要哭，也不要叙说长长久久刻骨铭心的思恋。赶快逃离石堡吧，即使天黑不能远离，也要到另一处的什么地方躲起来。然后他们在某一处相会，然后他要和她，或许她愿意独自一人，他都可以帮她逃到很远很远的地方去的。但是，当柳子言刚刚爬到了古堡下的栈道长廊，看守着四姨太的人发现了。这是一个年迈的在姚家跑腿的老头，他是认识柳子言的，询问着柳先生摸黑怎么能到山上来。柳子言瞒不了，老老实实地把一切都告诉了，他明白有人看守着古堡他是不能去搭救女人的。他说尽了女人的苦愁来感化这看守，甚至应允，若看守人能放他上去救那女人，他保证付一笔数目巨大的银钱，也保证为看守踏看出一处大吉大贵的坟地，永葆其家族后代安乐昌盛。看守同意了，却劝柳子言不要亲自去，一个残废的人怎么能爬上那古堡，就是这栈道长廊，健全身体的人也要小心才能过呀。"先生请相信我，我就去帮四姨太逃走吧。明日掌柜要问，我就说我去拉屎，回来不见人了，大不了掌柜勒我一绳，罚了我一年的工钱。"柳子言感动得直磕头，说他今生今世忘不了老伯大恩，又千叮咛万叮嘱了许多许多要小心的事，方又倒爬着下山。

柳子言返回了姚家，天已经麻麻泛亮了，他若无其事地招喊了一个下人要求背篓里背了他去后坡跟踏看坟地。背篓背出了大门外，他却对着从河里挑水的姚家用人说："你就给掌柜说一声吧，我去后坡跟踏吉地了，让他随后也来看看。"可是，当柳子言踏看到了晌午，掌柜却没有来，柳子言也不急着回去，就躺在暖和的地坎下打盹了。昨夜的奔波已经弄得他疲倦至极，现在该是好好地歇息了。蠢笨的掌柜这阵在干什么呢，他哪里知道石堡中的四姨太已经远走高飞，而这一切又都是一个残废的风水先生所为的呢！他作想不来在某一个山洞里还是松林中的四姨太，这阵是怎么地感激和思念着他啊。他得很快地踏看完坟地去相见，而那个尊敬的看守老头能在他一回到姚家碰见，告诉他四姨太的去处吗？柳子言终于在松弛心身后迷糊起来，将隐隐的一种后怕和一种暗自涌上来的英雄气概的念头带到了梦境，但同时听见了声音："先生，你醒来，掌柜来了！"被用人推醒了的柳子言果然瞧见掌柜远远走来了，且笑眯眯地在几丈外就说："柳先生，你怎不多歇几天就踏坟地了！你这么为姚家费力，姚某人真是不知该怎样谢你了！"

柳子言说："掌柜不必客气。你来瞧瞧，这个穴可真不错哩！"

掌柜说："是吗，这么快的?! 先生你怎么受伤了，满手是血呢？"

柳子言脸红了一下，忙说："刚才下坎时不小心跌了，没事的。我想你既然来了，咱就把方位定了好下楔哩。"

掌柜却说："先生急着是要走吗，这次来可不能让你很快就走的，我得好好款待你才是。过午了，回家吃饭吧，明日再来好了。"

柳子言被背了随掌柜到姚家大院，掌柜却并没有让他去厢房用膳，而让人一直背他到厅房，掌柜则仰躺在睡椅上抽起烟土来。一个泡抽完再抽一个泡，掌柜再不看他，也不说话，柳子言起身要往厢房去，掌柜突然说："柳先生也爱上我的四姨太吗？"冷丁一句，柳子言脸唰地黄了，扶桌站了起来又坐下，说："掌柜，你怎么说这话？我姓柳的有什么冒犯了你吗？"掌柜说："昨晚出了一件怪事，有人想要再夺走我的女人，竟到了石堡去，先生是能人，你估摸这是苟百都吗？"柳子言心里作慌了，他想一定是女人逃走后，掌柜在追查了。一想到女人已经逃走，柳子言又暗暗得意，恢复了脸面，故意作惊道："四姨太真的接回来了？谁到石堡上去干什么？苟百都不是被龙抓了吗！"掌柜冷笑了："苟百都是死了，可惜学苟百都的人没他那身膘肉！德顺，你进来吧！"厅房里便有一人进来，竟是石堡那看守四姨太的老头。老头看了一眼柳子言将头就垂下了。掌柜说："姚家的下人出了一个苟百都咬人的狗，可再没第二个对姚某人二心的人，德顺告诉我了一切。我现在只想问柳先生一句，你爱上我的那个四姨太了吗？"柳子言在刹那间天旋地转了，他恨死了这个叫德顺的老头，龙该抓的不是苟百都而是这狗德顺了！自己英雄一场，竟坏在一个卑贱的下人手里，柳子言知道他现在的结果了，却为女人将受到又一重的惩罚而叫苦不迭了。到了这步田地，柳子言还掩饰什么呢，胆怯什么呢？他虎虎地看着掌柜，突然说："是的，我是爱上四姨太了，我第一次到姚家来就爱上了四姨太！掌柜你杀了我吧！"掌柜一丢烟具，哈哈大笑不已，直笑得身子连同睡椅前后摇晃，说："柳先生真个坦白！我还可以告知你，你不但是爱上四姨太，四姨太也爱上了你！"柳子言叫道："不！这与四姨太无关，要杀要剐，我柳了言一人承担！"掌柜说："柳先生真是爱女人爱得深呀！我并不杀你，你是我请来的贵客，我还要谢酬你哩，你知道我要谢你什么吗？我就把四姨太送你！我虽然爱这娘儿们，我为她破过家，她当了匪婆子还把她接回来，但我今早去到石堡里见了她，我决定就送你了！"柳子言直直看着掌柜，他估摸不出这老谋深算的掌柜说这话的真正含意。他站在那里不动，等待掌柜的突然变脸而吆喝了五大三粗的打手冲进来。掌柜却又在说："柳先生，难道你也不回谢我一句吗？"柳子言简直不能相信事情竟是这般变化，阴霾密布的天突然透亮，湍急凶猛的水突然拐弯平缓，狂旋的龙卷风突然消失了吗？他一低头颀答道："掌柜说话若真，那我多谢了！"掌柜却说了："但我却也要你保证，一定要踏看个吉穴给我！你今日草草踏了一下就说要定方位，我姚某就不能依你了！好吧，四姨太我先让她在石堡上待几日，几时吉穴踏成，你就带她走吧！"

整整踏看了六天，真心真意地选好一处吉美穴地的柳子言爬到了石堡，出现在他面前的四姨太已是于那一日的早上被掌柜抽打一通鞭子将儿子降生，儿子却活活地在她的面前摔死了；而她也同时于掌柜的面，用石片从左额直划出四条裂口到右腮，说："你不是总爱着我这么张脸吗？我现在一心一意是你的四姨太了！"柳子言看着毁了容的女人，他啊的一声惊跌在地了。几分得意的掌柜也觉得愧对了柳子言，几分歉疚地说："柳先生，我不该瞒着她毁容的事，望多谅解。娶女人就是娶一张脸，柳先生若不喜欢这个，姚某再送你个丫头好了，整头洁脸的乖巧人哩。"柳子言摇摇头，一下子跳起来，将面前的女人搂抱住了。

用鸡毛粘好了脸伤的女人，从此再也没有了往昔的俏丽，那四条从左眉斜斜下来到右腮的疤永远留下了红痕，但柳子言用驴子领回到他的家屋，怜爱如初。他拥抱着这个千难万难方遂了心的女人，再不是旧日无能的男人，他是丈夫，尽着丈夫的职责。

他们在五年之后终于生下了一个儿子。

有了儿子，使这一对夫妇不再是为了过一种安静可心的日子了。他们幻想着在这个世界上，要活得顺心适意，有头有脸，就必须是要当官的。他们商定要为柳氏家族选一个最好的坟地；大半生为了他人的幸福，柳子言踏遍了山山水水，现在他们是在为自己而选穴了。一头瘦小的毛驴子，载着已经花白了头发的夫妇，终于在一个雨后天朗的正午寻觅到了一个山嘴下，柳子言激动不已，满口白沫论说踏看美穴的妙处，什么风水以山名龙，故山之变态千形万状，走坨之体转移顿异，其潜现跃飞变化莫测，唯龙为然。何以曰脉，是统人身之脉络，气血所由以运行而一身之禀赋，脉清者贵，浊者贱，吉者安，凶者兀，地脉亦然。什么龙要旺，脉要细，穴要藏，局要紧，砂要明，水要凝。化生开帐两耳插天，虾须蟹眼左右盘旋，明堂开睁砂脚宜转。他满口文言古辞，女人哪里听得明白，问这山嘴下该是什么穴，柳子言又得意指点，说那山嘴两边呈半环，环后有横峁，峁后又一山成大环抱，虽不是五山耸秀四水归朝，青龙双拥官诰复钟，但却也是梧桐枝穴，此龙身枝脚均匀之格，梧桐枝双迎双送，两平势对节，分枝作穿心，该是祖宗儿孙相顾，至贵呢！女人乐道："好了，好了，我不懂你的这样穴那样穴，我只要我儿子当官的穴哩！"

柳子言自小没有了父母，被师父收养学道，他不知道自己的父母葬在哪里，坟墓拱好了，便做了先考先妣的灵牌安放进去，又为自己和女人拱了双合大墓，便宣布再不为人察识风水了。儿子长到了十二岁，男长十二接父志，在一个早晨，夫妇俩烧了锅菊花汤水沐浴，穿好了所有崭新的衣服，对儿子说："儿呀，我们不可能看着你长到三十四十，也不可能为你留下青堂瓦舍的一院房屋，百亩良田，万贯资产，可我们可以助你去当官。从今往后，你不要想着你的父母，也不要守在这个地方，你可以出外去干你的事了！这个世界这么大，你不会孤单，你会有许多大事要干的。"儿子是聪明俊秀的人物，听从了父母的话，磕下一个响头，下山而去了。

这父母骑上了毛驴。女人虽然老了，身架达俏，人依旧干净，头脚整洁不乱，却把一块印格手帕顶在头上，手帕太大了，四个角便遮了脸。柳子言说："今日暖和没风，遮得那么严干吗？"妇人说："不遮，难看呢。"柳子言端详着她，脸上皱纹是纵横了，五官却不多一分不少一分地端正，那四条伤痕虽是发红，却看到了往昔的美艳，说："你一点不难看。你是天人，你原本是在天上，但你到了人间，桃花恨你，春风恨你，所以你受尽磨难，只有了这四道疤你才活得安生了！太阳这么好，咱要出远门，为啥要遮呢？"

妇人听从了丈夫的话，要骑上毛驴了，柳子言就去扶她，趁机要捏捏那一双精精巧巧的脚，再将一竿柳条给她，让她当驴鞭。女人就说："你再捏，我可要抽打你了！"两人遂想起过去长长的一幕，相视在阳光下就全笑了。

他们一个在前一个在后，就这么骑着毛驴来到了他们的坟地，直走到地下拱好的坟墓穴里，便动手将墓坑中的砖石一块一块封了墓穴口。封得那么严，没有一丝风可漏，没有一点光可透。柳子言说："今晚会有一场雨的，坟顶上的土能塌下来埋了墓道，咱们可以安安静静睡了。"

该怎么睡呢？漆黑的世界里，女人并没有立即感到呼吸的紧促，她询问着柳子言，并撒娇地一定要柳子言扶了她睡下，且要双手就紧紧搂住她，让她头枕在那宽宽的胸脯上。柳子言按她的要求去做了。他们在这个时候听到了坟外风扫过墓顶，那几丛枯草摇曳着泠泠的金属声，有蚂蚁在叫，蚯蚓在叫，墓壁上爬动的湿湿虫释放着姜葱一样的气味。两人同时想起了过去的岁月，想到了那一切一切细微得不能再细微的细节，倒后悔忘了带一壶酒来，这些记忆是用盐风干的肉丝，蛮能有滋有味地下酒呢。柳子言开始摸索着从身上解那件已经很旧很旧几乎稍稍一撕就破的红裹兜，妇人并没看见，却感觉到了，也伸过手来，拉平了，盖在他们的脸上。

"这是咱们的铭旌哩！"柳子言说。

"铭旌都是要写一生功德的。"妇人说。

"那上面不是有血斑吗，那就算咱自己写下的。"柳子言说。

两人无声笑了。

"咱们的儿子会当了官吗？"妇人悄声又说。

"会的。这是一个好穴哩！"

"能做了什么官呢？"

"很大的官，真的，大官哩！"

十年后，四十里外的洪家戏班有一个出了名的演员，善演黑头，人称"活包公"。他便是柳子言的儿子。柳子言踏了一辈子坟地真穴，但一心为自己造穴却将假穴错认为真，儿子原本是要当大官，威风八面的官，现在却只能在戏台上扮演了。

任氏

唐　沈既济撰·贾平凹改写

任氏是个女妖，与郑六在长安城里认识的。

郑六好酒色，但人丑陋，又贫困无家，托身于妻族，便终日跟从了妻表兄，叫韦崟的，喝三吆四，闲游瞎逛。一日，两人又约定去新昌里吃酒，走到宣平，郑六忽记起还有一桩别事，说要迟到一会儿，自个骑驴往南，在升平北门里遇着了任氏。任氏那天穿着白衣，款款在街上走，郑六猛地瞥见，一时惊艳，人驴都愣住不动了。想：天下还有这般美人儿！以为是在梦中，自己打自己脸，脸生疼，就哀叹自己贫而丑，只能守家中那个黄脸婆。恨恨骂道："美女人都叫狗 × 了！"骂是骂了，却不忍掉过驴头，也忘了要办的事，策驴一会儿走到人家前边，一会儿又落在人家后边，欲要搭话，却又不敢。任氏并不作理会，裙长步碎，腰肢软闪，袄襟处掉下一条手帕。郑六急说："哎，掉东西了！"任氏捡了手帕，拿眼看他，眼是会说话的，郑六胆就大了，说："这么美的人儿，怎么步行呢？"任氏并不羞怯，却笑了说："有驴的不让嘛！"郑六立即翻下驴背，说："我这驴实在不配你骑的！你若肯，你坐了，我能跟在后边就高兴得很哩！"任氏说："是吗？"郑六说："是啊！"

任氏也不扭捏，说：“那我真要坐了！”坐上去，郑六驴前驴后颠着跑。

郑六信着任氏走，一直走到城东乐游原，天色便黑下来，见着路旁有了一庭院落，虽土墙车门，里边室宇却华丽清洁。任氏就下了驴，说：“稍等一会儿。”自个先走进去。门屏间有一女仆，过来问郑六名姓，郑六告诉了，也问女人名姓，方知姓任，排行二十，郑六说：“哦，任二十娘！”过了一会儿，被引入室去，室里早已有人列烛置膳，热情招呼吃喝。酒过三杯，任氏更衣出来陪伴，两人相互敬酒，酣饮极欢。郑六先是心意急迫，额头出汗，手却索索直抖，口里也语无伦次起来。暗自骂自己没彩，待稳住神气，借低头去捡掉下桌的筷子时，趁机将椅子往任氏身边挪近。见任氏并未退让，伸手过去捏了一下她的腿，慌忙缩回。任氏笑笑，倒端了酒杯又敬他，郑六已耳脸通红，接了酒杯，也接了女人身子，撮口就要吹灭灯盏。任氏说：“你啥不怕的，倒也怕灯？”郑六越发放肆，也不言语，抱了任氏在椅上解怀松带。任氏推拒，郑六已跪下说：“你是我见到的第一个美人儿……你救救我吧！”任氏看着郑六，擦了他口角涎水，扶起来，说：“这也是我命里所定……”郑六就抱起去了卧房。女人的妍姿美质，郑六从未见过，女人的歌笑态度，郑六从未经过，这一夜，郑六如狼如虎不能歇，如痴如醉又不敢信。

天明，任氏却催郑六早去，说是其兄在南衙任职，每日清晨要回来的。郑六不得已，又强支精神折腾了一番，还不忍走。任氏约了再会的日期，郑六方吻了女人从头到脚，又嗅了女人的衣衫鞋袜离去。

到了城门下，门还未开，城门外有家卖饼小店，店主正生火起炉，郑六一边坐于帘下等候城楼鼓响，一边与店主说话。

郑六说：“从这儿往东，那一大院落的是谁家呀？”

店主说：“哪里？那里一片荒地，没人家呀！”

郑六说：“我刚才还经过那里，怎么能没有？”

店主一脸疑惑，突然说：“哦，我知道了，这里有一个狐狸精，常

133

诱男人过夜的，已经有过几个遭了道儿，今日你也遇了？"

郑六登时羞赧，却说："没。"但郑六终不肯信，天大亮后，偏反身回去看，果然只见土墙车门，里边却衰草败柳，是一片荒芜的园子。灰塌塌回来，见了韦崟。韦崟指责郑六失约，郑六也不好实说，支支吾吾只是受着。想自己所遇美人儿原是妖狐，甚觉悔恨，发誓道："再不寻女人了，美女人都是狐狸精！"但一见到老婆，黄脸焦发，又唠叨不已，不去想任氏，又能想谁？夜里与老婆上床，老婆噗地吹灭灯，他就想到那日之夜，闭了眼，幻想身下老婆是了任氏。老婆说："你现在刚强哩！"郑六也不作答，事毕翻滚一边，眼睁睁看直到天亮。

每日清晨焚香，希望当天能见上任氏一面，但就是见不上。也去了那土墙车门处张望几回，仍无踪影。几乎心已经灰了，这日去西市买衣服，人多如蚁，正在人窝挤看，偶一回头，却见任氏在前边，急声呼叫。任氏才与一衣铺伙计论价，听到呼声，并未回头，竟裹入稠人之中就走。郑六哪里肯放过，掀倒了一排人，连呼带追，任氏是站住了，却背向，又以扇遮面，说："你什么都知道了，还来寻我干什么？"郑六说："知道是知道，但我不管！"任氏说："你不管，我却羞愧了，你走吧。"郑六说："我不走，我要看你哩！"任氏一时哽住，但仍不转身，也不扯扇。郑六转到她的正面，她又背过身去，如此周旋。郑六说："我想你都要想死了，你就忍心抛弃我？"任氏说："我哪里敢抛弃你的，只怕你见了要恶心我……"郑六心下一怔：莫非她脸面毁了？猛地扳过任氏身子，拨开扇面，任氏美艳如初，顿时情不能禁，下身有热东西滑出。任氏说："我是妖人……你自己看不出来，也怪不上我。"两人重归于好，出了西市，郑六见四下无人就搂抱了任氏，要求在一棵树背后寻欢。任氏拒不，却说："像我这样的，被人所恶，我也明白人恶的并不为别的，就害怕伤人，其实并不是这样的。在野外慌慌张张的，能有什么乐趣，你若觉得我并不会害人，又要长久乐趣，你得有个住处，我愿一生侍奉你。"郑六欢天喜地。但郑六无家，与任氏往哪儿住呢？任氏说："你往东，看见巷口有一高树的，那里有一处幽静房子，可以租住。前些日子，与你分手乘白马而东去的是不是你妻的表兄？"郑六说："是的，你什么都知道？"任氏说："他家生活用具多，可以借一些用嘛。"

郑六寻到有高树的巷子，果然有一处房子可税，就又去借用韦崟的家具。韦崟说："你做什么用？"郑六说："最近弄到一美女，已租了房，缺些日用家具。"韦崟笑了，说："郑六呀，瞧你这模样能弄到什么美女？！"借给了帷帐榻席之具，却让家仆跟着去看看丑八怪。

家仆去了，不一会儿就气喘吁吁跑回来。韦崟问："有没有女人？"又问："是个什么恶心样？"家仆说："这事日怪了，他竟能弄到那么样个大美人儿！"韦崟姻族广茂，又一贯风流，什么好女人没见过，当下就问有没有某某美。家仆说："不是一个档次！"韦崟又问有没有某某美，家仆说："不是一个档次！"如此比过四五个，都是韦崟见的绝色，家仆都说"不是一个档次！"。韦崟说："难道有吴王六女之美？！"吴王之六女是韦崟的内妹，艳如神仙，中表素推第一。家仆说："吴王六女美不过她！"韦崟惊讶不已，遂洗了澡，换上新衣，要亲自去眼见为实。

韦崟去时，郑六恰好不在家，一仆正在扫庭院，一妇人一脚门里一脚门外，鲜艳异常。韦崟问仆："那位可是郑六的新人？"仆人说："她哪里是？！"韦崟暗自叫道："这女人够美了，难道还有什么美人儿？"就走进屋去周视。忽见有穿红衣者立于窗下，急近去，任氏已藏于窗扇之间，不得其面，只见其脚，精巧绝伦，便过去一把拉出光亮处来瞧，一时惊得目瞪口呆。韦崟是风流坏子，更是豪爽男人，见未能见到之美，爱之发狂，一下将任氏拥入怀中，口舌乱吻，手探入胸。任氏不从，百般挣扎，无奈韦崟力大，任氏被箍得不能动，就说："我就是服你，你也不能这样呀！"韦崟说："那好。"但不用力，任氏却逃脱就跑。韦崟又追上搂紧，伸出舌来，任氏闭口不接，头扭转如轴，说："你松开我，我依你。"松开又挣脱欲逃，衣带都撕断了。如此四回五回，韦崟就使了全身力气，终将任氏压上床去。任氏力气耗尽，汗湿了衣服，就不再拒抗，而神色突然大变。韦崟说："我经过多少美人儿，倒没有你这样，我这么爱你，你就偏偏讨厌我吗？"任氏哽然长吁，说："郑六可怜哪！"韦崟说："他可怜什么？"任氏说："郑六枉是一个男人，连自己的女人都保护不了！"韦崟说："难道我不如郑六吗？"任氏说："你当然比他好。你是富贵人家，人又英俊，什么美人儿没见过，而郑六穷贱，样子又丑，他见过的女人能满意的却唯独有我。你怎么以有余之心夺人之不足呢？如果你觉得他穷贱不能自立，穿你的衣，吃你的饭，为你所用，他的女人也应该给你的话，你要我干什么我便给你干什么！"韦崟听了，咽下口液，登时冷静，放脱了任氏。任氏偏也不逃，侧卧床头，韦崟就整理了自个衣衫，鞠礼而说："我不敢了。"唤仆人取水洗脸，一派严正。

从此，三人归好，往来频繁，韦崟没有将强迫任氏的事告诉郑六，任氏也未说过韦崟坏话。三人相处日久，韦崟最为活跃风趣，对任氏百般殷勤，更口无禁忌，但再不有别想。任氏当然知道韦崟爱她，也从心里爱这男人，就说："你这么对我好，我真不知道怎么才能报答你！我有什么能耐，女人家就是个身子，但我想过了，我就是以身许你，一是我这陋质不足以回报厚意，二是你又不能负了郑六，欢悦难以惬意。如果你肯，我一定要给你物色一个好的女儿家！"韦崟自然是肯，当下作揖称谢。

有一鬻衣之妇叫张十五娘的，肌体凝洁，韦崟一直暗恋她，就问任氏认识不认识。任氏说："那是我表妹，我可以给你们撮合。"一月后，韦崟心想事成。但数月，又生了厌意。任氏说："绝好的女子一般不在市面上抛头露面，市人易找，但易得到的又难长久，我愿再给你慢慢找更好的吧。"韦崟说："昨日我去千福寺，刁将军张乐于殿堂，而其中有个吹笙的女子，年纪二八，双环垂耳，好得很，不知你认识不？"任氏说："她呀，那是我内妹的女儿哩。"韦崟就求任氏，任氏一指头戳他额头，说："你呀你……"日后还是去了刁家。

刁家的女儿恰好染疾，看过了多少郎中，医药无效，又请了巫婆在家禳治。自任氏去后，韦崟三日五日就来问情况，任氏只是劝告别急，直到一月，韦崟又问，就让韦崟出双缣行赂。韦崟极快送来了双缣，任氏便将双缣赂于巫，一番密议，巫婆对刁将军说女儿病要得好得换居住，最好为东边，若巷前有高树，其中房子幽静则更好。刁家人查访了正好是任氏处，刁将军就亲自来求任氏，任氏却托词屋窄狭，有些不愿。刁将军夫妇连来求过三次，任氏方才应允。那女儿过来后，果然病情好转，任氏就引韦崟来通之，竟经月乃孕。其母害怕，遂领女儿回去，也怨怪任氏经管不严，再与任氏不复往来。韦崟过意不去，往后任氏和郑六的一切生活费用就全包了。郑六也怪过任氏，不该老是拉牵自己的亲戚，弄到孤家寡人地步。任氏说："我也知道这毕竟不好，但韦公子是何等人物，他要弄谁必会弄到手的，我只是报答他，使他得获顺利些罢了。况且，你也知道，我是妖人，我的亲戚都是妖人，这也无妨。"谁知郑六自此见着美人儿就作想是妖人，甚至提出让任氏也给他拉牵，任氏怒而责之："你们做男人的这般德行？天下的美色并不都是妖人，妖人即使异物，异物之情也有人道，你哪里能识得出，又哪里能糅变化之理？"说得郑六满脸羞愧，再不敢有非分之念。

但郑六毕竟贫困，每日在家恨富人，恨自己，见了富人又热羡巴结。任氏说："你能不能借到五六千钱？若能借到，我可以为你谋利。"郑六就借钱六千。任氏着他去市上，但凡见到马股上有疵者便买。郑六果然买了，很遭妻昆弟一顿笑话。过几日，任氏又着郑六去卖马，言说可得三万钱。郑六牵马去市，又果然有人愿出二万钱买。郑六不卖，至市尽，牵马返回。买者纠缠而随，已增价二万五千，郑六仍是"不给三万不卖"。昆弟得知聚而奚落，郑六才将马卖出。也觉奇怪，问买者为什么须要买这匹马，买者说，昭应县的御马疵股，死了三年了，但管养马的官吏并未及时除籍，官征其估，计钱六万，而以一半数再买，就能获半数以上利。何况有马以充数，三年的养马费用又能私得，所以才这么一定要买的。

郑六深感任氏精明，以卖马钱买了许多新鲜服饰给任氏。任氏有了新衣，愈加美艳，每着一次，郑六就要求叙欢，任氏接受了，不免也说："你给我买衣，其实全是为了你哩！"

一年后，郑六经韦崟推荐，被授槐里府果毅尉。平日郑六与任氏昼游于外，但因有妻室而夜寝于内，恨不得专其夕，故将官上任，便要任氏同他一块去。任氏顺从惯了，这回却不愿，说："那么长的路程，人困马乏，同行也不见得什么乐处，你留些粮钱，我过些日子一定再去。"郑六不行，再三恳求，又请韦崟劝说，任氏作难良久，方说："有巫者对我说，今年我不宜西行。"郑六就对韦崟说："这么明智的人却听巫者说！"还是恳请。任氏说："就是不信巫，我这一去死了，有什么好处？"郑六和韦崟说："哪有这事？！"任氏只好同郑六上路。韦崟特意借她一马，又送到临皋，挥袂别去。

出城往西到马嵬，任氏乘马在前，郑六骑驴在后，女仆又在后，正行走着，草丛中忽有苍犬汪地扑出，郑六还未定神，便见任氏欻然坠地，竟变一狐向南急奔，而犬穷追不舍。郑六知任氏是妖人，但眼见幻变成狐，仍是惊魂丧魄，掉下驴背。爬起来见狐虽快，苍犬更快，危在旦夕，遂撵赶叫呼，而犬仍是不止。一直追出二里远，撵是撵上了，但狐已被犬咬死，雪样洁白的美狐，脖子断而连皮，血殷殷染红一片草地。郑六痛哭不已，双手掘坑将狐埋了，返回见马仍在路边吃草，衣服还在鞍上，履袜还在镫内，如蝉蜕一般，唯首饰在地。女仆也不知去向。

又一月后，郑六从槐里府回长安城。韦崟迎见，问任氏还好吧。郑六潸然泪下，说："死了。"韦崟当下哭出声来，问患什么疾病死的。郑六说："为犬所害。"韦崟说："犬就是再厉害，怎么能害人？！"郑六说："她不是人。"韦崟惊道："不是人？是啥？！"郑六叙说本末，韦鉴叹息不能已,第二日,特意同郑六往马嵬,发掘坟丘看之,又是长哭一场,说:"她是妖人,咱们也非精人,徒悦其色而不懂其情性,要说是苍犬害她,其实是你我之人害了她啊!"

此后,二人视万物有灵有性有情,再不敢妄动。

五魁

迎亲的队伍一上路，狗子就咬起来，这畜类有人的激动，撵了唢呐声从苟子坪到鸡公寨四十里长行中再不散去。有着力气，又健于奔跑的后生，以狗得了戏谑的理由，总是放慢速度，直嚷道背负着的箱子、被褥、火盆架、独坐凳，以及枕匣、灯檠、镜子、装了麦子的两个小瓷碗，使他们累坏了。"该歇歇吧！"就歇下来。做陪娘的麻脸王嫂说不得，多给五魁丢眼色，五魁便提醒世道混乱，山路上会有土匪哩。后生们偏放诞了勇敢说："土匪怕什么？不怕。"拔了近旁秋季看护庄稼的庵棚上的木杆去吆喝打狗。狗子遂不再是一个两个，每一个沟岔里都有来加盟者，于亢昂的唢呐声中发生了疯狂。跃起细长黄瘦剪去了尾巴的身子在空中做弓状，或孓起腿来当众撒尿，甚或有一对尾与尾勾结了长长久久地受活在一处了。于是就喊："嘿，骚狗子！嘿，骚狗子！"喊狗子，眼睛却看着五魁背上的人。五魁脸也红了，脚步停住，却没有放下背上的人。

背上的人是不能在路上沾土的，五魁懂得规矩，愤愤地说："掌柜是不会放过你们的。"

"我们当然不像五魁。"后生们说，"我们背的是死物，越背越沉。

五魁有能耐你一个人快活走吧。"

五魁脸已是火炭，说："造孽哩，造孽哩。"但没办法，终是在前边的一块石头前将背褡靠着了。背褡一靠着，女人的身子明显地闪了一下，两只葱管似的手抓在他的肩上，五魁一身不自在，连脖子都一时僵硬了。

五魁明白，这些后生绝不是偷懒的瘪子，往日的接亲，都是一路小跑着赶回去，恋那早备了的好烟吃、烈酒喝，今日如此全是为了他背着的这个女人。

当一串鞭炮响过，苟子坪的老姚捏着烟迎他们在厅屋里吃酒，瞥见了里屋土炕上正坐了一位哭天抹泪的女人，他们就全然没有嘻嘻哈哈的放浪了，因为那女人生就得十分美艳，为他们见所未见。一个贫穷的茅草屋里生养出个观音人来，实在是一个奇迹，立时感到他们来此接亲并不是为柳家的富豪所逼使，而是一种赐予与恩赏了。世上的闺女在离开了父母的土炕将要去另一个做妇人的土炕时，都是要哭啼落泪，而这女人哭起来也是样子可爱。她的母亲和她的陪娘在劝说着，拉下她的手，将粉重新敷在她的脸上，梳子蘸了香油再一次梳光了头发，五魁就看见了她歪在炕沿上，一条腿屈压在臀下，一条腿款款地斜横在炕沿板上，绣花的小鞋欲脱未脱地露出了脚跟的姿态。那一刻里，他觉得这女人是应该嫁到富豪的柳家去享福的，而且应该用八抬花轿来抬，但可惜山高沟大，没有抬花轿的路可走，只得他五魁驮背了。

五魁在十六岁的时候，已经体格均匀，有大力气，被选作了驮背新娘的角色，以至从此成了专门职业。十年来，他几乎背驮了数十个新娘，他知道了鸡公寨的各家媳妇重与轻，胖与瘦，甚至俊丑及香臭，但他从来还未背过这么美妙的女人。他不明白在他走向炕边，背过身去，让那女人爬上背来，他竟是唰地出了一身微汗，以至于在女人已经双膝跪在了背褡上的毡垫还不知道，待到一声叫喝，姚家的人将朱砂红水抹在了他的脸上，他才清醒他是该出门走了。这一路都在后悔，也不能看见背上的人，背上的人却这么近地能看着他，该怎么窃笑他那时的一副蠢相呢？

正是这女人被他背驮着了，挨在后边的抬着嫁妆的后生们，他们是可以一直不歇气地走到天边去，走到死去，也不觉劳累的。但是四十里山路轻易地到达实在不是他们的需要，后生们话才这么多，才这么兴奋，才这么故意寻借口拖延。在接亲的路上，做了新娘的虽是柳家的人了，但还不是真正的柳家人，他们的戏谑都不为过，若一经进了柳家，这女人就不是能轻易见得到的了。后生们如此，他五魁还能这么近地接触她吗？所以五魁也就把背褡靠在石头上歇起来。

八月的太阳十分明亮，山路上刮着悠悠的风，风前的鸟皱着乱毛地叫，五魁觉得一切很美，平生第一次喜欢起眼前起伏连绵的山和山顶上如绳纠缠的小路。如果有宽敞的官道，花轿抬了，或者彩马骑了，五魁最多也是抬嫁妆的一个。五魁几乎要唱一唱，但一张嘴，咧着白生生的牙笑了。麻脸陪娘走近来很焦急地看着他，又折身后去打开了陪箱的黄铜锁子，取出了里边的核桃和枣子分给后生们吃。这些吃物原本准备给接嫁人路上吃的，但通常是由接嫁人自己动手，现在则由陪娘来招待，大家就知道麻脸人的意思了。

"天是不早了呢！"陪娘说。

"误不了夜里入洞房的，"后生们耍花嘴，"瞧这天气多好！"

"好天气……"

"哪还怕了土匪？"

"哪里怕了土匪！"陪娘不愿说不吉祥的话，"你们可以歇着，五魁才要累死了！"

"五魁才累不死的！"

五魁想的，真的累不死。他就觉得好笑了，这些后生是在嫉妒着他哩，当五魁一次一次做驮夫的差事，他们是使尽了嘲弄的，现在却羡慕不已了。他不知道背上的女人这阵在想着什么，一路上未听到说一句话。

五魁没有真正实际地待过女人，揣猜不出昨日的中午，在娘家的院子里被人用丝线绞着额上的汗毛开脸，这女人是何等的心情，在这一步近于一步地去做妇人的路上又在想了什么呢？隔着薄薄的衣服，五魁能感觉到女人的心在跳着，知道这女人是有心计的人，多少女人在一路上要么偶尔地笑笑，要么一路地啼哭，她却全然没有。她一定也像陪娘一样着急吧？或者她是很会懂得自己的美丽，明白这些后生的心意，只是不言破罢了。

不言破这才是会做女人的女人。

好吧，五魁想，那不妨就急急她。她急着，陪娘急着，在鸡公寨外的山口上等待着新人的柳家少爷更让急着去吧。

老实坦诚的五魁这一时也有一种戏谑的得意，若这么慢慢腾腾地走下去，一个晌午女人是不能吃喝和解手，使她因水火无情的缘故而憋得难受，于他和他的同类又将是怎么开心的事呢？一个将要在柳家的土炕上生活的妇人，五魁对于她的美的爱怜而生出了自己的童身孤体的悲哀，就有了说不清的一种报复的念头了。

有了这一念头的五魁，立即又被自己的另一种思想消灭了：谁让自己是一个穷光蛋呢！不要说自己不能有这样的美人，连一个稍有人样的女人也不曾有，即使能得到这女人，有好吃的供她吗？有好穿的供她吗？什么马配什么鞍，什么树招什么鸟，这都是命运安定的。五魁驮背一回这女人，已经是福分了，是满足了！于是，五魁对于后生们没休没止的磨蹭有不满了。

"歇过了，快赶路吧！"他说。

后生们却在和陪娘耍嘴，他们虽然爱恋着那个可人的新娘，但新娘的丽质使他们只能喜悦和兴奋，而这种丽质又使他们逼退了那一份轻狂和妄胆，只是拿半老徐娘的陪娘作乐。他们说陪娘的漂亮，拔了坡上的野花让她插在鬓角。五魁扭头瞧着快活了的麻脸陪娘也乐了。

是的，陪娘在以往的冷遇里受到了后生们的夸耀忘记了自己的本色，如此标致的新人偏要这个麻脸做她的陪娘，分明是新人以丑衬美的心计所在了。或许，这并不是新人的用意，而她实在是美不可言，才使陪娘的脸如此地不光洁吗？五魁觉得自己太幸福了，他离开了石头，背着新人立在那里，看太阳的光下他与背上的人影子叠合，盼望着她能说一句："这样你会累的。"新人没说。但他知道她心里会说的，他之所以自讨苦吃，是要新人在以后的长长的日月里更能记忆着一个背驮过她的人。

天确实是不早了，但后生们仍在拖延着时间，似乎要待到如铜盆的太阳哐嚓一声坠下山去才肯接嫁到家。戏弄了陪娘之后，又用木棒将勾连的狗子从中间抬过来，竟抬到五魁的面前，取笑着抹了朱砂红脸的五魁，来偷窥五魁背上的人面桃花了。

五魁无奈扭身，背了新人碎步疾走。

这一幕背上的女人其实也看到了，一脸羞怯，假装盯眼在前面的五魁头顶的发旋上了。

五魁感觉到发旋部痒痒的。在一背起女人上路，他的发旋部就不正常，先是害怕虽然洗净了头，可会有虱子从衣领里爬上去吗？即使不会有虱子，而那个发旋并不是单旋，是双旋，男的双旋拆房卖砖，女人会怎样看待自己呢？到后来，发旋部有悠悠的风，不知是自己紧张的灵魂如烟一样从那里出了窍去，还是女人鼻息的微微热气，或者，是女人在轻轻为他吹拂了，她是会看见自己头上湿漉漉的汗水，不能贸然地动手来揩，便来为他送股凉风的吧？

这般想着的五魁，幻觉起自己真成了一匹良马，只被主人用手抚了一下鬃毛，便抖开四蹄翻碟般地奔驰。后边的后生果然再不磨蹭，背了嫁妆快步追上，唢呐吹奏得更是热烈。五魁还是走得飞快，脚步弹软若簧，在一起一跃中感受了女人也在背上起跃，两颗隐在衣服内的胖奶子正抵着他的后背，腾腾地将热量传递过来了。草丛里的蚂蚱纷纷从路边飞溅开去，却有一只蜜蜂紧追着他们。

"蜂，蜂！"女人突然地低声叫了。

蜜蜂正落在了五魁的发旋上。

听见女人的说话，五魁也放了大胆，并不腾出手来撵赶飞虫，喘着气说："它是为你的香气来的。"但蜜蜂狠狠蜇了他，发旋部火辣辣地立时暴起一个包来。

"五魁，蜇了包了！你疼吗？"

"不疼！"五魁说。

女人终于手指在口里蘸了唾沫涂在五魁的旋包上。

五魁永远要感激着那只蜜蜂了。蜜蜂是为女人的香气而来的，女人却把最好的香液涂抹在了自己的头上！对于一个下人，一个接嫁的驮夫，她竟会有这般疼爱之心，这就是对五魁的奖赏，也使五魁消失了活人的自卑，同时产生了一种可怕的邪念，倒希望在这路上突然地出现一群青面獠牙的土匪，他就再不必把这女人背到柳家去。就是背回柳家，也是为了逃避土匪而让他拐弯几条沟几面坡，走千山万水，直待他驮她驮够了，累得快要死去了。

是心之所想的结果，还是命中而定的缘分，苟子坪距鸡公寨仅剩下十五里的山道上，果然从乱草中跳出七八条白衣白裤的莽汉横在前面，麻脸陪娘尖锥锥叫起来："白风寨！"

白风寨远鸡公寨六十里，原是一个下河人云集的大镇落。不知哪一年，白风寨来了一个年轻的枭雄唐景，他打败了官家，以此安营扎寨，演动了许多英武的故事。外边的世界都在传说着这个枭雄正是往昔的妇人的最小儿子，他在别的村庄别的山寨是提起来令人毛骨悚然的人物，但在白风寨却大受拥戴，他并不骚扰这个寨以及寨之四周十数里地的所辖区的任何人家，而任何官家任何别的匪家却不能动了这地区的一棵草或一块石头。就是这么一个奇怪的胚胎，虽然也娶下了一位美貌的夫人，但他的服饰从来都是白的，也强令着他的部下以至那个夫人也四季着白色的衣裤。为了满足寨主的欢喜，居住在这个寨中的山民都崇尚起白色。

于是，遭受了骚扰的别的地方的人一见着一身着白的人就如撞见瘟神，最后连崇尚白色的白风寨的山民也被视为十恶不赦的匪类了。

麻脸的陪娘看得一点没错，拦道的正是白风寨的人，他们不是寨中的山民，实实在在是唐景的部下。原本在山的另一条路口要截袭县城官家运往州城的税粮，但消息不确，苦等了一日未见踪影，气急败坏地撤下来议论着白风寨近期的运气不佳全是毁了压寨夫人所致，痛惜着美貌的夫人什么都长得好，就是鼻梁上有一颗痣坏了她的声名。为什么平日荡秋千她能荡得与梁齐平而未失手，偏在七月十六日寨主的生日，那么多人聚集在大场上赛秋千，她竟要争那个第一呢？为什么在荡到与梁欲平的时候，众人一哇声叫好，她的宽大的丝绸裤子就断了系带脱溜下来，使在场的人都看见了不该看到的部位呢？寨主从不忌讳自己的杀人抢劫，当他把大批的粮食衣物分给寨中山民时告诉说这是我们应该有的，甚至会从裆裤中掏出一颗血淋淋的人头讲明这是官府××和豪富××，但他却是不能允许在他的辖地有什么违了人伦的事体。他扬起枪来一个脆响击中了秋千上的夫人，血在蓝天上洒开，几乎把白云都要染红，美貌的夫人就从秋千上掉下来。他第一个走近去，将她的裤子为她穿好，系紧了裤带，在脱下自己的外衣再一次覆盖了夫人的下体后，因惯性还在摆动的秋千踏板磕中了他的后脑勺。

现在，他们停下来，挡住了去路，或许是心情不好而听到欢乐的唢呐而觉愤怒，或许是看见了接亲的队伍抬背着花花绿绿的丰富的嫁妆而生出贪婪，他们决定要逞威风了。此一时的山峁，因地壳的变动岩石裸露把层次竖起，形成一块一块零乱的黑点，云雾弥漫在山之沟壑，只将细路经过的这个瘦硬峁梁衬得像射过的一道光线。接亲的队列自是乱了，但仍强装叫喊："大天白日抢劫吗？这可是鸡公寨的柳掌柜家的！"

拦道者听了，脸上露出笑容来，几乎是很潇洒地坐下来，脱下鞋倒其中的垫脚沙石了。有一个便以手做小动作向接亲人招呼，食指一勾一勾的，说："过来，过来呀，让我听听柳家的源头有多大的。"

接亲的人没有过去，却还在说："鸡公寨的八条沟都是柳家的，掌柜的小舅子在州城有官做的，今日柳家少爷成亲，大爷们是不是也去坐坐席面啊！"

那人说："柳家是大掌柜那就好了，我们没工夫去坐席，可想这一点嫁妆柳家是不稀罕的吧?！"

后生们彻底是慌了，他们拿眼睛睃视四周，崾梁之外，坡陡岩仄，下意识地摸摸脑袋，将背负的箱、柜、被褥、枕头都放下来，准备作鸟兽散了。麻脸的陪娘却是勇敢的女流，立即抓掉了头上的野花，一把土抹脏了脸，走过去跪下了："大爷，这枚戒指全是赤金，送给大爷，大爷抬开腿放我们过去吧！"

陪娘伸着右手的中指，中指上有闪光的金属。

那人就走过来欲卸下戒指，但一扭头，正是藏在五魁背后的新娘探出来瞧陪娘的戒指，四目对视，新娘自然是低眼缩伏在了五魁的背后，那人就笑了。

陪娘说："大爷，这可是一两重的真货，嫁妆并不值钱的，只求图个吉祥。"

那人说："可惜了，可惜了！"

陪娘说："只要大爷放过我们，这点小意思，权当让大爷们喝杯水酒了！"

那人却说："这么好的雌儿倒让柳家的消用，有钱就可以有好女人吗？你家少爷能，我们白风寨也是能的。"遂扭转头去对散坐的同伙说："瞧见那雌儿了吗？好个人才，与其让做财东婆真不如做了咱们的压寨夫人哩！"

同伙在这一时里都兴奋得跳起来。

陪娘立即站起："这使不得，这使不得！"双手挥舞，似要抵挡了。那人抽刀来扫，一道白光在陪娘的面前闪过，便见一件东西飞起来，陪娘定睛看时，东西已被贼人接住，是半截指头和指头上的戒指，才发现自己中指已失，齐棱棱一个白碴，就昏死地上了。

那人叫道："都听着，这新娘还是新娘，但已是我们的压寨夫人！柳家是大掌柜，他少不得被我们抄家杀头，这女人与其做少奶奶短命倒不如做压寨夫人长长久久！"

五魁不待那人说完，拧身就往东路跑，跑到一块大石后，拐脚钻入一块茅草地，不顾一切地往峁沟窜去，已经吓得木木呆呆的新娘此一刻里双脚双手只搂着五魁如缠树藤萝。慌不择路的五魁不住地要耸耸身子，将越背越下沉的女人在耸中向上挪送，每一耸就摔下一把汗豆子，再后就双手反搂在后，勒紧了女人的腰，说："我要滚了！"已是刺猬一般从一个斜坎滚下去，荆棘茅草就碾平了一道。滚到坎下，前面就是一条河了，河面上架一棵朽柳树的桥，深水旋着无数的涡儿，看去如一排排铆钉。五魁仰头往山上看，看不到峁梁，却想，若立即踏桥过河，山峁上必是能看得见的了，就用嘴努努左侧的一处鹰嘴窝岩，说："那里有一个洞，藏在那里鬼也寻不着了！"要站起来，却发现自己还倒在草窝里，女人的双手还勒着自己的脖子，女人的双脚也弯过来绞住了自己的腰，五魁就驮着女人拱身要站起来。但几次拱不起，女人终于说："让我下来！"一句话使惊魂失魄的五魁知道现在是安全地带了，便庆幸起自己的勇敢和机智，同时松弛了的脑袋里闪动了许多思绪。啊啊，一个菩萨般的女人现在与自己是很亲近的了！且不说她到了柳家做少奶奶是五魁不能正眼看的，即使她还在苟子坪做女儿，比五魁更魁伟的也更有钱的男人能挨着她一个指头吗？而如今她手脚纠缠地在自己身上合二为一，她是把一切的一切都依赖着他了！他看见了自己下巴下十指交叉着的白手有一处流着血，就后悔滚坡下来的时候没有保护得了被荆棘的划撕；那一只脚上，绣花的红鞋也快要掉了，如果真要被树枝挂走了，一个女人赤着一只脚，女人的难堪会使自己怎样地负疚呢？他腾出一只手来，将她的小鞋穿好，这一动作蛮有心劲，浑身的血管就汩汩跳，但表现得似乎毫无别的心思的样子。女人竟也如小孩一样并不配合，软软的，让他穿了许久。

女人说："五魁，你救了我，你好行哩！"

这样的一句话，使五魁无限地激动，一拱身就站起来了。

"土匪我见得多了，跑得过我的他娘还没生下哩！"

五魁想，躲在鹰嘴窝岩下只要熬过一时，土匪就会寻不到他们而离去，那么，背驮着女人过了那个桥面，再顺沟下行二十里，再绕上鸡公寨，天擦黑是可以将新娘背驮到柳家的。对于这一场抢劫，于五魁实在不是灾祸，原本想多背驮女人的想法竟成现实，五魁对土匪是不恨的，倒觉得土匪与自己有一种默契似的。

"王嫂她不知怎么啦？"背上的女人突然说。

"不知怎么啦。"五魁也说，为女人的善良叹息了。土匪用刀削掉了陪娘的指头，他是看见了，他可惜这个陪娘，却又怨恨为什么要送给土匪金戒指呢？如果土匪发现走失了新娘，会不会就又抢走了这个麻脸断指的黄皮婆呢？"这都是那些崽子的罪！"五魁骂起抬嫁妆的后生们了，呔，口大气粗，遇事稀松，要不是他五魁及早逃走，这女人今日晚上不就沦为土匪的床上用品吗！

"只要你好，"五魁说，"我会把你囫囵囵接到柳家的。"

土匪是可能抢走了所有的嫁妆，也可能杀死一些人的，这消息会传到柳家，柳家一定在为新娘担心了，或许他们痛哭嚎叫，或许组织人马去白风寨要人，或许绝望了，但偏偏在这个时候，他五魁背驮着新娘安全无恙地出现了，柳家于惊喜之余如何感念他啊！是的，五魁的举动并不是建立在柳家的是否感念，只要求得新娘对自己的记忆，再退一步，即使新娘此后再不记忆这事，他五魁完成了他对于一个美丽女人的保护，五魁就是很英雄很得意的人了！

已经到了鹰嘴窝岩下了，五魁还是没有放下女人，他说他不累，有什么累呢？百五十斤的劈柴捆，他会从四十里外高山上一气背回来的，一搂粗的碌碡也能搬得起来。"我行的！"他说得很豪迈，甚至背驮着

149

女人往上跳了一下。但是，他突然垮地跌在地上，女人也摔在一丈开外了。五魁顿时羞愧满面，抬头就看女人，却看到的是三个提刀的土匪，明白了刚才的跌倒并不是他的无能，是土匪的一块石头砸在他的腿内弯的。

五魁扑过去把女人罩在了身下。

土匪嘿嘿地笑了："小子你好腿功！"

五魁说："你们不要抢她，她怎么能嫁给一个土匪呢?！你们捆了我去吧！"

土匪一脚把五魁踢倒了，却用手拍拍他的脸："养活你个吃口货吗？"

五魁就势抓了匪手又扑过去，土匪再踢开去，五魁已流血满面，还是扑过去。土匪说："是个死缠头！"举刀就砍下去。女人叫道："不要杀他，我跟你们走是了！"落下来的刀一翻，刀背砸在五魁的长颈上。五魁就死一般地昏过去了。

死里逃生的接嫁人抬背着完整无损的嫁妆到了柳家，但接亲没有接回新娘，拥在柳家门前鸣放着三千头的鞭炮的众人，便立即放下挑竿，用脚把炮捻踩灭。柳掌柜怀里的水烟袋惊落在地，肥胖的稀拉着头发的柳太太一声不响地从八仙桌上软溜下去，被人折腾了半日方才缓醒。那个少爷，戴着红花的新郎，倒是哈哈大笑而使众人目瞪口呆，笑声就很凄惨、很恐怖，慌得旁人拿不出什么言语去劝慰，正要附和着他的笑也笑上一笑，少爷却把一位垂手伺立的接亲人一个耳刮接一个耳刮扇起来。柳家门里门外，顿时一片静寂，等少爷已返回东厢房里，众人还瓷着大气不敢出。

柳少爷的发凶理所当然，这位富豪家的孩子，并没有营养过剩地虚胖或贪食零嘴而羸屦不堪，魁伟的身体是鸡公寨最健壮的男人，有钱有力却新妻遭人抢夺，他没有失声痛哭，自然是进屋去抄了长杆猎枪，压上了砂弹和铁条，便又搭了高凳去取屋柱上吊着的竹笼。竹笼里存放着平日炸猎狐子和狼的用品，全是以鸡皮将炸药、铁砂和瓷片包裹成的炸弹。这炸弹放在狐狼出没之地，不知引诱了多少野物丧命。现在他脑子里构想着立即领人抄近道去截击土匪，将炸弹布置在他们需要经过的山路上，然后凭一杆猎枪打响，使土匪在爆炸声中丢下属于自己的新娘。但是，就在少爷双手卸下了竹笼从凳子上要下来的时候，凳子的一条腿却断了，少爷一趔趄，竹笼掉落，随之身子也跌下来，震耳欲聋的爆炸就发生了。

众人闻声冲进屋去，柳少爷躺在血泊里，拉他，拉起来一放手他又躺下去，才发现少爷没了两条腿，那腿一条在门后，一条搁在桌面上。

柳家的噩耗沉重地打击了鸡公寨，五魁的老父得知自己的小儿子没能回来，就蹴在太阳映照的山墙根足足抽完一把烟叶末，叫着两个儿子，说："揭了我炕上那页席吧，把五魁卷回来。"两个兄长没有说一句话，带了席和碾杆往遭劫的地方走了。

十五里外的山峁梁上，嗡嗡着一团苍蝇，走近看了，有一节胖胖的断指，却没有五魁的尸体，两兄长好生疑惑，顺着坡道上踩倒的茅草寻下去，五魁正坐在那里，迷迷瞪瞪茫然四顾。

"五魁，五魁，你没有死?!"兄长喜欢地说。

五魁突然呜呜地哭起来了。

"你没有死，五魁，真的没死!"兄长以为五魁惊吓呆了。

五魁说："新娘被抢走了，是从我手里抢走了的!"

兄长就拉五魁快回家去，说："土匪要抢人，你五魁有什么办法?原本是十个五魁也该丢命了，你五魁却没死，回去喝些姜汤，蒙了被子睡一觉，一场噩梦也就过去了。"但五魁偏说："我要去找新娘!"

话说得坚决。兄长越发以为他是惊吓呆了，拿耳光打他，要打掉他的迷瞪来。五魁却疯了一般向兄长还击，红着双眼，挥舞拳头，兄长不能近身，遂抽手就跑。五魁狼一样从窝岩跑上峁梁，大声说："新娘是我背的，我把新娘丢了，我要把她找回来!"兄长在坡下气得大骂："五魁，五魁，你这个呆头，那是你女人吗?!"

五魁并没有停下脚，他知道白风寨的方向，没死没活地跑，兄长的话他是听见了，只是喘着气在嘟叨："不是我女人，当然不是我女人，可这是一般的女人吗？嫁给柳家她是有福享的，却怎么能去做了土匪的婆子呢？"

况且况且，五魁心里想，女人在和他一起滚下坡坎的时候，是那样地用身子绞着他，是那样地信任他，作为一个穷而丑的五魁，这还不够吗？即使自己不能被她信任，给她保护，却偏偏是她保护了自己，在土匪的刀口下争得自己一条活命，现在活得旺旺的五魁要是心没让狗吃，就不能不管这女人了！

五魁后悔不迭的是，那一阵里自己如果不逞英雄，不在女人面前得意，急急过了桥去又掀了桥板，土匪还能追上吗？而自作聪明地要到窝岩下，又那么自信地在岩下歇息，才导致了土匪追来，岂不是女人让自己交给了土匪吗？

跑过了无数的沟沟峁峁，体力渐渐不支了起来的五魁，为自己单枪匹马地去白风寨多少有些怀疑。要夺回女人，毕竟艰难，况且十之八九自己的命也就搭上了。他顺着一条河流跑，落日在河面上渲染红团，末了，光芒稀少以至消失，是一块橘橙色的圆。圆是排列于整个河水中的，愈走看着圆块愈小，五魁惊奇他是看到了日落之迹，思想又浸淫于一个境界中去：命搭上也就搭上了，只要再能见上女人一面，让她明白自己的真意，看到如这日落之迹一样的心迹，他就可以舒舒坦坦死在她的面前了。

五魁赶到了白风寨，已是这一日夜里的子时。白风寨并不是以一座山包而筑，围有青石长条的寨墙和高高的古堡，朦胧的月色下依然是极普通的村镇。一座形如鸡冠的巨大的峰峦面南横出，五魁看不到那鸡冠齿峰的最高处，只感到天到此便是终止。山根慢坡下来，黑黢黢地散乱着巨石和如千手佛一般的枝条排列十分对称的柿树，那石与树之间，矮屋幢幢，全亮有灯火，而沿着绕山曲流的河畔，密集了一片乱中有序的房院，于房院最集中的巷道过去，跨过了一条石拱旱桥，那一个土场的东边有了三间高基砖砌的戏楼，正演动着一曲戏文，锣鼓杂嘈，人头攒涌。五魁疑心这不是自己要来的地方，却清清楚楚看到了透过了戏楼上十二盏壮捻油灯辉映下的戏楼上额的三个白粉大字：白风寨。于往日的想象里，白风寨是个匪窝，人皆蓬首垢面，目透凶光，眼前却老少男女皆只是浸淫于狂欢之中，大呼小叫地冲着戏台上喊。戏台上正坐了一个戴着胡须却未画脸的人，半日半日念一句："清早起来烧炷香。"然后在身旁桌上燃一炷香插了，又枯坐半日，念："坐在门前观天象。"台下就嚷："下去下去！我们要看《换花》！"五魁知道这是正戏还未开时的"戏引"，却纳闷白风寨好生奇怪，夜到这么深了，还没到开演时间。台上那人就狼狈下去，又上来一人说道："今日白风寨有喜开了台子，演过了《穆桂英招亲》，寨主也都走了，原本是收场了。大家不走，要看《换花》，总得换装呀！好了，好了，不要吵了，马上开始！"果真戏幕拉合了，又拉开来，粉墨就登场了。五魁心不在戏上，只打听寨主的营盘扎在哪儿，被问者或不耐烦，或虎虎地盯着他看，五魁担怕被认出不是白风寨的人，急钻入人群，企望能在旁人闲谈中得知唐景的匪窝，也就有一下没一下假装看戏。戏是极风趣的，演的是一位贪图小便宜的小媳妇如何在买一个货郎的棉花时偷拿了棉花，货郎说她偷花，她说没偷，后来搜身，从小媳妇的裤裆里抓出了棉花，那棉花竟被红的东西弄湿了，一握直滴红水。在一阵浪笑声中，五魁终于打问清了唐景的住处，钻出人窝就高高低低向山根高地上走去。

在满坡遍野的灯火中果然一处灯火最亮，走近去一院宅房，高大的砖木门楼挂了偌大的灯笼，又于门楼房的木桩上燃着熊熊的两盏灯盏，一定是盛了野猪油，灯芯粗大如绳，火光之上腾冲起两股黑烟，门口正有人出出进进。五魁想，大门是不好进去吧，却见有人影走过来，忙藏身一个地坎下，坎沿上有人就说话了："寨主得到的女人好俊哟！"一个说："我知道你走神了，死眼地看，可你却不看看你自己，你是寨主吗，你是卖烧饼的!"先头的便说:"其实那女人像你哩!"问:"你说哪儿像?"说:"你近来,我给你说!"两人靠近了,一个很响的口吻声,一个就骂道:"别让人瞧见了!"五魁知道这是一对少男少女,正是去看了抢来的女人,便想:白风寨真是土匪管的地方,唐景抢了女人,就有人唱大戏,还有人跑去相看,看了寨主的女人就贼胆包天,暗地里要来野合吗?却听那少女又说:"你离远点,看着人,我要尿呀!"少男不远离,女的就训斥,后来蹲下去撒尿,尿水恰好浇在五魁的头上。五魁又气又恨,却不敢声张,遂又自慰:不是说被狗尿浇着吉利吗?待那少男少女走远了,不免又于黑暗里目送了他们,倒生出欣羡之心,唉唉,这嫩骨头小儿倒会受活,咱活的什么人呢?五魁这般思想,越发珍贵起了柳家的新娘待自己的好心诚意,也庆幸自己是应该来这一趟的。可是,门楼里外还是站了许多人,五魁就顺着宅院围墙往后走,企图有什么残缺处可以翻进去。围墙很高,亦完整,却有一间厕所在围墙右角,沿着墙坎修的,是两根砖柱,上边凌空架了木板,那便是蹲位了。五魁一阵惊喜,念叨着这间厕所实在是为他所修,就脱了外衫顶在头部,一跃身双手抓住了上边的木板,收肌提身爬了上去,木板空隙狭窄,卡住了臀但还是跳上来。五魁丢了外衫,双手在土墙上蹭了污秽,见正是后院的一角,院中的灯光隐隐约约照过来。

贼一样地转过了后院的墙根拐角,五魁终于闪身到了中院的一个大厅中,于一棵树后看见了那里五间厅堂,中间三间有柱无墙,一张八仙土漆方桌围坐了一堆人吃酒,厅之两头各有界墙分隔成套间,西头的门窗黑着,东头的一扇揭窗用竹棍撑了,亮出里边炕上的一个人来。五魁差不多要叫起来了,炕上歪着的正是新娘!五魁鼓了劲便往厅门走,走得很猛,脚步咯咯地响,厅里就有人问:"谁个?"五魁端直进门,问道:"哪位是唐寨主?"众人就停了吃酒,一齐拿眼盯他。一个说:"是给寨主贺喜吗?夜深了,寨主和夫人也要休息了,拿了什么礼物就交给前厅,那里有人收礼记单,赏吃一碗酒的!"五魁说:"我不是来送礼的，我有话要给寨主说！"在座的偏有两个是亲自抢夺了女人的，五魁没有看清他们，他们却识得五魁，忽地扑过来各抓了他的胳膊按在地上了，回头说："寨主，这小子就是那个驮夫，竟寻到咱们白风寨来了！"中间坐着的那个白脸长身男子闻声站起，五魁知道这便是唐景了，四目对视半晌，唐景挥手让放了他，冷冷说道："你一个人来的？"

五魁说："就我一个。"

"好驮夫！"唐景说，"我就是唐景，唐景要谢谢你，来，给客人倒一碗酒来！"

五魁不喝酒。

唐景就哈哈笑了："不喝你就白不喝了！你是个汉子倒是汉子，可一人之勇却有些那个吧，要夺了女人回去，你应该领了百儿八十人才行啊。"

五魁说："我不是来夺女人的，我只是来给寨主说个话。"

唐景说："白风寨上唐景没有秘密的，你说吧！"

五魁说："寨主要不让我说，就着人拔了我的舌头，要让我说，我只给寨主一个人说。"

唐景又笑了："真是条好汉子！好吧，你们都回去歇着吧。"

众人散了开去，一个人已经走到厅院了，又进来将身上的一把腰刀摘下给了唐景。唐景说："用不着的。"倒将厅门哐啷关闭了。

五魁还站在那里不动，心里却吃惊面前的就是唐景吗？外边的世间纷纷扬扬地传说着有三头六臂的土匪头子，竟是这么一个朗目白面的英俊少年吗，且这般随和和客气?！僵硬了半日的五魁一时却不知所措，突然腿软了，跪在地上说："寨主，五魁是一个下贱驮夫，莽撞到白风寨来，得罪寨主了！"

唐景说："来的都是客嘛！权当你是我派的驮夫，有话喝了这碗酒你再说吧。"

五魁便把酒接过喝了，一边喝一边拿眼看唐景的脸，看不出有什么

155

奸诈和阴谋，心里倒犹豫该不该对他撒谎呢？这么一想，却立即否定了：唐景不像个凶煞，可土匪毕竟是土匪，柳家的新娘不是现在抢来要做压寨的夫人吗？我是来救女人的啊！就放下酒碗说："寨主，我只是驮夫，原本用不着为柳家的这个新娘来的。这女人若是被别的人抢了去，我也不会这么来的，一个女人嫁给谁都一样，反正不是我的女人。可寨主是什么人物？我五魁虽不是白风寨的人，寨主的英名却听得多了！为了寨主，五魁才有一句话来说的，寨主哪里寻不到一个好女人，怎么就会要这个女人呢？她虽然眉眼美一点，却是个白虎星。"

五魁的话十分啰唆，他始终在申明自己来的目的，唐景就一直看着他微笑，可说出最重要的一点了，却戛然而止，唐景就霍地站起来，问道："白虎星？"

五魁说："是白虎星。"

白虎星是指女人的下身没毛，而本地的风俗里，认定着白虎星的女人便是最大的邪恶，若嫁了丈夫，必克丈夫，不是家破业败，就是人病横死，即使这号女人貌美天仙，家财万贯，男人一经得知断是不肯讨要的。

五魁看着唐景脸面灰黑起来，却说："寨主如果是青龙这便好了！"

青龙者，为男人的胸毛茂密，一直下延到下身器官，再一溜上长到后背。若女为白虎，男为青龙，这便是天成佳偶，不但不能相克反倒相济相助，是世上最美满的婚嫁。

但唐景不是青龙，白脸唐景连胡子都不长。唐景直愣愣拿眼看着五魁，看得五魁几乎要防线崩溃，突然说："她是不是白虎，你怎么知道？"

这是五魁在准备说谎的时候就考虑到了，他说，这女人是苟子坪姚家的女儿，而他五魁的表姐正好也在那个村的，鸡公寨柳家少爷定了这门亲，一次他去表姐家提起此事，表姐悄悄告知他的。五魁这么说着，尽量平静着心，说了上句，就严密谨慎下句，不要出现差错。猛然之间，想了想外边世界里传说着的唐景的身世一事，他是不能确定这个枭雄是不是二十年前那一个遭人吊死的妇人的儿子，但却想，或许要是，他一

156

定最忌讳女人乱伦的事了。"表姐说，"五魁就又说了，"一次是表姐同这女人上山捡菌子，捡得热了，两人偷偷在林中的一个山泉里洗澡发现的。表姐发现了，心里就犯嘀咕，怪不得姚家族里的那个小伙上山砍柴就滚坡死了，以前却在说这女人与那个本门哥相好得怎样怎样，原来她是白虎星短了他的寿呀！这事表姐当然不敢对人言说，只是柳家一向欺负我五魁家，我五魁无可奈何，知道了柳家定了这门亲，表姐才喜欢地说恶人有恶报，瞧他柳家的霉事吧！"

"这也真是，"五魁说，"鸡公寨年年要娶多少女人，而每一个新人都是我当的驮夫，可从来没有遭人抢过，偏偏柳家就出了事，这不是白虎星女人一结婚起就克柳家了吗？"

唐景说："我要是不信你这话呢？"

这话却使五魁全然没有预料，五魁不知道怎么回答了。他低下头去，心里慌乱了：唐景怎么个不信呢？是他要验证吗？今日夜里，那女人就成了他的女人，是白虎星不是白虎星一目就知的。可是，可是五魁又想，风俗里讲，若是白虎星，男人即使不与行房事，但亲眼见了那东西，也就有了克的作用，唐景是不会做这种险事的。那么，先让手下人检查吧，可一个寨主何等人物，自己的女人能先让手下人检查？唐景能一枪打了秋千上断了裤带的夫人，他绝不肯将这女人的隐私暴露给部下的。五魁心里有些安妥，却仍是一头汗。说谎原本心中发虚，唐景若再诈问一次，他就一定会露出破绽了。或许，他这阵已看出我的谎言，一个变脸就要杀了我了！杀就杀吧，既然已经说了谎被他识破，五魁来时也就不想活了回去了！五魁的汗水有颗滴在了地上，他现在遗憾的是还没有见上女人一面。

"信不信由你。"他无可奈何地说。

唐景却反身进了西边套间，很快又出来，端了一盅酒，说道："你是这女人的接亲驮夫？"

五魁茫然，不做回答。

唐景说："一个驮夫，新娘被人抢了，主人家是不会怪了你的吧？驮的新娘被抢，新娘做谁的新娘你也用不着太计较的吧？为一个富豪人家的新娘而来白风寨要人，你不会这么大劲头吧？可你却来了！或许你是来救这女人的，或许你真为了我好，但怎么让我相信呢？这里有一盅酒，说白了，酒里有药，你要是来救女人，念你一个驮夫有这般勇气，我放你囫囵回去，绝不伤你一根头发，唐景说话算话。你要是真心为了我，你就喝了这酒，这酒能毒聋你双耳，耳聋了我却有大事交给你干，你肯喝吗？"

酒盅放在了桌上，五魁的脸唰地变了，琢磨唐景的话，明白面前的这个白脸少年之所以能成枭雄果真有不同于一般的手段！承认是来救女人的就放走，承认说了真话却让喝毒，但不论怎样就是不说还要不要这女人，五魁是犯难了。想承认了来救女人，唐景真的会生放了他？就是生放，你五魁是来干什么，就这么空手回去吗！证明一切为了唐景，却要喝下聋耳毒酒，土匪就这样恩将仇报吗？好吧，五魁是来救女人的，女人救不走，五魁也是不回去的，聋就聋了耳朵，先待在这里再寻机救那女人吧！五魁端了酒盅一仰头就喝了，立即倒在地上准备毒在腹内作凶。

但五魁没有难受，耳朵依然很聪。

唐景说："五魁是真心待我了！我现在告诉你，这酒里并没有毒，而抢这女人我事先也全不知道，压寨夫人才死了，我也没个心思这么快再娶一个，手下的兄弟一派好意，人既然到了白风寨，不应允也怕冷了兄弟们的心，可要立即圆房却是不肯，只准备养了她在这里，待亡人周年之后才能成亲。现在既然如此，我会让这女人回去的，唐景也不落个抢人家女人的名声，但却希望你能来白风寨吃粮，不知肯不肯？"

五魁一下子则浑身稀软，手脚发起抖来，他给唐景磕头，磕了一个又一个，说："五魁当不了粮子的，我只会种地。"

唐景说："那也可以来寨子里安家嘛！"

五魁说："我还有一个老爹，他离不开热土，寨主还是让我回去吧！"

唐景说："你这个硬憨头！那好吧，你老爹过世了，你想来白风寨住，你就来找我吧！"

依唐景的意思，五魁可以在白风寨歇一夜，天明领女人回去，五魁却要求连夜走。直待五魁进东套间背驮起了又惊又喜的女人出门了，唐景又倒了酒，一盅给女人喝下，一盅自己喝了，说："毕竟咱们还有这份缘！"伸手忍不住在女人的脸上捏了一把。

五魁驮背了女人千辛万苦地回到柳家，柳家却怀疑了，怀疑的不是五魁，是女人。无论五魁如何地解说他是怎样混进了白风寨乘唐景醉酒之后偷背了女人退出，柳掌柜只是赏了他三升黑豆、一筐萝卜，以及吃饱了一顿有酒的小米干饭，并没有将女人安置到装修一新的洞房，也不让与少爷相见，而是歇在厢房，门窗就反锁了。夜里，柳太太于厢房放了一个蒲团，蒲团上铺了油布，油布上捏了一撮灯草灰，令女人脱得光光的，分腿下蹲于蒲团之上。女人不明白这是要干什么，蹲上去纹丝不动，婆婆就拿一蓬鸡毛要求她捅鼻孔，遂一个巨声的喷嚏，女人的鼻涕、唾沫都喷溅了，那灯草灰仍未飞动。婆婆说："你穿好衣服吧。"穿好了，婆婆端过一个木盆，揭盖放出一个龟来，女人吓了一跳，旋即蹦到凳子上。婆婆说："没规矩！"女人又下来。婆婆再说："你踩到龟背上去！"惊惊恐恐踩上去，老是立不稳，好的是龟沉寂如一冷石，单是瞄准了猛踩上去，龟背一角响动，裂了一道小纹，也摔得女人在地上了。柳太太慢慢地笑了，说："五魁说的是实话，我儿的地里是不插别人的犁啊！"到了此时，女人方清楚做婆婆的在验证自己的童身，不觉满脸羞红，一腔恼怒了。死死活活逃出了土匪的手回到柳家，柳家原来要的并不是她和她的心，而是她的贞操！看来柳家在得知了她遭劫时就已失望了心，她的返回只是意料之外的收获。那么，土匪唐景真的糟蹋了她，在验证时因处女膜破裂打喷嚏而使下身冲飞了灯草灰，龟背未裂，婆婆又会怎样待她的呢？两行悲酸热泪就流了下来。

"回来了就不要哭哭啼啼，"婆婆说，"从今往后不要对人提说你是到过白风寨的，只道是五魁背了躲在一个山岩下的！记住了吗？记住！"

婆婆出去了，不一会儿有人送来姜汤催她服下，再有人进来拿了香火在她头顶、周身绕了三绕，再是有人抬了环盆，添了菊花汤水要她沐浴，就听见外边鞭炮大作，遂拥来七八人牵了红绸彩带的毛驴抱她上坐。坐上去，她的面与驴头相左，正欲掉过身来，牵驴人说："要倒骑才能消灾灭罪！"拥着就走出厢房，和驴一起在院中转了三六一十八个圆圈，每一圈于东西南北的方向立栽的木桩上点燃一支香火，待到弄得她头晕目眩停下来的时候，她已是坐在洞房的炕上了。

炕上并不是新娘初入洞房时独坐着一张四六草席，而红毡绿被铺得软和，被窝里正睡着她的夫君柳少爷。

五魁是蒙头睡了三天三夜，昏昏如死，第三日的黄昏起来，回想往事，惊恐已去，正得得意意做了一场传奇人物、英雄壮士，却得知柳家少爷已经断了双腿，今生今世残废得只能在炕上躺着了。

五魁捶胸顿足地后悔起来了，自己冒死抢回的女人，就是为着让她来陪伴一个不是人形的人吗？如果自己不去抢救，不在白风寨编造那一番一生唯有的一次弥天大谎，女人就是白风寨的压寨夫人了，嫁了土匪声名虽是不好，可土匪唐景却年轻英武，是个真真正正的男人啊！唉唉，到底是做了一场好事呢，还是做了一次罪孽？五魁眼泪就淌下来。

这是为什么呢？一个菩萨般的女人，人见人爱，原本是有最好的郎君，是有最大的福享，命运却如此不乖，在真正要成为女人的第一天里就遭匪抢，到了婆家，丈夫又残，这是会使多少男人愤愤不平的事啊！五魁为自己痛恨，更为着女人而惋惜，也想到那个白风寨的唐景得知了这个消息后又不知怎样的一声浩叹呢？

当女人进入洞房，看见了等待自己的就是没了双腿的一块肉疙瘩，做女儿时多年来的蓬蓬勃勃情焰被一瓢冷水浇灭，一派鸳鸳鸯鸯的憧憬一时化为乌有的女人会想到些什么呢？能不能怀疑起自己一个贫贱的与柳家无亲无故的驮夫怎么能冒死去匪窝救她出来的动机呢？女人一定要认定柳家少爷的残废在前，娶她在后，被土匪抢去，他五魁必是拿了柳家重金赎她而回，又得了柳家一笔可观的酬金的。啊啊，他五魁的一切英雄行为原却是一场阴谋的大骗局了，五魁在女人的眼里是个恶魔，是个小人，是个一生一世永远要诅咒的人了！

五魁想很快能到柳家去，他要把一切实情告知女人。

但五魁没有理由去柳家，除了红白喜丧事，一个穷鬼是不能随便就踏进柳家院门的。五魁便见天清早拾粪，三次经过柳家门前的大场，或是远远地站在大场前的河对面堤畔，看着柳家门前的动静。终一日，太阳还没有出来，村口、河岸一层薄雾闪动着蓝光，五魁瞧见女人提着篮子到河边洗衣服了。女人还是那么俊俏，脸却苍白了许多，挽了袖子将白藕般的胳膊伸进水里来回搓摆，那本来是盘着的发髻就松散了，蓬得像黑色的莲花。后来一撮掉下来，遂全然扑撒脸前，发梢也浸在河面了。女人几次把乱发撩向脑后，常常手搭在脑后了，却静止着看起水面发呆。五魁想，那脑袋稍稍再抬高一些，就能看见蹲在河之对岸看着她的他了，但女人始终是那么个姿势。五魁看看四周，远处的沟岇上有牛的哞哞声，河下游的水磨坊里水轮在转着，一只风筝悠悠在田畔的上空荡，放风筝的是三个年幼的村童，五魁就生了胆，提了粪筐轻脚挪近河边，出山的日头正照了他的身影印过河面，人脸印在女人的手下了。

女人发了一阵呆，低头看见水里有了一个熟悉的人脸，以为还浸在长长的回忆之中而产生了幻影，脸分明红了一下，忙用手打乱了水面，加紧了搓洗衣服。可是，就在她又发呆之时，那人脸又映在水里，她这下是吃惊了，猛地抬起头来。五魁瞧见的是一脸的瀑布似的乌发，女人湿淋淋的手拨开乌发，嘴半张了，却没有叫出声来。

"柳少奶奶，"五魁说话了，"大清早洗呀？"

女人说："啊。"

五魁却再没了词。

女人说："是五魁呀，多时不见你了，你不住在寨子里吗，怎不见你来坐坐？"

五魁说："我就在寨里的三道巷住的，我怕柳家的那狗。"

女人笑了一下，但再不如接嫁路上的美妙了。五魁看见她的眼睛红红的，似乎是肿着，他明白她哭的原因，心便沉下来了。

"五魁，你过得还好？"女人倒问他。

"我，我……"五魁想起自己的罪过，"柳少奶奶，事情我都知道了……这事我真不知道是那样的……你还好吗？"

女人的眼睫一低，两颗泪水就掉了下去，同时也轻轻笑了一下，说："还好，他伤口已经不痛了。"

五魁这才注意到女人洗的并不是衣服，而是一堆沾满了血滴和药汤斑迹的布带子。有一条在说话间从石头上溜下去，要顺水冲去了，女人伸手去抓，没有抓住。

五魁就要从河面的列石上跳过来帮她去打捞，列石被水冲得七扭八弯，过了一次，没能跳过，女人说："过不来的，过不来的！"

女人越说过不来，五魁的秉性就犯了，他偏要证明能过来，后退几步猛地加力一个跃子跳过来。但他还是没能捞住那冲走的布带子，遗憾地在跺脚。

"算了，冲了就冲了。"女人说，"你住在三道巷，我几时去谢你，你和你哥哥分家了吗？"

五魁说："我一个人过的。我那地方脏得没你好坐的。"

女人说："那你就常来我家喝杯茶呀！你对柳家是有恩的人……以后听到狗咬，会出来接你的。"

女人说完，拾掇了布条在篮子里，扭身回去了。上大场的那斜坎，回头看五魁还站那里看着她走，半边乌发遮盖的脸上无声地闪一个笑，五魁记得了那个眼笑起来特别细，特别翘。女人似乎知道五魁还在看她，步子就不自然起来，手脚有些僵，却更有了一种味道。

再是五魁依旧过了河去对岸地畔捡粪，列石怎么也跳不过去，弄湿了鞋和裤管。

十天之后吧，做光棍的五魁又为寨子里一家人当驮夫接回来了一位新娘，照例是被朱砂水涂抹了花脸，还未洗去，请来坐了上席的柳掌柜对他说："五魁，你是我家的功臣哩，一直说要再酬谢你的，但事忙都搁下了。你要悦意，你来我家喂那些牛吧，吃了喝了，一年给你两担麦子。嘿嘿，权当柳家就把你养活了！"五魁毫无精神准备，一时愣了，心想柳家有八头牛，光垫圈、铡草、出粪就够累的了，虽说管吃管喝，可一年两担麦子，实质是一个长工，算什么柳家把你养活了?！正欲说声"不去"，立即想到长年住到柳家，不就能日日见着柳家少奶奶了吗？且柳家突然提出要他去，也一定是少奶奶的主意，便趴下给柳掌柜磕一个头，说多谢掌柜了。

去柳家虽是个牛倌的份儿，但毕竟要做了柳家大院中的人，接亲的一帮村人就起了哄，这个过来摸摸五魁剃得青光的脑袋，那个也过来摸摸脑袋。五魁说："摸你娘的奶头吗？男人头，女人脚，只准看，不准摸！"

村人说："瞧五魁爬了高枝，说话气也粗了，摸摸你的头沾沾你的贵气呀！"

五魁说："我有脚气！"

村人说："五魁脚气是有，那是当驮夫跑得来，往后还能让柳家的人当驮夫吗，你几时让人给你当驮夫呀？"

五魁说："我那媳妇，怕还在丈人腿上转筋哩！"

村人说："你哄人了，现在听说有八个找你的，可惜身骨架大了些，要是脾气不犟又不抵人，那倒真是有干活的好力气！"

说的是柳家的八头牛了，五魁受奚落，气得一口唾沫就喷出来，众人乐得欢天喜地。

翌日中午，五魁果真夹了一卷儿铺盖来到柳家大院内的牛棚来住了，

163

他穿上油布缝制的长大围裙，牵了八头牛在太阳下用刷子刷牛毛。太阳很暖和，牛得了阳光也得了搔痒，舒坦地卧在土窝里嗷叫，五魁也被太阳晒得身子发懒，靠了牛身坐下去，感觉到有小动物在衣服下跑动得酥酥，要脱衣捉虱子，柳少奶奶却看着他咻咻地笑。

女人来院中的晾绳上收取清晨照例洗过的布带，看见五魁和牛卧在一起，牛尾就一摇一摇赶走了趴在牛眼上的苍蝇，也赶了五魁身上的苍蝇，她觉得好笑就笑了。五魁立即站起来说："少奶奶好！"

女人说："中午来的？午饭在这儿吃过的吗？"

五魁说："吃过的。"

女人说："吃得饱？"

五魁说："饱。"

女人说："下苦人，饭好赖吃饱。"

五魁说："嗯。"

五魁回过话后，突然眼里酸酸的了，他长这么大，娘在世的时候对他说过这类话，除此就只有这女人了。他可以回说许多受了大感动的言语，可眼前的是柳家的少奶奶，他只得规矩着。"多谢少奶奶了！喂这几头牛活不重的，少奶奶有什么事，你只管吩咐是了。"

女人在阳光下，眼睛似乎睁不开，说："五魁你生分了，不像是背我那阵的五魁了！"

五魁想起接亲的一幕，咽了口唾沫，给女人苦笑了。

自此以后，五魁每日在大院第一个起床，先烧好了温水给八头牛拌料，便拿拌料棍一边笃笃笃笃地敲着牛槽沿，一边拿眼睛看着院里的一切。这差不多成了习惯。这时候柳家的大小才开始起床，上茅房去的，对镜梳理的，打洗脸水的，抱被褥晾晒的，开放了鸡窝的门公鸡扑着翅膀追撵一只黄帽疙瘩母鸡，五魁就注意着少奶奶的行踪。少奶奶最多的是要提了布带去河里洗涤，或是抱着被单来晾晒。五魁看见了，有时能说上几句话，有时远远瞧着，只要这一个早上能见到女人，五魁一整天的

164

情绪就很好，要对牛说许多莫名其妙的话，若是早上起来没能看到少奶奶，情绪就很烦躁，恍恍惚惚掉掉了魂似的。

到了冬天，西风头很硬，河的浅水处全结了冰，五魁就起得早，去河里挑了水，在为牛温水时温出许多，倒在柳家人洗澡的大木盆里，就瞅着少奶奶又要去洗布带子了，过去说河水太冷，木盆里有温水哩。少奶奶看了半天他，没有固执，便在盆里洗起来。五魁这阵是返回牛棚去吃烟，吃得蛮香。等到一遍洗完要换水了，五魁准时又提了一桶温水过来，女人说："五魁，这样太费水哩！"

五魁说："没啥，水用河盛着的。"

女人说："你要会歇哩。"

五魁说："我有力气，真有力气呢，那个碌碡我也能立起来的。"

女人说："五魁喂牛也会吹牛！"

五魁就走过去，将一个拴牛的平卧的碌碡双手搂了扎一马步，一个嗨字就掀得立栽成功。女人尖声说："二杆子，可别闪了腰！"五魁偏还显能，再要去掀另一个碌碡，一扎马步，裤子的膝盖处嘣地裂开来，窘得五魁跑到牛棚半日没敢出来。

午饭后，柳家的人睡午觉，五魁穿了背袄，挽了破了膝盖的旧裤在牛棚出粪，正干得一头一脸的热汗，少奶奶趴在牛棚边的木杆上叫五魁，五魁忙不迭地就擦脸，女人说："你不要命了吗，一日干不完还有二日嘛。我收拾了少爷的一件旧裤子，他也是穿不成了，你就穿吧。可能你穿着长，我改短了一下，不知合适不合适，已放到你的床上了。"女人说完话要走，却又返回来说："这事我给老掌柜已说过了，你穿吧，别人不会说你偷的。"同时笑了一下，左眼还那么一挤，转身又走，却不想一头牛在槽里吃草，一甩头，将草料和汤水甩了她一脸。五魁急扑过去拉牛头，女人擦着脸已走开了，五魁一腔激情无法泄出，抄了一根木棍就打牛，牛因为缰绳系在柱子上，受了打跑不脱就绕着柱子转，五魁还是撵着打，那柱子摇晃起来，尘土飞扬，吓得鸡叫狗也咬了。厅房里柳掌柜午休起来，提了裤带去茅房，看见了训道："这不是你家牛就不心疼吗?！"五魁说："掌柜，这牛抵开仗了！"棍子一丢，脚下顺势踢到牛棚角里。

五魁试穿了柳少爷的裤子，裤子当然是旧的，但于五魁来说却是再新不过的了，他惊奇的是少奶奶并没有量过他的身材，却改短之后正好合体。五魁先是穿了脱下，再穿了再脱了，不好意思走出牛棚去。当少奶奶见着他问他为啥不穿那裤子呢，他终是鼓了勇气来穿，一出门，双手不知哪里放，腿也发硬走了八字步。女人说："好，人是衣服马是鞍，五魁体面多了！"五魁就自然了。除了在院内忙活牛棚的事，又忙活院内杂事！他也穿了这裤子牵了牛出大院去碾子上碾米。掌柜无聊，也到碾子边来，在旁的人就羡慕五魁的裤子好，五魁说："托掌柜的福哩！"掌柜说："五魁是我们柳家人嘛！年终了，还要给五魁置一身新的哩！"回到大院，掌柜却说："五魁，这衣服虽是你家少爷穿过的，但只穿了一水，原来是四个银圆买的布料，就从二担麦子中扣除四升，让你拾个便宜，谁让五魁是柳家的人呢！"

这件事，五魁只字不给少奶奶说，凡是看见少奶奶在院中的太阳下做针线或在捶布石上捶浆布，五魁就在牛棚脱了旧裤，穿上这件裤子走出来。他当然是牵了一头牛假装要给牛去院子里的土场上刷毛的，这样，他们互相有话可说，又有事干，五魁就不显得那样紧张和拘束。这时候，少奶奶常常取笑了五魁的一些很憨的行为后就自觉不自觉地看着五魁，五魁心里就猜摸，她一定是在为自己改做的裤子合适而得意吧。但是，女人那么看了一会儿，脸色就阴下来，眼里是很忧愁的神气了。五魁便又想："可怜的女人，是看见我穿了裤子便看见少爷残废前的样子吗？如今裤子穿在我的身上，跑出走进，而裤子的真正主人则永远没有穿裤子的需要了，她的心在流泪吗？"五魁的情绪也就低落下来，他要走回牛棚脱了那裤子，却又不忍心在女人难受时自己走掉，他说："少奶奶，你还好？"

女人说："不好。"

五魁的话原本是一句安慰话，如果女人说一句"还好"，五魁心也就能安妥一分，但女人却说出个"不好"，五魁竟没词再说下去。

女人看着五魁，眼泪婆娑而下。

女人一落泪，五魁毫无任何经验来处理了，慌了手脚，口笨得如一木头，也勾下头去了。脚前是一只细小的蚂蚁在搬动了什么，看清了，是一只死亡了的蚂蚁。这死去的蚂蚁是那只小蚂蚁的丈夫吗，妻子吗？一个弱小的躯体搬运与己同样大的尸体行动得够艰辛了，五魁猜想小蚂蚁的心灵一定更有比躯体大几倍十几倍的创伤吧，眼泪也吧嗒嗒掉下来。女人突然低声说："掌柜过来了！"双手举起来假装搓脸而擦了泪水，同时大声说："五魁，这头牛是几个牙口了？"却不待五魁反应过来，已站起身，迎着公公问今日中午吃什么饭，她要去伙房通知厨娘呀，掌柜才没走过来。而五魁在那里独自落泪。

这一夜又一次失眠了的五魁，细细地回想了与少奶奶的初识和每一次相见的情景，女人对自己的关心这是无疑的了。菩萨一样美好的女人，同时有慈母般的心肠，这使五魁已浸淫于一种说不出也说不清的欢悦之中。中午女人当着面说了她的"不好"，当他的面流了眼泪，五魁感受了这女人待他是敞开了心扉，完全是把他当作了亲人或知己了。但是，五魁一个下人，一个柳家的牛倌，能为她做些什么呢？如果能换了腿去，五魁会决不吝啬地把自己的双腿给了少爷，而只要这女人幸福。但这怎么可能呢？

使五魁稍稍心安的是，女人虽没有幸福的小日子好过，可柳家毕竟是鸡公寨最富有的大家，做了少奶奶的女人在这个家里地位也不能说低微，一切下人，甚至村寨里的男女老少没有不恭敬的，她是不会像一般人家的媳妇去田地耕犁翻种，也不会上山割草砍柴，一日三顿吃的虽不是山珍海味却也白米细面。这是鸡公寨多少女人所企羡不已的福分。正因为怀有这份心思，五魁在原先是同全村寨的人一起嫉妒过和仇恨过柳家的富裕的，现在却希望柳家的日月不败。他作为一个长工式的牛倌，

167

也不再学别人的样子消极怠工，当然盼望的是柳家牛马成群，五谷满仓，而这一切均为少奶奶所有，让掌柜，让掌柜婆，甚至包括那个无法再变成完整人形的柳少爷都快些蹬脚闭眼去吧！若到那时，少奶奶再招一个英俊的主人进门，他五魁就永世为她喂牛，甚至死后，也情愿变作一头牛就来到她家供她使唤。

所以，再当少奶奶和柳家的公婆在厅房里吃着有鸡鸭的干饭时，少奶奶总是在饭桌上说鸡没煮烂，公公要把鸡头、鸡爪倒给狗去吃时，她就主张让下人吃去，端出来，当着院中吃着苞谷糊汤的下人高声喊："来，来，我爹让把这些东西叫大伙尝尝！"却全部交给了他五魁，说："你不要嫌弃，总比你碗里的强。"他五魁明白女人的心意，就要当着她的面可口无比地咬嚼剩肉，讨得她喜欢，甚至说："你不要顾着我，只要你吃好，我喝凉水也会长膘的！"

能说出讨女人喜欢的话来，五魁对自己也惊奇了。女人就在一次他说过话后伸手点了他的额头，很撒娇地撮了嘴："你嘴还抹蜜哩！"

这撒娇使五魁去了许多怯，生了无数的胆，言语也渐轻狂起来，他希望这样的撒娇每日赐予他，但往后却再没有发生。

到了阳春三月，柳少爷能被人背了出来在院中晒太阳，看云中的鸟了。五魁很久很久没有见过少爷，猛地见了确实吓了一跳。少爷头发蓬乱，脸浮肿寡白如发酵面团，一条被子裹着整个身子在躺椅上，俨然一颗冬瓜模样。而躺椅前的小桌子上，少奶奶端放了茶水、水烟袋，又正砸着一碗核桃，砸一个仁儿交给他嚼吃。五魁就走过，弓腰问候："少爷，你晒太阳了！"

少爷看见了五魁，五魁高高大大站在自己面前，嘴要启开说话，没有说，眼睛就闭上了。五魁不知怎么啦，走也不是，不走也不是。女人说："五魁你蹲下来砸核桃吧！"五魁一时明白让他蹲下来，一定是少爷不愿看见一个下人端端直直站在他的面前，就蹲了下来。少爷果然眼又睁开，却立即看见了五魁穿的是自己曾穿过的裤子，也眼就看女人，鼻子里发出"嗯?!",女人立即说:"这是爹让给的。"少爷却对五魁吼了一声:"你滚!我是你的牛吗,我让你来喂我吃吗?!"女人咬了咬嘴唇看着五魁,五魁起身走了。他听见身后的少爷脾气更焦躁了,连声骂女人把核桃全砸碎了,随即砰的一声。五魁回过头来,少爷推翻了小桌,正扬一把核桃打在女人的脸上。女人呜呜地哭起来,而从厅房走出的柳太太却在说:"你哭什么呀,他是你男人,你不知道他心情不好吗?"五魁疾步回跑到牛棚里自己的卧屋,扑在床上,头埋被窝里无声地流泪了。

从那以后,五魁每天可以看见女人抱了少爷到院中的躺椅上晒太阳,除了那一颗硕大的脑袋,纤弱的女人犹如抱了一个孩子,然后服侍他吃喝。这个时间,院子里不能有人走过,甚至后来不能有牛羊猪狗走动,看见除了父母和自己女人外,任何有腿的东西都要引起他的烦躁,院子里以至后来只有碌碡、石头或蒲团。

不久掌柜放出风来,说自己的儿子伤彻底好了,又不久就购买了两个粗壮的丫鬟在少爷跟前伺候。五魁见到了女人,说:"有了丫鬟你就轻省了。"女人却哇地哭出了声,说:"你不要说,你不要说!"平生第一次对五魁发了脾气。五魁一脸灰气,只好回坐到牛棚发了半天的呆。

想不通女人是怎么啦的五魁一连好多日在纳闷着,夜里更睡不着,起身坐在牛槽边,听吃了夜草的老牛又把胃里的草料泛上牛嘴里反嚼,还是琢磨不出女人发脾气的原因,倏忽什么地方就有了幽幽的哭声。五魁凝神听了听,声音是从厅房左边的套间里发出的,似乎就是少奶奶在哭,便挪脚往那里走,隐身于鸡圈的后墙处,看见了少爷的卧房窗口还亮着灯,果然是少奶奶的哽咽声,同时听见了少爷在大声骂:"你是我的老婆!你是我的老婆!"接着有很响的耳光,旋即窗纸上人影晃动。少奶奶的哽咽声起起伏伏断断续续,静夜里十分凄凉。天明,五魁起得早,在院子里第一个就碰见了女人,女人的脸上有几道血痕,眼肿得如烂桃一样。五魁不敢相问,想起那日的训斥,扭身要走,女人却说:"五魁，五魁你也不理我了吗？"五魁吃了一惊，站住说："少奶奶你怎么啦，跌在哪儿吗？"女人说："打的。"五魁一脸苦楚："昨夜我听见你哭了。"女人说："你是知道了？"

五魁并不知道他们为什么打架，只恨少爷的脾气古怪暴躁。可是一个晚上，又一个晚上，女人都是很晚很晚了在房中哭泣，哭泣中还夹杂了殴打声。终于在一个中午，五魁正在牛棚垫圈，远远看见女人又陪着少爷在晒太阳，少爷就反复要求着女人把头发梳好，还要抹上油，敷粉施胭脂，女人都依了，少爷就笑着问身边的两个丫鬟："少奶奶美不美？"丫鬟说："美。"少爷再问："怎么个美？"丫鬟说："像画上走下来的。"少爷又问："你们见过谁家的媳妇比少奶奶还美？"丫鬟说："再没见过。"少爷就让女人前走几步，转过身来近走几步，嘿嘿地笑。女人始终没有笑，机械得像个木偶，忽见狗子从大门口走过来，说："它在门口，怎么进来了，我去拴好！"就走去了。少爷却说："抱我回去！"两个丫鬟抱着回去了，立即一个丫鬟在那里喊："少奶奶，少爷叫你了！"女人说："他要吃酒，你去给他倒呀！"丫鬟说："他不吃酒，他要干那个……事哩！"女人不言语，头也不回地还是走她的路。另一个丫鬟又跑过来喊："少奶奶，少爷发脾气了！"果然卧房里就有了少爷狼一样的嚎叫。女人依旧往大门口走。大门口却站住了刚刚从外进来的柳太太，竖了眼，说："你男人叫不动你吗？回房去，回去！"女人站住了，却抱住了那里的一棵树说："我不回去！"柳太太一个耳光打过来，叫道："你是反了吗，柳家娶你为了啥？你那个 × 是要留给外人吗?！"便哗啦关了院门，喝令两个丫鬟把她拉回屋。两个丫鬟架了女人走，柳太太一边在后边骂，一边用手拧女人的屁股，到后，卧房里就传出凄厉的哭声。

五魁明白了女人在受着怎样的罪了。

于是，他不愿意再见到少奶奶，不忍心看见她而想到自己的过失所造就给她的不幸，也不忍心见了她和她看着他时的脸上的悲苦和难堪。五魁除了担水、运土和背驮草料，其余的时间就把自己困在牛棚里，或是架了铡刀，双脚站在分叉的铡刀架旁狠命地铡草。他想起了一个很古老的谜语："一个姑娘十七八，睡下腿分叉，小伙有劲只管压，老汉没劲压两下。"谜底说的是铡草，谜面的描写却是男女交合。遂想，少奶奶如果嫁的是一个老汉也还说得过去了，而少爷算什么呢？柳掌柜为儿子购置的两个粗笨丫鬟，就是抱了那一个肉疙瘩来发泄性欲吗？五魁不禁一个冷战，一身的鸡皮疙瘩都起来了。

夜里的哭声如幽灵一样压迫着五魁，白日的丫鬟的每一次呼喊："少奶奶，少爷叫你哩！"五魁更紧张得出一身汗，就跑进自己的睡屋拳击墙壁，墙壁泥皮便一片一片掉下来。一日，他把一大片泥片击打下来，精疲力尽地瘫坐在了地上，屋门哗啦地被推开了，几乎像倒柴捆一样，少奶奶披头散发地顺着门扇倒在地上，放开了声地哭。五魁惊叫着扑来把女人扶起，女人的头却压在他怀里，哭声更大，眼睛鼻涕湿了他一胸口，五魁把女人抱住了，像远久出门的爹抱住了委屈的孩子。女人说："我受不了了，我实在受不了了，你把我带来的，你把我再带走吧！我去当尼姑，去要饭，我也不当柳家的少奶奶了！"

"少奶奶！"女人的一句话，使五魁惊恐了，他一个下人，又是在柳家的大院里，柳家的少奶奶却在自己怀里，五魁触电般地挣脱了身，站起来，但五魁无言以对。

门在开着，门道里射进着白光光的太阳，女人瞧见五魁的呆傻样，越发号啕了。

"你不要哭，你一哭，他们知道你到我这里来了。"五魁紧张地说。

"你把我带走，你把我带走！"女人不哭了，却死眼看着他。

这不是说小儿语吗？五魁是什么人，怎么敢带走一个少奶奶？怎么带？往哪儿带？带出去干啥？五魁看看女人，又看看院外，五魁急得也掉眼泪了。

女人却突然双手攥了拳，狠劲捶打自己的一双缠过的小巧玲珑的脚，她没有翅膀，也没有一双能跑动的脚，只好双手开始抓自己的脸，已经抓破了一道血印，五魁就握住了她的双手，说："你不能这样，你不能这样！"

女人往回抽手："都怪我这张脸，我成丑八怪了，让他休了我去！"

五魁只是抓了她的手不放。

柳掌柜领着人横在门口了。五魁忙丢开女人，静立一边，听掌柜在骂道："柳家世世代代还没这门风哩！捆起来，给我往死里打这贱货！"

女人空即被一条绳索捆了，五魁跪下说："掌柜，这不怪少奶奶，要打就打五魁！"

掌柜说："你瞎了心，也是我瞎了眼，原本我也要打死你这个穷鬼在这里，念你还对柳家出过力，你滚吧，滚，永远不要到我柳家来！我也告诉你，你要在外胡说少奶奶来你这里的事，我会拧了你的嘴到屁股眼去的！滚！"

五魁把自己的铺盖一卷，夹在胳膊下走出门，走出门了，回头看了一下女人，说："掌柜，那我走了，五魁最后求求你，你把少奶奶放开吧，她还是柳家的人嘛！"掌柜一脚踢在他的屁股上，同时听到了噼里啪啦的鞋底扇打女人脸面的声音。

五魁回住到他的老屋，第三日就逮到风声，说柳家的少奶奶得了病，瘫痪了，整日安安静静地躺在床上。有人就说，柳家真是倒了霉了，少爷没了腿终日睡床，少奶奶有腿也在床上睡。有人也说，柳家爱收藏古玩，这少奶奶成了睡美人，如今可是柳家的一件会说话的赏玩品了吧。五魁知道少奶奶为什么就瘫了，这么一瘫，少爷就可以随时让两个丫鬟抱了他来享用女人了，不禁黑血翻涌。

到这个时候，五魁才是后悔，为什么女人求他带着出逃，他竟没有应允呢？这该是一种什么缘分，一个下人偏今生与这个女人有恁多的瓜葛；第一次没有听她的话过河逃亡，这一次还是没有听她的话逃出柳家，就眼睁睁地看着她一次次在苦难中沉下去，五魁仇恨起自己的孱弱和丑恶了！

夜里，他独自躺在床上，总听见有人在叫着"五魁"，叫得殷切，叫得怨恨，叫得凄惨不堪。五魁明白这是一种幻觉，幻觉却使他整夜不能安生。是的，完全变成了一个供人发泄性欲工具的女人那么睡在床上终日在想些什么呢？她清楚不过地知道大天白日在柳家大院内跑到五魁的卧屋痛哭是做少奶奶的危险，但还是跑去了，去了在他怀里放声大哭，她是忍无可忍了，她是勇敢的，是把五魁看作了一个男人，一个有能力保护的人，可是可是，窝囊的五魁……五魁为着自己伤透了一个女人的心的罪过把头颅在炕沿上咚咚地撞起来了。

五魁再也在屋里坐不住，黑明不分地在村巷中走，看什么也不顺眼，见鸡撵鸡，逢狗打狗，旁人说一句，就张口叫骂，甚至大打出手。鸡公寨的人都认定他是疯了，叫苦着这地方脉气不对头了，尽出了些不可思议的人。也就在村人这么疑惑恐惧之时，一个晚上竟又是柳家的在村口大场上的三座高大饲料谷草堆着火了。火光十分大，冲天的烟火笼罩了鸡公寨，照得半边天都红。柳家老少、男女用人哭喊着招呼村人去灭火，鸡公寨所有人皆忙忙如乱蚁，却有一个人在忙乱中溜进了柳家大院，直奔少爷的卧房。

推开屋门，少爷首先发现了，张口欲喊，来人一拳打过去，肉疙瘩窝在那里昏过去了。转身过来，女人仰躺在另一床上，窗棂透进的月光照她美如冷玉，他扶着床沿给她笑着，眼泪却流下来。

"五魁，是你放火了？"女人聪明，女人说。

五魁点点头。

"你就为着来看看我吗？你真是不要命了！"女人说，伸出手来摸上了五魁宽宽的额角和鼻梁，"你快回去吧，让他们发现你真会没了命的。"

五魁说："我是来要带你走的！"

女人说："迟了，都迟了，我成了这样子，我已经认作我是死了。五魁，我不能再害了你，你快走吧！"

五魁忽地挺直腰，说："我要带你走就要带你走！"双手将被的四角向起一裹。女人在被卷儿里，用力一拱，身子已钻在被卷儿下，双手趁势往后搂了顺门就走。

五魁将女人背到了很深很深的山林。

山高月小，他拐进一条沟慌不择路，直走到了两边的山梁越来越低，越来越窄，最后几乎合二为一在一座横亘的大岭峰下，已是第二日的中午了。感觉到鸟飞天外，鱼游海底，柳家是不会寻得着了，坐下来歇息，啃了块从家里出走时揣在怀里的玉米面饼子，两人皆觉得没有一丝力气可以再迈动一步了。这是什么地方？翻过这黑黝黝的岭峰之后那边又将是什么地方？女人询问着五魁，五魁也茫然无答。走到哪儿算哪儿，哪儿的黄土不养人呢？五魁放下了女人，要到看不见也闻不着的地方去解手，大出意外地发现了一座坍得几乎只有四堵墙的山神庙，墙头一株朽了半部靠一溜树皮还活着的老柏，庙后的涧上桥已断去，残留了涧沿一根腐木，卧一秃鹰呆如石头，偏很响地拉下了一股白色的稀粪。五魁一时四肢生力，跳蹦着过来如孩子："咱有住的了！"

女人眼睛也亮起来："在哪儿？"

五魁说："那边有个山神庙！既然有庙，必定先前住过了人，住过人就有活人处，咱们住在这儿不会死了！"

把女人背过来，钻过梢林和荒草，女人的身上、被子上、头发上沾满了一种小小的带刺的草果。五魁指着古庙在讲，屋顶虽然没有，砍些树木搭上去就是椽，苫上草编的小帘子就是瓦。

瞧，从庙后的那条小路下去不是可以汲到涧中水吗？那一大片埋脚的荒草必是以前开垦过的地，再开垦了不是就种麦子收麦粒种玉米收棒子吗？满树林子里的鸟儿会来给你唱歌再不寂寞，一坡一坡的野花采来别在你的头上，蝴蝶能飞来看你的美。这草地多软，太阳出来背你睡在这里，你会看着云一疙瘩一疙瘩怎样变个小猫小狗从山这头飞过山那头。

咱们再可养鸡养羊养牛，你躺着看我怎么吆喝犁地，若有黄羊山鸡来了，看我又怎样将它们打倒，熬了肉汤给你喝……

五魁说得很兴奋，在他的脑子里，一时间浮现了往后清静日子的图像。离开了柳家，他那股勤女人的禀性就又来了，说："你不信呀？你只管信着好了，我有力气的，我不会死去就绝不会让你死去，你信吗？"

女人说："我信你的，可我肚子饥了，你还有饼吗？"

五魁在怀里掏，掏出一块干饼末，把腰带解下来再寻，饼是没有了，却掉下了一把小小的斧子。斧子是五魁准备着进柳家时做防身用的，一路安全无恙，他几乎就忘了还带了斧子来。

五魁虽然在安慰着女人，说了那么多似乎已是一处安谧日月的住处，可他在说这些的时候何尝不知道这一切只是日后的事呢？现在，他把她背驮到了一个荒野僻地，自由是自由了，却拿什么吃呢？晚上怎么个睡呢？假若是他一个人还罢了，而有少奶奶这样个女人，这个女人又是他英雄一场搭救出来，能让她饿死冻死在山地吗?！

女人看着发急了的五魁，她笑了："我并不饿的，真的，不饿哩！"

五魁没有接她的话，不知怎么心里酸酸的，他有些羞愧，却不愿她看见他的难堪，将目光极力放远。他看到了白云伫在远处的山林上。五魁把斧子重新别在了腰带上，说："你好生坐着，我过会儿就来！"

他去了，他又回来了，带着好大一堆山桃。山桃个儿不大，颜色异常红嫩。五魁无法带得更多，是脱了外套的那件柳少爷穿旧的裤子，用藤条扎了裤管，桃就装在里边竖立了一个"人"字。五魁不识文墨，不知"人"字的好处，却看作如搭在驴背上的褡裢，架在脖子上回来了，他说："我是王母娘娘的毛驴给你送蟠桃来哩！"

有了吃的，五魁却不吃，他在女人很响的咬嚼声中去砍做椽的树木。选中了一种长得并不粗却端直无比的栲木，斧子在下面哐哐哐地砍，树顶上的稀疏的黄金之叶就落下来。叶子往下落如同蝴蝶，一旋一旋画着无数个半弧。女人就想起了小时在清水潭丢石片入水的情形，叫道："我要那叶子呢！"五魁抱了一堆叶子给她，她还要，叶子就把她埋起来，她睡在了一片灿烂的金霞上。

简直是不可思议的精力，五魁砍下了十多根桸树搭到墙头去，因为没绳，一切都是葛条在系。他手脚并用在墙头上、木椽上爬动，女人就在下面反复叮咛着小心，五魁偏不，竟要直了身来走，有几次腿一晃就掉下来，但身子掉下来了手却最后抓住了椽。女人大呼小叫，甚或变了脸唬他，五魁说："我是逗你哩！"然后是把树枝和茅草编成帘子，一层一层苫上去，一个安身的小巢屋就造成了。女人要五魁背她到屋里去看看，五魁说不急，又砍了无数细树棍来，先一排排地在屋地栽了一圈，再竖一层横一层把软树枝编上去，再铺了茅草和树叶。五魁把女人抱过来往上一丢，女人竟被弹得跳了几跳，惊喜地叫："这是睡了棕条床嘛！"

五魁得意地唱起来，唱的是一种很好听的小曲子，就眨了眼说："你是应该有这么个床的。小时候爹说过故事，讲古时代一个皇后流落民间，后县官查寻时，竟有三个女人自称皇后，县官就在床上放一个豌豆，再铺了四十九条被子让每一个女人去睡，有谁感觉到身子垫着疼，谁就是皇后。"五魁也就捡一个石子放在茅草里边。

"我不是皇后！"女人笑着说。

"可你是少奶奶！"五魁说。

"我不是少奶奶！我不是！"女人坚决地说。

五魁愣了一下，立即也说："不是，不是柳家少奶奶，可你是菩萨！你能试出垫吗？"

女人说："我腿全瘫了，你放上刀子也试不来的。"

五魁的心受了刺激，低下的头好久没有抬上来，就走出去又狠劲砍了树枝抱回来，在屋之中间扎起了一界墙了。

女人说："五魁，你又要干什么？"

五魁说："那边是你的房间，这边该是我的卧屋了。"

女人的眉宇间骤然泛红了，意识到自己并不是五魁的老婆。五魁只是救自己的一个贫贱羊倌，一个光棍。在这荒天野地的世界里，五魁能自觉地将睡窝一分为二，女人为坦白憨诚的五魁而感动了。

红日坠山，乌鸦飞来，天很快就黑了。五魁安置了女人睡好，燃起了松油节，便坐于旁边说许多豪迈的话，叮嘱夜里放心安睡，狼来了有他哩，熊来了有他哩，有他持一把斧子守在同一屋中的界墙那边，狼和熊是不敢靠近的。女人担心不下的是他没有被褥，五魁说他不会冷的，他从小就钻过茅草堆睡，做的也是甜甜蜜蜜的梦来，并说他明日就再下山，要弄来被褥、锅碗、粮食。女人一双明亮的大眼看着跳跃不已的松节灯焰，又看着那松节灯焰的光亮在五魁的黑红脸上反射出的油光，她说了一句："你快歇去吧，五魁哥！"

五魁倏忽浑身骨节酥软了，瓷眼看着女人，女人也看着他，五魁的嘴唇翕动了，颤巍巍伸出双手，但手只把女人的被角掖了掖，忽地拨大了松节灯焰，再慢慢地压灭了，轻脚退出来到界墙的那边，躺在自己的草铺上了。

五魁并没有在自己的卧屋点燃松节，他感觉到黑暗里他的世界更大。人世间有一种叫诗的东西五魁不懂，五魁心里却涌动了一种情绪，很兴奋，很受活。劳累了一夜一天的疲倦没有集中到他的眼皮上来，坐起来，实在觉得睡着是太浪费，太辜负这夜了。这一种举动和想法于五魁是从未发生过的，他不明白今日是怎么啦，是完满了自己久久以来的内疚呢，还是帮助了女人解除折磨，第一次体会到了保护了女人的男人的能力呢？

墙那边的女人窸窸窣窣了一阵之后一切归于安静。可怜的女人经历了一夜一天的惊恐和劳累是需要安眠了，她醒着的时候，温柔和气，睡着了也如猫一样安闲，发出轻轻的唑儿唑儿的呼吸。作为一个爱恋着女人的光棍汉五魁，在这么个晚上同一个美艳女人睡一庙内，仅一草墙之隔能听到她的呼吸，闻到她的气息，五魁的感觉十分异样和新奇。他轻轻扭转了脖子，将头贴近了草墙，只要用刀轻轻拨动，从那间隙就可以看到椽头缝里透进月光的朦胧了的夜中的睡美人。这种欲望一经产生，五魁浑身躁热烫灼，恍恍惚惚竟站了起来，挪脚往门口走，要走进墙的那边去了。

但是，睡窝前的那一块白光忽地消失了，这白光是屋顶草隙所透射的，五魁初睡下时幻觉是一块白石头，也是走入的白月亮，现在消失了，而自己却正动步将身子处于了这白光之中，猛然获得的是一种警觉，以为受到了一种惩罚，被光罩住，要照出他的心中邪念，五魁责备起自己了：这是要干什么去？去了墙的那边一下子按住了她吗？还是跪在床边乞求赐舍，那又说些什么话呢？

五魁认定了这白光实在是天意，是在监视他的一只夜之眼。去了那边，女人会如何看待他呢？强迫是完全可以如愿的，这女人就是自己的了，可英英雄雄救她出柳家，原来是为了自己，这岂不如同土匪唐景？唐景他们抢人且公开说是为了个压寨夫人，而自己却打着救人家的名分，做乘人危难的流氓无赖了！即使女人悦意地收纳自己，在五魁做人的规矩中这又是一场什么事体呢？

五魁回身坐到了草铺上，那一块白光又出现了。白光的出现使他心情平静下来，感觉到从一种罪恶的深渊重新上岸，为自己毕竟是一个坚忍的男人而庆幸了。随之而来的是坦白磊磊的荒诞之想，其兴奋自比刚才愈加强烈。试想想，自己一个什么角色，竟现在有一个美艳女人就在自己的保护下安睡入梦，这是所有男人都不曾有的福分，就是那个家有万贯的柳少爷他也没有的了。女人睡得那么安妥和放心，她是建立在对自己绝对的信赖上，那么，做男人的还有什么比这更有意义呢？一只蟋蟀不知什么时候跳到了白光之中，嚯嚯地振翅鸣叫了。这旷野的小生命，山林精光灵气凝化物，又喝饱了甘露在为他五魁颂什么样的赞歌呢？

五魁平身躺下，在蟋蟀的美音妙乐中迷迷糊糊坠入梦境。

不知什么时候，他突然醒来，觉得胸膛上奇痒，本能地拍了手，手心黏腻腻一股腥味，同时听到嗡嗡之声不绝。他明白深山林子里蚊子很多，入睡时或许蚊子还不曾知道这里有了人，也不知人血的滋味，在月到中夜才成团拥来的吧。五魁用唾沫涂着被叮咬的地方，立即想到墙的那边的女人也一定被蚊子欺负了，薄嫩的皮肉，所叮咬的地方恐怕不是一个红点，而是大若小栗的疙瘩了。五魁终于走出睡窝，蹑手蹑脚到墙的那边用火链打着火，燃一小堆湿茅草，让浓烟为女人驱赶蚊虫。这一切做得特别小心，黑暗中女人却说："五魁哥！"

声音低却清脆，当然不是梦话。五魁忙解释："我，我不是……我是来烟熏蚊子的……"

"我知道，"女人说，"我有被子盖了头，蚊子叮不到的。"

五魁说："你是早醒了？"

女人说："我一直没有睡得着哩！"

女人没有睡觉，这是五魁难以想象了，她睡不着在想些什么呢？那么，她听见了墙那边自己曾经站起又睡下的声响了吗？五魁的脸在黑暗中又红了一下。

"你……睡吧。"五魁说着，赶紧就退了出来。

一切又都安静了，五魁却没有再睡下，也没有燃湿茅草取烟，还在琢磨女人没有睡着在想些什么！是不是也同自己一样的想法呢？念头一闪，就又责备起自己的不恭。不想了，不再想下去。可是，身闲的又无睡意了的五魁越是不让自己想女人，脑子里总是摆脱不了女人。今晚里她没有说他们就住在一个床上，也没有说出两人要分住两个地方，其实这女人已是把他当作最亲近的人了。现在蚊子这么多，那边燃了烟火，他这边偏不燃，就让蚊子都过来叮咬他吧。在一只蚊子又于他脸上叮咬得火辣辣痒痛时，五魁再不拍打，倒生出一种奇异的想法：这只蚊子或许是刚才在墙那边叮咬过了女人的，现在又叮咬了自己，两个虽然分住了两处，血却在蚊子的肚里融合一体了吧。再幻想：如果自己能变成个蚊子就好了，那就飞过去，落在她的脸上叮她，这叮当然不要她疼的，那该多好哩。或许，她能变个蚊子又过来哩，那怎么叮怎么咬也都可以了，即使这叮咬会使他五魁中毒，发疟疾，他也是多么幸福的啊！

天亮起来，脸上布满了一层小红疙瘩的五魁来告诉女人，说他下山去，女人哭了。五魁安慰女人，保证很快就能回来，女人说："我哪里是为了我，我半死不活的人却要害你！"就从头上拔了头钗，从手腕卸了银镯，说是到山下什么地方换些吃的穿的，五魁这时倒哭了。女人便笑了，说："我不哭，你倒哭，男人家的羞死了！"五魁也就不哭了，把昨日采摘的山桃一颗颗擦净放在床上，出来用木棍闩了柴门，说"我走呀"，就走了。他一路小跑下山，却并没回到鸡公寨，抄近道去了苟子坪见女人的老爹。老爹正在家长吁短叹，因为柳家派人查看少奶奶是否被偷背回娘家了。听了五魁叙说，老爹倒生了气，说女儿嫁了柳家，嫁鸡就要随鸡，嫁狗就要随狗，何况柳家何等豪富，人一生有吃有喝还不是享福吗？五魁不等说完出门就走，老爹还拉住问："你把她藏到哪儿了？"五魁说："这我不能说。"老爹说："你不说也罢，既然我女儿是个薄命享不了大福的人，我也没办法了，你就带些吃食去吧。"翻锅里瓮里却没什么可吃的，从炕洞的夹缝中抠出几个银圆给了五魁。五魁下午赶到一个镇上，将头钗、银镯兑换了银钱，买了一些粮食以及锅碗油盐，再就是一把镬头。

他们就这样在深山野沟住下来了，五魁每日于庙后开垦新地，播下种子，然后挖了竹根，采了山楂野果，拔了野菜蕨芽，回来做菜糊糊饭吃。三天四天了，砍一根木头或一捆竹子捎到山下的镇落去卖，再办置生计用品，日子一天比一天开始有了眉目。

女人肤色明显地是不如先前了，但精神挺好，每日五魁开垦地，就让背她出来，靠一棵树坐了。她不能帮五魁去劳动，却知道五魁喜欢她，喜欢来了就能解他的乏，她就不断地说许多话给他，还给他唱歌。她的手能动的，又懂得女人美在头上，就拿了新买来的梳子不停地梳各种各样的发型，让五魁瞧着好看不。五魁说："你怎么个梳都好看！"就折一朵花来让她插。女人偏要五魁给她插。五魁为难了，女人撅了嘴生气，不理五魁，五魁的憨相就暴露了，不知所措。女人抬头，五魁只是蹴在那里看她，说："你生气了也好看哩！"还是撮着嘴。五魁就说："你不高兴了，我给你翻个跟头你看吗？"就一连翻了五个跟头，女人倒忍不住扑扑哧哧笑了。

一日没风，暖暖和和的，五魁挖了一阵地，地头上的女人在叫他："五魁哥，你要歇着！"

五魁说："我不歇。"

女人说："我要你到这边来哩！"

五魁走过来，女人把头发解了，扑撒满头，又将衣领窝进去，露出长长的白细脖子，说："你给我分分头发畔。"五魁只好蹴在她身后分发畔。柔软光洁的头发揽在手里，五魁的心就跳起来。女人问："我头发好吗？"五魁说："好。"女人说："怎么个好？"五魁说不上来，拿眼睛看见了头发拢起了的后脖，甚至从脖的圆浑白腻的边沿看见了前边解了领口扣子的地方，那愈往下愈起伏的部位，在阳光下有细小的茸毛晕成了光的虚轮，能想见到再下去的东西会有怎样的弹性，散发着怎样的香芬。五魁禁不住浑身酥颤起来，越是要控制，越是酥颤得厉害，那手中的头发就将这酥颤传达到了另一个人的身上。女人问："你冷吗？"五魁说："不冷。"站起来，却一身的汗，说天气怪好的，坐在一边掏起了耳屎。

掏耳屎是五魁的一种发明，他往往在最骚动不安时，就要坐下来掏耳屎，将注意力转移到另一个地方去。

但是，女人却说："你笨手笨脚的，让我替你掏吧。"

他不肯过来，女人手一伸，牵了耳朵过来，掏了又掏，女人让他坐得更近，竟将他的头侧按在自己怀里在掏了。头侧睡在女人怀里，五魁一切皆迷糊了，温馨馨的热气从女人身上涌入他的鼻中，看见了衣服内部有肉团在咕拥着，他很窘，却觉得到处的石头到处的树木都是人，都是用眼睛在瞧他，他的那只被掏着的耳朵就火炭一样地通红起来。

"好了。"他架开了女人的手，把头抽出来了。

女人明白他的意思，不禁绯红了脸面，要说什么了，却没有说，假装看见了远处林子里飞动了一只五彩的山鸡，一口气轻轻吁出。

这吁出长气，五魁是看见和听见了，他觉得时间突然很长起来，想岔开来说些别的话，一张口却说起往昔接嫁的一幕。女人突兀兀冒了一句："唐景倒不是个坏人哩。"

"不像个土匪。"五魁说，真心也这么认为了。

"可他怎么就当了土匪呢？"女人还在说。

也就是打这以后，他们常常便说到了土匪，而差不多话题都是由女人首先提到的，五魁想，女人说到唐景的好话，或许是与那个柳少爷做对比的。是的，唐景土匪真是个人物，他闹得天摇地动的事业，官家也惹他不起，却偏偏是那么一个俊俏的脸面，抢得女人又被他五魁三言两语谎话所骗，放人或许也是可能的，没想竟动也未动女人一下就放了。他们虽然这么论说着唐景，土匪唐景毕竟是遥远之事，五魁就又想到，女人这么提说唐景，莫非日子是太寂寞了吗？尤其是他下山去购买东西或上山去砍柴捡菌子，留下一个走不动的她在草房里，她是没有个可说话解闷的人事了。因此，在又一次下山，花了钱买来一只狗子。

狗子非常地漂亮，一条大尾巴弯过来，可以搭到头上，黄毛若金，却在眼睛上部生出两个圆圆的白毛斑。女人叫狗子为四眼。

四眼初来，性子很野，总是乱跑，五魁怕它逃散，拿绳拴在一块石头上，而它一听见山林起风就狂吠不已，竟要拖了石头扑腾。女人解了石头，拉到身边拿手抚摸那软软的耳朵和长长的毛，不住地唤"四眼，四眼"。四眼不再狂躁，只要女人锐声叫着它，即使它已经跟着五魁到了山林，也闪电一般返来摇尾了。五魁常常劳作回来，总看见狗卧在女人身边如一孩子，女人正给它说着话，似乎一切话皆能听懂，女人竟咯咯笑起来。五魁就说："四眼是咱的一口人了！"

女人说："四眼好通人性的，它不仅听得懂我的话，连心思都猜得出来哩！"就拍了狗子头。"去呀，你爹回来了，快给他个蒲团歇着。"四眼果然把一个草编蒲团叼给了五魁。

五魁说："我怎么是狗的爹？"

女人说："你不是说四眼是一口人吗？"

五魁说："那你该是四眼的什么呢？"

女人说："我做四眼娘！"

五魁说："可不敢胡说！"

女人一吐舌头，羞得不言语起来，眼睛却还看着五魁，五魁也就看着她。四眼站在两人之间，也举了头这边看看，那边也看看，末了却对五魁汪汪吼叫。女人说了一句："四眼向着我哩。"把狗子招过来抱在怀里，那金黄黄的狗尾就如围巾一样缠了女人一脖颈。

有了四眼，女人呼来唤去，像是有事干了，可她仍是一日不济一日地削瘦起来，五魁又想是饭食太差，虽然每次做饭，他总是要先给她捞些稠的，但她吃着的时候常说："这菜要炒一下就特别香了！"五魁就十分难受。女人在柳家的时候，她是从未吃过这种清汤寡水的饭食，五魁即使尽最大努力，自是与柳家不能伦比，他不禁怀疑了这样下去能是什么结果呢？原本是救了女人出来让她享福，而反倒又在吃苦，尤其在他每每回来看见了她的泪眼，而一经看见他了又要对他笑，他就猜测女人一定是为往后的日月犯愁了。于是，就在女人时不时提到土匪唐景，五魁突然感到自认为英雄了一场救她出来，是不是又犯了大错呢？他倒希望在某一日那个唐景会蓦然出现，又一次发现了女人而把她抢走！土匪的名声是不好听，但自己一个驮夫出身、一个没钱财没声望没武功不能弄来一切的人，名声还真不如唐景。也正是有这一条原因，他五魁才自己说服了自己，压迫了自己的那方面欲望。而唐景呢，虽是个土匪，可是多英俊的男人，闹多大的事业，又有足够的吃的穿的戴的……

五魁的心里说：好吧，既然我爱这女人，要对这女人好，那就再躲过一段时间，等山下柳家的寻找无望而风波平息，我就把女人背到白风寨去，我权当做了她的亲哥哥，哥哥把妹妹嫁给唐景。或许，唐景以为她仍是白虎星，不愿接娶，那就说明一切，甘愿受罚，要嫌她成了瘫子，他也会说服唐景的：她瘫了，她也是睡美人，世上哪儿还能找下这么美的人呢，且她菩萨般心肠，天下还能有第二个吗？

有了这种心思的五魁，却没有把心思给女人，而是加紧劳作，接二连三捎了木头和竹子下山赶镇市，宁愿自己少吃少喝，为她弄来可口的食物，一面暗暗打听鸡公寨的动静以及白风寨的消息。

或许是努力的报应，或许感动了上苍，山神破庙中的东西丰富起来，女人脸上的气色红润起来，在太阳温和的中午女人被背到庙前的草地上，五魁也看见了女人起伏的身躯恢复到接嫁前的模样，那隆起的前胸愈加饱满起来了。五魁却黑瘦如烧焦的木炭，显得嘴大，鼻子大，眼白特多。但五魁十分得意了，感觉里他现在是磊磊坦白，无私心邪念，他所做的一切都是伟大的，如给黑夜以月亮，如将一轮红日付给白天。他第一回出口叫女人是"妹妹"，无拘无束地为她分发畔，烧了水给她洗头洗脖还洗了脚，甚至下决心在他背她走下山区的时候，一定要把以前贱卖出去的头钗和银镯再给她买回来。

进入冬天，到处都驻了雪，五魁在房中生了柴火，自己就往山上去捕杀岩鸡子。五魁没有枪也没有箭，但他摸清了岩鸡子的特性，仍可以赤手空拳弄到这种美味的东西。他翻过了一条沟，又爬一面坡，在一处树木稀少的地带，果然发现了就在一处低岩上站有十多只岩鸡。他就手脚并用爬至壑沟中间，捡了石头掷向左岩，大声叫喊，受惊的岩鸡扑拉拉向对面岩上飞，岩鸡是飞不高也飞不远的，落在了对面岩上。他就又掷石子向右岩，大声叫喊，岩鸡又飞向左岩。如此只会笨拙地向两边飞停的岩鸡，就在他永不休止的掷打叫喊中往复不已，终有三只四只累得气绝，飞动中突然在空中停止，如石子一样垂直跌死在壑底。五魁捡了岩鸡，一路高唱着往回走。直走到山神庙后突然捂了口，他想冷不防地出现在女人面前，然后一下子从身后亮出肥乎乎的岩鸡，那时候，女人会吃惊不小，要问是怎么猎得这么多，再喜悦地看着五魁烧水烫毛，动刀剖鸡，一遍遍讲他的聪明与能干，当然要夸大其词，从她的眼里读出一篇英雄的颂词来啊。

但是，当五魁走近了房前，却无一点声息，连四眼也没有听到动静而来迎接，本来是要按捺下收获后的悸动，仍禁不住轻狂的五魁还是先从柴门缝中要看看睡在里面的女人。

这一看，却使五魁长长久久地冻僵住了。

草房里的女人还是睡在被窝里，而那四眼竟也同女人一样睡在被窝，且前爪分叉在女人的头的两边撑着，身子却在动。五魁先是惊奇，待明白了一点什么，就弯身去捡被雪已埋了一半的台阶上的斧子，而斧子冻在地上一时捡不起，这一瞬间他停住了。然后悄声走到房后的雪地里，开始大声地咳嗽和跺脚，制造他刚刚返回的气氛。

这一个下午，五魁照样熬过岩鸡汤两人吃过后，他假说到后山去捡些柴火去，一个人离开了草房坐在雪地上痛哭了。中午眼见的事情，无疑对他的打击太残酷，他简直不敢想象，女人怎么会干这种事呢？是看化眼了吗？他这么想，或许是看花了眼，女人不止是因为柳少爷的糟践而痛不欲生吗，怎么会同一只狗？！五魁的脑子炸起来，要竭力地做这么一次一次的或许，却始终不能消除那噩梦般的场面：女人的眼睛是微闭了的，口半合半启的，一双手就搂在四眼的背上……

那么，女人原本就是一个淫荡的雌儿吗？这怎么可能，若是那样，为什么死死活活要让他背她出逃？！

无法解释得清的五魁回想着他与女人先先后后的接触，尤其到了这里，女人是对自己有过多次的表示，他五魁何尝没有冲动？几乎数次要干出越轨的事体。但他明白自己的身份，更明白怕引起帮她而成了为自己的现实而从此活着的内疚。难道女人就是在自己的理智制约下而冷落了她才使她这样吗？可不管怎样，她怎么就能到这一步呀？！

这是怎么啦？怎么会这样？自以为是了解了女人的五魁不明白了女人到底是什么，女人到底怎样才是女人！

终于得出结论：一切罪恶源于狗子四眼！这狗子买下时就觉得与别的狗不同，偏偏在双眼上还有一对白毛斑。五魁认定了这狗子是精怪托变的鬼魂，它出奇地通人性，出奇地喜欢在女人身边，必是以妖法迷惑了女人，然后在女人的迷糊中……

五魁想到这里举起双拳来捶自己了！狗子是自己买来的，自己又一次害了女人，害了女人的身子，害了女人的贞节，害了女人做人的德行！

他咬着牙站起来，要回去立即用斧砍了恶狗。但走回草房了，五魁打消了念头，如果那么气势汹汹地当着女人的面杀了四眼，女人受得了吗？那么把狗子拉出来处死，女人问起来怎么回答？不点明狗子的罪恶，女人没有自省过失，作为他这么一个哥哥又怎么起到保护她珍惜她的作用呢？

三天后，太阳把地上的雪差不多晒薄晒稀，世界再不是一片银白，而一块一块露出黑的土地和杂乱的草木。五魁说："妹妹，外边太阳好红的，我背你出去看看吧。"女人说："雪下得人心好憋。"五魁就背了女人，却也牵了四眼一块出来，一直走到了深得不可久看的沟涧边，把女人放在地上的一堆干草上。

五魁说："妹妹，这地方多好。"

涧上是早已搭好了的两根长竹。

女人说："这有什么好看的？"

五魁说："瞧涧那边的冰锥结得多大，我让四眼过去叼一根过来，对着太阳看，里边有五颜六色的哩！"

就把一条长长的绳索系在四眼的脖子上，又将绳索的一头缩个环儿

186

套在竹竿上，给四眼指点了涧那边的冰锥，撺它从竹竿上过去。四眼走到竹竿上，却不愿过去，五魁推，推不动，五魁让女人给它发话，女人说："四眼不要怕，能过去的！"四眼就走了上去，摇摇晃晃走到了中间，那绳索环儿也随着套到竹竿中间。五魁突然在这边将竹竿使劲一分开，四眼掉了下去，绳索一头勒着脑袋，一头套在竹竿上，四眼就吊在空中四蹄乱动了。

女人锐叫道："快，快，快把竹竿拉过来！"

五魁没有看女人，没有动。

四眼先是汪地叫了一声，一双红眼直向女人看着。

女人说："五魁哥，五魁哥，四眼会死去的！"

五魁说："这狗子不吉利的，它也是该死的了！"

女人"啊"了一声沉默了。天地间一个特大特大的静，五魁感到自己呼吸也停止了，却同时听见女人阴沉地喊了一声说："五魁……你这是要让我看吗？"

五魁痛苦地说："不，不是，不是的，你瞧那面坡，树枝结了冻，太阳一晒多像是玉做的，啊，妹妹。"

五魁心慌口慌地说着，始终没有回过头来。他不愿看见女人一时的羞愧，但却在心里说："原谅我这样做吧，我的好妹妹，我不能不这样做呀！你是少奶奶，你是我的妹妹，不，你是菩萨一样圣洁的女人，我怎么能害了你呢？"但是他听到了一声不大也不小的响声，以为是涧那边的冰锥断裂了，看着涧的那边。太阳依旧光明，冰锥依旧银洁。回过头来，却见女人正爬到了涧边，双手在抓自己的脸面，抓出了深深的血印。五魁惊叫着扑过来，就在要抓住还未抓住的时候，女人双手一撑，反过身掉向涧下去了。

一年后，山神庙改造的草房扩建成了有十多间木屋的小寨子，小寨子里聚集了一伙土匪。这股土匪队伍虽比不得白风寨的唐景庞大，但他们匪性暴戾，常常冲下山林去四方抢劫，而抢在寨子中来的压寨夫人已经有十一位。官府在县城的大街上和县境的所有村寨路口贴满了悬赏缉拿的布告，但布告上的首匪不是唐景，而赫然写着两个字：五魁。

草完于 1990 年 11 月 17 日晚

改抄于 12 月 11 日午

白朗

一

　　这一日天上的太阳毒得如一只滚动着的刺猬，光芒炙烧尖锐，满空的云朵就流出了血似的赤红。地上虚土浮腾，惨白得又像是大火后的灰烬。行走在赛虎岭官道上的一队散乱的人马，差不多只要在一个兵卒的后腿弯撞一下，这个兵卒就要倒下去，整个的队伍也便要倒下去，永远也不想爬起来了。原本是前排的乐队在高一声低一声热闹吹打，马也有精神，队形也整齐。现在，吹鼓手的眼睛已经白多黑少，呼吸着的空气火一样辣，蜇着鼻孔，那吹奏唢呐的凸腮和暴了青筋的粗脖就在一声软一声里陷了下去，最后，乐响变成一种呻吟、一种喘息，几乎在同一刻里熄灭了，唯有一个年幼的小卒还勉强嘟地吹动一下，成为沉寂中的一声余音。这是一队衣着不整老幼参差的乌合土匪。以往的变化无常的流浪生活和近日连续的奔跑，又进行了一场残酷的搏杀，他们的面孔全都变得丑恶狰狞，得胜之后的狂热使他们在返回营寨的路上欢声如雷，但狠毒的太阳使他们消耗了最后的活力，当听到最后一声滑稽的唢呐余音，俱被逗乐，这乐却没有声从口中发出，笑容在脸上纵横了一下皱纹即便消失。而恰在这时，有了一声很爆的笑声，朗朗地震响，遂使每一个兵卒掉过头来，霎时间都张口不能合起地木呆了。

笑声是从那一匹银鬃马背上的做了战俘的白朗口中发出的。这位狼牙山寨的大王，一代巨匪枭雄，被护颈短枷铐了双手，身上又缚了绳索，他竟还有这么清朗的笑声！致使身子俯仰，将青光头顶上的一排受过戒的香火烫印的蓝痂闪动，无法看清那戒印是十二个还是二十个，哪些是戒印哪些是太阳烤炙而成的紫血水疱。汗水就从他的脸上摇散下来，滴在鞍辔上又溅落地上，尘土里扑扑腾起几缕细烟了。

笑声自然使队伍骚乱了，甚至使每一个兵卒感到骇怕，想起了这一位美若妇人的白朗大王，他的俊秀的眉目和清朗的笑声并不是可以让你联勾起一种色相的愉悦。黎明里他在酒的沉醉中被七条绳索捆住，因那缚腿的小卒动作稍不麻利，或许是看见了这一张白皙的面孔，光洁的有着戒印的头颅，错觉是尼姑庵的小尼，忍不住动手捏了一下他的脸蛋，白朗一脚踢出正中小卒腹下的恶根上，他就当即倒地死了。他们更听到过有关白朗的英武，每每与官兵作战总有一些人淫笑着向他扑来，他并不动的，只将那一柄短枪抛上抛下如羹匙似的玩，忽一扬手瞄也不瞄地喝一声"左眼"！百米外的对手们的左眼就老鸦啄过一样成一窟窿，他就笑笑地走过去，用短刀剖开死者的衣裤割掉尘根撬塞进各自的口里了。于是，这些兵卒都紧张起来，下意识地将手按在了腰间的挎刀上，甚至使抬着滑竿的土匪膝盖僵硬，一步在石头上踏空，险些将滑竿上的黑老七掀跌下来。

"怎么啦？"黑老七睁开了不满的睡眼。

"回禀寨主，他是在笑哩！"抬滑竿的小匪指着白朗。

黑老七在睡梦中似乎也听到了笑声，回转头来，看见白朗大笑之后笑容仍在脸上保留，而自己的部下全都惊慌失措的神色，不禁恼羞成怒了，吼道："和尚雏儿，你在笑什么！你以为你是坐在狼牙山寨子里吗，面对着是你的大小喽啰吗？！"

白朗看着黑老七，说："是吗，真要是你讲的那样，白某就该笑了。"果然又笑了一下。

黑老七几乎在咆哮了："可你现在是我的战俘，我押解的囚徒！"

白朗说："那你也就笑一笑吧，我还没见过黑寨主的笑脸呀！在七星镇的局子里你呼红叫绿地赌掷，输了筹片不付钱，债主向你讨要你不言语，一巴掌原本要扇出你的话来却扇出你口里的一枚铜板，你那时没有笑过的。你做了寨主，抬着虎皮鹿肉来狼牙山朝拜，我让你坐在那一块冷木墩上，你也是没有笑过的。散发纸烟偏又不散发给你，我记得你那时还是没有笑过的。今日你报了木墩纸烟之仇，你真是该笑一笑了吧？"

白朗说着的时候，声音还是那么地柔脆，美目飞动，和颜悦色，甚至说完了将头偏向一边，看着乐队中的那个吹奏了唢呐余音的年幼的吹手，为他头上戴的干枯了的柳条帽圈和额上贴的薄荷叶片所乐，便把一只好看的右眼那么一眯。年幼的吹手静静地听了白朗的话，他已经不觉得这个枭雄白朗，不，都叫着是白狼的恐怖，反觉他和蔼可亲了。他是听得懂白朗的话的，知道赛虎岭十二个山大王最厉害的一个大王在攻克了官府管辖的盐池后于狼牙山摆酒宴的情景，那时候，他跟随着他们的寨主最早一个上的狼牙山，却等待着另外十个山主都到齐了坐在熊皮圈椅上，而他山主却只坐了一个木墩。那一阵的白朗武功是多么卓著，第一个在赛虎岭竖起王旗，又独自一家攻克了盐池，谁不在欢呼着他王中之王呢？可他出来接待众山之主，着的是一件白色的团龙长衣，蹬的是一双白色的深面起跟鞋，持的是一把白绫竹扇，他愈是把自己打扮成素雅的风流倜傥的秀才模样，愈使所有的人为上天偏把一身超群的武功和一副绝伦的容貌造就成一人而感叹了！白朗哈哈大笑，他并不一一回礼众王，亦不设了烟灯烟具让来宾过足一顿烟泡的瘾，而是朗声高叫说他得到了盐监官的香烟，要让各位开开眼界，尝个新鲜。众山主是听说过这种香烟，但未见过更未吸过，一齐睁开了双眼等待狼牙山寨主来发散了，白朗却没有走过去，依然站在高石台上，手一扬，空中数道白光，一根二根纸卷儿的两头一般粗细的烟支竟端端立栽在各人面前的桌子上。在座的十一个山主站起来十个拱拳致谢，唯独黑老七没有站起，因为黑老七面前的桌子上没有香烟，一张油汗的肥脸由红到白，由白到黑，末了将一口唾沫吐出来，唾沫里有了一颗咬碎了的牙齿。作想着这一幕的年幼的吹手此时万没想到这做了囚徒的白朗现在仍高傲不逊，气宇不减，这才是大英雄的风范，做人就该做这样的人杰！遂也以右眼眹眨眨回报了马背上的那一位白面和尚了。

黑老七看见了两人的动作，他愤怒着喝令年幼的吹手到他的滑竿前来，一伸手啪地扇去个耳光，同时叫道："把绳拉紧！鼓乐齐鸣，让赛虎岭所有的山头都瞧瞧，谁个才是王中之王！"

银鬃大马左右的四个兵卒同时努力，那缚在身上的四条大绳即被扯紧，纵然马能被他双腿暗中加劲倏忽脱奔，绳索亦会扯石夯一样拉他下来。立时白朗像一截木桩被四方的力量固定在马上，一丝也不能动了。

队伍继续前行，僵着身子高坐在马背之上的白朗被夹在队伍的中间，他们经过了赛虎岭最高的一段山梁道。队形就衬印在火红的天幕上形成巨大的剪影，使得散居于沟岔的山民，远处以石以木所修造的寨堡上远眺的土匪，都产生了这支队伍统帅并不是黑老七而是狼牙山寨主的感觉。最后，这种感觉连白朗自己也有了。多少年里，在百里方圆的山地上，他和他的一帮大小兄弟踏遍了每一条沟岔里的每一块石头，杀恶人，劫豪舍，突然地敲开某一家财东的双环大门，便将雪光铮亮的钢刀扎在桌面上，看着那主人从夹墙里地窖里搬出铜银细软，尤其是摘下了主人的茜红色的包巾，剥下姨太们绣花小鞋，出得门来连同那一半的银铜沿村街天女散花般地向穷人撒去，那是多么地痛快的事体！而又在某一个风高云低的黎明，大块地吃了肉，大碗地吃了酒，领人层层喝开寨栅，蹚出围墙，下山岗，突袭到官府驻扎的众小校营房布幔，见人杀头，遇马砍腿，让污血扑扑地溅满一身，而刀挑了用铁丝穿起的二十个三十个耳

192

朵在山坡上论功行赏，那场景是多么辉煌奇艳！可是，那时候竟疏忽了观赏这壮丽的赛虎岭的风光，甚至连这么想过也不曾有。现在于马背上看万山起伏，深若大海，赤日的腐蚀之下，红如炉铁，那沟沟岔岔滴流的溪水又如血道，白朗的脑子里就要浮现起魏家坪姚大掌柜脖子上的红蚯蚓了。是的，那也是这么一个晌午，家存万贯的姚大掌柜正纳一房小妾，一顶花轿才抬进门，他便领着人马踏进去，瞧见了花轿里坐着的是一位何等娇艳的少女，而姚大掌柜却是满口没齿的枯丑老头，不知出于一种什么原因，他白朗冲上去先一巴掌扇了老朽在地，再提起来逼要起财物，看见了吓得惊叫一声就昏过去的少女竟产生了无尽的同情，说："把她抬到后房吧！"奸诈的姚大掌柜一面捣米鸡似的伏地磕头，一面却暗示了家人偷溜出去通告镇上的防守官兵，财物还未到手，村口的众兄弟就与官兵血刃起来。他那时怒从胆生，令把姚家十二口男女杀得一个不留，再拿刀慢慢割姚大掌柜的脖子，那血就红蚯蚓一般往下流了。那景象好是刺激，以至多少年里在睡梦中看见，醒来也激动得浑身战抖。也就在杀了姚家，开仓放粮，扬扬得意欲回山寨，刘松林，他结拜的兄弟，狼牙山的二寨主，却从后房提出来了那被纳的小妾，说："大哥，这个就归你了！"他白朗又看了一眼少女，少女实在美不可言，但他把手挥了："她从哪儿来，让她回到哪儿去。"刘松林叫道："那你把她放到后房干什么？知道了。人哥是和尚，不要女人，兄弟就拾掇了！"他训道："我说过了，让回去就回去！"三寨主陆星火跳过来大叫："这么个好东西咱不要也不能让别人享受了去，我一刀劈了也痛快！"一把便撕开了少女的上衣，将半身雪白如凝的肤肌暴露出来，刀尖已要划开她的腹乳了。白朗是一茶壶击过去，打落了陆星火的刀，说道："咱虽是土匪，杀人也不能乱杀，她是姚家抢来的妾，可现在还不算姚家的人！"竟一手牵了陆星火就往外走。可是，就为了这一场事，刘松林和陆星火埋怨他数年，甚至讥笑了他是和尚出身不娶女人，又面如美妇，对女人就下不了手了！可是，又有谁能想到在多少年后，又是为了女人的事坏了他们兄弟的大业，将一个好端端的威武不可一世的狼牙山毁掉呢！

由艳阳之下的赛虎岭的风光使思想浸沉于那一个少女而悲伤起来了的白朗，在摇摆了一下头颅，欲要把挂在眉上的汗珠同烦恼一起甩掉，却也为结拜兄弟的讥笑不以为意了。白朗是和尚出身，这他并不忌讳，且一直光洁着头颅，但要说面如美妇，对女人就下不了手吗？他想起了七岁的孤儿在安福寺里做一个小小的和尚，是经历了十年青灯黄卷的寂静，一心要于佛门修成正果，而在他发现了住持造了佛像前的暗坑翻板跌翻了前来烧香供佛的年轻女子将其藏于地洞行淫的事后，在一个晚课诵经之后住持将一根恶肉企图放在他的体内，他怎样地吼叫着跑出寺院告发了罪恶，又怎样在怒不可遏的村民捣毁了寺院之时，又是他亲自钻入地洞，扼死了那些匿藏得太久已不能露面的女子，再将住持活埋于地上只露出个头来，驾了马拉的铁耙耙碎了淫贼的脑袋，而使安福寺从此人称耙头寺的。那时节，他白朗才是十八岁！做和尚他是正经和尚，即使后来县署的知县与住持有私交，为了替住持报复，以他不能扼死那些无辜女子为罪而要捕杀他，他一气上山落草，落了草也正是从此开始了他一生的惊天动地的事业啊！可你刘松林，可你陆星火，却又是干了些什么呢?！白朗一怒气把眼睛闭上了。

正午的太阳现在已是滚到了头顶之上，它似乎缩短了与这支队伍的距离，人的影子，马的影子，由大而小乃至全然没有，鼓乐的吹打也不知在什么时候又一次停息了。马背上的白朗感觉到，不停地有人将包袱什么的钩挂于鞍辔下的蹬坠上，企图让马代驮。马却在不停地甩动着长尾，包袱什么的就脱落下去，而立即被只只杂乱的脚踢到了路旁，开始有了低声的叫骂。可怜的押解着白朗的兵卒，原本是各人的背上都带着抢劫来的包袱，或是一件拈绸袍袄，或是一双可以供其在家的老母穿的粽形小鞋，或是项链、巾帻、铜盆、火纸、茶壶，在吵闹叫骂中把被踢掉的东西又捡回来，捡回来了又负担过重，终于力不可支，自骂起"好贼"，再骂一声"破玩意儿"，遂又抛去。一时间人人都相互感染，把乱七八糟的东西一件一件都扔去，只将那些银钱袋子系在湿淋淋的裤腰带上，发出叮叮当当的繁响了。一把白铜的尖嘴细腰的酒壶还挂在一个小卒的背带上，有人就不允许他留着，催他扔掉，小卒不忍，但无法抗拒，摔在地上却用脚狠踩，说："我不能拿，谁也不能拿的！"一脚再踢飞到草丛中去了。白朗在咔嘟嘟的踢声中把眼睁开，看见了那一只踩扁了的酒壶，认得了这是他在盐池喝酒时用过的那只，见壶思酒，好杯的白朗五脏六腑就翻腾起来了，几乎同时间也闻到了酒香。是酒香，一点不错的！白朗巡睨着马之前后的兵卒，兵卒并没有喝酒的，却皆在拿一种渴馋馋的目光望着前边滑竿里的黑老七而颊下陷下坑儿来了。黑老七是在喝酒了，他已脱了上衣，一胸的黑毛，仰头将一只葫芦里的酒往口里倒。但是，一看见黑老七的嘴的四周的短胡上沾满了酒里的红汁，白朗的脸第一回惨白了！在盐池的池神日神风神的三神殿里，正是他下令众兄弟一醉方休，才使反目为仇了的黑老七偷袭得逞，当他醉得玉山倾倒，一个小兄弟跟跟跄跄跑来报告黑老七的人马围了大殿杀了许多兄弟，他白朗还在说："你也喝醉了吧?!"可黑老七就进了屋，几条绳索捆翻了他。待他清醒过来，黑老七正拿着一颗艳红红的人心刀划了往酒葫芦中滴，那个小兄弟开了腔倒在地上……

　　思想到这里的白朗，顿时失却了喝酒的欲望而英雄气短了。强烈的阳光蒸发着万山丛岭，满世界里似乎有丝丝缕缕的白线在晃动，苍苍莽莽的浩叹中，他极力将目光向天边望去。那一片火红的山峦中突兀的峰柱是他的狼牙山吗？是的，隐隐约约的用青石条砌起的寨墙还在，粗木搭成的可以瞭望众山头又可以燃了狼烟召呼众山头的信号架还在，便是那一座天元寺的石塔还巍峨不倒啊！唉唉，怎样的一个英雄的白朗，叱咤风云了十年，官府没有拿下他，十个山头上各有绝技的山主没有伤害他，而是自己最看不起的地坑堡的黑老七在自己保卫了赛虎岭也同时保护了地坑堡的今日反算计了他，这最是白朗不可思量，尤感愤怒随之莫大悲哀的事了！这个时候，白朗真的后悔起不该在攻克了盐池又离开狼

195

牙山寨去盐池的三神殿。他想起了离开耙头寺落草之后，他的声名是多么震响，远近都在播扬着一个叫白朗的和尚。但将白朗却转音为白狼，他先是讨厌了，找着一位算命的老妪推算八字，老妪却说叫白狼最好，要成大事就去占据赛虎岭的狼牙山，占狼牙山则吉，离狼牙山则凶。他上了狼牙山安营扎寨，果然事事顺利，且山上的天元寺虽寺毁而有塔存，也合于他当过和尚的人的心意。此塔为五百年的古物，二百年前地震裂成两半截，就在他去后的又一次地震中塔竟裂而复合，这奇迹的出现也遂使他威名更远，谁一望见那塔也要不寒而栗。他在他的寨上插着大旗，旗面上就用白布绣着一个白色狼头，而他的大小数千名兄弟的衣襟上，也皆缀有狼头标志。但是，为了把官兵更远地赶出赛虎岭，为了不让盐池被盐监官统治而使所有的贫民都能吃上盐，做盐的生意，他忘记了老妪的叮咛下住到了盐池来，才遭到了黑老七的暗袭。黑老七，算是什么东西！如果这次没有离开狼牙山寨，即便山寨上再没有别人，单凭他一柄短枪，黑老七的人马能攻上来一个吗？即使他去了三神殿如果不喝得酩酊大醉或是喝醉了不将短枪挂在柱子上，黑老七能近得身吗？在他被擒的昨晚，也就是在黑老七刀刃小兄弟的那一时间，三神殿剧烈地抖动了，门环轰响，窗纸绷裂，他估摸着这又是地震了，遂大笑着这是天意，也大笑着他将和黑老七一块在房舍的倒坍中死去，但随之一切又恢复了平稳。这阵做了囚徒的白朗，在马上遥眺着狼牙山上的天元寺塔，吃惊的竟是一塔为二，早年复合的塔身又几乎是从塔底裂开，犹如两柄刺天的刀剑！好呀，这全是兆应了，他是不该离开狼牙山的。可是，塔裂根而不倒，他白朗的气数并没有尽吧？长了志气的白朗精神为之一振了，在心里骂道："黑老七，狗贼！你能把我怎样呢，狼牙山寨的人死的死，散的散，但只我白朗还在，你就瞧着吧！"

就在白朗耸了耸肩，愈加挺直身子的时候，山梁道的两旁陆续围观来了一些百姓，他们的长舌往日在传播着枭雄的武功，想象着他是一位凶神和恶煞，夜半狗咬就以为是他进了村，某人被杀也以为是他所为，以至于相互咒骂了，骂了绝死鬼的传死鬼的龙抓的熊挖的就也要骂出门碰上白狼的，连孩子们啼哭不止唬一声"白狼来了"，啼哭也顿时噤声。如今听说白狼被擒，骇惊之余就都来围观，全不顾兵卒的呵斥使劲往近挤，要清清楚楚看这位快要横尸的枭雄是怎样的一个狰狞面目，但他们差不多在瞬间里失望了疑惑了，甚至多少有了一点愤慨。

"杀盐监官的难道就是他吗？白狼哪能是戏台上的小生呢?！"

"他还是个和尚呀！"

一个女人就尖声叫起来了："瞧呀，他那光亮的额头和高耸的鼻梁以及丰润的嘴唇，妇人也没这般俊俏呀！"

"是吗？"旁观的人群中有着闲汉，为着女人的轻狂而嫉妒了，"老板娘，你也是想着能和他睡觉吗？"

"睡觉又怎么着?！"女人低声咕哝了一句，拨开人群撵着马的步伐看着白朗，便伸手将头上的一枝已经枯干了的野蔷薇拔下来，斜倾了身子企图在马匹稍偏过来时丢上白朗的腿或马的银鬃里。但兵卒在她的屁股上踢了一脚，把她踢倒了。马背上的白朗似乎听到了围观者的议论，但他并没有注意到这个女人的媚眼和已经探出在口唇处的舌尖，当那朵丢过来的野蔷薇在他的眼前一晃落到地上去后，他听见了黑老七在粗声叫喊："把他的脸抹脏！用泥抹他个三花脸！"刹那间一片寂静，没人敢挖了泥米涂抹，但随之四面八方飞来了虚土，他眯着眼睛扫见了兵卒和那些围观的闲汉都抓了尘土向他掷来，落沾在他的汗脸上，只有女人在嘤嘤地哭了。

瞬间受到污辱的白朗将双目紧闭了，睁开眼来，一只几乎是涂上了炉火一样的光泽的苍鹰从空中掠过，原本要做一个勇猛的俯冲，却寂然地停伏在一块突兀的岩石上如一疙瘩树根了。这一景恰被白朗看得清楚，心中不免被尖锐之物所刺，以鹰而自比了。就是这鹰曾经驮着朝霞飞度过万重山吗？曾经呼啸着从高空冲下抓住了草丛中的蟒蛇，又从高空绳一样将蛇摔死在石板上吗？但它热浪下伏于崖头，非凡的勇猛与它不符，而如果它受伤坠入谷洼，兔子又会怎样地撕咬它，蚂蚁又会怎样地爬满全身？而那些参与了抓土弄脏他的脸面的围观的人继续撵着队伍走动，且开始了大声欢叫着："白狼大王！白狼大王！"白朗在一阵痛楚之后心里又泛上了一层清傲之气。他想，这些人并不是要污辱了我，他们看到的这个汗水搅了尘土形如恶豹之脸的白朗才是心目中真正的白狼枭雄而心理满足了。可不是吗，在他往日威风下山，带领了大小兄弟冲向官兵阵营，刘松林和陆星火也常要他戴上一具凶丑奇异的面具的，白朗就在这此起彼伏的欢叫中把头颅仰得更高了。

黑老七终于喝令着兵卒将围观的人赶散了。没有了围观人的刺激的这支押解的队伍又完全沉于寂静，急促地喘息，叮当的钱袋烦响，同时在没死没活的矮树上长嘶的蝉叫声里，兵卒们感觉到被太阳晒瘪，将要一个趔趄跌倒再也爬不起来了。在看着他们的山主又在喝着葫芦里的血酒，就有人喊了声"杏林"！皆口耳大睁，急应："在哪儿？""在前边。"杏之解渴使他们的脚步加速，但赛虎岭哪儿有杏林呢，就是有一片杏林，在七月的天气里树上哪儿还会有可口的杏果呢？被搞蒙了的兵卒在快速了半里之地后醒悟过来，开始咒骂起多嘴的某一位了，甚至动起手脚，结果就有三个和四个厮打起来，将枯了叶的柳条帽摔掉，将拳头擂到了腮上，血和断折的牙齿吐出来，而裤腰带上的钱袋就从力小的身上系到力大者身上了。他们如驴打滚一样在这样的厮打中恢复着活力，在流血和抢夺的刺激中消除了疲劳，连黑老七也不斥责，反倒愉目而视。山主的放纵使兵卒更加松懈起来，终于在走到一处叫二岔峁的地方，唯一的一处小小的细泉，而趴过去吵吵闹闹渴饮了。泉是在土穴中聚了一个浅潭，沿潭下注一道流渠去了山下，潭的四周连同流渠就苍蝇般地爬满兵卒。得到水的喝了一捧又一捧，有的干脆将头埋进去长饮不起，未喝到的就从身后往前扑，人垒人高，下边的爬不起来，抓泥往上扬，性急的便跳进潭去双脚乱踩，水成泥浆，一时谁也不能再喝了。在白朗的马的前后左右各拉持绳索的小卒腮根不断显出小坑，但重任在身，他们不能前去渴饮，白朗就说话了："放开绳，你们也喝去吧，我不会跑掉的。"

四个小徒疑惑地看着他，不相信这是真实，愈加用劲拉直了绳索。半路上被惩罚了的因挨山主的巴掌肿了腮帮不能吹唢呐的那一位吹手，恰已换作拉绳中的一个，听了他的话，终于说："白狼大王，我们知道你是不会为难我们的，我们把你缚在石头上，你可不能跑呀！"

白朗说："好的，把马的缰绳也缚在树上吧。"

四边的绳索和马的缰绳分别缚系在石和树上，小徒们喝水去了，待捧着滚圆的肚子过来，那年幼的曾是吹手的竟以一页槲叶折成小斗盛了泉水来搭在他的嘴唇前。白朗的眼睛潮湿了，看着一边往下滴着，斗里愈来愈少几乎只剩下一小口的清水，他说不出话来。小徒说："快喝呀，要漏完了！"他把嘴凑上去，但斗中的水确实漏完了，但他对这个小徒无限地敬爱，说声谢谢，还挤眨了一下右眼。

"我曾经是要去吃你的粮的！"小徒突然低声说，"三年前我就在这儿看见你领着人从那条沟走下去的，我去撵没有撵上，后来黑山主的队伍过来了，我才跟了他……"

三年前？白朗搜索着记忆，觉得这一条小沟他似乎并没有走过。他说："从这里下去的小沟是什么名字呢？"

"是羊肠沟，大王你记不起来了吗？那是一个傍晚，才下过一场雨，四大上烧起一片红云。"小徒认真地说，遗憾地耸了几次肩。

"这条小沟可以通到盐池的西禁门吗？"

哦，白朗终于记起来了，是有一个傍晚，他率领部下企图去山下的盐池攻克西禁门的，但那次他们是失败了，西禁门外的巡马道上的巡夫发现了他们，十里长的护池墙上的烽火台节节引动了一柱狼烟，盐监的兵马严阵以待。但是，也就在又是三年后的一日，即前七天里，他白朗的人马摸黑赶到了盐池外，偷渡护池河，隐蔽于巡马道，将长长的绳圈套住了每一个巡逻而过的兵卒的脖颈拉下马来。直到兵力冲进西禁门和东禁门，刘松林和陆星火于兵营收拢所有的刀枪，一声呐喊将赤条条的官兵从床上拉下逼进一畦盐水池中时，他白朗也冲进了盐监的府中轻而易举地把盐监的头剃了。这一夜是何等地壮观，所有的盐工从睡梦中惊醒，也拿了铁锨、木铲、油水斗子参加到他们的队列，到处是燃烧起来的火光，随处可见官兵滚落的头颅。守驻在北禁门和南禁门的官兵见大势已去纷纷逃散，十多里的盐池内顿时齐声呐喊，有锣鼓的敲锣鼓，有鞭炮的放鞭炮，甚至将所有的盆盆罐罐、簸箕、木板也敲打起来，直至天明。天明，四村八乡的百姓推开了十二处护墙蜂拥而进，他们在那一畦一畦盐水池之间的晒盐场上，扒开了盐堆上的一层泥盖，将盐块用驴子驮，用口袋装，用篮子提，连穿着开裆的小儿与没齿的老妪也以怀抱五块六块盐来往不绝。白朗那一时是骑了马在人群中巡走，为这种抢盐的场面所万千感慨了。守着这天然的宝池，盐池四周的百姓却终年没有盐吃，成百成千的盐工一旦被抓进这护池墙内就一辈子不能出去，在这里造盐，整车整车的白花花的盐运到县城，又运到京城，而百姓吃盐反以高价购买又同时负担着沉重的盐课。现在忙乱抢盐的人们看见了天神一般的白朗骑马走过，他们齐压压跪下来给他磕头，不怕巨匪，枭雄万岁，许多青年壮年就要投他而去，吃粮上山。他记得一个老妪并没有抱盐，而和一个青年拿了小镢在一畦退了水的盐板层上认真挖掘，后来就以头巾包裹了来到他面前。老妪说，她七十了，她的儿子十年前被抓了盐工再没回家，攻克了盐池母子才相见，她万万没有想到在她活着还能再见到她的儿子！"菩萨大王，我寻着了我儿子，儿子要我们也去抢些盐，我没有去，我要他快挖些盐根子，我儿子是懂得盐根子的，这盐根子是药，有什么病病灾灾吃一点就会好的！我母子挖寻到这一点，菩萨大王你收下吧！"他接受了母子的礼品，纵马在池畔上奔跑起来。得意忘言了的白朗啊啊叫着，他为着天水相接的一畦一畦因盐之浓淡度而池水红黄绿蓝白呈现的奇丽的色泽发狂，也为着自己的惊天动地的英雄业绩而发狂。他仰天大笑，从马背上竟摔到地上，在池水里也想看一看这英雄就是他吗？水面上一张俊俏之脸正对着他，想到了老妪的"菩萨大王"动听的称谓，不禁在心里说："历史上多少名留青史的英雄豪杰也莫过如此吧？而哪一个英雄豪杰又是有着如菩萨一样的花容月貌呢?!"

　　但是，但是，想到了这一幕的白朗心中隐隐地作痛起来了。攻克了盐池，雄心勃勃的他预想着下一步怎样地蓄集力量再扩大地域，怎样去联合十一个山头共同发兵攻克县城，要使这皇天后土之下的县境完全是另一个天下，却一切都被女人牺牲去了！女人，女人，白朗在心中叫道，女人真是英雄的罪恶吗？就在他陶醉于盐池风光和自己的英武的时候，刘松林和陆星火策马来说他们在三神殿的盐监家府里将三十二口家眷全尽杀戮，只留下两个如花似玉的女儿，那女儿实在长得美妙无比，他们也要像大哥一样不忍杀掉，但要求大哥允许他们将那雌儿做了他们的夫人。白朗当然是不能答应的，他分析着攻克了盐池，官府肯定要从外地调集兵马来收复，官府丢了盐池如同丢了命根，是不可能这么容忍失去敛财的盐课的，那么，一场恶斗还在后边，若有了家室，迷醉于女色，而上行下效起来，狼牙山寨还会像现在这般战无不胜吗？狼牙山寨之所以能战无不胜，凭的并不是兵多将广，而是一人强似十人的彪悍。再说，咱们杀了盐监官满门，只留下他的女儿，这女儿能俯首顺从地做了仇人的夫人而生儿育女吗？刘松林、陆星火却不以为然了，他们浸淫到女色之中，只强调那女儿的美丽人间少有，说他们上山落草难道就是当一辈子光棍不成？今生今世虽是没了好的声名，亦不能当官做宦，但大碗吃酒大块吃肉拥抱美人却也不枉做了一世的山之大王！他们甚至说大哥出家之人，十年的吃斋念佛青灯打坐当然没有了肉色之欲，可他们是能吃生肉能喝生血的混世魔王，怎么忍受另一种的饥渴？上一回杀进姚家要留下那美女子大哥不允，如今若再不允，当和尚的哥哥可以不要儿子孙子，但他们的种族的香火要续，不愿做一个绝户鬼。两位兄弟的话使白朗异常生气，他白朗当了和尚真就如阉割了的宦官再没有七情六欲吗？有清眉秀目就必是在那一方面无能无耐是一个伪男人吗？他说之以理而两个兄弟不能听进去，他就发了脾气，命令去将那两个女子提来当众砍了算了。刘松林和陆星火沓沓地走了，他们并没有把女子提来，却分别携着远走高飞了。正是于此，狼牙山的实力大减，也正是于此，好强的白朗偏要在狼牙山摆酒宴又在酒宴上戏弄了黑老七，又为着意气再次到盐池去观看盐工们在三神殿新塑的又一尊他的神像，而落到这步田地了。

"刘松林，陆星火，两个没出息的东西啊！"

白朗在心里千百万次地咒骂起他的结拜兄弟了。如果要论仇恨，白朗最感伤心也最不能饶恕的倒不是黑老七，而是刘陆二人！当年他们在狼牙山相见，跪拜于高山之顶，风送松涛，杜鹃啼血，说定了生不同时死则同穴，原来这一切皆小儿的信口雌黄?！从狼牙山起根发苗的三个人，千辛万苦才发展到数千人马，杀出了清平的赛虎岭，攻克了偌大的盐池，闹得石破天惊，到头来为女人就什么也不要了？一直不以土匪自视的白朗不禁在感叹着狼牙山寨还确确实实是些土匪了！啊啊，世界上原本是更多的人可以干一番大事业的，就这样常常被金钱、地位、女人和狭小的意气所毁于一旦的了！

心绪翻腾不已的玉面英雄，扭动着头颈再一次看了万山涌伏的天边，看了一眼在艳阳辉映下迷迷蒙蒙的狼牙山寨中的天元寺塔和山下那一带闪亮的盐池水面，欲再呼出一口英雄浩气，却先有一颗大而热的泪珠落了下来。

二

第二天醒来，白朗已是在一间很净洁的房间。四面的一人多高的长形花菱窗上糊上了麻纸，经朝阳的照耀亮而发红，自己和衣躺倒着的则是在一面铺张了虎皮大毡上的一领竹皮凉席，那有双耳的青花瓷罐歪在床首桌面，桌面上摊流一块并未晾干的酒渍。他约莫记起昨晚的子时被带到了这里，然后就有人抱了这酒罐进来，不说一句话地出去了。白朗猜想这是到了黑老七的巢窝地坑堡，却不知这是一个什么样的地方，又是怎样走进来的。这些，白朗全然不管了，他看见了酒，就只图吃个痛快，竟抱了瓷罐一大口一大口灌下去沉沉大醉了。他爬起身要坐起来，一阵哗啦啦响动，原来手脚上现已锁上了铁链，且链长异常，可以自由活动却不能腾跃飞奔了。酒醉之后给他戴这么长的脚手镣铐，看样子，赤手空拳的 一个他被关在了地坑堡的巢窝里，黑老七仍是恐惧着他，白朗不觉得很得意了。

　　白朗再一次抱了酒罐，饮干了残酒，脑袋愈加清楚了，抖响着镣铐将花窗一扇扇打开朝外瞧看，才知道他是在一座三层高的诵经楼的顶间。地坑堡确实是在一个地坑里，赛虎岭至此特出层岗，复坡垒垒，下垂至山麓忽陡而洼，形成了下陷二十米三十米、齐棱棱的、东西长约四百米、南北千米有余的圆形坑状。在四周的土塄上，寸草没有生长，光溜溜连兔子也没法跳下来吧，且在外塄上修筑了约三米宽的高墙，每隔一米又一土堡，站立了一个持刀的兵卒，而在堡墙外的远远的东西南北四角恰恰自然形成了四个不高亦不算低的土峁，都驻守了瞭哨警卫的喽啰。白朗没有来过这里，却早听说黑老七占据的是一位曾在某朝某代的翰林晚年归隐的宅居，它虽不能像狼牙山那样遗世独立，登山口上一夫把守万夫莫开，但他现在看到的这种以深求高，于坑洼的南边斜着凿出一洞出入，用大青石修建的堡门楼一旦关闭，也可谓是一个固若金汤的好堡寨了。堡内的屋舍分为七进连环大院，有泉亭，有家庙，有祠堂。这一座诵经楼破旧是破旧了，但顶端檐角齐整，风铃依存，那佛龛，那案桌，那香炉蒲团青灯槃盘佛珠磬碗还一揽堆集在墙角。白朗不觉想到不识一文的粗莽黑老七住在这里倒比更多的赛虎岭的山主们有几分斯文，也有几分滑稽了。但白朗疑惑的是，黑老七将他押解来，即使不让他很快死去也该下到地牢里，放入冷窟中，好好羞辱折磨他的，却使他住在了地坑堡最风光的楼上睡舒适的床铺且有酒吃，差一点是要让他回到往昔的和尚生涯了！他仔细地察看楼下每一进深宅大院，不知道黑老七是居住在哪个院里，而楼下的周围站了三排武装的兵卒，很明显，这是来看守着他的。哼哼，黑老七，白朗在狼牙山是王中之王，今日做了你的囚犯，你还得让老子住在高处，视老子如神哩！

白朗在暂时满足了高傲心性后，到底临窗凄凉了。他白朗毕竟不是来做客的，毕竟已不是佛门的弟子，英雄一世的山大王可可怜怜被戴了铁镣囚在这孤楼上，即使不是囚徒，一个在血与火的搏杀中培养成的他也不能同闺女一样静处幽室啊！巢窝可以使雀燕栖身，而苍鹰在长空才能任性，白朗一时羞愧蒙面，豁啷啷将手脚上的长镣提起来，他要对着那砖砌的墙壁撞去，要结束一颗不屈的头颅。

就在他斜偏了身子一头撞击之时，他停止了，似乎听见了在他脑浆四流地倒在地上，黑老七进来了，踢着他的尸体狂笑："这就是王中之王？就这么死去了！知道要这么死去，何不让我在盐池用刀成全你的英雄之名呢！"这话是那么响亮，声声震击着白朗的大脑和心脏，觉得这样死也真是一种屈辱了。且由此觉悟到，古时多少英雄豪杰在战败后引剑自刎，以为死得壮烈，其实这何尝不是一种自我的逃避呢？而后人的这么论说也是一种可怜的怜悯罢了。他们的自刎，生命在最后的一刻里肯定是有了我白朗的这种思想，只是一切都来不及了吧？何况，如果死在战败之后也还勉强说得过去，而自己败之于酒后，再没有寻死的机会，被押解来让成千上万的人目睹了最后再自杀掉，那就是更十分地窝囊了，人们会说白朗受不得折磨受不得羞辱而自杀的，那算什么能屈能伸的大丈夫英雄呢？！

白朗重新回到床上，将脑袋勾起坐了，伸手来搬动桌上的酒罐看里边还有酒没时，门被突然很响地推开。白朗摸酒罐的手收不回来，索性僵直在桌上，而将目光硬盯在一个固定的地方，做出了凛然的傲慢的神情。来人在门口几乎是迟疑了一下，接着有软软的起落声，木板的地面发出吱吱咯咯的节奏，同时有一股浓烈的香气袭来，白朗的鼻子禁不住翕动了，心里叫道："来的是个女的？"

如若进来的是黑老七，一身武人装束，挎了大刀，提了曾是他的那柄短枪，或者换了一身绅士的宽敞绸衫，端了青瓷弯嘴茶壶，白朗这一时是要霍然而起臭骂的，说不定要将偌长的铁镣摔打过去，勒了他的粗短肥脖看那眼珠迸出来舌头吐出来的死相。但进来的却是女的，和尚出身的白朗虽然没有垂头念了阿弥陀佛，却也一时不大自在，泥塑一般固定了身子，眼睫毛则在微微颤动了。

　　"大王昨夜睡得可好？"女人走到白朗的面前了，娇滴滴地说着，同时矮了截身子双手按在胯下道了个万福。

　　白朗没有回应，当然也没有去看这女人的眉眼，而眼前却是一团翡翠的绿影，猜想着这是黑老七的丫鬟。他被带到这楼顶来，黑老七是不敢来面对他的，那么，这房间是丫鬟的布置了，这昨夜的酒也是丫鬟所放了。她竟称我还是大王，还给我道万福?！女人却惊叫了："哎哟，早听说大王好酒，果然将一罐酒一夜间都喝了！既然大王海量，这一罐要是再喝完了你吆喝一声就是。这一碟牛肉不知够不够大王的早餐？"白朗还是没埋睬，目光盯在墙壁的一角看起那一只系着细丝努力下坠的蜘蛛。女人却偏地站在他的眼与墙的中间了，香气更是强烈地刺激他鼻子了。白朗出着粗气，兀自将目光高移屋顶，更听见着女人异样的笑，声声颤软如莺。而她在取了没酒的罐子又换上盛了酒的罐子，宽大的软缎袖口甚至滑腻如脂的玉腕竟在骤然间触贴了他搭在桌沿上的手，说句"大王真是傲视一切，做了囚徒也不肯看看我们这些人的"，遂向门口走了，咯吱吱的软步一路渐渐消退。女人一走，僵硬了身子的白朗终于揉了揉鼻子。从女人的香气里、脚步里，白朗何尝不想看看这地坑堡里的丫鬟呢！当年在安福寺他是目不近女色的，到了狼牙山，寨子里也从不纳一个女流，黑老七这里却有伺候的丫鬟。丑陋的黑老七倒是好色，可凭他的模样，这里的丫鬟又能是些什么形状呢？回头来往门口那么一瞥，不想目光相遇的，竟是那女人并没有离去门口，恰恰媚眼而视，立即给一个娇艳艳的微笑哩。

白朗一下子感到自己的下作了，目光一滑而过到了别处，心里差不多却震惊起来：这丫鬟头上梳了多高的发髻，插一支银打的凤头花钗将一串碎珠怎样地颤巍巍摇晃，一领墨绿隐花软缎长袍紧而不绷地裹了身子，突出的胸位和臀部之连接处，细软几欲一握，最是那粉脸一团，笑脸活活，酒窝浅浅呀！年轻的白朗虽不迷色却阅过的女人不少，还从未见过如此之美妙的！

"大王，你要给我说话吗？"女人趋势献着殷勤又说了。

白朗下了决心，再次塑造自己的孤傲，完全是一尊侧坐的石像。

"那我走了，大王。"女人终于走了。

这一个上午，白朗吃了一碟牛肉，喝了半罐酒，因为没事又接连吃完了那半罐酒后迷迷糊糊倒了床上睡去。但似睡又未彻底睡沉，想这阵的刘松林、陆星火在干什么呢。他们知道做大哥的现在在这儿，知道威风一世的狼牙山寨覆没了吗？由两个兄弟拜倒在女人石榴裙下想到了清晨送酒的丫鬟，蓦然之间，觉得那丫鬟似乎在什么地方见过。可在哪儿见过，又想不起来，就又责骂自己了：这不是很可耻吗？为什么见了一个美貌女人自己就没有勃然怒起，僵直了身子，反要自慰为孤傲清高！真是像丫鬟讲的"不肯看看我们这些人"似的，那么，为什么在她走了以后又要看人家一眼呢？且喝了人家带的酒，又现在作想起人家觉得在哪儿见过?！过去在安福寺读禅书，书上讲一个老和尚和一个小和尚过河时看到河边一个女人望着河水发愁，老和尚就主动前去把女子抱过河去。两人重新上路已经走了许多时间了，小和尚却问老和尚："咱们出家人是不该接近女色的，你怎么刚才抱了女子过河呢？"老和尚说："你还想着她呀？我抱她过河，我早已把她忘了，你没有抱她过河，可你心里现在还在抱着呀！"唉唉，这小和尚又怎么就是自己的现在呢？白朗气恼地拿拳砸自己头颅，觉得这实在有损于他的英雄气的，就什么也不愿再想下去。

下午里，又是那个丫鬟送了肉馅的包子和一盆小葱豆腐汤，且又换了一罐酒，白朗依然目不旁视，也终不回望她走去的后影。第二天，第三天，都是这丫鬟来送酒饭，来了就更一身鲜艳的服饰，梳一番新的花样的头髻，说许多甜润酥人的话语。因为是经常由这一个丫鬟到这里来，白朗慢慢就不将目光高视屋顶，那么冷眼看她一下，仍不肯回应一句话。而在每一次她放了酒饭坐在他的对面看他狼吞虎咽地吃喝，或是临走时要在他的床铺上用棕刷拂去席上浮尘，他不免也瞧见了她头上的花钗真是纯银铸打，玉腕上戴就的也仍是玛瑙手镯，为着自己的一句话而咯咯发笑时，掏出一块香帕掩口，那香帕竟也是小小的做工十分精致的苏绣品。这种香帕不是本地所产，白朗曾在攻克盐池后在盐监官太太的房里见过，他便疑心这女人不是黑老七的丫鬟了。可不是丫鬟又能是什么人？哪里又会是黑老七的姨太太或女儿什么的，能每日两次殷勤送来酒饭吗？精明的白朗实在也有些疑惑了。

又一个晌午，天气闷热异常，白朗洞开四面窗子，外边没一丝凉风进来，浑身烧躁难受。他吃过了酒饭从门里走出来，沿着门外的一段回廊转到楼梯处，那里是数十级台阶，下边有铁栅拦着，且站了三个持刀的面目狰狞的喽啰。他复转回屋，掩了屋门，估摸着还不到吃饭的时候，就脱光衫子，褪掉长裤，只穿件短裤头仰八叉倒在床的凉席上，但就在这时，门偏被推开，那丫鬟笑吟吟走进来，一脸很狐很狐的媚态了。白朗针刺一般先夹了双腿，遂一个肉团跳坐起来，吼道："出去！出去！"

女人却靠在门上把门扇掩合了，眼里是那样的一层光气，说："大王终于说话了！可我不出去呢？"

白朗说："不出去我就把你从窗子甩出去！"

女人说："那你就抱起我甩吧。"

她竟一步步挪近来，挺了丰腴的胸膛，使两个大奶子在衣衫里活活地跃动。白朗差一点扑过去扇她个巴掌，再拦腰提起掼下窗去，但他看到女人微闭了双目等着他的赤身几乎要在那一触间软瘫下去的神色，他在狮子一般地跳下床来时，一个发怔，遂抓了长长的镣铐抛打过去。镣铐没能打着女人，反倒带动了自己往前跟跄了一下，女人到底是一声尖叫，变脸失色地夺门逃了。

但是，白朗在中午没有饭吃，太阳已经落山了酒饭还是没人送来，他骂了一句娘，听着肚子一阵咕咕地饥响，却庆幸自己终是没有赤身时让一个女人坐在房间。酒饭不来，一定是吓坏了那个女人，那么黑老七就该无论如何来见他了。待到晚上，他并不点燃那盏油灯，忍受着饥饿和衣睡去，脚步声却从楼梯口响起，且有光亮愈来愈大，末了，却仍是丫鬟端一盏擦拭得洁净、灯芯拨得很大的灯檠走了进来。

"大王怎么不点了灯呀，我还以为灯盏里没了油了！"

声音平静柔和，全没有白日受惊的痕迹，白朗倒暗叹女人的非凡。灯檠放在桌上，灯光正映在她的脸上，容颜自比白日多几分艳丽，愈加觉得她的哪儿有些面熟，也愈加觉得她不是地坑堡的丫鬟使女了。女人说："大王肚子已经很饥了吧？大王是这么一副秀才面孔，凶起来却是恶神一般的了！我是丑陋女子，大王见了就动怒，可晌午你要敲碎了我的脑壳，恐怕今晚你是吃不上酒饭了。"说罢就直勾勾看白朗，将一罐酒和一碟牛肉同三个馒头从篮子取出来，推近了他的面前，还在说："别那么恶狠狠瞪着我呀，还想打我吗？我想现在的大王怕没有一丝的气力哩！"

白朗确实是没了一丝气力，他第一个念头是不接受女人的酒饭，要硬就硬到底，为了自己的英雄意气，他是永远不吃不喝也能行的。这念头才一闪动，立即又被另一个念头代替，自己说定了不为女人所动，为什么竟和一个女人较劲呢？狼牙山覆没，众兄弟死的死，伤的伤，散的散，他白朗既然不死就要在某一日重整旗鼓，大丈夫有大丈夫的气象，若为一个女人而绝食岂不是小儿举动或是那些读了书的情种的秀才坏吗？他忽地张开双臂把酒罐和饭碟揽了过来，并不抬头，风扫残云般地吃将起来。女人被他的突变之举震住，开始放浪地嘲笑，又调谑玉面秀才吃相的难看。而白朗，这一刻里则视面前的女人是木雕是泥塑是一块无觉无知的桌子凳子或别的物件，只是更紧地扒饭，更猛地饮酒，发出很大的嗝儿了。女人说："好呀，这才像个山上的大王的。可我说出一句话来，你就不会这么吃了！"

白朗还是抱起了酒罐往口里倒，发出挺响的咂舌声。

"昨日，也就是你大王攻克盐池的第七天，关在这里的第四天，"女人说，"官府调了五千兵马把盐池收复回去了。"

白朗一下子停止了饮酒，酒罐在半空举不起又未放得下，灌得满满的一口酒不及咽下，他噎着脖子瞪着女人，遂将酒喷吐了，说："这是真的？"

女人说："瞧，我说你不会再吃喝的，怎么样呢？"

白朗还在说："你要是在作弄我，这酒罐就砸在你头上了！"

女人说："你有这般能耐，就在楼上对付一个女人吗？今晌午我原本是要告知你的，可你差点毁了我的命；我现在是不走了，你把酒罐砸过来吧！"

白朗暴哮起来："黑老七，天杀的贼，你现在知道你的罪恶了吗？你有本事来灭狼牙山寨，你怎不去打杀官兵？你到哪儿去了？你龟儿子躲到哪儿去了?!"酒罐就脱手砸去，但并没有砸在女人的头上，高高掠过头顶直飞出窗口，沉重地在楼下爆碎了。楼下一片惊叫，有杂乱的跑步声和刀械的金属撞磕声，倏忽叭叭枪响，子弹在窗口的上沿将碎砖崩溅到了屋里。

枪声使白朗更加暴怒，在赛虎岭的十二个山头上，十一个寨主都是有一杆铁枪的，而唯一最好的短枪却是白朗，他用这枪，杀掉了多少豪绅巨富，才使赛虎岭一带没了官府的税课粮赋，又是这柄枪在盐池震住了盐监，使那多少官兵被瓮中捉了鳖去，可如今枪到了黑老七的手里在瞄打着他白朗了！白朗扑到了窗口，对着楼下黑乎乎的屋舍和走动的人影，厉声骂道："黑老七，你狗娘养的打吧！你是还没学会放枪吧，怎么只打在窗沿上?!把盐池丢了，我的打散了的兄弟不会饶了你的，赛虎岭的十个山主也是不会饶掉你的，黑老七！黑王八老七！"

黑暗里，黑老七在回骂了："白狼和尚，这枪我是还打不准的，我黑老七是没有你的本事大，可本事大的狼牙山寨主却是我的囚徒关在楼上了！擒了你，你也该明白众山主会懂得敢不敢再惹新的王中王了！"

白朗听了这话，牙齿咯嘣嘣咬着，却有什么办法呢？短志气了的英雄身子摇晃，从窗口软下来呜呜痛哭了。他为盐池的丢失伤心，也为自己的命运伤心，世界上的事情往往不是毁在明火执仗的对手上，而是毁于并不防备的所谓同盟者手里啊。他再哭出声来的时候，看见了一直看着他咆哮而木呆了的女人，便把气倾泻在她的身上，吼叫着女人："为什么还不走？走！"将牛肉碟子和馒头一股脑儿地摔打在门口了。

这一个夜晚风高月黑，白朗在楼室里咒骂着黑老七，把一生从未骂出的粗野之词都骂了出来，后来就长啸不绝。楼下的黑老七在吆喝着所有兵卒看守好楼的四周，一律用棉花塞了耳朵，不允许有一个人承接白朗的叫骂："让他在空洞之夜尽情骂吧。"没有对应，甚至连一个响动也没有，白朗的叫骂如同笼子里的凶狮，渐渐失却了勇猛和狂躁，骂声嘶哑起来，后变成了呢喃，再后只有拿自己的双手在抽打自己的耳光。黎明时分，白朗倒睡于窗口下的地板上，似死还活地喘着粗气。

白日里当女人又带了丰盛的酒饭进来，他正式和女人说话了："让黑老七上来！我要他黑老七！"

女人说："他是不会来见你的。"

"不见我？"白朗凶道，"他龟儿子，尿包，他是不敢来见我！"

女人说："你说得很好，黑老七怕你的，他把楼底用铁丝全网住了，日夜有人在巡看着。"

白朗说："那他为什么不杀了我，为什么你天天要来送酒饭？！"

女人没有立即回答，脑袋勾下去半响，方说道："你是想死吗？要死会有好死的，可你偏这么凶着脸……"

白朗凶过之后却无可奈何地悲哀地叹气了，但女人的话说得含混不清，且神色鬼诡，没了以往的和颜悦色，白朗觉察出了什么异样。"要死会有好死的"，这是什么意思呢？他看这个女人，认不清楚她的善恶，也不知道她的深浅。当女人再一次来送了酒饭，他依旧只是咒骂黑老七，要黑老七来见他，以此察看女人的反应，了解外面所发生的事情，果然女人说出了黑老七腿上受了伤，正用南瓜瓤敷治的消息。

"是官府的兵马剿过山吗？"白朗立即问。

"那倒还不至于，"女人说，"大王知道一个叫陆星火的贼吗？"

陆星火，结拜的兄弟，为了女人而外逃的家伙！白朗的气冲上来了，说："不要提他！你是用他来嘲笑我吗?!"

女人说："我要告知你的是他一个飞镖打伤了我家山主。但他的一条胳膊却也让我家山主一枪打断了！没了胳膊，他还当什么山大王?!听说他为了一个女人外逃的，他既然好色丢下了你这大哥，怎么就对我那么凶狠呢？"

白朗说道："他被黑老七废了?!"这么叫了一下，再不言语，遂哈哈大笑。这是怎么样的世事呢？正是陆星火和刘松林突然脱离，黑老七才趁机暗算了我，黑老七应该感谢姓陆的才是，却怎么还对他下毒手？也好，也好，一身好本领的陆星火废了，这岂不是一种报应呢！但他白朗不解的是女人说出的最后一句话。他说："你认识陆星火？他什么候要杀了你？"

女人显然是被他的提问惊讶了，说："大王这是一直装糊涂还是真忘了？"

白朗莫名其妙。

"大王真是忘了！"女人叹了一口气，一时喃喃起来，似乎是怨恨了自己数句，"你真是和尚不记女人的事，你不认识我，我可认得你的。那一年在姚家，你总可以记起你的三弟陆星火要刀劈一个花轿里被新纳的小妾吧。"

一时刻里白朗明白眼前的这个女人是谁了。多少天来，他总觉得女人面熟，可谁能想到当年被他从陆星火的刀下救出的姚家小妾竟会与自己相见于楼上囚室？白朗现在细细致致地端详这个艳丽的女人了，她虽没了昔日的羞怯、惊恐和满面的愁容，但那个幼小的可怜的小妾毕竟使他对眼前的地坑堡的女人有一份说不出的好感。

"哦，你这些天来给我送酒饭，是要报答我救你的恩呢，"白朗说，"可你要知道，陆星火虽然不是真英雄，他要砍你却并不是不爱你，也就是为了你，我限制过他的娶妻，他才后来又见到美色而背离了我。"

女人说："他背离了你，你还替他说好话呀？不管你怎么护着你过去的兄弟，但我是恨他的！黑老七实在玩不了枪，一枪打死了他我才解气！"

白朗虽然为陆星火开脱，但陆星火已经背离了他，他是从心里彻底抛弃了这一个兄弟的，也不再为其再做强辩，他关心的是外边发生了什么。女人告诉说，在盐池丢失之后，陆星火当天听到了消息，也同时得知黑老七囚俘了白朗，连夜带人直奔地坑堡来。那一夜，黑老七挨了白朗骂，也害怕官府的兵马趁势杀上山来，就领人到地坑堡外二十里地的一个镇子布置防卫力量，恰与陆星火相遇。一场恶斗里，陆星火砍倒了地坑堡十二个喽啰，且一镖击伤黑老七的右腿。黑老七从马上掉下来，眼看着便遭擒拿了，倒在地上连连放枪，那枪放了十下，终有一颗子弹使陆星火的一条胳膊断了。听完叙讲，白朗伏在了窗台再没有说话，极目望着堡墙外远处的山岭，将双拳抱定，在对天为救自己而伤了胳膊的陆星火祈祷了。哎呀！结拜的兄弟到底是兄弟呀，他们到底是狼牙山寨的好汉，到底没有忘了做大哥的白朗呀！他们是爱着女人，但他们与官府绝是不共戴天，想那陆星火因生活所逼，一个无家无产的小镇闲汉，整整十二年里从事着为别人娶亲而从山道上背驮新娘，自己却终是光棍一条，他得了女人而逃也是能理解的了。即使刘松林，出身于戏班的戏子，抽烟土抽得形如饿鬼，在演出时已经戴了行头，站在了二幕后，还要吸一口烟的才能在台上判若两人地将那三国时的周瑜演得活灵活现。

他是在盐监官强奸了他的妻子，一怒将妻子杀了之后上的山，抢了盐监的女儿能说没有为先妻报仇的成分在里边吗？如今，来了一个陆星火救他，虽是断了一条胳膊，必更是不甘心就此罢休，而那个刘松林要是听到了消息岂能不也来救他吗？哈哈，有这两个兄弟重新打出狼牙山旗号，走散的更多的狼牙山的兄弟就会不断地寻到地坑堡来的啊！

又高涨了英雄气概的白朗从窗口回过头来，眉宇间神采飞扬，甚至有些戏弄起面前的女人了，说："我现在知道了，黑老七他之所以不杀我，他倒是真害怕着狼牙山寨！瞧着吧，一个陆星火打伤他的腿，把他千刀万剐还在后头哩！"

女人瞧着他的得意，没有恼，反而也笑了一下："大王还明白了什么呢？"

白朗说："还明白黑老七之所以让你一日两次送了酒饭，是要给我施美人计劝我降他，起码可以让我来镇住我的那些兄弟吧！"

女人嘎嘎笑起来，将身子仰在墙上，嘴唇却一撇一撇的，笑声变得很冷了。自白朗因在这里，他见到这女人从没有过这样的笑法，不禁问道："我说得不对吗？"

女人说："英雄果然是英雄！可你的分析对着别个人物合适，我家山主却万万不是你所估计的了！"

不管女人怎说，此日始后，白朗在楼室里异常地活跃了。他每日早早起床，戴着镣铐扬腿伸臂，锻炼着筋骨。要么，趴在窗口往四方眺望，希望有滚滚的尘烟腾起，看见飘动着绣有白色狼头的旗帜。这样的眺望常使他脖颈发酸，然后就切切地盼待楼梯口响动脚步，盼女人送了饭来。女人一来，立即迎着询问外边的情况。而女人呢，却也是更换了更多更艳的衣饰，说更多更新的消息，殷勤得比以往愈加活泛。她告知了某日有狼牙山寨的一支二十人的兵卒曾攻打过地坑堡，告知了某日地坑堡的下山收粮的喽啰被三个穿白色狼头标志服的人一尽杀戮，告知了断了胳膊的陆星火果然第二次第三次来突袭，害得黑老七放话，谁要能杀掉陆星火的人头可以赏三百两白花花的烂银。白朗在听着这些消息时，眼睛眨也不眨地看着女人，他觉得女人也可亲可爱了，得意之处，竟一伸手抓住她的肩头摇晃了，说："再说呀，再多说些呀！"

女人说："大王，我这是要做了奸细了?！"

白朗一愣，方意识到自己的手还搭在女人的肩上，他慌忙取下，脸色也绯红了。

女人却一派自然，偏也斜了眼说："人常说树倒猢狲散，我不明白大王是囚徒了，却凭什么还有这么多人要来救你呢?"

白朗说："你说凭什么呢?"

女人说："我看凭的是你的脸蛋。"

白朗脸色陡然变了，但随之而笑："这话你可以去问问你家山主。他把我弄来，莫非也是看上我的脸蛋了吗?那么，他怎么却迟迟不肯来见我呢?"

女人说："他不来，可我不是来了吗?"

白朗说："一个小丫鬟，你哪里懂得男人家的事。"

女人说："男人家的事女人自然不懂，可女人家的事男人就懂吗?尤其你这和尚大王，竟把地坑堡的压寨夫人认作一个丫鬟了！"

"压寨夫人?！"白朗突然间惊住了。这女人坐在了他的近旁，动手去他的后脑捏下了从屋顶掉下的小小的灰土。白朗本能地站起来后退了一步，还在说："你是压寨夫人?"

白朗获知了送酒饭的女人不是丫鬟而是黑老七的压寨夫人，他惊觉着要与这女人疏远，思想却乱得一团麻，理也理不清了。他真不相信她是压寨夫人，这是雌儿在诓他吗?可女人明明白白告诉了他：那次被姚家纳妾不成，她就嫁给了一个经商的富户，而黑老七却看中了她，硬是绑票了那富户抢她到的地坑堡。看来，她是压寨夫人无疑了，而如此的身世，白朗是同情了，在这个世界上美貌是苦命和祸灾之根源吗，她一个弱女子才遭到像一件猎物一样被臭男人抢来夺去?自己一个男人，有了好的容貌，也被安福寺的住持企图污秽，上得山来还常遭一些江湖上的人嘲讽，而像她，不能安安稳稳做良家的妇女，几次转手竟来到山寨终日生活在刀枪死亡流血之中了！但令白朗奇怪的是从这女人的身上并看不出做了压寨夫人有什么愁苦，穿着华贵的服装，戴着珍奇的首饰，这一切又是为什么呢？是取悦于黑老七呢，还是为了一个孤独女人的苦中作乐的一点不满足？白朗只叹自己从小当和尚，于女人的事真是知之太少。嫁鸡随鸡，嫁狗随狗，女人或许当初一派软弱良善，可做了压寨夫人，身上有了黑老七的血气流动，也会变成另一个人吗？那么，黑老七怎能让自己的夫人专来送吃送喝百般伺候一个仇敌呢？是有了另一层的阴谋？这阴谋不是为了降伏他那又是为什么呢？

难解的谜苦了白朗，他要为探出压寨夫人的真正用意和目的而平生第一次来琢磨起关于女人的事情了。在又一个炎热的中午，女人洗罢了澡来到楼室，头发蓬松地披了后肩，没有穿紧身的长袍而是短袖和裙子，露出了玉白的小腿和胳膊，甚至那没有扣起领而自自然然半遮半显的一截脖根，一朵才摘下的沾满了水珠的玫瑰别插在那丰满异常的胸位了。她坐在白朗的面前摇动着团扇，头发拂动萧萧，玫瑰花瓣也翩翩欲飞，白朗被她的奇艳压迫，平生第一次出现了烦躁，常常目光掠在她的脸上又极快地滑过去，汗就不停涌出来。

"大土是太热了吗？"女人说，"就把那裙子脱掉吧。"

白朗说不热的，脸却涨红了，忙中只问压寨的夫人，黑老七打算怎样处治他呢？

女人说："你除了问这些就没了话吗？你说不热，你那脸红得比女儿家的脸还要嫩红呢！"

说罢把扇子递过来，也把目光递过来。白朗只觉得她的眼里有了别一样的光彩，有了别一样的话语，他想起了在旱塬的井台上所望见井底的那一块发着幽光的神秘亮团，想起了小时候在一泓四围长满毛茸茸水草的清池牧羊常要跳进池里痛快地沐浴，想起了在九月天里逛山看见的

215

柿树上的一枚红软了的蛋柿，就爬上树用牙嗑开柿尖吸吮糖汁再送一口气去吹它个鼓圆圆的空壳。女人还在说着什么，他已经不再知道，直到发觉到她递过来的扇子和一只绵软的手放在了他的手里，这一刻里，两人都身子抖颤了，竟谁也不再说话，眼睛很近地看着眼睛，不晓了窗外的阳光依然照耀，楼前的一株弯柳上的知了常常把中午叫得好个空静！女人首先是再也坚持不了了，她的脸出现了潮红，嘴唇隆起了如一枚圆润的红果，那有着酒窝的腮、嫩脖子和酥的凸胸在微微地汨跳轻动了。

白朗终于在怀里接待了女人香软软的身子，在盯着她的眼睛也将头俯下去，俯下去，那颤晃的舌头几乎在接触到了那一枚红果，却从女人的眼里看见一个小小的他的人影来。刹那间，血气奔涌的年轻的大王迟钝了，这如同洪水即将崩溃河堤时水潮退了，如同在午夜熬眼，熬过了丑卯之后精神清醒没有了睡意，如同在山穷水尽之地则到了又一村的新的境界。他把女人轻轻放在床沿上了，动作全变了形，笨笨拙拙。

对于女人，在交往了这一个地坑堡的压寨夫人后，白朗于女人有了他的新知，他不像往昔总以一个和尚的身份而视女人为邪恶为淫秽为犯罪，但也不像一个做了落草居山的巨匪大盗将女人看成一个发泄性欲的工具，寻欢享乐的小猫小狗。他克制着自己是为了自己的一番勃勃大业，而这么克制着但必须承认这女人曾给过他几多的慰藉、几多的愉悦和力量。如果他是一位文人，他相信他的文章会汪洋华赡，色彩烂漫，但他是一介武夫、一个囚徒，他的情绪之所以并没有低落下去，身体并没有衰败下去，觉得精神勃发，这最根本的何尝不是有这女人的一份作用？

白朗在瞬间的清醒中，第一个闪过的念头当然是他的大事大业不能陷进男女的情渊之中，而隐隐地也在提问了一个压寨的夫人会委身于他的背景内容。但是，在他放下了她在床上，看着那微闭了双目坠入一种不能言传的微妙的境界中的神态，原本也要客气地说："夫人是该回去午休了吧！"他仍也说不出口，因为他搜索不出这女人对他有过的任何恶意和可供怀疑的痕迹，即使一切是一种假象，有着别一种阴谋，而白朗感念着她最起码是今日里有一份情意于他的，就不能粗暴地骂她是淫婆，打她个半死。何况这一时的女人，在自己的双手承接之后放平在床上，如花苞开瓣等待雨露，他这么撒手而去，未免是太无情、太残忍，无情残忍难道就是真丈夫吗？

白朗没有离开床去，他伸开手，轻轻地充满了柔情地抚摸了她的头发，再滑下来，抚到了起伏的胸部、腹部。女人却忽地睁开了眼来，急促地将他的手拉住，翻身而起，说："别，别，不能的，不能的！"

这却使白朗大大地吃惊了！陡然之间，他脸色彤红，羞愧得不敢看起女人了。当女人也垂头悄然离去，他一下子倒在床上，拉了被单蒙了头也蒙了全身，让汗水立时流湿，后来就似睡非睡欲醒不醒地躺了一个正午。

一觉醒来，白朗觉得身下有了凉滑滑的东西，方倏忽记得在梦中有过极幸福的故事发生。急起看视，裤衩上、床单上有了一些异味的斑点。他默默地看着，看了许久，并不后悔也不再追忆，而冷冷静静起来冲了一碗放在屋中的凉水，用手抠除着斑点在其中，则一仰脖喝了下去。在安福寺时，住持教训着他们年轻的和尚，其中最重要的一课就是每日早上检查被褥，发现有斑点就让刮下来冲了水喝，这种惩罚可以使有着七情六欲的小和尚牢记着自己的职业和信仰。从那时起，白朗就知道了当和尚的根本是什么，修身就是与性欲做斗争，这种斗争不流血不死人，在青灯下打坐，在木鱼声中沉思，而比流血死人更惊心动魄！做完了这一切，白朗是那样地清心寡欲了，他完全觉得他是一个英雄了，是一个真正的和尚了。真正的英雄和和尚不是说没有性欲而是战胜性欲，不是要让人冷酷如石如木而是要把持自己掌握自己，他白朗正是以他的不屈的和不凡的气度镇服了黑老七，也以一个真正的男人的大情大义的风格赢得了一个女人的爱而又没有在女人面前沉沦啊！

此后的两天，女人再没有来，送酒饭的是一个小卒。但白朗一个人呆呆地立在窗口为女人的不来遗憾时，他却看到了狼牙山寨的人有三次在堡门外的土场上搏杀。他们虽然人很少，武艺皆平平，而且径直到地坑堡前叫杀是不自量力，却一个个在被杀死的时候大声叫喊："还我寨主！还我寨主！"白朗目睹了这一幕壮烈的场面，热泪纵横，后来就跪在窗前，他叫不上他们的名字，只是拿双拳捶击楼板，发誓定要为这些小兄弟报仇，祈祷着这些为他而死的人的灵魂在天之一方得到安息。

也就在这一日，他又听见楼下有了鼎沸之声，探窗看时，堡门洞的两边一溜两行的喽啰全副武装了直排到一所高大宅院去。他不知发生了什么事，便见堡门洞开，一个只穿了一件红色的短裤的人走进来，双手在胸前捧着一个木盘，木盘上放着一颗血淋淋的人头。这不看则已，一看使白朗大惊，那人竟是刘松林！这形如饿鬼的狼牙山二大王是来救我的吗？为什么单独一人，且赤身裸体不带了刀棍？为什么不事先吸了烟土而那样神色恍惚？端的又是谁的头呢？便听到那两行喽啰一声送一声吆喝道："刘松林来献陆星火的头喽——"白朗终于看清那头颅正是陆星火的，立时明白刘松林来的目的了！顿时双睛爆裂，黑血翻滚，巨声骂起来了："刘松林，好个没廉耻的逆贼，你是杀了陆星火来投降的吗？！"

骂声异常洪大，如雷炸响，楼下所有的人都听到了。端着头颅在喽啰的刀林中向大院走去的刘松林身子摇晃了一下，抬头看见了他，双膝便跪下来，说："大哥，刘松林终算见你一面了！"

白朗道："我不要你这恶狗给我下跪！我不是你的大哥，你也不是我的兄弟！"

刘松林站了起来，突然哈哈大笑了："那好吧，和尚白狼，你已经是黑大王的囚徒了，你让我也同你一块送命吗？陆星火他不识时务与黑大王作对，且他的一颗头值三百两白银，我刘松林有了银子能抽烟土呀！"

白朗说："好吧，你去投靠黑老七吧，可你记着，终有一日我会剁你个肉泥的！"

刘松林说："这你就差了，黑大王赏了我的银子，说不定还封我个头目当，那我就要来先成全了你！白狼和尚，你好好在那楼上待着，我要去见黑大王了！"

白朗身子一软，差一点从窗口栽跌下来，头在窗沿上一磕，再后仰在地板上，已经气怒昏死过去了。

实指望陆星火残废后有刘松林会振臂一呼部下云集来杀败黑老七救出他白朗，但刘松林却又一次地给了他白朗致命的打击。白朗苏醒过来，眼睛还没有睁，就骂出了声，骂刘松林的心是彻底地瞎了，骂他自己也是瞎了眼了，但蓦然听到一种声音在唤呼着他，睁开眼皮，发现他已睡在床上，床边坐着那一个压寨夫人。白朗立即又闭了双目，将头扭向墙去。女人说："大王，你能再看看我吗？我们只能再见上这一回了，你也不肯看我一眼吗？"

听了这话，白朗忽地坐起来："是黑老七要杀了我吗？让他来吧，让刘松林也来杀了我吧！"

他冲着女人发凶，发了凶却吃惊了这女人全然不是了以往的艳丽，几日不见，竟鼻子炎红，眼睛枯涩，那乌黑的头发也似乎稀薄干黄了。他咽了一口唾沫，将头垂下了。

"大王看我是丑了吗？"女人说，眼泪却流了下来，"你终是看了我一眼了！我知道我现在来不是时候，你是不愿意与我多说话的，可我不能不来，我先是给你说说你的兄弟刘松林吧。"

白朗说道："我永远也不想听到他的名字！"

"那我就给你说说我的事好吗？"未开口，却哽噎起来，"你告诉我，我是不是真的丑了？"

她确实是丑了，一个奇艳无比的人怎么就突然丑起来了呢？他说："你怎么了？"

女人说："我快要死了。"

"要死了？"白朗说，"你是唬我吗？黑老七现在并没有了强大的对手，陆星火死了，刘松林投降了，地坑堡正好红火，你压寨的夫人要死了？"

女人说："我知道你一直在对我有着防心，我也一直没对你说过，现在告诉你吧：一个压寨的夫人为什么专来为你送酒送饭如一个丫鬟，是因为这个夫人害了麻风病的。你不要插话，你让我说吧。害了这种病是不能救的，要救就只能与男人同床把病传给那人才能好的，而病在最严重的时候却能使病者的容颜十分艳丽，也是最容易招惹男人的。黑老七他得知我的病后，他当然是不会同我有房事的，却也舍不得我的容貌而让我死去，便要求我传给他的一个喽啰然后把那喽啰杀掉。可我看不上那些喽啰，黑老七抢来我我已受了屈辱，再若去与那些我不钟爱的人干那种事，我不如死了的好。你被解来，黑老七原本要让赛虎岭的众王瞧瞧他的威风后就立即杀掉你，可在你一到地坑堡我就看中了你。黑老七他是同意了，说：'只许一次，一次成功了就告知我，我不允许动过我的女人的人多活一个时辰！'这就是我给你送酒送饭的原因，也就是我美衣鲜服地取悦你的原因，你现在该是知道我的狠毒和邪恶吧？但是，在与你的接触中，你是一位真真正正的英雄，你不但有比一般人英俊的容貌和身架，你更有一般人没有的英雄气概，你并不是贪色之人，你不以你的英俊自持，不以你是一个王中之王的人物把送上门的女人收拾了，便宜了。正因了这一点，我更加爱上了你，且后来也认出了你就是当年救我的恩人，我哪里再会去害了你呢？可我毕竟是个女人，心里又是那么爱着你，我真盼望我能得到你的爱，让你抱了我，抚摸我，让我使你在快乐中忘掉囚关的苦楚，也让我幸福地死于你的怀中，但一想到如果那样了你就会染病死去，只好在那一时又拒绝了你。你知道吗，每一次送酒饭回去，黑老七都要查问，我瞒着说机会不成熟，他不相信你是个不吃腥的猫，又怀疑我是真心好了你。我的心情矛盾极了，彻夜彻夜不能安睡，所以这数天我没有来。谁知越是这样，病情就越加重，鼻子便开始炎红起来。我知道鼻子一烂，接着头发就要脱落殆尽，身上也会烂得一块块掉皮。我到了那时就丑得不堪入目，更不愿意我爱着的人看见我的样子。但我又是快要死去的人了，我怎能不来见见你呢？我无论如何要来最后看看你了！黑老七见我病到这步田地，知道你没有起作用，就叫嚣着要杀掉你。但他现在是病了，病得也不轻，终日惊恐着会有人要杀他，也就另眼待我，已将我扔到一间空房中让自个死去。我偷偷地跑来，一是要提醒你，黑老七明日会来杀你，或许就在今日，你万不可睡着，要防着他；二是我要求求你，让我就死在你的手里吧！"

女人不歇气地说着，她不让白朗有一句插话，似乎她要一停止下来就再也说不完了。现在她跪在了白朗的面前，眼巴巴地看着，向他企求了。泪水不知何时起已经满面了的白朗，双耳轰鸣，喉咙哽噎，他为面前的女人战栗了！天呀，原来是这样，事情原来竟是这样！他忘却了刘松林带给他的烦恼，满心地同情着这个可怜的女人了，更感动着这女人对他的一片挚心了！世界上的英烈并不是男人家才有，柔弱的女人竟也有石破天惊之豪举，他白朗一世来并不看重女人，谁能料到拯救他的不是月下结拜的武功超群的狼牙山寨的二大王刘松林而是这一个不胜风寒的女人啊！他把女人一揽手抱起来，抱得是那样地紧，说："你是不会死的，你是不会死的，等我哪一日出去了，我会请世上最好的郎中治好你的病的！"

女人在双臂之中颤晃着，如风中细柳，几欲要痉挛了，大颗大颗的泪就坠下来，说："啊，有你这样的话我真高兴，可这是不可能的，这是不可能的。"

悲哀到了极点的白朗一下子冰山似的崩溃了，他瘫坐在条凳上，抓过了酒罐来饮，却在酒罐里发现了一柄短刀。他极快地把刀拿在手里，回过头来，女人却已衣着整齐地平平地仰睡在他的床上了，在惨惨地笑："大王，你来杀了我吧！"

白朗握着刀走过来，他的手在抖动着，他杀过了不计其数的人从没有这样抖动过。"我怎么能杀了你呢？我怎么能杀了你呢？"

"你杀了我，我会死得幸福的！我求求你了，我的大王！"

白朗看着女人微笑着闭合了双眼，脑子里浮现出一刀下去切断了她的喉管或是一刀扎在她的左胸，血喷泉一样地溅上屋顶，溅上四壁，一个美丽善良的女人就再不复存了?! 他回头看着窗外，今天的太阳没有照耀，不知何时布满了阴云，有雨在下落了。他终于说："好吧，我满足你。"俯下身去，在她的额上，鼻尖上，嘴唇上亲吻了。"你把左手搭在床沿吧，我划破血管，血就会流干的。"

　　女人顺从地伸过右手在床沿了，她并不看，仍那么安详地闭了双目，白朗却拿刀背在她的手腕处划了一下，就坐在一边头软得再也抬不起了。

　　楼室里是那样安静，窗外的雨在淅淅下着，这雨声在女人的知觉里是血管里的血在往外流淌，她没有痛苦，她觉得生不能给英雄的白朗做妇做妻也不能与他纵情为乐，但经他手死去才使她这般自在幸福呢! 现在，她要死了，血一流完她就死了，但愿在另一世里他们再相会吧。

　　白朗抬起头来，发现女人的胸部慢慢平息了起伏。他走过去，女人早已经死了! 她在一种意识中死得果然安详，脸上还在微笑着，没有血，没有伤，真如睡熟了一般的一尊菩萨。白朗就这么一直看着她，看着她，将她神圣起来而不敢再去碰她，摸她，直到天黑，天黑又到黎明。

　　黎明里，白朗抱起了酒罐大口大口往嘴里倒酒，已经喝得大醉了还在摇动酒罐。没了酒的空罐里有了一种金属的声音，掉下来的竟是一把钥匙。白朗立即醒悟了，拿钥匙去开镣铐上的锁。锁打开了，他的眼泪唰地又流了下来了。是呀，这女人在死前把什么都预备好了，她为他带来了钥匙，也为他带来了自卫的短刀! 白朗跪倒在女人的尸体前，叫着"夫人! 夫人! "，泪水涌流却嘿嘿地大笑了。

　　这时候，楼下传来了杂乱的呐喊声，听得见有嘶哑的吼叫："一定要守住，守住! 今日谁杀了那头领，我大王就将压寨夫人赏他了! "白朗听出这是黑老七了，黑老七接着又喊着夫人，大骂着："跑到哪儿去了? "一小卒在答："夫人昨日上楼没有下来。"黑老七就又骂道："娘的 ×，谁还让她到楼上去的?! "白朗隔窗一看，堡门外的土场上果然狼头旗帜数面，无数的狼牙山寨的旧部在那里攻打，他要探身窗外嘲笑那一个黑老七了，楼梯口却传来了急促的脚步声，白朗立即复坐床上，将镣铐缠在手脚上，那一柄短刀就顺手压在凉席下。

门被一脚踢开，黑老七和四个提了柳叶刀的喽啰走进来。

"和尚白狼！"黑老七恶狠狠地说，"你不是总要见我吗？我黑老七来见你了，怎么样，地坑堡待你不薄吧，关在这里有吃有喝还有个娘儿陪你？"突然一变脸吼叫，"小的们，把那臭娘儿一刀砍了！"

白朗说："慢着，她在我这儿睡着了！"

四个喽啰皆一时满脸尴尬，觉得压寨夫人竟是睡在囚徒的床上，便拿眼看起自己的山主了。黑老七哈哈笑道："和尚白狼，你以为你占了我的便宜吗？我告诉你，这臭娘儿们害了麻风病，是我特意让她来找你的，我不用杀你，你也死到临头了！"

白朗傲慢地坐那里，冷眼看着黑老七，说："是吗？那你怎么还到楼上来?! 是来请我出去吧，外边的我的兄弟越来越多，你是让我去领他们进来吗？"

黑老七说："是的，和尚，外边是打得厉害，自把你关在这里，我地坑堡再没安宁过。"

白朗说："这我当然知道，你是瘦多了，气色是坏多了，日日夜夜听风声就是雨，见草木也错认了兵，再要下去你不是吓死也得吓疯的吧？"

黑老七说："说得一点不错，我就为此来向你借一件东西的。"

白朗说："什么东西？"

黑老七说："要一颗人头！外边的人见了你的头，心就死了，就不会再来寻我的麻烦了！"

白朗笑了："是吗，你来取吧！"

黑老七叫了一声，四个喽啰还未动手，白朗忽地从床上凌空跃来，那手在起跃时早从席下抽出了短刀，一下子扑到黑老七的身边，一手扼住了他的胳膊，一手将刀贴逼在他的脖子，大声说："实在对不起了，黑老七！你给你的部下说，让他们乖乖放下刀先行开路吧！"

突如其来的变化，惊呆了四个喽啰，黑老七也是面如土色，他只好命令着喽啰放下刀前边走，白朗就将黑老七押着一步一步走下楼来。地坑堡的喽啰小卒见山主被押下来，蠢蠢欲抢，那刀就在黑老七的脖子上划出血了，黑老七叫道："谁也不要动，谁也不要动……"这一幕恰被堡门外搏杀的人瞧见，抵抗的兵卒稍一迟疑，狼牙山寨的旧部早一刀捅死一个，就蜂拥下来使劲砸撞堡门。白朗又逼着黑老七下令把堡门打开了。

地坑堡所有的喽啰兵卒被赤手集中在一块空地上，白朗说："黑老七，你说怎样处治你呢？"黑老七一脸哭相了："以牙还牙，你也押了我一路去狼牙山寨吧！"白朗从他的腰间拔过了曾经是自己的短枪，丢开了黑老七，低头将短枪的机头打开，又对着枪管吹了吹气，却将短枪插在自己腰里，仰天哈哈大笑了："黑老七，你算是什么角色，还用得着我押了一路去狼牙山寨？我杀了你也嫌损我的英名！"遂叫道："谁来砍了他？"人群中走出一个人来，穿着狼头标志的服装，提着一面偌大的镲刀。白朗似乎不认识他。

"你是谁？"白朗说。

"大王不认识我，我是新入伙的。"那人说。

"你能砍了他吗？"白朗问道。

"我是盐池北边的人，黑老七暗袭了大王，官府就把盐池又夺走了，还杀了许多抢过盐的百姓，我爹我娘都被杀了，我岂能不砍了这条祸根?！"

阳光下，他一镲刀砍去，竟将黑老七一分两截。那上截的黑老七倒地还活着，说了句"我不该做那王中之王啊！"，睁目绝气。

三

白朗收拾着残部回到了狼牙山寨，白朗又是一代枭雄，赛虎岭的王中之王了。到处在扬颂着一个英雄难而不死灭而不亡的传奇,已经衍义得神乎其神,说白朗在醉酒中被黑老七囚押在地坑堡的诵经楼上,如何是白日里的英俊潇洒的玉面和尚,夜里就显身一只白狼,望月嗥叫,引动着满山遍野的狼群了。诵经楼是那个翰林的老母居住过的,久年未修破败不堪了,但白朗去后,每个黎明里楼檐风铃叮响,悠悠似有诵经之声,只有在盐池上空才能见到的白鹤天鹅,却见天要飞来七只凑在楼顶引颈长鸣。这样的传奇先是在山民百姓中,至后赛虎岭的众山的喽啰小匪,县城的工商作坊里的掌柜相公,连官府军营中的兵勇士卒全都如此谈说。就有人刻印了他两种画像,一是狼头人身做护身镇邪的法品在市面出售,一是美如妇人的脸谱,称作和尚菩萨的,高价买来不叫买叫请的,请供于高墙神龛上日夜焚香磕拜乞福求贵。

赛虎岭上没有了黑老七,十二个山头便剩下了十一个,那十个山主在白朗遭擒之时着实是晴天里听到了一个霹雳而震撼了,他们遗憾着白朗雄鹰折翅,骏马失蹄,受到了平生的奇耻大辱。但每一个山主之心中却也包藏了一份幸灾乐祸的暗喜:有白朗在,赛虎岭当然是安全的,官府收的税自己收,官府纳的粮自己纳,有大碗的酒大块的肉大福大乐享受;但有白朗在,赛虎岭的头把交椅永远也就是白朗的,所以,黑老七灭了狼牙寨,他们异口皆曰黑老七心毒胆大,却没有一个提出来剿灭地坑堡,黑老七在他们眼里原不算什么角色,只要提高警惕防备着些,愈加经营自己山头,谋图着某一日这赛虎岭真要成了自己的天下。但是,现在的白朗奇迹般地又回坐了狼牙山寨,不自量力的黑老七落了个寨毁人亡,便都一齐称颂起白朗的英雄盖世了。

狼牙山寨的印着白色狼头的旗帜又在已经开裂如刀剑的天元寺塔上飘扬,它就象征着这数百里方圆的赛虎岭上,依旧是大王们的天下。远在县城的千总老爷果然重新调整了各地的巡检司,城之东西南北四门的吊桥严加把守,天一黄昏便高高吊起,而正欲清剿赛虎岭的计划悄悄撤销,集中起来的小校兵卒以及成批的乡勇民团终于只固守在了盐池。赛虎岭，十一个山头若十一个部落，各自在其势力范围内经营各自营生，山头上，路口上，喽啰巡哨，见巨贾豪富的钱车粮担就扣，遇官府的游兵暗探便杀，山与山狼烟联络，寨与寨号角呼应。但是，谁也不能侵犯了谁的势力，唯狼牙山寨的人，只要是衣上有狼头标志的或是持一块刻有狼头的木牌的，却可以自由往来于各个山头的区域。这当然没有明文协定，但一时间却成了例行的规矩，于是，常常三更半夜有人影绰约，询问什么人，回答狼牙山的，查也不是不查也不是，更有这个山头与那个山头为一个动心的女人或一担财物发生了冲突，几乎开始都在吆喝："要眼睛出气吗，老子是狼牙山的！"结果是假狼牙山的占了便宜去，真狼牙山的又被错为冒充，出现了不少的流血事件。白朗就要传话给十个山头，邀请十个山主前去聚一聚，亲议一些事宜了。

众山主得到邀请，莫不筹备了丰盛的礼品，他们知道如今的白朗自比往昔更一层威风，所谓邀请去狼牙山寨也就是让他们前去恭贺他的复出，也就是要暗暗警告狼牙山寨的名号是谁也不允许冒充的，皆在这一日纷沓来到天元寺塔下。

众山主的猜想一点不错，年轻的大王白朗虽然腰斩了黑老七，一把火灰飞烟灭地烧毁了地坑堡，但被一个最不起眼的山主护颈铁枷锁了，四条绳索绑了，行走数十日地押解到一座楼室里，这羞辱是太大了。他成心借此机会让众山之主们瞧瞧他一个王中之王是可以被人欺负的和欺负得了的吗？为了办好这次集会，他重新修整了寨堡的颓墙败栅，粉刷了所有楼亭舍院，到处收拢散落的旧部，招募新兵。但是，令白朗多少有些失望的是数天的时间里虽然张贴了布告喧腾了锣鼓传播了口信，上山来的人马仍是寥寥无几，更多的则是那些在地坑堡投降的喽啰，是山上百姓和从盐池偷跑来的盐工。这些新入伙的穿上了印有狼头标志的服装，包裹了黄的巾帻，操练刀棒，一见他就全伏地呼大王不已。他不认得这些陌生面孔，总觉得与他们没有以往旧部兄弟们的那份熟腻和亲切了。他派了一个当初功在陆星火之下的山寨头目，也就是在杀死黑老七的那天攻打地坑堡的领头人，交代了再次下山，无论如何要寻到所有的旧部兵卒重新归来，甚至动了情道："狼牙山寨遭难，我白朗没能保护好大伙，今日天不灭我，狼牙山寨的兄弟就要有福共享啊！"

当众山主到齐了狼牙山寨的山门，那马就不能再骑，因为缘一面突出山嘴随势砌筑了二千级石阶。他们气喘吁吁往上爬，且道道围墙，层层栅栏，头扎草黄包巾腰佩雪光铁刀的迎兵吆喝打开，又吆喝关闭，甚是一派森严。上得山嘴，并未到得正寨，又是一峰崖，开元寺塔就在上头，而崖的两侧有飞瀑直下望之若练，路曲之绕过瀑后，走过了珠玉喷跳之处石皆成穴之处，仰视着崖上苍苔匝生如羊胛状，酷夏之中人也莫不心身寒气所逼了。白朗自然立于崖头路口拱拳喝迎了，自然又是往昔的一身素白一颗光洁头颅的和尚了。他声声呐喊，立即应者雷轰，早有数十个将鬓发绾紧是一个角儿的小徒们安顿了八八六十四张生漆染就的八仙大桌，众山主和所有山寨的大小新旧兄弟一齐入座了。众山主们走到了桌前，却没有落身下坐，而是环目望见了那旧制的三楹大门楼三楹仪门五楹正堂东西各三楹厢房，那后堂的侧门，那兵库房，三楹花厅，大门外东西分别的大厅，那十二间的榜廊全都焕然一新，张灯结彩，而新造的二十个窝铺，四个角楼，六个敌楼，连同了那木架哨台、天元寺塔，全插上了新崭崭的狼头旗帜。这阵势便使众山主们少了志气，白惭形秽起来了，他们整衣理帽，尽量使脸上长久笑容，就在山鸣海啸般的乐鼓声中让随从抬上虎皮、熊肉、熏鸡、油鸭和一坛坛美酒，成匹的丝布，以及火纸、食盐、豆油、木耳、香菇，言称薄礼小品不成敬意，然后弯腰向白朗恭贺，逐一地挑选着天下最美丽的词句，以悦耳高亢的声调称赞白朗的英勇了。一时间里，狼牙山寨就是赛虎岭的一面旗帜，白朗就是众山之主心悦诚服的领袖，从此赛虎岭将固若金汤，那盐池的恢复指日可待，县城的官兵是一群草芥，这方圆数百里地将永远是一个独立的王国，别一种清平的世界了！听着这么多的赞誉，早晨起来又兀自喝过了过多的烈酒，白朗满面红光，神采奕奕，想起了过去的一切，他也为自己的今日而惊讶了！是呀，天下哪儿有被囚押欲死之人又突然间报得深仇，重整了旗鼓，而又为此地振臂一呼就能应者云集呢？做了阶下之囚，黑老七仍是见他战战兢兢，这已经是别人不能做到的奇迹，何况在囚室之中又有一个艳丽若仙的女人钟爱于他，岂不又是奇迹中的奇迹吗?！这全是自己的英雄气概所征服的呀，赛虎岭上有第二个人吗？或许，这些众山主和众喽啰的称颂未免过分了点，但除了他白朗哪一个人又能如此敢有一点承当啊！

白朗毕竟是英雄的白朗，在这样的场合中他不会忘记了为他牺牲的人，他要在万众欢呼里追念那些亡灵。他首先想起的是他的结拜过的三兄弟陆星火，他给大家讲述着陆星火的英勇，从一块精致的木匣里取出颗血肉已化的头的骷髅，安放在高台桌上，为其奠酒，三跪六拜，声明他要修坟造碑，年年月月为他的可敬可亲的三兄弟荐祀。再下来，他就说出了一个女人来。当众说出一个女人，且这女人又是黑老七的压寨夫人，这于当过和尚的白朗是不宜的，于如今被传颂得神乎其神的白朗是不宜的，但他白朗还是要提到她。他讲述了这女人在楼室里怎样地照顾他，又是怎样地暗送了他的钥匙和短刀。此话一出，众山主和喽啰兵卒都议论哗然了。这一切的一切，是谁也不知道的，他们在白朗一说一个女人的时候甚至觉得有些好笑，怨怪白朗怎么启这种口呢？可听罢了她的事迹，他们全都被这前所未见前所未听过的奇艳无比的人所感动，心想这女人一定是与白朗有缘的，是不是白朗已经和这女人有了那一层的关系了？这种想法当然一闪即过，遂感叹一个娇弱的女人能身为黑老七的压寨夫人而倾心白朗，这女人定受了英雄白朗的感染，更可以说身上流动了白朗的血气，越发证明白朗是一位大英雄了！

当白朗将一壶酒洒向地面，大家把酒全洒在地面，他们同时在心中祈祷着自己的一生中也能遇上这么个女人，做一个有着生生死死的奇艳风流的英雄多好！白朗接下来在追悼为救他而攻杀黑老七的兵卒，追悼完了，他站起来喝令着兵卒点燃了炮铳连放三十六个爆响，令四十八个喽啰抬出鸡鸭猪牛肉一盘盘端上，将一瓮瓮烧酒在大碗中筛满，宣布能吃的吃饱能喝的喝足，没了黑老七，不怕有偷袭，醉得昏天黑地三天不醒的是白朗的朋友。但是，人群中有人叫道："大王，你并没有追奠到一个更救过你而死去的人啊！"这一声很是响亮，似乎还带有童腔。已经坐下的白朗站起来问："哪一位说话，是我遗忘了谁吗？"

人群中站出一个小小年纪的小卒，一件有着狼头标志的服装宽大过膝，显得两腿短矮失例，但眉目清秀可爱，白朗认出他是那个曾经吹过唢呐，后来又守卫诵经楼的黑老七的旧部下。他站到了人群前的空地上，面对着白朗做了一个半跪的姿势，然后又眨了一下左眼，白朗被他的旧日动作所逗，不自觉地也冲他眨了一下左眼。小卒说："大王刚才说到的黑老七的压寨夫人，那她正是我的表姐。表姐的事大王已经当众讲了，其实这一切表姐都给我讲过，因为这是一个女人的事，大王刚才不说我现在也不会说的。但大王一定只知道我的表姐一个人，殊不知为了大王死的竟还有她的一位丫鬟！当陆星火刘松林死了以后，可以说来地坑堡救大王的并没有几个武艺强过黑老七的，但来救大王的人实在很多，这已经使黑老七紧张起来。为了使黑老七精神崩溃，不得很快杀了大王，表姐就同丫鬟偷偷书写了许多字条，上面都是一句话：'取黑老七的头！'三更半夜让丫鬟贴得墙上有，树上有，茅房中有。这便是黑老七以为狼牙山寨的人混进了地坑堡，或是地坑堡的兵卒中有了狼牙山寨的奸细。他查了又查，搜了又搜，杀死了许多他的部下，但是，每日还是有字条发现，黑老七夜里再也不敢睡了，担心一睡下有人取了他的头去，白日再也不敢先吃饭，担心饭里放了毒，先要让别人吃第一口。人这么活着怎能不病呢，黑老七就病了，一听见风吹树叶就惊，一看见日影灯影也惊，常常惊起来就怀疑他身边的人，要不严刑拷打，要不就杀了。大王你想想，他得了你的短枪，原本可以在地坑堡的堡门楼上瞄准前来攻打的人放枪吧？虽不能一枪打中一个，也可以三枪打中一个的，他却从不到堡门楼去，怕啥呢，就怕那里一乱，有人暗中害了他呀！这不就是字条的作用吗？可以说，他完全是一个神经病人了，身子虚弱不堪了。他最后去楼上杀大王，大王一定能瞧出他和从前判若了两人，被大王用短刀逼了再没做反抗，他以前也曾是凶猛如恶豹的人呀！我表姐的病到了快死的时候，是反复叮咛过丫鬟不能对人说这事，丫鬟给表姐点头，却在背地里哭了，她以为表姐放心不下她。这也难怪，她原是七星镇杨掌柜的女儿，杨掌柜曾经藏过黑老七，黑老七后来常去杨掌柜家，看中了她，虽不能明着抢来，却使了鬼点头勾引。黑老七早年是个串巢窝闯勾栏的能手。那杨掌柜的女儿就这样被他迷惑了成的奸，却后来又玩腻了，才让她做了我表姐的丫鬟。这丫鬟有这段往事，就以为表姐怀疑她为人有不争气之处，也就在那个晚上，她吊死在一所空院子的门框上了。她吊死了还贴了最后一张字条，那字条贴在她的身上。黑老七当然没有想丫鬟做了什么，还以为丫鬟也被杀了，更是要杀他的前兆。大王，她虽然是自杀的，但她是为了谁而自杀的？她的功绩并不低于地坑堡门外叫杀的兵卒，甚至她抵得住十个兵卒、二十个兵卒，但大王却只字未提到她！"

年幼的小卒说完，退回到他的位置去。白朗端起了酒，他深深地被那位并不知晓的丫鬟的作为所激动，他的嘴在颤抖着，一串一串掉下来的热泪滴溅在酒碗，正要双膝跪下去对着那上苍对着那冥冥之间游荡不知着落的一个亡灵呼叫，便有人在号啕大哭了。这哭声是那样地悲痛和凄厉，在炎日当顶如油锅开炸的正午，使每一个人五脏六腑都在震撼了，抽搐疼挛了。他们以为这哭声来自云空，是那一个几乎永远无人知道的丫鬟的阴魂在这彰昭的一刻恸哭了，以为是英雄的白朗率先在为自己的内疚而悲泣了。但是，当众山之主和兵卒们看见白朗也抬起了惊愕不已的眼时，才听清了哭声发自土石场的北角；那一堆拥拥挤挤来瞧热闹的山民群中，而且已有人踉踉跄跄走过来了！也就在这时候白朗却大叫了："刘松林?！"

听到"刘松林"三字，站在白朗身后的一队贴身喽啰忽地扑过来，如挟风的虎群，将还没有走到场中来的人掀翻在地了。血涌得一脸通红的白朗把手中的酒碗哗啦摔了，大声怒叫："刘松林，好个贼逆，你今日还有胆量来呀？来了正好，你那一颗贼头正用得上奠我狼牙山寨的英魂！"

那人突然脖子挺硬了："大王，你再看看是不是刘松林？！"

暴怒了的白朗一个愣怔，待看了一眼时，那人长得和刘松林十分相似，但毕竟比刘松林矮了些，也胖了些，脸上没有那抽烟土人的一层土灰色，不禁也疑惑了："你不是刘松林？"

那人说："我不是刘松林，刘松林却是我的一奶同胞。大王今日重整旗鼓东山再起，刘松林是你第一个要杀要剐的叛逆，可你大王哪里知道这奠祀的第一人却应该是他！"

众山之主和芦席上的残部兵卒几乎是愤怒了："这厮胡说八道了，刘松林叛主投贼，残杀陆星火，难道还成了功臣不成？！"

白朗却挥手让喽啰们放开了那人，冷峻地问道："刘松林他是死了？"

"是死了，大王，他死无尸首葬无坟茔。"那人说。

"他死了？"白朗重复了一句，却突然走近了一步说，"你说奠祀的第一人应该是他，他能比陆星火吗？他能比地坑堡的那位妇人和丫鬟女子吗？"

那人站了起来，又几乎是伤心了，但却在红日当空之下擦干了眼泪，说："陆星火是忠烈之汉，那妇人和丫鬟有节烈之举，刘松林在狼牙山寨时的功绩不用我说，大王心中清楚，在场众位心中也清楚，他的最大的过错不就是曾为了一个女人私自逃离过大王吗？但是，当他得知大王被困，盐池丢失，陆星火去救大王又断了胳膊，他大哭一场，血刃了他的那个女人就奔到地坑堡去了。他没有带多少人，他脱离了大王后只想和那女人寻一处僻静地过安静生活，他还忘不了唱戏，怀恋着舞台上的周瑜，所以，带在身边的只有二人，武艺又平平，但他还是去了。去了地坑堡，才知那里防备森严，他无从下手，又退回来寻找陆星火。陆星火已经残废，还领人去攻杀过地坑堡，但也差不多把人伤亡完了。他二人那一夜就住在我家，从一更商议到二更，二更又到三更，想不出个好办法来，把一坛酒都吃完了，就又趴在桌上哭。到了五更，陆星火终于想出让刘松林砍了他的头去假降黑老七，然后进入地坑堡杀掉黑贼为大王报仇，学一场古书上讲的荆轲刺秦。这办法是好，刘松林却不忍心陆星火这么死去，陆星火说：'你不要和我争了，你就是献了头让我去，黑老七一是信不过我，二是我一条胳膊也无力杀了黑老七。'就借说他去上茅房解手，在那里用刀自割了头。刘松林那时没有哭，他把陆星火的头血滴在酒里面喝，他说：'兄弟，刘松林现在不是刘松林一个了，刘松林是陆星火和刘松林两个人了！'就带了头赶到地坑堡。黑老七果然相信了他，让他端了陆星火的头进了他住的厅院里。他首先要黑老七先拿出三百两银子放在一边，再要黑老七把烟土准备好，说他烟瘾犯了需要抽烟。黑老七一一照办了，要他端上陆星火的头来，却不让他近身。不让近身怎么能行呢，陆星火的头颅下是藏好一把短刀的，他便说：'我还有个请求，黑山主一定答应我！'黑老七说：'什么请求？'他说是陆星火的嘴里有一颗金牙的，请求能让他敲了那一颗金牙！黑老七嘿嘿笑了，让人把头递给了他，他一边往黑老七跟前走，一边掰弄头颅的嘴，忽地从头颅下抽出短刀，却一脚踩在了一块瓜皮上滑倒了。他再要爬起来，一切都来不及了。大王，你是知道的，刘松林抽烟土抽上了瘾，没烟是没劲的，他从我家走时是抽过三个顿时的烟的，但到了地坑堡，烟劲还是过去了。他没能爬起来，黑老七的左右兵卒就乱刀将他砍了，砍成一堆肉泥了。刘松林死后，黑老七是胆战心惊的，刚才那位小兄弟谈到丫鬟的字条使黑老七几乎要疯了，这根源也一定是有了刘松林的谋杀才产生了效果的。像这么英勇之人，大王不但不追奠他，反倒还骂他贼逆，我那兄弟在九泉之下也不安宁啊！"

那人说到这里又哭起来，白朗已经支持不了了，瘫坐在了条凳上，反复地说："是这样吗？是这样吗？"

"是这样的，大王！"刘松林的哥哥说，"我要是有一句假话，大王现在就刀劈了我，他们是可以做证的啊！"

拥集在观看热闹的山民中就有两人走来跪下了，自报他们曾是黑老七的左右随从，他们是亲眼看见了这壮烈的场面。黑老七杀了刘松林后，即关了厅院大门，封锁了消息，所以地坑堡的别的兵卒是不知道的。待到黑老七最后死了，他们不愿再上山吃粮才回家务了农的，今日原也不来瞧这种热闹，是刘松林的哥哥特意要他们来做证的。

白朗的脸色黑沉起来，他没有再将酒端起来奠祀，也没有落下一滴泪，而是离开了那个他一直站着的高台阶，向着众山之王和他的部下喽啰走来，喃喃地说："还有我白朗不知道的人吗？还有替我白朗死去的我不该忘了的人吗？"他的样子非常地虔诚又非常地令人恐怖，当目光落在十个山主身上时，有两个山主突然脸色煞白，扑通扑通差不多一起跌倒在地昏迷不醒了。

酷热的夏天使所有的人都在这沉重而窒息的气氛中支持不了了，两个大王的昏厥使人群骚乱，立即有喽啰去舀了绿豆汤来灌，想这汤水灌下必会败了火气，但两个山主紧闭了双目却在高声说话了。一个说："你说呀，你快说呀！今日不说哪儿还有说的地方呢？"一个说："我怕哩。"一个就说："大王是白朗大王。不是真个白狼吃了你吗？"一个还说："我还是不说。"一个就生气了说："跟你这不出息的男人我算倒八辈子霉了！你不说我说了吧！"两人这么你一句我一句，互相不看，接应自然，又全然是夫妇口吻，有人就骇声叫道："这是鬼附身了，这是通说了！快拿簸箕桃条来盖住抽打！"那一个说着妇人腔的大王就闭目发怒了："谁要打我，我是来向大王诉冤的！"有人就问："你是谁，你要向大王诉什么冤？有冤你到县衙公堂去！"那妇人腔就说："我是七星镇兴茂客店的娘子，他是我的丈夫，我们在客店是接待过你们狼牙山寨的人，是二十个人，他们说是要去打黑老七要去救白朗大王，我们夫妻白给他们酒喝白给他们肉吃，可他们天明一出店碰上地坑堡的人就打起来，他们是全被杀了，那地坑堡的人就又来到店里找我们。院子里一刀戮了我丈夫，进厨房又找我。我跳进水瓮里，头上顶着葫芦水瓢，但还是让找到了。他们说我是狼牙山寨人，我说老娘不是，但老娘看不起黑老七，他不去杀官兵却关了白朗大王，他是小牛牛！他们问我小牛牛是什么？我说是小娃的鸡巴！他们就一刀砍了我的右胳膊。我知道我不得活了，就骂黑老七，他们说你再骂砍了左胳膊！我还是骂，左胳膊就砍了。我倒地上还在骂，他们就割我的舌头，最后连奶也割了……"说到这里，另一个就说："你不要说了，我来给大王说。大王，我夫妻不是狼牙山寨的人，我夫妻是为狼牙山寨死的，为狼牙山寨死的能不能说给你大王呢？若大王不肯理我们，我们这不是死得太冤吗？如果大王能理我们，就把我们也当了狼牙山寨的人，大王奠酒那我们夫妻也能去享受一口了！"脸色更加难看了的白朗不知该怎么处置眼前的事故，他为着两个山主的突然昏厥而担心，也为着昏厥的山主怎么说出这一段全然是别人口吻的话而疑惊。他说："为我狼牙山寨死的人，当然是有一份美酒。"此话一落，倒在地上的那一个山主便说了："娘子，你听见了吗，你听见了吗？"遂夫妻两种声调同时说道："谢谢大王！"而也是两个大王在这一时睁眼坐起来，浑身冷汗淋漓，虚弱无力，犹如干罢了一场最苦最累的活计。众人忙问是怎么啦，他们只说刚才脑子嗡的一下就什么也不知道了。

众人面面相觑而毛骨一齐悚然了，这是一场鬼魂附身的通说无疑，那么，在得胜相庆的今日，在白朗大王酒奠亡灵的狼牙山寨上，召唤来的是多少的鬼魂！兴茂客店的夫妻来了，而并不是狼牙山寨的人却为狼牙山寨死去的又何止这一对夫妻，会不会也要通通到来附体通说呢？众山之主和每一个兵卒喽啰都脸色蜡黄惊恐不已，便有年纪稍大的老兵急去将接收的火纸以铜钱拍了当场焚烧，企图让到来的鬼魂得到一份阴钱而安而息。偌大的纸火蓬蓬燃烧，纸灰如万千黑色的飞鸟在漫空飘浮，并不阻止的白朗也抬起头来，久久地盯着一叶纸灰在那里方向不定地游动，最后就静落在他的头上，他没有拂去。

这时候，从寨子下上来了一队人，形容憔悴衣衫破烂，领头的正是领了白朗的命令下山招收旧部的那个头目。他上得寨来被这纷乱而恐怖的场面所惊，也被白朗大王苦楚得僵硬了脸面的神色所惊，就跪下了，同来的旧部也跪下了，所有的狼牙山寨的兵卒喽啰全都跪下了，齐声叫："大王——！"

大王白朗木木地看着他们，终于趋前扶起了那个头目，问道："就召回这么些人吗，旧日的兄弟都不愿再来了吗？"

头目说："回禀大王，只要是旧日的兄弟，全都回来了！"

白朗说："那是三千人呀，三千呀！"

头目说："是的，别的全都死了。"

白朗说："死了？"

头目说："我走遍了他们所有的家乡，他们是死了。有的是黑老七偷袭盐池时死的，死了三百七十人；有的是盐池战败后逃散出去，先后被官府捉住杀掉的，死了七百二十一人；有的是为了救出大王，前前后后在地坑堡周围战死的，是六百三十九人；只有三十八人没有来，他们是在救你时没有救了却伤了双腿或瞎了双目或伤势过重被人背回去实在不能行走了。"

白朗没有言语，回转过头来说道："是我的旧部兄弟，都站过来吧。"

跪伏在地上的兵卒喽啰有一半站起来，集中到一起了。这是有千人之众，却三分之一的人不是残了手就是跛了腿，更多的则是在头上、肩上、腿上包扎了厚厚的血布。

白朗突然间头后仰向天，哈哈哈哈地狂笑了："我胜利了吗？我是王中之王的英雄了吗？"

这笑声和叫喊异常怪异，使所有的人听见了都打了一个寒噤，一身的鸡皮疙瘩暴起了。赛虎岭的十个山头的大王和黑压压一片的兵卒皆惊骇地看见在火红的如毒刺猬一样滚动的太阳下，白朗再也不是那么神采奕奕，再也不是那么唇红齿白双目若星，他一下子衰老了，头皮松弛，脸色丑陋，骤然间一动不动，遂身子慢慢摇晃着，摇晃着，最后倒在了地上，远远的那座天元寺的分裂成两柄剑状的石塔同时在一声沉闷的轰隆中崩坍了。

第三日的一个早上，一群妇女在赛虎岭最高的山梁官道上，那一眼唯一的泉水边，看见了一个人挎了短枪过来，全吓了一跳，以为是遇上了一个行歹的土匪或是一个官兵，急忙匿身于草丛里。等那人走近了，却有一个胆大的又能认识此人的女人尖声锐叫："这不是白朗大王吗？"

女人的眼睛是好，他正是白朗。但已经苍老得如一个朽翁的白朗大王，再没有穿着那一件白色的团龙长衣，也没有那一双白色的深面起跟鞋，而是一身肮脏短服，一柄短枪并没有将皮带斜挎了肩头，也不别插在腰间，泥土把枪身糊了，也堵塞了枪管，在他上土坎时完全是用着一个短拐杖了。他听见呼他的名字，站住了，却疑惑地看着面前的女人。

"大王认不得我了吗？"那个女人说，"可我认识你的！你想想，当日你被黑老七铁枷绳索地押了路过前面那个山头时，有个说过你长得好，又为你献了一朵野蔷薇，遭到黑老七的喽啰踢过一脚的人吗？那人就是我！"

白朗想了想，想不起来，他摇开头了。

"你当然认不得我了，你是多么有名的王中之王，你又长得那么英俊，多少女子会围着你的，你是不会注意到我一个开店的半老徐娘的。"

女人说罢，放荡地笑起来。旁边的就有人说："你这是做女人的嘴吗？"女人说："我说的不是实话吗？你们谁不想着白朗大王？听说许多人家买了大王的像在家供奉，家里的女人夜里老想着，都想疯了的！"

又转向白朗说道："可是大王，我要说一句冒犯你的话，你不会拿枪打了我吧？你现在可老多了，要不是我见过你，谁还相信你就是英雄

236

大王白朗呢？一定是大王将那么多的女人都收纳了做压寨夫人了吧！大王，你是英雄，又是英俊的男人，你真不该为了那几个狐狸精的娘儿们而将自己弄成这样，使我们从此见了你失望哩！"

白朗还是痴痴地看着这利嘴放荡的女人，却说："你提水罐吗，能给我喝一口吗？"

女人说："大王你是怎么啦，你已经走到这泉水边了，你还向我讨喝吗？"

白朗终于看见了那眼山泉，他走近去，放下了短枪，俯身趴就喝起来。他喝得很急，连一颗有着戒印的头也塞了水里。喝毕了，站起身来，嘟嘟囔囔说着什么，又一步步走远了。女人们都惊讶地看着白朗，发现白朗喝了水并没有再挎了那柄短枪，就叫道："大王，大王，你忘记你的枪了！"

白朗似乎没有听见，渐渐走远了，女人们回到泉边拾起了短枪，枪被太阳晒得焦热，烫得手没抓住溜进泉中了，但入水咻的一声冲出了一团白气，枪没有见了，水底里静伏着一条黑脊梁的银鱼。原来这些女人见了白朗，虽然白朗是老了，虽然白朗并不理睬她们，但她们想他毕竟是盖世的英雄，是英俊的男人，今生不能与他长生相伴，喝喝他喝过的泉水，就如同是和他嘴与嘴地接吻了，水喝下去也就化作他的血气了。可水里现在有了一条鱼，一摇尾将水搅浑了，且那柄短枪倏忽间又不见了。她们就疑惑了，觉得刚才是一场梦吗？那利嘴放荡的女人就说："这不是梦也是那个人作了祟的，他哪会是白朗呢，白朗做了囚徒时我是见过的，那一阵他还是多么英雄多么英俊，现在狼牙山寨得胜了，狼牙山寨的大王怎么会是他那个样呢？！"

好事的女人受到侮辱，又觉得那人窝囊可欺，就顺着白朗走去的路寻找那人出气。她们走过了很长一段山道，终在一个不起眼的崖根下的石洞，看见了那人盘脚闭目坐在里边。她们先是觉得奇怪，后明白了他果然不是白朗，是一个居止无定，炼精服气，欲得道引吐纳之法的隐人。

洞斜而下注，她们不能去拉出他教训，就于洞口再一次问："你还敢说你是白朗吗？"那人看着她们，说："是白朗呀。"女人们的愤怒再也不能遏制了，一边将土块掷进洞去，一边大喊："你怎么是白朗？不准你是白朗！你不是白朗，不是白朗!!"

下篇

○

孤独者：神之义

真 正 的 孤 独 者 不 言 孤 独 。

梅花

那一年的冬季，天特别冷，远在秦岭深处的阿南来了信，邀请石鲁去看梅花。秦岭的梅是整整有一条沟，下了雪，花就红得像一点一点的血。

阿南是烧炭翁，五年前背了一藤篓木炭给石鲁，想要石鲁画一幅火神像的。石鲁画了，没有收他的炭，却解开了他腰带上的酒葫芦来喝。酒里泡着未绽的梅花骨朵，甜丝丝的，有一股清香。待到一葫芦酒喝干，两人已经成了朋友。梅花酒是先绵后烈，石鲁在这个下午沉醉如泥，阿南则天黑走进石羊峡时酒力发作，扑倒在雪地里一夜，落下了哮喘的毛病。今冬里他气短得几次都要过去，自知熬不过春天，才写信给石鲁，他想最后见上一次高贵的朋友的面，但他没有这样说，只报告着整整一条沟的梅的消息。

石鲁收到那张写在油乎乎纸上的信，知道这纸是垫帽壳的头油纸，痛痛快快骂了一句："这龟儿子！"眼里就簌簌流下泪来。已经是很久的时间没有收到任何人的来信了，敢来信的只有十指苍苍两鬓白的烧炭翁！这么个雪天，整整一条沟的梅，是何等壮景。他急急地撕了纸条卷那烟末，点着了狠狠地吸，直吸得腰缩成马虾，眼睛憋得红红的，才纤纤地往外放烟，似乎他和阿南已经在那地窝棚里睡了很久很久，听见了

240

一种很奇妙的叫声。"是狐狸！"阿南立即抓起了枪，将他推醒，他第一眼看到的便是棚门角的一根梅枝倒伸下来，枝头上湿润润的一朵花。昨日进棚，这梅枝迎风在门口晃荡，一夜间竟开了如此鲜活的颜色！他伸手去牵梅时，却发现棚门已被雪堵严，拉开门，雪并没有进来，齐棱棱一堵白墙，梅就如从白墙上长出来。阿南嘿嘿笑着，牙很黑，牙龈露出来粉红，没有再做解释，低头去烧干锅。烧得锅发红了，一拔起锅耳，像持着盾牌一般，从棚门口往出去。他就跟着去，走出了一条融消的雪洞，他看见了一个银白的世界里，梅花在各处泛红，一团金黄色的影子向远方疾去。咚的一声枪响，枪是朝天打的，枪口上冒起青烟，人被枪的后坐力击倒在雪上，呵呵大笑。

现在，被剧烈地震动，石鲁却倒坐在藤椅上。藤椅已经朽烂不堪，吱吱地呻吟着，他看见青烟正从嘴角里飘出，长长的烟灰终于支持不住，掉在了棉袄外的黑色对襟衫上。"阿南，阿南兄弟。"他喃喃着，一下子衰老得满脸皱纹，窝在藤椅里如患了麻痹症的小儿。石鲁是不能出走了，这并不是因了一条跛腿，而是他被判了死缓，虽然最后没有执行，甚至已宣布解除，但他未经许可是不能擅自离开这个城市的。这座城市在中国之所以著名，是它有完整的一圈城墙，当每日的黄昏，太阳在城墙内斑驳的砖石上蚀成了一个红片，墙头上逶迤而远的女墙凹垛就如监狱高墙上的挂电铃铁网的木桩。

三天前，小儿子将哺养的鸽子全放飞了。他习惯于注视窗台上的鸽棚，想象着突然那里又站着它们，但他又希望它们永远不要再回来。今日的窗口是个空白，玻璃隔风不隔寒，看得见土院豁口处卧着的病猫，院中间的冷飕飕的椿树。

"阿南，喝酒阿南！"石鲁突然叫起来，显得几分兴奋。漫长的那些岁月里，他清楚艺术家应该是孤独的，但他永远静不下来，也无法孤独，政治的召唤，事物的纠缠，以及无数爱好书画者的追随和崇拜，如一群狼一样撵着他跑。"文革"刚一开始，他即被批判了，他认真检讨着自己，竭力要改变自己的形象，企盼着他仍是这个时代社会所能信任和器重的人，但他失败了，批判在不断地升级，直至判为死缓，他才明白他们是不需要艺术的。既然如此，他倒完全地平静下来了，不邀众人赏，他可以潜心地为自己作画，为真正喜欢他的画的人作画，为后人作画了，这竟是多少年来他一直在内心深处向往的境界啊。

"你一盅！我一盅！"酒倒在了酒盅里，小小的木方桌上，石鲁端起一盅喝了，又端起方桌对面那一盅，叫着阿南的名字，酒却喝在自己口里。下酒的菜是一盘盐泡的尖椒，还有一罐茶叶，茶叶故意放霉了的，捏一撮在嘴角里嚼。他现在真正地享受着孤独，低矮的河芦做顶的平屋里，孤独得如一只瘦虎。

当石鲁耷拉下眼皮醺醺微醉的时候，这个城里的钟楼上钟声响起来，低沉悠长，响了三下，又响了一下。这使他睁开了眼，觉得奇怪。古老的钟楼离小院子并不远，其实钟楼上早已不敲钟。不敲钟石鲁是知道的，那口镌满了古文字的铁钟几十年前就从木梁上卸下来堆在楼台上，但一个月前，石鲁却每日听见钟在响，他告知家人："钟在自鸣。"家人指出这是幻听，石鲁坚持他是真真实实听到的，并且每次自鸣三下。今日却怎么响了四下呢？于是他想，这一定有原因了，是钟楼有了危险的信息吗？据说钟楼下原是一口海眼的，修筑钟楼是为了稳镇这座城的，钟楼下的过道中间仍有铁铸的一根碌碡磨粗的桩，挂着一道铁绳。石鲁听到了铁绳在响，哐啦哐啦地直响，在他的右脑壳里，像蚕在那里噬桑叶一样让他难受。海眼里的水要冒出来，钟楼要陷下去吗？

这个城市若没有了钟楼，这个城市是多么荒凉？！

石鲁决定去见见吴老觉。他把那条咖啡色的羊毛围巾叠得整整齐齐围住了脖子，但他不戴帽子，头顶朝天，他是从来拒绝帽子的。鞋也换上了软底毡毛棉鞋；女人的头，男人的脚，鞋是不能有灰尘的。步出了小小的土墙院，便是美术家协会的大杂院，数天前的一场雪还没有消尽，寒气一森，人脚踩过的雪泥已经成肮脏的冰块，一卷儿一卷儿风剥下来的大字报纸团软沓在那里。石鲁用拐杖戳打着冰块，笃笃地响。门房的三间小屋的那扇半掩的门立即打开了。

"石先生——你这是要出去吗？"老太太在问。

"先生？"石鲁觉得这称呼有些滑稽，但他没有纠正这位已经在门房工作了十多年的老女人。"出去，"他说，"不出城门洞的。"

"现在几点啦？"老太太说，"我没有表的。"

"中午一点。"

"石先生你来登记吧，你知道，我不识字。"老太太把一支钢笔拧开递给石鲁，石鲁看见那是一本登记册，上边的栏目里分别要求签上几点出门，往哪儿去，几点返回。

"这是新规定的，石先生，我只是看门的，看门狗……天没大晴，街上泥杂杂的，先生穿这么新的鞋？"

"人死了都要穿新鞋的。"

"……？"

石鲁看着老女人笑了一下，说："我是判过死刑的，死了的人。"

他用拐杖戳着大门过道墙上的标语，标语写着："打倒黑画家石鲁！"拐杖就蘸着地上的泥，在"石鲁"二字上打了两个"×"，自己竟又一次笑起来。这一次笑出了声，不想竟笑掉了一颗门牙，落在了地上。

"我的牙呢？我的牙呢？"石鲁弯下腰在地上寻找。老太太帮他捡起来，牙黑得如一粒黑豆。他开始折身又往大院里走，因为门房太矮，大院右侧有一座仿古的楼阁，那是用来接待外宾的，共同交流艺术的地方，楼阁最高，落齿依风俗要撂到高处的屋顶上。

墙角影子一探，有人却在轻轻地唤石鲁的名字。这是驼背老陆，俯过身来告诉了：画家李唯自杀了。石鲁怔了一下，但并不惊骇。老陆问去不去家里看看，石鲁不去，口中吟挽联："朝闻道，夕死可矣；今而后，尔知免夫。"一步步往大门外走去。老陆一脸疑惑，听见石鲁跛脚跨过大门槛时，嘿嘿而笑："我没闻道，老而不死必为贼啊！"

大街上，清冷异常，汽车从冰雪疙瘩上碾过，嘎里嘎哇响如爆竹。又经过了钟楼，放眼往楼顶上瞅瞅，未能瞅清那铁钟和铁桩铁绳，一堆人是集在那里叫嚣，高高的木架上弯腰站着一个受批判者。去年的夏天，那个位置上站着的是作家老杜，老杜的裤子皱皱巴巴。有人在骂："狗日的，稿费多得拿麻袋装哩！"老杜说："我全交了党费了。"那人伸手要扇打，却打不到脸上，一跃，吐一口唾沫，一跃，吐一口唾沫："狗日的！谁见了！狗日的！反革命！"他过去，只是替老杜拉展裤管。这举动使批判人愣了许久，后来觉得是侮辱了他们，一阵拳打脚踢就把他打倒了，从此折了一条腿，一直在牛棚里自行长好。但现在自行长好的腿却长歪了，睡下两腿不齐，站着长短不一。他在左侧拐弯处的店里买了盏灯笼，匆匆穿过西大街，往南又往东，窄而潮的巷道里，骂起了路不平，一直骂到吴老觉小院门口。

　　这是一条幽长的巷子，石鲁使劲摇着那染成黑色的木门上的铜环时，巷那头起了锣鼓声，一队人马逶迤而过。吴老觉这个瞎了双目的摸骨大师，如今不能公开亮着牌子，摸骨测命，却顺理成章地为人接骨按摩，他竟将门染了黑的，墙柱、椽头也染了黑。门咿呀打开，小脚的老嫂子嘴还吸着水烟袋，忽然笑道："哎哟，大白天的打灯笼，真是见鬼！"石鲁说："是鬼，要是死刑执行了，挨颗炸子，该是凶鬼！"老嫂子说："是雄鬼！"将灯笼挂在门脑上。"头发留得这么长，是不是长头发才是画画的？"石鲁说："不让人留胡子也不允许留长发吗？"

　　里屋内有人冷冷地哼了一声。石鲁呵呵地笑，笑得十分怪异。吴老觉在里屋后门槛上坐着，幽幽的只是背影。他原是一口好胡须，造反派说："毛主席不留胡须，你为什么留胡须？"吴老觉说："马克思是大胡子。"造反派愤怒他竟敢与马克思比，把他胡须一根根拔了。没有了胡须，吴老觉感觉似乎没有了嘴，但他终于没死掉，因为这个城市的新领导患腰痛，需要他按摩。吴老觉坐在那里，双手在一只布袋里忙活，布袋里装了小米糠，也装了敲破了的花瓶碎瓷，反复把碎瓷复原成花瓶，再搅碎，再复原。

"你把手艺越练得好，越是让领导中毒啊！"石鲁说。

"中毒？"吴老觉头拧过来，眼睛白花花翻着。

"按摩是上瘾的，上了瘾的和吸鸦片有什么不同？"

"那你嗜酒，嗜茶，还有嗜画，也是吸毒嗍！"

阴影处一个人起身要走，躲不及，就站起身打招呼："石主席。"

"谁？谁是石主席？！"

"我叫惯了……"

"白老先生在这里啊？"

枯瘦如萝卜干的白葭一身红卫服，头顶上再不是那顶泰戈尔式的毡帽，软沓沓的军帽，不类不伦。

"你怎么一见他还是害怕？"吴老觉说。

"他管了我十多年。"

"我现在是行尸走肉，"石鲁说，"死刑犯嘛！"

白葭比石鲁年龄大，石鲁在延安还只是在黑板报上画插图的时候，白葭已在北京城里成了名画家。那时吴佩孚在北京，托人来要画，他画了一只鹰，后来蒋介石到北京，托人来要画，他画了一只鹰，再后来毛泽东坐了北京，他还是画了一个鹰。当年国民党要员让他去台湾，他问人："共产党来了让不让卖画？"回答是："卖的。"他就不去台湾了。但卖了几年画就不能卖了，京城里待不住，返回了老家来，仍是画不了新生活，又偷偷卖画。从延安来主持这里美协工作的石鲁，少不得要抓典型，点名批评。

石鲁坐在条凳上卷烟卷儿，跛腿怎么放都不舒服，抱起来架在另一条腿上，吃烟的样子像个猕猴啃梨。

"白老先生，听说判我死刑后，你为我烧过一沓'上路纸'？"

"这谁告诉你的？"

"听了这话我兴奋得喝了一斤烧酒，我是喝醉了三天，身上脱了一层皮，像蚕一样的。"石鲁要站起来，没站稳，夸啦倒在地上，突然说，"白老先生，我对不住你！"

吴老觉和他的老婆莫名其妙，白葭却听得明白。"吓，谁对不住谁呢？"他说，"石主席，我还真希望你管我，点名批评我，让他们批，他们把我的家都抄了！"

石鲁心里酸酸的。"你牙疼？"看见白葭捂着半个脸，吸冷气。

"他们扇我耳光，一颗牙掉了，满嘴牙全松脱了，动不动就疼。"

"我给你治治，"石鲁说，"老觉会接骨，却不一定能治了牙的。"

把白葭的头压在门扇上，掐左耳轮下的穴，白葭杀猪般地叫。叫声钻进脑壳里，石鲁感觉里又是蚕在那里吃桑叶，接着是钟楼的钟在鸣，铁绳在拉动。他问："钟楼上的钟一直是鸣三下的，今日怎的鸣了四下？"

似乎吴老觉、吴老觉的老婆和白葭都没在意他的话。

"老觉，你测测，钟楼要塌陷吗？"

这下吴老觉是听清了，仄耳逮外面的声音。但钟楼上的钟没有鸣，院门外轰隆隆地涌进一阵锣鼓喧闹声。

"石主席你知道吗，毛主席发表诗词了！"白葭说，"今冬雪下得多，北京城里的梅花也开得好哩。"

"就为这个庆贺了？"石鲁说，"什么诗词，你念念。"

"……俏也不争春……她在丛中笑……"

"……"

三个都不再言语。吴老觉的老婆不停地吹着纸煤，呼噜噜呼噜噜吸足了一袋水烟，说："伟大领袖还是伟大的诗人。石先生，你看看那幅画怎样，老觉是瞎子，我又不懂画。"

石鲁这才看清在门角靠着一卷儿画，画背面写着：呈北京中南海。打开是六尺整张的一幅"咏梅图"，梅繁如锦，红艳无比。

"石书记，"白葭有些不好意思了，"你看看，这是我为领袖诗词写意的，从来画梅萧疏冷艳，我画得热闹……"

"你是让老觉来预测呈画的命运吗？"

石鲁始终把画倒着看，说："白老先生，看来我还得批评你，你这又想卖钱啊！"

"我这是画给中南海的，老觉要给省革委会主任治骨折的，他是能见着主任，让他呈上去的，我向中南海要钱吗？"

"那要什么？"

石鲁还是倒着看。"我不会画梅花。"他说。

"你怎么不会画梅花？石鲁能不会画梅花？！"

"你这梅花不是争春是霸春，我只知道梅花不是媚花！"

石鲁站起来往外走，一瘸一瘸的，拐杖敲打着地，把吴老觉的谷糠布袋也撞翻了，吴老觉顺势夺过了拐杖，叫道："石鲁，石鲁！"

石鲁还未回头，一拐杖打在了他的跛腿上。石鲁哎哟倒在地上不得起来。吴老觉说："你就这么要走吗？钟楼塌不塌关我屁事，可我得给你这四川龟儿子治腿啊！怎么样，打断了吗，不打断让我怎么给你重新接好？！"就蹿过去捏那断腿，捏得骨子碎片咯吱咯吱响。石鲁骂："这龟儿子！"就是不叫唤。

"你疼了就叫。"

石鲁还是不叫，人却昏死过去了。

等石鲁醒来，他已经躺在自家的小屋里。吴老觉用一种鸡屎一样的膏药敷在腿上，又包了几袋中药让石鲁的老伴在家里煎熬。他看见那熬过的药渣中有蜈蚣、蝎子和簸箕虫。"把蝎子挑出来，你放在瓦页上往火上烙，烙焦了我来下酒的！"

雪又扯棉撕絮地下了一夜，接着红了三天太阳，消融的雪水滴滴答答从芦棚屋檐上往下滴。石鲁七天里没有下床，他听见了钟楼上依旧有钟鸣，铁绳哐啷哐啷在动。他让儿子一定去钟楼看看，儿子从钟楼下回来，告知每日有庆贺诗词发表的游行队伍，今日高音喇叭上已播放了为诗词谱的歌曲，一批画家把一批画梅的画也挂在了钟楼四面墙上。

傍晚，城墙箭楼上的寒鸦飞在了土院中的椿树上，那只老而病的猫还卧在院墙豁口，飞下来的寒鸦落在不远处，它也不理会。老伴拌了食招呼它下来，它也不来，也不说声"咪"。老伴说："它怕是要死去了吧？"石鲁转过头去，面对了屋墙壁，屋子里突然光线暗了一下，听见老马一脚踏进来，高喉咙粗嗓门地喊："石先生，石先生，怎么腿又断了？断了也不让儿子来告诉我一声！我说哩，画家到底有架子，我不来请你去吃羊肉泡馍你就不来，还得我送上门来呀！坐起来坐起来！"

　　石鲁坐起来，一海碗热腾腾的羊肉泡馍放在桌子上，高颧骨的老马还在连说带笑地催促他，声音震得芦棚上落下几粒土来。

　　"文革"以来，石鲁隔三岔五要去老马家的羊肉泡馍馆吃一海碗，这个四川人的胃除了天生地能吃尖椒、虎皮椒外，这座北方古城的饭就唯一喜欢上了羊肉泡馍。老马是不怕石鲁的，他是百姓，出身又好，也不需要什么前途出路，给石鲁免费吃了羊肉泡馍了，还要灌酒喝。石鲁贪酒，酒量却愈来愈小，常常就醉了，脱了鞋蹴在条凳上要说："老马，别人批斗会吃不下睡不着，我倒能吃能喝，只是吃昧心食，老不见胖嘛！"老马说："吆头牛进你肚里也体现不出个社会主义优越性来，难怪是反革命！"石鲁就说："今日白吃，许是你前世欠我的。待到我死了，你记住，要在我棺材里再放一碗羊肉泡馍的，要优质的！"但吃喝毕了，却嚷道取纸拿笔来，就画一幅画给老马。

　　现在，石鲁就坐床上吃完了一碗，说："我不能给你画画了。"

　　"我不要你的画！"老马说。

　　"画账是要还的！"石鲁说，"明日起，你每天送一碗过来，一碗一张画，你爱不爱我的画，我是要给你画的，拿去糊窗子是你的事！"

　　老马咧嘴就笑，嘴大得能塞个拳头，头一歪悄声说："我给你保存画哩，将来我要给你出个大画册！"

　　隔日一晚老马又来了，提出往秦岭深处阿南那儿去的事，说城里规定死了人不准土葬的，但现在世道混乱，往往有死了人的，家属半夜装了棺材出城的："我们把你装在假棺材里抬出城。"老马拍了胸膛，敢保证能成功，他的老表就在城南门口治安巡逻队里。

石鲁却对秦岭深处的梅花不感兴趣了。

"你听到没听到钟楼上的钟在鸣？"他问。

"没有。"老马说。

没有？怎么会没有呢？他要求把他连人带床抬到院子去。

院子里终于没风。四堵土墙，一棵椿树，豁口处的老而病的猫不见了。石鲁嚷叫着要喝酒，掉了一颗门牙的嘴皱着像个黑洞，手指甲老长老长，用力地抓着酒盅，喝了一盅又一盅，接着嚼尖椒吃霉茶。说："老马，你是个好党员！""我不是党员。""不是？怎么能不是?！我现在才觉得，我这一生是为阿南活着，为你活着。把笔墨拿来，我为你画画，你要什么画？""我不要了。""我的画不好？""好，你是中国当代最伟大的画家！""那你为什么不要？"

老马拿眼睛看站在门口的石鲁老伴。

老伴忙闪过门内，叫着老马帮她挪挪火炉子。老马立即进来。老伴低声叮咛："不能告诉他。"老马保存的那一批画被邻居告发给街道办事处的造反派，于前一天中午造反派逼着老马交出来，当场一把火点着烧了。但老马拍有照片。

石鲁还在院子里发问："你不要我的画了？龟儿子你以为我那些画是敷衍你吗？我知道你会保存我的画的，格老子就是谋着你把它藏起来，将来出画册哩！你今日要什么画？我给你画这个院子，你说画什么？"他喃喃起来，大声追问老马，老马从屋里出来，却听见他在说："哦，四四方方的土墙围着，中间一棵木，四四方方的土墙围着，坐我一个人，是什么，是'困'字，是'囚'字……"窝在床上渐渐声调低下去，一声不吭了。

第二十二天，石鲁站了起来，他的腿直了。他骂吴老觉是神人，提了酒要去谢吴老觉，经过钟楼前的肉铺，看见一大队人在那里排队买肉，寻思应该有下酒的东西。他排上了队，排到跟前了，卖肉的问买什么肉，他说："苦胆，猪苦胆。"卖肉的疑惑地看着他，立即恼怒了："不卖！"他还要争辩为什么不卖，卖肉的和所有的买肉的吼道："你捣乱什么，你是不是神经有病，滚！"被轰出了队列。

他的学生，曾经跟他一块去陕北写生过的年轻的业余画家王镇恰巧经过钟楼，瞧见了老师在马路边叫嚣"岂有此理！"，忙拉了他到避背处，说是正要去老师家的，问老师知道不知道白葭把画托吴老觉送到省革委会主任那儿，主任大加赞赏，已特批解放了白葭。

石鲁叫道："他是伪装的！"

王镇说："这画主任准备要转呈北京的，没想中央来了一位大人物，看了画，突然萌生要一百个画家画梅花，举办个祝贺毛主席咏梅诗词发表的百梅画大展。这位大人物还问到你。现在省上已组织了筹备班子，让画家欧阳清具体负责，欧阳清让我给你口信，要你也出来画一幅。这意思你明白吗？"

"明白。"

"这可是个机会。"

"我不画。"

"不画？"

"不画。"

"老师……你得学会自我保护啊……"

"我不会画！"

石鲁恨恨地扭身就走，他没有向学生告别，也没有去吴老觉家，硬着黑筋筋的脖子回到土院。

王镇并没有生老师的气，去羊肉泡馍馆拉了正在汤锅下料的老马，一块到石鲁家劝说石鲁。石鲁并没有独自在家喝酒，而是将所有的墨汁倒在脸盆，放了胶，也倒进了那瓶酒，合着染刷土屋的门和窗，连橡头也染刷了，亮在土墙上的长长的柱子也染刷得乌黑，说："瞧，像不像青海的那些寺院？白墙黑柱，白的窗纸黑窗框，有明清家具那种简明的线条和色块味吧？"

王镇当然是小心翼翼地劝说，老马似乎直了嗓门在指责，但石鲁也生气了，狼一样吼叫："格老子就不画！"爬到梯子上再去染刷檐角，颤巍巍地举着墨汁脸盆，人和脸盆一起摔下来。老马把石鲁抱在了怀里，他突然听到石鲁在哀求他："你能带我去秦岭阿南那儿吗？"老马说："我不带你去。"王镇在那一刻里瞧见了他的老师枯瘦的脸上有了两道泪，蠕蠕地往下滑行，泪水混浊而稠，后边的泪痕立即就干了，泛着白色，如同旱蜗牛爬过了墙壁。而一头粗硬漆黑、几乎奓起的长发，风掠过一般向四边倒伏，并且从发旋部开始发灰、发白，一圈一圈白成霜后的草，白成银丝。

这城里的一批画家画完了他们的咏梅写意图，国内各地一些画家也应邀画完了他们的咏梅写意图，这百幅梅花皆繁枝烂漫，大红热烈。在大型画展隆重开幕的那一天，土屋里的石鲁开始不吃饭，整日喝酒，他已经严重酒精中毒了，牙齿脱落了一半，手类如鸡爪。家人让他吃饭，他用没牙挡风的嘴含混不清地说："院子里的椿树不吃饭，只喝水，我也喝水，酒是水。"

在他将酒喝过之后，他似乎很有了精神，从藤椅上下来钻到床下，钻到杂物间去收寻工具——斧子、锯子、雨鞋、刀子，还有一节铁丝和布袋，布袋里装着毛笔、墨块和宣纸，准备去秦岭逃窜，并且绘制了秦岭路线表，上边密密麻麻标着红色的箭头，如电影里红军的作战图。

家人报告有关部门：石鲁疯了！

石鲁真的疯了。他终于走出了这座城的门洞，来到了苍苍茫茫的大秦岭。深如海一样的秦岭里，石鲁出奇地竟没有走错路，寻到了阿南的地窝棚屋。但阿南已经死了，梅花沟的梅花也差不多花落成泥。他站在阿南曾经病死的床前，看见了那用石块干打垒起来的墙上，贴着的正是自己画的火神像，拾起屋角一堆残留的木炭中的一块，在画像边写下了

251

一副对联：

　　人去屋已空
　　我来梅正残

　　回头从门口望出去，山的远处是古城的方向，他再一次听见了古城的钟楼上的钟在自鸣，这钟声如天上的月亮一样，他走多远月随多远，钟声一直在伴着他吗？

　　注：这篇小说其中一部分素材是根据王川同志掌握的史料创作而成。既是小说，除了石鲁之外，别的人物已不再具备原型的真实，请勿对号入座。

写于 1997 年 2 月 1 日至 2 日

库麦荣

库麦荣给我讲她的故事。天近黄昏，一朵云像白棉花一样就挂在瞭望林火的木架上，成群的蝴蝶飞来，在每一棵草上闪动如花。还有猫、狗、三十二只鸡和一窝兔子，都热闹了土场子。屋门口的那棵痒痒树于无风中摇，是黑压压的蚁队上下爬移，时不时团结成一疙瘩便掉下来。"它们都是我剪的，"库麦荣说，"我上子午岭的时候，拉泡屎都不会来个苍蝇。我用纸剪了它们。"

在陕西西北角的山区，曾经出现过许多民间剪纸艺人，库麦荣是最著名的。每个人都是为着某一种事业降生在了世上，这我已深信不疑，比如李昌镐对于围棋，奥本海默对于原子弹，罗纳尔多对于足球。但是，为剪纸而生的库麦荣，只知道她就是喜欢剪纸，剪纸对于社会和她本人有何等意义却浑然不晓，甚至有些痴呆。她不肯离开子午岭，诚然当初是被丈夫强迫来的，子午岭上的树现在已蔚然成林，丈夫又成了植物性瘫痪，而且岭下的镇子里住着前来购买她作品的省城人。

"我等着那一只狼再来哩。"她固执地说。

天渐渐地黑下来，子午岭上的夜像渲染的墨，林子和岭和天很快成了一个颜色。我们也被埋在黑里，没有了腿和胳膊，只有火塘里火若

253

即若离地跳跃着红焰，使她的脸上不见皱纹和雀斑，白得像一只空静的瓷盘。

"你见过狼没？"库麦荣顺手从篱笆里长得扑撒过来的绿蓖麻上摘下一片叶子，黑暗里剪着，说她剪的是那只狼，然后递给我让用手摸，"我等着那只狼再来哩。"

子午岭上确实是有一只狼的，库麦荣上山后的第一个冬天她就发现了。这件事她首先告诉给王顺山，过后我才知道也就是我同王顺山在镇上纸店里闲聊的那天下午。我和王顺山闲聊着，提到了库麦荣，王顺山说库麦荣其实和丈夫生活得很糟，丈夫一直不愿意她剪纸，因为一个农妇的职责就是劳动着扒拉着粮食和伺候丈夫的白天和晚上，但库麦荣就是爱剪纸，整晌出去给镇上剪婚礼上的喜纸或窗花，回到家里又常常剪这样剪那样，以致把锅里蒸着的馍蒸成了黑炭。丈夫承包管理了子午岭的山林，最后把家也搬上山去，为的是绝断她剪纸的兴趣。而库麦荣仍是爱剪纸，上山了总还是十天八天里来镇上买彩纸。"这女人是不可理喻的。"穿着丝绸褂子的王顺山摇着头，他的眼里有一种异样的光，我那时傻，并没有想到另外的意义上去。

那天，吃过早饭丈夫的脾气就不好，库麦荣不明白他又怎么啦，想了想，是丈夫没有吃好。男人家没有安顿好胃便要发火，尤其肚里似乎有个掏食虫的丈夫。库麦荣说："早起没给你磨豆浆也不至于就要饿死呀。"丈夫说："你头明搭早就剪纸，给你剪丧衣呢还是剪冥钱呢？"两人就吵起来。丈夫口笨，吵不过，提了拳头便打，最后是用簸箕盖住她的身子拿树条子抽。这是山区人驱邪的方法，中邪的人在簸箕下会变了声调，是一个熟悉的死人生前的声音或发出怪异的兽叫，验证着亡魂或野物如狐狸的精灵的附体，在鞭打之中就求饶而离去。但是，丈夫的树条子已经抽断成一截一截，问："你是谁？"库麦荣依然说："你老婆。"再问还剪纸不，回答还剪。丈夫扔下树条子，流了眼泪，呼号着我这是前世造了孽了，去沟梁查看林子。库麦荣却号啕大哭起来，她想死去，就走出来到一个崖畔，崖畔上有一块突出的平石，可以跳下去，穿过那一层层云尸体就掉到深涧里。但是，石头上坐着一只狼。库麦荣先是吓了一跳，从来没听说子午岭上还有狼呀，随即就镇静了，想，反正要跳崖的，让狼吃了也罢。狼却没有吃她的意思，拿眼睛看着她，好像还有些羞涩和畏惧。

"喂，"库麦荣说，"你不吃我？那你就离开这里呀！"

狼坐着纹丝不动，似乎那块石头属于它的。这时候她听见了断断续续飘过来的歌声，扭头看到从山下像绳一样甩上来的小路上有人爬着，是王顺山，竹篓里装着一卷儿大红色的纸。库麦荣怔了一会儿，就转身回去了。

王顺山是在草棚里待了一个下午，女人的腮上一直泛着红。她重新洗了脸，用油抹头梳得光光溜溜了，催促着王顺山赶快离开，王顺山却不。"你背了鼓寻槌呀?!"王顺山说："我要见他！"库麦荣觉得王顺山还真像个人物，但她知道一场恶斗就要在山上发生了。库麦荣没有想到的是两个男人平安无事，而且待在一起叽叽咕咕，最后是丈夫吆喝着她炒腊肉，王顺山从竹篓里取出瓶酒，两人在土场上划了拳喝。

从此，丈夫再没有反对过库麦荣剪纸，并且他把她剪出的花鸟鱼虫飞禽走兽山水人物都保存起来。库麦荣奇怪丈夫怎么变得这么好了，问那天王顺山对他说了些什么，丈夫不告诉她。库麦荣也就不告诉了她和王顺山的事以及子午岭上还有着一只狼。

在很长很长的日子里，我看见过王顺山背着竹篓上了子午岭，也数次瞧见过库麦荣下山来到镇上。女人长腿软腰，坐在纸店的条凳子上为一群人表演剪纸。精明的王顺山从县城贩来了学生用的作业本，糊窗户的麻纸，祭奠的烧纸，再就是花花绿绿剪窗花和纸扎的彩纸，任着库麦荣来剪，还能说话，说着让库麦荣心痒痒的话。库麦荣欢得像风中的旗子，红着脸一边骂起他，一边剪，图案越剪越复杂，竟剪出了宽四尺长丈二的一幅四月八日山神庙会图。

我就是在那一日认识了库麦荣，我喜欢上了这女人。那一张小小的脸长满了雀斑并不好看，但她的眼睛细长而幽幽放光，使你真的有遇上狐狸精的感觉。因为在纸店里剪纸时间过长，库麦荣嫌天黑赶不及子午岭，我邀请她到我家去睡，她便同意了。但当我们刚刚在我家坐定，库麦荣却又决定要回山上去。我说是不是在外边过夜丈夫该打你呀？她说不会的，那老东西——她比丈夫小十岁，她一直这么称呼他——好久没打她了，现在就是不如以前节俭，好个吃喝，常常下山就背回整捆整捆的瓶酒，然后嚷道口寡，要她给他炒腊肉吃。人嘴是越吃越馋的，后来就在树根下挖蝉的幼虫吃，炒蚕蛹吃，也捉了麻雀和松鼠烧着吃。"你瞧他怎么喝蛇血的，逮住蛇一刀剁了头，就握着蛇在嘴里吸，蛇尾啪啪地抽打着他的脸，他还是吸。"她说，"我真丢心不下我那群鸡和兔子。"

　　我陪库麦荣在鸡上了架的时分赶到子午岭，护林员独自喝着酒已经醉了，他完全不顾及着我在场，红着眼斥责着库麦荣疯到哪里去了，说他中午到现在还没有吃饭。库麦荣赶紧添水烧火，那醉汉就一头伸进鸡棚里去，一抓抓一把鸡屎，气恼起来拿磨棍捅得鸡群炸窝。库麦荣说："鸡睡觉了你泼烦不泼烦？"醉汉说："那个冒疙瘩母鸡呢，你得给我杀了它！"库麦荣就压灭了灶火，出来护鸡，两人便吵起来。醉汉口拙，气换得不快，挥了拳头来打，库麦荣拿了剪纸的剪刀，说："你过来，我不扎死你我就扎死我！"这时候我看到了奇异的场面，鸡棚里所有的鸡，还有兔圈里的兔，猫和狗都跑过来护在库麦荣的身边，叫唤一片。

　　那天晚上，护林员就趴在屋门口醉了一夜。我和库麦荣坐在土炕上说了一阵话，我困得睡下了，天明睁开眼，库麦荣还在灯下剪纸。她是剪了一整夜的纸，全剪的是花鸟走兽，摆得满炕都是。我佩服这女人有这么好的心态，就琢磨她要么太有心劲，要么就是神经不对，有艺术天才的人往往神经有问题。我悄声问醉汉醒了没有，她说醒啦，嘟囔着吃不上家鸡肉他吃野鸡肉呀，背了枪到后沟去了。

　　但是，当我和库麦荣把那一批剪纸全摆在屋外的阳光下欣赏的时候，护林员垂头丧气地回来了。他提着枪，双手空空。丈夫的一只眼是生来斜着，天上飞来的野鸡，地上跑过的黄羊和果子狸，他瞄得准准的，一声枪响，它们却带着毛跑得无踪无影。他歪过头来看到了新剪的纸，竟说了一句："剪得好！"库麦荣没有理他，我见库麦荣没有理他，我也没有理他。

这批剪纸，却由此导致了库麦荣的人生变化，也使我现在再一次来到子午岭。她的丈夫已经是植物一样人事不省地躺在床上，而她的脸上布满了紫黑的雀斑和皱纹。

她是又一回到镇上买纸，并且给我提了一篮晾干的金针菜，但她先到了纸店，在王顺山的抽屉里发现了那天她剪出的各类动物图案，很是吃惊。她问了王顺山，王顺山才把她丈夫定期偷她剪纸拿来卖钱的事说了。库麦荣怔了半日，再看着王顺山，王顺山起先还说你的眼睛真好看，后来就不敢了，说："你不要这样看我。"库麦荣说："原来你也瞒了我呀?！"起身回山了。她没有到我那儿去，一篮子金针菜就扔在王顺山的门道里。在山中河沟的流水潭里，她洗了一回澡，要洗掉王顺山留在她身上的气味，但老觉得王顺山的气味没有退掉，到崖根采了薄荷叶捣碎了又涂洗了一遍。回到子午岭，屋前的树上挂着一条绳，地上是一摊血，丈夫却在火塘边用砂锅炖着肉，旁边有一张展开的猫皮。

"你把猫杀了？"

"它是个懒猫，我嫌它不逮老鼠的。"丈夫说，"你尝尝，猫肉是酸的哩。"

这是六月六日发生的事。从六月六日晚上起，库麦荣和丈夫不再同床共枕，她把铺盖移到了西边屋里。她总是夜梦里梦见丈夫把什么都偷着杀了去吃，每日起来要清点她所饲养的狗兔鸡。但她有什么办法呢，她的鸡在减少着，兔也在减少着。丈夫的肚子越来越大，大得像一个坟墓，在那里埋葬了她饲养的好多生命。丈夫的肚里肯定有个掏食虫，她想，他就是一个吃虫。

"人活在世上还不就是为吃来的？"丈夫说。

"那么……"库麦荣要反对他，但她说不出个理论，就想到了在山下他们家曾经有过的拖拉机。她说："拖拉机也是加油的，拖拉机总不能只是加油加油，买拖拉机就是为加油呀？"

她害怕起来，担心丈夫终有一天要把她饲养的鸡兔全部吃掉，还有山林里那些野鸡、野兔、果子狸和松鼠。山上还有什么呢，山上还有着一只狼。

子午岭的山林在深秋后出现了虫灾，一大片一大片的树木枯死，护林的丈夫要背着药桶去喷洒，或者去挖防火沟和追截砍伐树木的偷盗者，库麦荣就坐在屋后的一个崖背处剪纸。崖背处向阳，又避风，她能看见天上流动的云朵，能看见草上的花和花一样的蝴蝶。不明白鲜艳的颜色为什么在风雨里不能褪掉，还能听到树林子里彼起此伏的鸟声，觉得好奇，也叫了一下，猜想着鸟是否听得懂她的话。这女人并不识字，血液里很艺术很浪漫的东西在流动，她身处这种环境中显得十分冲动，剪刀下就极快地出现着各种各样山林中的生灵。她没有见过老虎狮子，她也能剪出老虎和狮子，她甚至也剪出了狼，她只见过一次狼，而剪出的狼那么威风和漂亮。等一抬头，那只狼竟匆匆经过前面的一条石径。

"它不像狼。"

库麦荣现在可以清清楚楚看着狼了，但她认为这狼不像是狼，因为她剪出的狼是威风和漂亮的，而这只狼是那么地瘦，毛色也不油光，脱落过一片一片，露着皮的肉红得像是害了秃斑。狼是回头看了她一眼，就匆匆离开了，她不知道它是急着要去干什么，在子午岭上，它又是住在什么洞穴里呢？

她几乎每一个下午都看见狼从那石径上经过，而第二天的早晨，她起来倒尿盆子，云雾如开锅的水汽弥漫在石径上，又见到狼出现在那里。它是晚出早归去寻找食物的，她这么想，也证实着狼居住的洞穴离他们并不远，就在附近。

库麦荣还是没有把这一发现告诉给丈夫。

糟糕的是终于一个晚上丈夫丢魂失魄地跑进屋，说他看见了狼："这山上是有狼的！"她听见了，心上一紧，正在灯下缝补一件肩垫，针刺中了她的中指。她说："你是胡说，现在哪里还有狼？十几年都没听说子午岭上有狼！"丈夫说："真的是狼，灰色的，尾巴拖在地上像扫帚。"她说："你那眼睛能看清是狼是狗？一定是游狗，山下谁家的狗走失了。"丈夫想了想，也以为自己看错了眼，说："要让我再碰上，我会逮住它，冬天里你得有一块毛裤子哩。"

库麦荣轻轻骂了一句，她瞅了瞅墙上，墙上贴着一张剪出的菩萨像，她求菩萨能让那只狼尽快地远离子午岭。

秋天过去就进入了冬季，撕棉扯絮的雪压折了子午岭上许多树，有几次天明起来，库麦荣拉开门，门外的雪像墙一样堵着出不去，只好端着烧红的铁锅，烫出一条通道。雪天里山林不扬起火，也不大会有人进山偷砍木料，吃得壮壮实实的丈夫精力充沛，就隔三岔五去山下一趟。现在轮到他去山下买彩纸了，又将山下来买剪纸的人引到了山上。库麦荣见不得丈夫和那些人讨价还价，她坚持不卖，她剪纸是她的爱好，高兴了能整日整日地剪，剪出的纸贴满窗户和四壁，不悦意了又将所有的剪纸一把火烧了。她不肯卖，丈夫就和她吵，又是偷着抢着将一部分卖给人家。

"卖了你再剪么。"丈夫说，"那你剪着不是白剪啦？"

"我高兴呀！"库麦荣说，"嘴是说话用的，话说过了还唱歌哩，唱歌就是高兴了才唱呀！"

丈夫有了钱，又是买酒买肉，然后就死皮赖脸爬上她的身体。

"你给咱生个娃娃嘛！"

丈夫的动作野蛮而毛躁，犹如他干别的事情一样，她没有感到一点愉快，他便起身又坐在一边喝酒了。他从来不想到她有她的快乐，他也似乎不求快乐，只想着他需要个儿子，不至于这氏族脉气断了。这个时候，库麦荣就想到了剪纸是那样地美好，也会想到那个叫王顺山的温柔男人。

王顺山是在过后的十二天早晨来到了山上，她已经原谅了他曾经伙同着丈夫偷卖她剪纸的行为。她看着冻得满脸通红的王顺山，帮他卸下装着各种彩纸的背笼，拉着他的手给他搓。王顺山告诉说，镇子上又来了一些省城人，他们都冲着她的剪纸来的，但他不能引着他们上山来，他得事先征询她的意见。

她喜欢王顺山说话，但她却说："你又骗我呀！"

"他们有的是钱，已收集着你的剪纸要出版一本画册。"

"印一本书？"

"是的，书印出来了，你就更出名了！"

"出名？"

库麦荣并没有王顺山想象中的那份激动，甚至有些茫然，在她的心目中，别人知道库麦荣和不知道库麦荣有什么区别呢？"只要你能给我供纸就好了。"库麦荣说，"你能供我一辈子纸吗？"王顺山点了头在笑。他一嘴的牙在闪着白光，她闻见了他身上的一股烟味，烟味是那么好闻，她为自己上次在水潭里用薄荷洗身的事咯咯笑起来，王顺山把她抱在怀里的时候她还笑得喘不过气。

整个上午，她的脸色特别红润，尤其在白皑皑的雪的衬托下，她开始给王顺山表演剪纸。剪出了起起伏伏的子午岭和子午岭上的树林，剪出了老虎狮子猴子兔子和鸡狗，也剪出了狼和老鼠蝎子蟾蜍七星瓢虫。剪出一个，让王顺山就摆在雪地上，银白的雪地上一片一片的红。她眼里这些动物都活了起来，都在雪地上奔跑撒欢。她最后剪出的是她的形象，她已经人到中年了，剪的却是头上插了花的娘子模样，娘子在舞蹈着。"我是剪花女娲！"她说，眼睛眯眯的，十分妩媚，觉得她和这些动物充满了爱，和子午岭充满了爱，和眼前这个脸刮得干干净净会说话又会温柔的男人充满了爱，她同外界的关系就是爱的关系。库麦荣不知道诗是什么，她竟是忘却了日子的艰难和琐碎，忘却了那个粗鲁和打着嗝儿臭气的丈夫，她只想拉了王顺山坐在火塘边的草铺上说话。

王顺山渐渐身子发困，眼睛也涩起来，半躺在那里，库麦荣却愈加眼睛光亮，神采飞扬。她说："瞧你这样子，我给你剪个你，像个懒猴，下了竿的猴。"

"我是你剪出的猴呀？"王顺山说，"你是我的狐狸精，吸我的精神气！"

库麦荣过来拧他的嘴，说："你坏，你真坏。"自个就一边剪着猴子一边唱歌。

歌声是："云想衣裳花想容，天上地上……"啪，一声枪响了。

枪响在悠远的地方，但很清脆，库麦荣冷丁了一下，王顺山也起了一身鸡皮疙瘩，他们都说了一句："他去打猎了?！"

丈夫确实是去打猎了，半个小时后，那男人连爬带滚出现在了屋前的痒痒树下。他的猎枪上没有吊着一只野鸡或野兔，而是一只手使劲地捂着另一只手，殷红的血滴下来，在雪地上状若桃花。

"我见着狼啦，那不是狗，是狼，子午岭上真的有狼了！"丈夫说。

丈夫碰见了那只狼，他端起了枪瞄准，他当然又是瞄不准的，子弹射出去从狼的后腿之间射到了对面的石头上，子弹在石头上碰出一朵火花又弹过来击中了他的手掌，他是看着狼的屁眼里冲出一股稀粪而消失在树林子里的。

"你为什么打它，是它要吃你吗？"库麦荣尖声叫起来。

"我想吃它！"丈夫说。

"你怎么不就吃了它呢，你什么都想吃，你吃枪子吧！"

王顺山为受伤的护林员包扎了手，他也为子午岭上有狼而吃惊，但他不肯相信护林员的话。护林员感念着王顺山今日来得是时候，他可以有个帮手了：狼使他吃了亏，他一定要再寻着狼，合伙把狼杀掉。

库麦荣对于王顺山接受丈夫的请求留下来十分失望，虽然她也明白王顺山之所以留下来的更重要的原因。她收起了雪地上所有的剪纸，回坐到屋里默默为狼祈祷。翌日，她早早起床倒尿盆，就跑到狼出没的那个山崖后，盼望狼能在那里出现，要告诉它赶快离开子午岭，她相信狼会听懂她的话的。果然，狼就在那里，狼一定是整夜地在寻找食物，而冰天雪地里哪里有食物可寻呢，它已经精疲力竭，在雪地上走动着如上了年纪的老人。"噢，噢。"她口中发出了叫声，狼就站住，狼却目光游离，看着她的身后。她说道："你也是个斜眼？"狼的头忽地垂下来，发出咔咔的响声，似乎是脖颈的骨节在错位了。她明显地发觉狼的一只眼在看着她，另一只眼仍盯着她身后。库麦荣回转了头，身后已经走近了丈夫和王顺山。

"狼，狼！"王顺山首先叫起来，一个箭步扑着将她拉走，她的脚下一滑，两人都倒在了雪窝里。

丈夫在瞬间里端起了枪，但他的眼睛不好，一只手又受了伤，端起的枪摇摇晃晃。

狼并没有走，狼依然站在那里，好像是冻僵成了一尊雕塑。狼不肯走，使丈夫也惊呆了，端着枪软下来。一只狼和三个人就那么对视着，库麦荣可怜着狼又瘦去了许多，几乎是一张皮裹着骨架，一双眼睛由白到黄到黯然无光。她大声吼叫了，推开王顺山，也一个侧身用头撞倒了丈夫，她说："你们不要欺负它，不要欺负它！"狼在雪窝里艰难地拔动了腿，腿细得像麻秆儿，然后离开了，雪地上出现两道深深的沟。

那只狼还在子午岭上，库麦荣夫妇还在子午岭上，人和狼就共存着，狼没有侵害过库麦荣饲养的鸡呀兔呀，甚至连库麦荣的住屋周围也未去过。这有些像后来的王顺山。王顺山在子午岭上受过了一次惊，回来后就患了胃癌，手术后并没有死去，生命和癌共同寄存在他的身子里一天一天地活下来。但是，库麦荣和丈夫的关系彻底恶化了，发展到白日黑夜几乎不再说话。那杆枪还在墙上挂着，但没有了枪栓，丈夫知道是库麦荣藏匿了，自个就谋划着一个更残酷的阴谋。他在镇子里购买了火药，又将瓷碗砸碎和火药拌搅一起，然后用鸡皮包成小包儿。这些库麦荣全

262

然不知道，等到丈夫从山下提了一篮子炸药小包儿挂在屋梁上，晚上又偷偷去沿着狼出没的地方安放，库麦荣才明白了他的用心。她没有言语，也不识破，等丈夫又在喝酒，悄悄去将炸药包儿移开，回来后安然无事地剪纸，看丈夫在火塘边喝得油脸赤红，模样是那么地丑陋。

"你喝到什么时候，"她说，"还不睡吗？"

"我还有事哩。"

她知道他的事是等着那一声爆炸，但这一个晚上鸡在黎明里叫过三遍了都没有爆炸。

天明后，丈夫出去了，回来灰不塌塌地说："我只说人狡猾，狼比人还狡猾！"将一小口袋的炸药包儿重新放回到屋梁上的吊笼里，这个时候是轰的一下爆炸了。吊笼的绳子原本挺结实的，不知怎么就突然断了，吊笼掉在地上又弹起来，爆炸的巨大声浪将库麦荣从炕上掀落在地，她看见丈夫无声无息地躺在火塘边，像一条死在滩上的鱼。

这就是库麦荣告诉我的全部故事。她不愿意说起丈夫受伤以后怎样送到镇上医院，从此变成了植物人，还有那个患了胃癌的王顺山，她是否还和他往来，这一切她都不愿说。我知道的是镇政府决定取消她管理山林的合同，付给她一大笔钱让她搬回镇上。但库麦荣不肯下山，依然在山上生活着，依然剪她的剪纸。在我来到的两天里，王顺山没有来，什么人都没有来，也没有见到她所说的狼，是狼从子午岭上真的走掉了吗，还是狼在冬天里已经饿死在某个山洞里？

"我等着那一只狼来呢。"她固执地说，"你瞧，那边林子上是出现了星星吗？"

天地间一片昏黑，星星先是没有的，倏忽就出现了，孤零零地发着冷光的一颗星星。那应该是天狼星。

我钻进了屋里，漆黑的屋里弥漫着酸菜和臭鞋的味道，撞翻了放在木桌上的竹笼，笼中的蒸馍在桌面上弹了弹掉在地上，发出木木的沉响。我摸进西边的卧间，贴着植物人的床，睡在麦草上铺就的被褥上。库麦荣不愿意和植物人睡在一起，也不愿意和我睡在一起。

　　植物人均匀地呼吸着，但他没有知觉，我想象着我是躺在秋天的苞谷苗地里，苞谷苗在叭叭地拔节。再一次听见还坐在屋台阶上的库麦荣于黑暗里幽幽地说："我等着那一只狼来呢。"

沙地

第一章

一

商州的山，是很高的，但却不深，沿丹江川道常常就闪出一些沙滩湾地。武关西八十里的地方，一条小河由北向南注入丹江，这个湾地就是三角形的。小河西边，一大片村子，房屋高低错落，大致形成一条街道，围着街道，村子繁衍开去，屋舍杂乱而没秩序，再没有一条走得通的小街小巷了。这个村子，叫列湾，几百户人家，属于茶坊大队人口最多的一个生产队呢。

小河的东边是一大片黄沙地，没打种庄稼，稀薄地歪着几株柳树。小河流沙量大，遇着暴雨，泥沙从后沟就漫下来。先是漫了河西边的，西边的人家常受灾害，后来就修了西堤坝；河床年年增高，堤坝也年年高筑，已经超出村子屋顶的两倍。而这东边，一直没有筑堤，便成了黄沙世界。曾经试图压植芦苇，但仅仅在河边长了一溜；沙地还是赤裸着，白日看得见上面布满了各种各样的鸟兽蹄印，夜里有狼嗥，如婴儿啼哭一般。

后来，长坪公路改道，线路从列湾村后通过，正好修到沙地后边的红土坡根；路边的一株老柳下，便有了一个草棚。

草棚原先并没有苫草，是盖着油毛毡的。当时改公路时，一些民工在这里住过，搭了好几个棚，大都是木头支撑的，唯有这一间做过铁匠铺，用土坯垒起来。路修好了，民工走了，那些木头、油毛毡，大半被公路段搬去，小半被列湾人拆走，只留下这个土坯四堵墙；如今上边搭了树枝、茅草，住着一家人了。

这家人其实只是一个男人。

二

这男人叫刘诚，河南人，现在正赤身趴在沙地上做俯卧撑。三伏天的太阳很焦，沙烫得像炒了一样，他常身泛着汗油，黑黝黝地放光，撑起来，腔子陷下一个大瓢坑，卧下去，满身就隆起了黑肉疙瘩。如此功夫了半个时辰，末了瘫在那里，像一条掠上滩的鲸鱼，懒懒地向远处看起来。沙地上，一股方向不定的风，盘旋了一阵，消失了；丝丝地却往上冒着白气，好像每一粒沙砾，都长出了一道细线，袅袅地往上扶摇，立即使人眼睛不可忍受了。他突然擂起了双拳，如捶鼓一样在沙砾里捶打起来，似乎是一头发疯的狮子，似乎那手已不是肉长的，似乎面前是一块铁，也要砸得粉碎！冷丁，他安静下来，死眼盯着前边一丛草下的一群蚂蚁，黑乎乎地爬在一只软虫的身上，虫在挣扎着，百般扭动，却被蚂蚁驮着慢慢往前去了。他扑了近去，用手捏死了蚂蚁，将那软虫放在手里，吹着气，走了回来，放在一丛毛柳里去了，还做起那么一个笑。

笑得十分生动。有五分是小孩的纯真，那五分则是做大人的可笑了。

他这种秉性，列湾人见得多了，却都猜摸不透。一半年前，他领着女儿叶叶，卖艺来到这里，手脚上麻利，口舌上话大，亏得女儿又十分人才，生意很红：每场除了干吃稀喝，还落下一大捧分币呢。可是，到了列湾，叶叶却得了暴病，突如其来地死了。他大哭了一场，掩埋了女儿，就变得和先前不一样了。也再不去流浪，想从此在这儿落脚入户，守叶叶的一颗孤魂。

三

但是，列湾村不收留他。列湾村有两个队长，一个姓李，一个姓谢。他去找老李，老李说，这事重大，他本人本想做场好事，但谢队长话语不好说。他找着老谢，老谢说，这事李队长拿主，他担当不起。他备了一席酒菜，将老李老谢请到一起，两人没话推辞了，满脸酒红，哈哈一笑，说：

"这是好事嘛，你一个人，一张口，这么大个村还养活不了吗？何况你这么一身本事，我们是同意了！可一个大村，百人百心，我们再开个社员会，给社员做做工作吧。"

一月一月过去，社员会却迟迟不开。

他已经在这里住下半年了，只得一天出去为人干些活计为生。今日没人来叫他，他练了一阵身骨，就待回草棚里坐了。草棚很破烂，土墙，没有顶棚；一个泥锅台，一口锅，一个水罐，几个油盐酱醋瓶子；一盘土炕，一副被褥，旁边一个破木箱，装有四季换洗的衣裳；别的，除了卖艺用的刀刀枪枪，再没什么了。

他肚子饥起来，就动手做饭。第一碗献在叶叶的相片前。自己正要盛饭来吃，有人在门外大声喊他了：

"河南旦！河南旦！"

村里人一向是这么叫他的。他来的时候，是挑着一副担的，列湾人就称他是"河南担"，后来叫转了，变成"旦"字：那里边意味着一种鄙夷。他没有恼过，也没有改正过自己的真名实姓。

当下走了出来，看见是列湾村的来举。来举是村里的一个孤儿，已经二十二了，没有订下婚。他初来时，就住在来举的家里。小伙子待他好，但他慢慢发现了小伙的用心：一是想跟他学拳，二是想接近他的叶叶。

有一次，叶叶在厦房里擀面，开着窗子，来举在上房的门口一眼一眼看着，出了神儿。他一进院门瞧见了，大声咳嗽一声；来举闪进门去。他没有给女儿说，只提出不在这儿住了。从此住进了这草棚，再不让叶叶接触来举，也不教来举学拳。叶叶死后，他觉得对不起来举，来举再来时，笑脸相待；而小伙从此又是列湾村来他这里最多的人了。

来举站在门外，没有进来，身上的衣服已经破了，满脸的血道，气喘着说：

"队长叫你哩！"

"是老李，还是老谢？"他喜欢地问。

"两个都叫你，快去。"

他放下了碗，披了衣服就走。门没锁；从来不锁门：贼是不敢偷他的，也没什么可偷的。

"是落户的事吗？"他边跑边问。

"叫你去打架！"来举说。

"打架？"他愣了。

"南村又来欺负我们了，他们又要在河那边筑二道堤了。我们赶去说理，两厢就打起来了。"

当下他不走了；他知道列湾和南村的矛盾，他是不好去参与的。这两个村子，面河相对而居，前些年，南村人就在那边筑出了一道堤，将河水改了过来，列湾这边的地就冲垮了许多。当时告到上边，但一时没很好处理，南村人这胆子更大了，又向外扩大修地，筑起二道堤来。如今这般斗打起来，他虽是身揣好本领，可凭什么去大打出手呢？来举见他不走，就说：

"快去呀，用得上你的拳脚了！"

"是叫我去行凶吗？"他吼叫起来，"我又不是列湾人，我打人家什么的？"

来举说：

"你这'河南旦',你要打赢了,列湾能不让你入户吗?难道光让你入户种我们的地,吃我们的粮?!"

他突然大动肝火,一把揪住了来举的领口,提起来,叫道:

"你也敢说这话吗?你再说一句!"

来举吓得变了嘴脸。

他手却松下来了,一扭头,独自走了。走了五步外,回过头来,来举还呆在那里,他叫道:

"你这个窝囊坯子!还等着列湾人都被放了血吗?!"

四

赶到村前的河边,果然那里拥了一片人,正在吵吵闹闹地混骂厮打。南村人很厉害,追逼了过来,列湾人心不齐,前边有人顶着,后边人却逃开;前边的便无心恋着人家,终有两个人被围住,打得趴在地上了。这边就阵脚大乱,一哄后逃,那边的趁势过来,抱了被抢去的木杠,拉车,笼担……他赶到那里,一时看得火起,当下将两个拳头提在腰间,一阵风卷了过去。南村人都还未上岸,站在水里,瞧见了他,当下站住了。

"盐里没你,醋里没你!"南村人说。

"我抱打不平!"他黑着脸说。

"你个野猫子种,快滚开!"

"要不滚呢?"

一个小伙子扑了上来,他只扬手一推,仰八叉倒在水里,他便哈哈大笑了;列湾人趁机又拥了过去,他挡住了,要让南村人都上到岸上来。南村人跳上了岸,拉开架势,突然就有人抓起一把沙朝他眼上打去,他"哎哟"一声,双手去揉眼,那伙人扑上来,压住了他。列湾人一见,就又哗哗后逃。突然,他手脚四边一蹬,一扬,立即有四个人飞出了一丈来远,还未爬得起来,他早反身一弹,跳出了二尺远近;剥了褂子,圆睁双眼,叫道:

"好啊,有本事的都上来!"

那些跌倒者，满脸鼻血，慌乱向水里跑去，列湾人蜂拥而上，追过河去，一阵手忙脚乱，砸了那边的车，木杠，笼担。

老李老谢跑过来，喜欢地说：

"你应该再卸掉他们几条胳膊啊！"

他却恼了：

"你让我去蹲牢房?！"

他捡起褂子，斜披在身上，向一个还倒在地上呻吟的受伤者走去；站住了，冷冷地看着，末了，从兜里掏出一个小瓶来，丢在怀里，说：

"拿回去温了，敷敷，那个青块就会下去的。"

五

南村人吃了大亏，老实起来，再不敢筑二道堤了。他声名便抖开来，很快入了列湾户籍。

来举很是得意，常在他面前卖好，说亏了他叫去打架。他只是笑笑，没有同意，也没有反驳。来举让他和他住在一处，他不，依然住在草棚里，只是借了队里几十元钱，买了河堤上几棵树，做了椽，架了檩，又覆盖了一层稻草罢了。

从此，他不是个流浪人，他有了住处；他再不去走村卖艺，开始务弄了庄稼。村里人却依然不大叫他的名字，老小还叫着他"河南旦"。

第二章

六

早年在河南老家，他拉糖，扬场，提犁，是村里拉得起按得下的角色，如今重操农业，仍是老手旧胳膊的。只是家乡没有水田，也没有坡地，列湾却一半旱地，一半水田，旱地又是一半塬，一半坡，他就有些生疏了。首先他不会栽秧，秧行总插个弯弯歪歪，更不适应整晌泡在水里，一见那蚂蟥叮在腿上，浑身就起鸡皮疙瘩。他便去担秧苗，别人一担三十把，他挑五十把，而且站在田埂往田里掷，可以一下子从地这头掷到地中，脚在禾茬扎出了血，别人都看得心里发麻，他却无事一般，所以，担秧苗的活，他一个人就包了。在坡地干活，他使用不惯牙子镢，就去搉石头砌堰，往常两人抬的石头，他一个人抱着就走了。因此，每每砌堰，只需有两个人抬着石头放在他的肩上，他就又快又稳地扛上了堰去，以致不长时间，肩上，背上，就暴起了茧包。

"这地方和我有缘呢！"他常常躺在地边，头下枕着鞋，双脚却蹬在什么东西上，一边习惯性地做着功夫，一边这么说。想他这么多年，到处流浪，走过多少地，但却没有一处使他产生定居下来的念头，却在这里落脚入户了。这里的黄土，埋葬了他的叶叶，他在世上唯一的依靠和希望。他决心就在这里，把自己的晚年度过，等到哪一日他也要下世了，再和女儿在一起。

繁重的田地劳动，使他的收入渐渐多起来了，他还清了欠队里的钱，又搪了屋里的墙，买了几个瓦盆瓦罐，里边开始有了各种各样的米面，又置添了一床新被。除此以外，他就将挣得的钱全部买了酒肉。

人都说他是快活的，挣多少，吃多少，一碗肉端上来，他不说抄没人敢抄，出门一走，灶神爷也便跟他走了。但是，当他从地里回来，每每一走到草棚门口，不自觉要喊一声：

"叶叶，饭熟了没？"

那些年里，他每次回来，这么一叫，叶叶就会哎的一声出来，让他到家门口坐了，拿水洗了手脸，便端出热腾腾的饭菜来。他叫过一声，猛然意识到了一切，兀自站在那儿一会儿，垂下脑袋，眼泪流下来。

他进门没心思做什么好吃的，胡乱往肚里扒些什么，一时不能在家待下，说就走到门前的沙地，练起那拳脚来。

七

这个时候，村里人就常常跑来观看，先是些小孩，再就是些老年人。

有一个六十多岁的老头，旧社会做过生意，上过西安，也下过汉中，很有些阅历，看过他一通拳脚了，就走过来，说：

"好手脚呀！亏这块地方风水好，就收招下你这等人物，我们真要感激你了！"

他拱拱手，拉老人坐下，说他应该永远感激这块地方：收埋了他的女儿，也收留了他这个流浪人。

"不，要不是你，这村就要受南村欺负了。"老人说起那场斗打，很一番赞叹他的本领，夸他是上天派来守卫这列湾的。"你这等手脚，在这商州川里，该是盖了帽儿的呢！"

老人对他器重，他也爱戴老人，他们有了交情，他常去做客，也常去村里走动。人们见了他，却觉得有些害怕，稍稍和他说话，一有争执，便都噤口了，担心他那脾气发了，动起手脚来。往往哪家小孩哭闹，做母亲的就嚷道："'河南旦'来了！"小孩也便立时住了声。

一时间，他成了传奇式人物，远近传说着他的厉害，说他拳头曾经打死过一头小牛，说他一脚踢断过一株碗口粗的树，而且还说他脊背上长有三根森毛，一发起怒来，那森毛就如钎一般竖起来了。所以，一班年轻人就来拜叩在他的门下，要学拳脚，他却一概不教。那些年轻人在他练拳时偷偷看上几路，有的竟懂得了一点，就出去吹嘘；往往在什么地方起哄，对方要动起武来，他们只消说句："来吧，跟我师父'河南旦'学了两年，正愁没用场哩！"对方就不敢动弹了。

在相当一段时间里，这个列湾村再无人敢惹，远近的小偷也没有敢来偷东摸西的了。

八

他威信一天天提高起来，村里人不断来他草棚里。最多的，除了来举和那个六十多岁的老人，就是李队长和谢队长了。

列湾村原本一个李姓，在老爷的老爷手里，是兄弟三家，后来就繁荣起来，到了几十家。但是，随着解放后不断地有外姓人迁来，有姓刘的，姓谢的，姓王的，拢共发展到了几十户。多少年来，一直是李姓左右列湾，所以，大小干部都是姓李，出外当兵的，招工的，也都是李姓。吃公家饭的聚了窝儿，外姓人慢慢由不满而联合起来，加上李姓能干的青年都出外去了，外姓的年轻人发展上来，干部的队伍里有了变化，劳力实力上也有了变化，因此，就和李姓抗衡起来，势均力敌了。这几年来，李队长代表老户，谢队长代表新户，两人钩心斗角，一直闹得很激烈。如今瞧着这位"河南旦"是个人物，就都一下子热情起来，向他讨好了。

先是李队长找着他，凡是村里谁家有红白喜事，总要嚷着要他也去。在酒席上，借着别人的酒，大碗小碗地灌他，然后就要求他当众耍一套拳脚。他却终没有去耍，但也不愿恼了谁。

这一天，村里来了一个讨饭的女人，领着三个孩子，大的十五，是个毛头姑娘，小的是两个男孩。那女人病了，躺在关帝庙里，三个孩子沿门讨要，那姑娘羞羞答答，每次支使两个男孩去；讨要下了，她送回庙里来。他立时眼里有些潮了，跑回家去，将自家笼里的馍拿了五个送了那母子。李队长笑他这般慈善，他说他想起了叶叶，他的叶叶跟他流浪那几年，他耍拳脚，孩子收钱，先头日子，她不好意思去收，他曾经打过她，孩子就哭了三天，他从此悔恨自己了，巴掌再也不落到她身上，也不让她去收钱。他说着，眼泪就流下来了。

李队长也陪着他叹一口气。等又一次回到他的草棚里的时候，李队长却突然向他道起喜来了。

"什么喜？"他莫名其妙起来。

"这真是有了缘分！"李队长说，"我看出来了，你是对那娘儿们有了好感，那女人虽然有病，但那是伤风感冒了，人毕竟年轻，精干。何不就将她留下，也有个铺床暖被的！"

他一时脸色赤红，指着李队长骂起来：

"你真是满口喷粪！人家孤儿寡母的，正在难中，你不同情，还这般糟蹋人家?!"

李队长赶忙赔着笑脸,说他并无别的歹意,只是关心他罢了。他看出李队长脸上的真情,末了便不再言语,将头勾下了。

他自从贤妻去世以后,已经独身十多年了,先还有叶叶给他做伴,倒不寂寞,叶叶死后,也想过找一个老来伴侣,但有所顾忌,心想一个流浪人,谁肯嫁给他呢? 这事就搁置下来。如今听了李队长的话,心下有些动了,又一想那女人一身重病,三个孩子又那么小,他面有难色了。

"算了吧,我才在这儿安下脚……再说,已经是五十多岁的人了。"他说。

"正是年纪大了,才需要个照料你的。"李队长说,"这么一来老婆也有了,孩子也有了,你便是一家人过活!他们的户口嘛,包在我身上,他姓谢的就是不同意,他也把我不怎么样!"

"你说这事办得?"

"当然了,我做你的媒人。"

"那我怎么谢你呢?"

"先别谢,等咱们一道把他姓谢的治住,成全了你的好事了,再谢吧。"

他看着李队长的脸,笑了。他明白了李队长的用心:不是可怜他的孤单,而是要拉他对抗外姓人家。就说明日再具体谈吧,打发李队长走了。但在这天晚上,他偷偷去了关帝庙里,塞给了那要饭女人二十元钱,让他们赶紧离开了村子。

九

后来,来举就来得更勤了,今日抱一捆柴草,明日送一篮青菜,每次都说是谢队长让拿来的。这年冬天,谢队长来了草棚,征求他对列湾村的看法,他只是吭吭唧唧说不出个囫囵。谢队长就讲了李姓各家的情况,各人的历史,说这李姓人欺外,当年不让他入户,就是李队长使的鬼。末了，就又给他提起亲来。女的是一个姓冉的妻妹，现年四十岁了，害过心脏病，一直没有结婚，如今病有了好转，提亲的很多，但有的人嫌她不能生娃而罢了，有的倒谋算，却是女的看不上眼呢。

"我给你俩拉拢吧。"谢队长说。

他当下便推托，说年龄相差大。谢队长就数说了他一通：世上只有女的嫌男的老，哪儿有男的怕女的小？牛吃草也图个嫩呢！他无奈，被拉去相那女的，那女的果然年轻，人才也十分清楚。女的早听说了他的为人，当下应允，他却随门走了。谢队长撵出来问他的意见，他只是摇头：

"不中！"

"不中？"

"不配！"

"不配？"

"这号人不是属于我这等人的。"

"好个'河南旦'！你眼睛长到眉毛上去了？人家没牵没挂，无嫁无寡，那么个年纪，那么个脸蛋，说句实话，人家和你走在一起，对得起观众，你倒还不愿意?！"

他哭笑不得了：

"哪里！我这么大了，又黑又丑的，一个白菜叫猪拱了?！我又浪荡惯了，不会体贴人家，我是万万不可作这个孽的！"

这使谢队长目瞪口呆。事情又没能成功，村里一时传为笑话，说他太傻。

十

两次婚姻都没有成功，村里再无人给他说媒了。他孤零零住在草棚，一天三响干活，早晨晚上在沙地练拳。两个队长走马灯似的来找他，他只是热情招呼，很少说话；两个队长就渐渐脚步来得稀了。

这一年，列湾的户族斗争越发激烈了，先是各户族互相攻击对方，而又竭力包庇本户族的不是。李队长和谢队长便你拆我台，我捣你鬼，意见从未达到过统一。如此闹闹哄哄了一阵，都无心去搞生产；人哄了地，地便哄了人，麦季粮食上场，邻近几个村子都是丰收了，他们却比去年减少了三成。社员们纷纷有了意见，开始不满起这种状况，不满起李队长和谢队长，他们需要有粮食吃！

麦收一毕，村子里就吵吵起改选的事来，连续开了三个晚上，新队长却没有选出来。李姓人选出李老五，外姓人坚决不同意，他们要选出刘夕山，李姓人却通不过。有人便提出还是老规矩：各户族选一个吧。他站起来发了言，他一直是蹲在会场角落不吱声的，实在看不下去了，说：

"要是凑合，那还不如让老李、老谢再干着，选队长，不是选族长，务庄稼是个实实在在事情，再这么下去，明年咱的嘴就都吊起来了！"

人们都不再说话，觉得说得有理。有人突然一拍大腿叫道：

"有了，有了，不是现成的队长在眼前，还选什么？"众人忙问是谁，那人指着说，"咱'河南旦'嘛！李队长没有拉走过他，谢队长也没有拉走过他，他无牵无挂，正好操心在生产上了！"

人们都一哇声地喊叫同意，这是他万万没有想到的事，当下就拒绝了。理由是他才来乍到，情况不熟悉，生产没经验，横竖不干。村里人只得遗憾，只好选上了来举。来举和谢队长关系好，李姓人还是有意见，他就提出再选出两个副队长：一个是那个六十多岁的老头，一个是他；老头负责管生产，他负责主持公道。人们就同意了。

第三章

十一

来举当上队长以后，小伙劲头很足，生产上请教老头，是非上依靠他，生产队的工作很快有了起色，但远近人提起列湾的队长，却总是提说他一人。他无所不管，无所不敢管，虽然这次得罪了李姓，但下一次，说不定为李姓又坚持了正确。所以，天长日久，两姓人都服他，虽有个

276

别人忌恨，也是理不过他，力不过他，暗暗咬牙而已。

新班子干了一年，人心慢慢齐起来，一般情况下，再也不分什么李姓、外姓了。这时候，他辞了职，自个又是一身清闲了。

在草棚里没了事情，不免就寂寞起来，有人劝他养养花草，喂喂鸟儿金鱼，但他不是侍弄这些玩意儿的角色，却偏偏喜欢起喂猪了。

他喂的不是肉猪，也不是母猪，是一头强悍的公猪。

这原是一个猪贩子从山外买来的，卖给过好多人，但猪的性情暴躁，再高的围墙也能拱倒，三四个小伙按不倒它，还常常咬伤人。他便将它买下了。事情也很出奇，那猪到了草棚，温驯得像只猫儿，叫走才走，让卧便卧，他爱怜得如一口人一样待它。

公猪长得极快，半年以后，就有小牛犊一样大了，便开始了配种。在这以前，这一带没有配种的公猪，人们在母猪发情的时候，要拉到十五里外的镇上猪场去。如今有了种猪，便像宝贝一样地稀罕起来了。他也很是得意，越发伺候这喑哑牲畜：每顿吃饭，他就多做一份，自己吃半锅，半锅倒给猪。常常猪吃完了，他忍不住又将自己碗里的倒给它。一有空闲，就把猪放出圈来，用手去抓它的痒痒，那猪也通了人性，稍一接触，就四蹄展开卧在那里了。

村里人都取笑开他了：

"这猪是'河南旦'的一口人了！"

"是他的媳妇！"

"怪不得以前别人给他说亲他都不允！"

他听了，并不回骂，还是当着人面，夸这猪好，说每天晚上，这猪能给他守家，只要有人来，猪就哼哼叫；有一次他病了，猪竟一整天卧在他身边，一步都不肯走呢。

后来，他就把猪拉进屋里来住，那牲畜也算干净，不在家屙尿，不在家屙尿，天一黑，就钻进屋角的草窝儿里卧下。他下地回来，吃罢饭了，喜欢把猪拉上到沙地去，猪在河边拱着湿沙，他就在一旁练起拳脚。

附近几个村子，来给猪配种的人慢慢多起来，他就不大上地做工了。配一次种，他收费一元，又快又便宜，没配上又绝不收费。不长时间，声名就传远了。十五里外镇上的猪场，派了人来，要他到那里去干事，他谢绝了，说他不是专门干这事，他喂猪，完全是为了给自己做伴，他对猪好，也是为回报猪给过他的好处。猪场的人便和他商量，提出高价买了这头种猪，他便脸色不好看起来，甚至不允许再说这话，最后竟将来人赶出门去了。

村里人开始红眼起他了，又不敢在他面前说些什么，只到处议论他是有钱的主儿。他钱倒不少，除了油盐酱醋和一天一两的酒外，三、六、九集日，都要给猪籴些杂粮豆料。余下的，就一卷儿一卷儿塞在什么墙缝里，有人来借，寻墙缝去抠；能还就还，不能还的，也不再索要，其实差不多都是早遗忘了。

但是，也就在这个时候，他吃了一场大亏，他的种猪死了。

十二

这是这年春上的事，猪连配了几天种，他怕损伤了身子，就暂不再配，在家给猪调理。中午喂过食，把猪拴在门前的树根下，自己就在炕上休息，一时疲劳，不觉迷糊过去。猛听得门外猪在哼哼了，侧耳听时，还有了轻轻的说话声。他抬头看时，大吃了一惊，原来是列湾村几个人拉来了一头母猪，在那里偷偷配种。他正要扑出去叫骂，一看那猪已经配过，也便闭了眼睛，让他们拉了那母猪去了。第二天，他又在休息，猪又有了动静，他爬起看时，昨天那几个人又拉了一头母猪来配。他一时气恼，悄没声儿出来，那几个人正低头拉猪，全然没看见他，他过去拉住了一个衣襟。那人回头一看，啊的一声，别的早拔脚就走；他伸出手来，一个耳光就要扇下去了，却变成一个指头，在那人额上轻轻点了两下，说：

"你真欺人太甚，昨日偷着配种，今日你又来了，那种猪吃得消吗？"

那人"哎哟"一声，捂脸就走。他叫了一声：

"慢着！"

那人定定地站住了，下腿软下去，要磕头求饶了。

"把你母猪牵回去！"他说，看也不看那人一眼。

那人回去以后，当天晚上，额头红肿，暴起酒盅大一个青包，整整半个月，羞愧得没有出门。他听说后，觉得有些那个了，在集市上称了一斤挂面，要去那家看看。可是，走到村口，他又回来了，将那挂面全都煮熟了，倒在了猪盆里。

一个月后，他放猪到河边啃草，猪却吃了毒药，吐了一堆白沫，死掉了。

他得知是村里那些忌恨他的人下的药，但苦于没有证据，只是一句话说不出来，将种猪背回草棚里去了。

整整三天，他没有出门。在这块土地上，他又失去了陪他伴他的一条生命；他大声痛哭了一场。村里那些相好的都来劝他，要他不必太伤心，好歹把猪杀了，卖了肉，还能赚回一些钱来。但是，他没有言语，死猪一直在家放过五天。

到了第六天天明的时候，人们看见他背了死猪，默默地走到棚前的沙地，挖下了一个两丈多深的大坑，将猪埋葬了。

十三

他一下子变了。再不去买猪，从此也再不吃猪肉了。

他除了有时上地干些活外，就回到他的草棚里坐着。一个人，一坐那么半个小时；天黑了，就爬上炕去睡觉。家里收入一天不济一天，炕上的被褥便破得不能再盖，只好将褥子拆了，补在被子上，冬夏睡那光席。枕头也掏空了，补了被子，枕起了石头。

他开始在沙地上刨起了沙坑，一担一担从坡根挑了红黏土搅了，在里边种上蓖麻、南瓜、青菜、辣子。秋天里，竟意外收获了。南瓜吃不完，就用刀切了片，拿绳子一串一串挂在墙上，吊在屋梁上。

这样，又过了一年，他彻底不下地劳动了。没有了工分，队里想五保了他，他坚决不接受，只吃那人八劳二的八成粮，以那瓜菜打补，日子也算过得清静。

可那拳脚，他是从来不敢停下不练的，沙地是他的天地：三九寒日，他穿着单衣在那里跳动；三伏烈炎，又光着膀子在那里踢打。常常长坪公路上的行人就围过来看，对老汉的武艺着实赞赏。慢慢，从远地就来了一些年轻人，要拜他为师。他先是推辞，末了，架不住纠缠，又觉得自己年事大了，不可丢失了这身本事，就留下了三个小伙子住在草棚。后来，列湾村李姓和外姓又来了两个小伙，他便成了大教师，一个心眼传授武艺了。

带起徒弟，他再不是平日那种忧郁孤独的模样了，一声吼叫，徒弟就得在地上翻跟斗，他不叫停，不准停，谁要停了，就拿一根枣木棍在腰上抽打。先后有两个被打哭了，说：

"你这么打人？我在家我妈我爸都不打我哩。"

他脸色铁青，吼道：

"你妈你爸却不会教你本事！"

那两个终吃不下苦，告辞回家去了。另一个外地人学了本事，他送着去考进了省武术队。只剩下列湾村的两个了，一个是原先李队长的儿子李强，一个是来举的姨表冉六。

李强、冉六跟着他学得一些本事，先还规规矩矩，后来就张狂起来，在村里耍起威风。他教训过几次，却屡教不改，便藏着真本事不露了。

李强、冉六慢慢看出他的用心，便也不再投师，回到村里，越发变得无赖泼皮一般了。秋天里，北山葡萄丰收，山民日夜运葡萄往县酒厂送货，李强和冉六就在一个晚上拦路抢了一担。事情发作后，县公安局来了人，将他们拘留了半年。

这半年里，他一下子衰老了许多，觉得没脸见人，对不起这块土地，也觉得这块土地不再是他爱怜的了。他突然十分地思念起他的河南老家，终在一个没有星光的夜里，锁了门，悄悄地往东出了武关，回河南去了。

第四章

十四

人们议论纷纷，都说他不再回来了，而且传来消息说他死在外边什么地方了。但是，半年以后，他却回来了。

列湾的人几乎都吃了一惊，半年时间，老汉瘦得如此模样，裤管已经烂成条条，褂子磨破了袖肘；头发几个月都未剃了，高高拢了起来；胡子也不清理，脏乱得如一片茅草。他几乎没有了言语，行走，端坐，那眼光终是瓷呆，那么一个时辰，两个时辰，脸上不动一条皱纹，嘴唇不肯绽一丝微笑。

一个一直处于新闻地位的人物，如今悄悄地缩在他的小草棚里，蹲在他的瓜地里，人们几乎要遗忘了他，遗忘了住着他的这小河东边的沙地。

一切都寂静了，这是他所盼望的，也是他感觉到正常的。他常常去女儿的坟头拔掉那长上来的草，也去那种猪的葬地补上被田鼠扒下的土。夏天热了，他依然光着膀子，在沙地上活动筋骨，偶尔见着一条什么虫了，立即就猜想这一定是他当年从蚂蚁口中救出的那条虫，于是，对着太阳下的黑影，做着长时间的思索，却始终不知道想了些什么。

一个冬天过去了，一个春天过去了，也就在这个夏天，他的草棚门前的长坪公路上，开始日夜有学生们走过。那是戴着袖章，背着行李，唱着歌子的；有时就夜里睡在他的屋里、檐下。有好奇的，看着他的样子古怪，为他画一张速写，叫他"原始人"；然后送给他一枚像章，在墙上刷一行标语，就走了。

他用了十天工夫，在路边砌起一个偌大的厕所，让愈来愈多的过路人在那里解手，然后就一桶一桶挑了粪水浇灌在他的瓜菜地里。

夏天、秋天雨水极好，瓜菜获得空前的丰收，他顿顿都是熬南瓜粥，

281

又晒干了十几串瓜片，而且打了各种瓜籽、菜籽，三、六、九日便在集市上摆起小摊子出售了。

十五

这一天，他正摆了各种各样的菜籽在集市上出卖，突然敲锣打鼓，从街的两头拥来两队人马，先是在那里大声叫喊，说一些使他不清楚的话。末了，两队争吵起来，愈吵愈烈，竟对打起来。一时集市大乱，人们纷纷逃散，他一时顾及不到，人流从他的货摊上踏过。等他好不容易收起籽种，那品种已经混杂，不能再用了。他一时气恼，骂了一声，嘴便被人捂住，回头一看，正是来举，低声说道：

"这是'文化革命'哩！你还敢胡骂？"他不管什么文化革命不革命，可这辛辛苦苦收成的菜籽混杂了，一下子却要丢了他几十元钱！他越想越生气，当众将那菜籽往空中一扬，直挺挺地回家去了。

从那以后，这地面不安宁起来，常常就听到哪儿又武斗了，打死了什么人，哪儿又动了枪炮，炸毁了什么房屋。集市是不可能照常开业了，他吃饭用的油盐酱醋，也得三次四次地去商店购买。那些瓜果蔬菜吃不赢，又卖不出，就尽量让往老里长。那些南瓜，黄澄澄地滚了一河滩，他又怕谁来偷摸，就日夜待在沙地，在那些特大的瓜身上，用指甲抠出一些"十"字，作为记号。

这天，他正在一个瓜上抠"十"字，觉得有人走近了他的身边，抬头看时，竟是李强。小伙子比先前更加健壮，虎背熊腰，穿着一个马褂，背心上印着一片红字，一条宽皮带紧紧系在腰上，斜插着一把手枪，当下喇的一下，跪下一条腿来，双手当胸抱一个拳，叫道：

"师父，徒弟看望你来了！"

他并没有惊喜，身子依然蹲在那里，脸上的肌肉一动未动，低头又在细细地抠那瓜上的"十"字了。

"师父，徒弟对不起你。可那已经是过去了，我现在为你争了光，是造反队头头了，我手下有三百个人马了！"

他站了起来，看着李强，小伙子给他笑着。

"你做了头领了，我向你祝贺！"他说，"可我不是你的师父，你也不是我的徒弟，你来干什么？"

"我来动员你参加'文化大革命'。"李强说。

"'文化大革命'？"他想起他那一摊菜籽，他想起这上不成了的集市，那死了人、毁了房的传闻，他咬了咬牙，两个肉疙瘩从胳膊上凸起，运着上升，又缓缓地下来，平复了，说，"是当土匪吗？"

"是造反，师父！"李强说，"你不能不关心国家大事。如今列湾村全闹起来了，李姓的和外姓的又分成两派。那个冉六，他背叛了你，打伤了我们好多人，你来帮我们吧，只要你来，我们让你当总指挥，那外姓人就会全完了！"

他终于明白了李强拜望他的目的，当时就哈哈笑了，猛然冷了脸面，硬撅撅地说：

"你是英雄，你去干吧，我老了，谁也别想把我从瓜地里撵开！"

说完，头也不回地走了。

十六

从那以后，他发现他的那些瓜一天比一天少了，他以为是那些放牛娃偷去的，后来发现那些瓜全被刀砍成两半，抛在沙地上，他才明白是有人在暗算他。

一连三天，他守在地边，看看到底是谁使鬼。但是，三天里，狗大个人也没有，而冉六却来得勤快了。每次来，给他背一口袋面粉，他有些疑惑，横竖不收，冉六好言相劝，总算感动了他，收下了。

冉六的面粉还没吃完，他渐渐就听到了风声：冉六到处在宣扬他是他们一派的指挥，警告李强那一派，再不老实，就小心被赶出村去。到这时候，他才明白那瓜定是冉六一伙糟蹋的，自己是上了他们的当了。

就在冉六再来时，一顿臭骂，将他赶出门去了。

但是，列湾的武斗连闹了几场，李强的那一派果然被赶出了列湾。他们却在镇上、县上联合了一伙人攻了几次村庄，但都没有得逞。终日里，这儿响几枪，那儿响几枪，人们差不多都吓慌了，闭门待在家里不敢出来，只有他照样务弄他的瓜菜，眼见得那些小瓜、嫩瓜又一个个熟大起来了。

这天黄昏，他才吃过晚饭，天很热，就走到柳树下，剥了衣服铺在沙地上睡着了。迷糊间，他发现有一些黑影在草棚后一闪，就不见了，心里狐疑起来，揉揉眼睛，正寻鞋穿上要站起来，突然有人一下子抱住了他。他大吃一惊，翻身要起，来人就下死劲往下按，同时将屁股往上掀。他一时挣扎不起，着忙间，从胯下瞅定一条腿用力一扳，有人咚的一声倒了下去，随即将那掀屁股的人手指用力一夹。立起腰来，看清被夹住手的正是李强，被扳倒在地的汉子，却不认识，坐在地上抱住脚"哎哟"。李强弓着腰，身已无力，向后挣脱，又不能脱了，千声万声地求饶。他叫道：

"你这个小王八！你要谋害我吗？"

"哪里，哪里！"李强哀求道，"我是想来让你参加我们造反队，怕你不去，才这么强行来抢……"

他嘿嘿地笑了一笑，说句倒要看看如何来抢，就当着几个来人，在沙地上夹着李强的手指转了一圈。突然一松劲，李强一个后趔趄，倒在地上。他站在那里，叫道：

"李强，你个好小子，我真算瞎了眼，教过你这等徒弟！"

李强不敢答话，拧身就走。他火暴暴吼了一声：

"站住！"

李强站住了。

他说：

"是我教了你两下拳脚，才使你成了乡里一害，这我有罪。我今日要叫你老老实实为人，先打瘫你一条胳膊！"

他从地上摸起了一块石头，正要打出，李强突然一转身，叭的一声，一枪打在了他的腿上。他倒在沙地上，血汩汩地冒了出来。

第五章

十七

一场"文化大革命"，终于结束了。

"文化大革命"带给列湾的是大片大片荒芜的田地，是打死了三条人命，毁了十间瓦房，是依法逮捕了李强，是他从此残废了一条腿，走起路来，一瘸一跛了。

他老早就预感到自己的不好结果，如今仅仅残了一条腿，却从此使他平静下心来，醒悟了一切：该是他与多半生的历史告别，安安然然过他的晚年的时候了。

正月十五，是叶叶的生日，夜里，月亮很好，他跛着脚第一次去村里请来了老少。他破费打了烧酒，做了南瓜干菜，给大家敬酒了。一巡酒后，他捧起了黑瓷碗，灌下半碗，就丢剥了褂子，对大家说，他一是要向各位致谢在他受伤后的照顾，二是要当着众人面，为他们表演全套拳脚武艺。说完，便在月下做起手脚，一时挥刀舞剑，弄枪使棒，飞石打鸟，击掌破砖，一宗一套，一招一式，使人看得眼花缭乱。末了，单手举起柳树下一块筐大的石头，抛上接下，如皮球一般摆弄，人们掌声四起，齐声叫好。正精彩着，突然他噗的一声，跪倒在沙地，向众人作揖作拜，大伙慌乱扶他起来，他已经泪流满面了，说：

"今日逞着酒劲，给大家献艺，我是让大家看看我的本事，虽然我不是夸口卖嘴，但在这商州川里，没有人敢来和我比试。如今李强伤了我的腿，我还可以对付像他那样的四五个小伙哩。但是，这是我最后一次动拳脚了，今日当着大家面，在我叶叶的坟头，我将永远不是往日的'河南旦'了！"

说毕，就用石头砸了钢刀、铁剑，折了手槌木棒，又捣了石锁石柄，掘起一个坑来，将这些残铁碎木丢在里边，又搬来了一大块青石头，写上了自己的名字，丢在底部，突然大放悲声地号哭起来，谁也拉不动，谁也劝不下，哭叫中，动手用土埋葬了。

十八

他彻彻底底地是一位农夫了。农夫的装束，农夫的言辞；头发再不蓄起，剃了光头；留起满口胡须；再也不扎那裤管，穿起那大裆裤来，时常也往上提着腰，以至裤腰又反奢拉下来。他关心着沙地上的每一苗菜，每一颗瓜，拄着拐杖担粪，锄地。

生产队又一次提出五保他，让他没吃的，就来队上领，没烧的，就去大场上抱。但是他不，依样烧那晒干的草，依样每天一半粮，一半瓜。

他身体一天一天消瘦起来了，脸上出现了黑斑，头发、胡子全然灰白。到了二三月，青黄不接，饭菜更是不济，脸就浮肿起来，腰向前驼弯，而且时常腿疼，天一稍阴，就麻木失去知觉。眼见得瓜菜地里荒了草，也没多少气力去务弄了。

来举到他家来了几次，这来举"文化革命"中就下了台，还念叨着老人的好处，看他可怜，要接他入他家的户口。

"我不去。"他说。

"到什么时候了，你还硬气什么，瞧你这茶饭，这是人吃的吗？"来举说。

"这是我劳动来的！"他说，"我就那么贱，就那么爱吃好的?！"

他酒瘾犯了，一分一分攒够了钱，就去酒店，买上一两，那么咕嘟一口，转身就走。久而久之，那口比秤还准，若不够数，就非一场大吵不可，但若一口未喝完，他放下碗，抬脚就走了。

他已经多半年没有吃到什么肉了，猪肉是忌食的，牛羊肉又没钱买，就提了裤管，在水塘里摸那田螺。有谁瞧他可怜，下塘帮他摸，他一言不发，就从塘里出来走了。

他成了一个幽灵，出没在小河东的沙地上。人们都说这老汉是疯了，谁也不敢找他聊些闲话；人们要遗忘了他，他也要遗忘了世界，本来就荒凉的沙地，变得更有些阴森恐怖了。

十九

但是，不知就在什么时候，人们看见老汉常常扛着一张锨，在那些大大小小的路上转来走去了。村里人都相信这是真疯了，不知会干出些什么事来，却见他是在捡着路上的一块一块石头，放在了一边，将路面上的坑坑洼洼，一锨一锨铲土垫平，提着一筐碎石，支稳着每一道木桥下的每一根木板。

后来，他就坐在了草棚门前，面前安放着一面大青石板，摆着三个瓦盆的凉茶。那其实不是茶，是凉水里羼了浆水，供过路人渴了来喝。他不收钱。行路人喝一碗，给他钱，他摇摇头；人家向他道一声谢谢，他就回一声谢谢。他让人写了一个木牌插在那里，上面写道：舍茶不要钱。

差不多就在这个时候，他病倒了，浑身疼痛，不断咳嗽。他除了一天三顿爬下炕做些饭外，其余的时间，就躺在那里。但是，那门前的凉茶，每天做饭时，一定要出去装满的。

睡了三天，又睡了五天，列湾人偶尔发现那沙地上没有了他的身影，便感到有些蹊跷了。等赶到草屋看时，他已经趴在那里，有出的气，没有入的气了。

消息传开来，人们一下子突然想起了他的好处，都觉得这老汉并不是一个使人盼着死去的人，拿着礼物来看望他了。

他躺在那里，眼睛深深地陷下去，眼屎糊了眼角，嘴唇已经看不见了，那毛乎乎的胡子，深深包围着一个可怕的黑窟窿。他面对着人们，脸上肌肉抽搐着，感到痛苦和愤怒，他不希望人们这样对待他，他想悄悄静静地这么死去，倒惊动得人都来，是对他的羞辱和惩罚！他大声叫了一下，要人们都出去，却累得一口气泛不上来，直翻白眼。

来举和新任队长站在他的炕前，给他说：

"'河南旦'叔，我们已经研究了，明日队上就负责把你送到县医院去。"

"不，不，"他说，"你们要待我好，就不要让我离开这块地方。这里有我的叶叶，有我的种猪，有我的耍艺家什，有我的瓜……"

"去医院住上一段日子，你的病就会好呢。"

"我这就很好。我不要花队上的钱。我是光着手到这沙地上来的。我要去了，我不会留下什么，也不想带去这里人的咒骂。你们快走吧，都走开吧！"

来举和队长没有一点办法，只好退出来，他们决定，无论如何，明日一早就送老汉上县医院。

二十

可是，就在这天晚上，草棚突然失火了。

火势很大，火光映红了整个沙地，列湾人从睡梦中惊醒，赶来救火。那草棚已经烧红，人不可接近，很快，大梁就垮下来了。等扑灭了火势进去看时，棚内荡然无存，除四堵土坯墙外，什么都成了灰烬。"河南旦"，可怜的老汉，就蜷缩在土炕上，已经烧焦，曲作一团，模样不可辨了。

人们都在推测火因，各有各的说法。

有的说："是有人给老汉放的火，可怜他到了晚年，残了一条腿，又这么个下场。"

有的说："是老汉爬下来烧水，灶火口蔓出火来，引着了柴草，他爬不起身去扑灭，才落得这么人死屋烧。"

有的说："什么原因都不是，一定是老汉自个放的火，他怕队里送他去医院，就打翻了油灯，点着了被褥，引起了火。"

众人都觉得后一种推测有理，但是，人们终不能理解他的，是他为什么要这样呢。

人们只好长叹一声，随手推倒了四堵墙，把他掩埋在里边了。这是一个特殊的葬礼，没戴孝，没哭声，当然没有后辈人为他摔孝子盆。只是埋葬毕了，才发现那公路边的石板上，还放着三个瓦盆，里边盛着满满的凉茶；人们一起动手，将盆子摔在他的坟头了。

从此，小河东边的沙地上，又恢复了往昔的荒芜：芦苇依然没有蔓延成片；沙地上那一片一洼的瓜菜地，长满了老鹳草；小河又溢了一次洪水，流沙漫了过来，漠漠的又是黄沙的世界；偶尔在那些草丛边，有什么虫子受伤了，就会被一群蚂蚁围住，一直叮死，拉进蚁洞里去；各种各样鸟兽的蹄印重新出现，夜里又听见有狼在嗥，如婴儿啼哭一般。

但是，老汉的死，老汉的沙地上的四个坟墓的故事，却又一次流传开来，而且流传的地域更广，流传的时间更长。远远近近的好事者，都跑来看那现场。每当长坪公路上的汽车开过这儿，司机就停下来，让旅客观赏一番，议论一番，都说这是个传奇的人物，传奇的故事。

于是乎，列湾村声名大振，到处都知道商州川里有这么个地方了。

草于 1981 年 7 月 18 日静虚村

制造声音

我去采访这个州刚刚离休的专员。采访结束后我们坐在客厅喝茶，他却放了一段录音问我听到什么，我说是风里的树声。"是树声，"他说，"你听得懂这树声吗？"

有树风就有了形状，但风里的树是要说话的。

你知道，这个州是一个贫困的地区，但因处在交通要道上，过往的官员就特别多。我已经是上些岁数的人，实在不宜于干那些恭迎欢送的事，当组织上安排我来，我就想提前离休，或者调往省城寻一个清闲的部门，拈弄笔墨，句读里暗度春光罢了。但到任后的那年秋天，我改变了心态，就一直在州里干了五年。

秋天的这一日，因下乡崴了左脚，在专署里调养，正读一册闲书，上有"留此一双脚，他日小则拜跪上官，胼胝民事；大则跨马据鞍，驰驱天下"句，嘿然而笑，却接到通知：省上又要来一位官员。差不多成了定规，大凡省城、京城来了重要人物，除了布置安全保卫措施，州城的社会环境得治理，卫生得打扫。公安局局长就将城中的小商小贩全集中到城南角一条巷中，几条主要街道两旁都摆上了花盆。而一些破烂地段无钱改造，就统统砌了大幅广告。他们在向我汇报时，特意指出已将一个长年在城中上访的疯子用车拉到城外五十里地方去了，因为这疯子形状肮脏，而且叫嚣省上来了大官他要拦道喊冤呀。

省城的官员到了，他十分地年轻。我的左脚打了封闭针，和地委书记汇报了我们的工作，再听取和认真记录了他的指示，然后陪他参观几个点。那个下午，我们从城南××县回来，才要步行去视察我们的商厦，十字路口那里就拥了一堆人，听得很嘶哑的喊声："树会说话的！树真的会说话！"我立即知道出了事，脸都气红了，公安局局长就跑过来拉我在一旁说，那个疯子谁也没有料到又出现在了城里，而且抱着那电杆拉不走，围观的群众就很多。他向我检讨着他的工作过错，我没时间去训责他，忙鼓动着省上的官员从另一条巷子转过去，但我听到那个嘶哑的喊声"树会说话的！树真的……"后边的话"嗯"了一下，可能是被手捂住了。地委书记在介绍着那条巷里的明清建筑，我趁机退后，招手让公安局局长过来，问："疯子怎么喊树会说话的？"公安局局长说："他是为一棵树疯了的，就为一棵树多年在城里上访，满城人没有不认识他的。"我说："我来这么久了，怎么不知道？"公安局局长说："一个疯子他怎能进了专署大院？"我说："你去告诉他，让他不要找省上人，天大的冤枉，晚上到我办公室来说。"

晚上，安排了省上官员在宾馆休息后，我虽然累着，但心轻松下来，也并没有睡意，在办公室等待那疯子。左等右等没来，我开始练书法。我这身份不可能去歌舞厅，不可能与人打麻将，下班之后就把自己关在办公室读书练字，我业余唯有这爱好。写了一个古人句："死之日，以青蝇为吊客；使天下有一人知己，死不恨。"公安局局长就亲自坐车把疯子拉了来。疯子竟是下午被关进了拘留所的，我对公安局局长大为光火，并且要他赔情道歉。疯子是一个七十岁左右的老头，个子高大，但枯瘦如柴，头发和胡子已成毡片，浑身散发着一股难闻的酸臭味。老头进拘留所似乎并未介意，对公安局局长的道歉也无动于衷，只嚷道："树会说话的！树是一九四八年栽的！"公安局局长说："你嚷什么呀？这是专员！"老头说："专员，树会说话的！"公安局局长就吓唬了："你再嚷?!"老头偏梗着脖子，脖子上暴起了几条青筋说："树就是会说话的！"我说："好吧，树会说话的。"老头得意地看了公安局局长一眼，一颗清涕就吊在鼻尖，一把捏下来要揩向桌腿，后来还是揩在身上的裤腰处。我让他坐，他说他不坐，公安局局长说："让你坐你就坐！"按他在椅子上。我摆摆手让公安局局长出去，开始询问老头。

"你叫什么名字?"

"杨二娃。"

"哪个县里的?"

"××县××乡东洼村。"

"多大岁数了?"

"不大，才七十还差十天。"

"你有什么冤枉事?"

"树是一九四八年栽的，不是一九五二年栽的。怎么能是一九五二年呢? 不是一九五二年，是一九四八年。树会说话的。"

"就为这事吗?"

"就为这事。"

"你告了多少年了?"

"十五年零三个月。"

"为一棵树值得告十五年?"

"可树就是一九四八年栽的，为什么要说是一九五二年栽的?"

"这点事村里就可以解决嘛!"

"德贵是坏人!"

"德贵是谁?"

"村长。他谋算这棵树哩，他想收回去再买了给他爹做棺材的。"

"你找过乡长吗?"

"人家在一个壶里尿!"

"一个壶里尿？"

"德贵的婆娘是个卖×的，她和乡长……"

"住嘴！你怎么这样骂人？"

"我不骂了。"

"你说吧。"

"乡长我找过三十二次，他派人打我，我到县上去，县上的父母官我都找过，父母官两年就换了人。张县长说要解决，但他调走了。又来了陆县长，他让乡里解决，乡里不解决，向上反映我是刁民。我不是刁民。我又找刘县长，王县长，马县长，他们都不理我了，说我是疯子。我是疯子吗？"

"不是疯子。"

"不是疯子！树是一九四八年栽的就是一九四八年栽的，我要是疯子我能记得树是一九四八年栽的？"

"你说树是一九四八年栽的，那树还在吗？"

"在的。它今年老了，身上有一个洞，东边那个枝丫枯了，那原先上边有个鸟窠的，八月初三的夜里刮风，窠就掉下来，这窠应该归我的，村长的儿子却捡了去，那是能做三天饭的柴火哩，我去……"

"你说树是一九四八年栽的，你有什么证明？"

"我老婆证明。一九四八年春上我和我老婆去她娘家当天回来我栽的，栽了树老婆给我擀的宽片杂面，调的干辣面，没有盐的，老婆说你将就将就吃。"

"那你老婆怎么不出来证明？"

"她死了。这娘儿们害了我一辈子，该她做证的时候，她就上吊死了！这狗娘儿们，她死了我懒得给她烧倒头纸，别人家的老婆都是帮夫运，她却猪一样要我养活！"

"还有什么证明？"

"拴狗那老臁能证明。我栽树时他正在地头捡粪哩，但他瞧别人都是说树是一九五二年栽的，他就说他记不住陈年老事了。拴狗老髌我瞧不起他！没人做证明，可树会说话呀，他们就是不去听！"

"家里还有什么人？"

"一个儿子，死了。儿子是好儿子。他像我，村人都说我们是一个模子倒出来的。儿子陪我去县上上访，回来搭的拖拉机，拖拉机翻了，我没事，拖拉机却压在他肚子上，肠子就压了出来。我那老婆向我要儿子，我骂了她，她就死在绳上了。"

"嗯。"

"专员，树肯定是一九四八年栽的，不是一九五二年栽的，你去听听，树会说话的。"

"杨二娃——"

"在的。"

"就这样吧。你拿上这点钱，明日去车站买了票回去。不要再跑了。我派人很快去给你落实，是一九四八年栽的就是一九四八年栽的，是一九五二年栽的就是一九五二年栽的，我给你个结果。"

"是一九四八年栽的！如果你们硬要说不是一九四八年栽的，我还要告的。你叫什么名字？"

"惠世清。"

"那好。那我就告德贵，乡长，王县长张县长陆县长刘县长马县长，还有你惠世清，惠专员！"

送走了省上的官员，我打电话给××县的马县长，托他把有关杨二娃的档案材料送上来。马县长亲自来州城向我汇报，杨二娃竟没有什么档案材料，但马县长知道这件事，说这棵树是在东洼村南头，树下的那块地解放前属杨二娃的地，解放后土地收公，树却归私人。那时树小，谁也没在意，后来树大了，杨二娃说树是一九四八年栽的，树权归他私人，村里人说树是一九五二年栽的，一九五二年栽在地头的树应归村里。村里每年要伐，杨二娃都护树，他把旧屋拆了重新盖在树下，现在树身

294

就长在屋当堂里。

"就为这棵树，能值几个钱？"马县长说，"农民爱认死理，杨二娃疯疯癫癫告了十五年，活得真没个意思！"

"那你说，怎么活着有意思呢？"

我训斥着我的部下，命令他们组织个专案组，去东洼村落实这件事。树是有年轮的，可以请一些专家考证一下树到底是一九四八年的还是一九五二年的。

专案组很快就回来了，考证出树是一九四八年栽的。我做了批示：树归属于杨二娃。

这件事就这样结束了。

第二年春天，××县旱象严重，我下去检查灾情，突然想起了杨二娃和那棵一九四八年栽下的树。我和马县长坐车往东洼村，打问杨二娃，村人说："杨二娃吗，早死了！"

杨二娃死了。这老头瘦是瘦，精神头还好，而树被断定为一九四八年栽的，又归属于他，冬天里他就病倒了。一开春，地气上升，病又加重，不知什么时候咽气在家里，村人发现了的时候，人已经僵硬。

马县长说："这老头，他要是继续上访，可能还要活着。"

马县长的话是对的，这么说，是我害死了这老头。

"嘻，朝闻道，夕死可矣，这是孔子说的吧？"马县长指着一个小虫子，小虫子是从树上吊一条丝下来的，但小虫子是死的，"这小虫子也闻道了！"

这树要是不断定为一九四八年栽的，老头就一百年一千年地活下去吗？

树依然活着，树是常见的那种椿树，确是老得身上有了洞，除了东边的枝丫枯了，西边的枝丫也枯了，树身三分之一在一间歪歪斜斜的屋子中间。杨二娃因是孤人，死后村人就以他家的柜做了棺材，在屋中掘坑下葬，这房子也锁了门，让它自废自塌了将来就是坟丘。

我说："给老头奠奠酒吧。"

秘书去买了一瓶酒，我就把酒全浇在屋前。这时起了风，风是看不见的，但椿树枝叶摇摆，嘎嘎作响，风就有了形状，树也有了声。老头给我说过树会说话的，树会说什么话呢？我听不出来，便用录音机录了。

多少年里，我一直在企图听懂这树声，你听听，这树在说的什么话呢？

图书在版编目（CIP）数据

平凹的短小说 / 贾平凹著 . -- 长沙：湖南文艺出版社，2020.12

ISBN 978-7-5404-9733-0

Ⅰ.①平… Ⅱ.①贾… Ⅲ.①短篇小说－小说集－中国－当代 Ⅳ.①I247.7

中国版本图书馆 CIP 数据核字（2020）第 116172 号

上架建议：名家经典·畅销小说

PINGWA DE DUAN XIAOSHUO
平凹的短小说

作　　者：贾平凹
出 版 人：曾赛丰
责任编辑：丁丽丹
监　　制：邢越超
策划编辑：王　维
特约编辑：汪　璐
营销支持：文刀刀　周　茜
装帧设计：梁秋晨
版权策划：有识文化
出　　版：湖南文艺出版社
　　　　　（长沙市雨花区东二环一段 508 号　邮编：410014）
网　　址：www.hnwy.net
印　　刷：嘉业印刷（天津）有限公司
经　　销：新华书店
开　　本：875mm × 1270mm　1/32
字　　数：251 千字
印　　张：9.5
版　　次：2020 年 12 月第 1 版
印　　次：2020 年 12 月第 1 次印刷
书　　号：ISBN 978-7-5404-9733-0
定　　价：58.00 元

若有质量问题，请致电质量监督电话：010-59096394
团购电话：010-59320018